Tilmann Kleinelützum

Am Corrib

ROMAN

Impressum

Originalausgabe 2024 „Am Corrib"
Veröffentlicht über *kindle direct publishing*
Copyright © 2024 by Tilmann Kleinelützum
Viktoriaplatz 13 · 47799 Krefeld
tilmann.k@web.de
Ust-ID: DE212224897
Umschlaggestaltung: Tilmann Kleinelützum
Druck über *kindle direct publishing*
ISBN 9798324956899

Für meine Kinder

...Wer immer du bist,
ganz gleich wie einsam,
die Welt schenkt sich deiner Vorstellungskraft,
ruft dir zu, wie die wilden Gänse, rau und erregend –
verkündet dir wieder und wieder
deinen Platz in der Familie der Dinge.

Mary Oliver

01

An einen Baum gelehnt bemerkt Louis in der späten Abenddämmerung den aus dem Waldsaum auf die Landstraße hinabsteigenden jungen Rehbock. Dessen Augen reflektieren das gleißende Licht der schnell näher kommenden Scheinwerfer. Im Moment des Aufpralls ist es, als würde Louis durch den Knall aus seinem bisherigen Leben aufgeschreckt. Er zuckt ungewohnt heftig zusammen. Der Körper des anmutigen Tieres fliegt ins Dunkel, während der Wagen in der Kurve von der Straße abkommt und den Steilhang erreicht. Seine Rücklichter drehen sich geräuschlos vor dem sommerlichen Nachthimmel wie die Lichter von Fahrgeschäften auf dem Jahrmarkt. Ein kurzer Moment der Stille. Dann der Aufprall. Louis hört gedämpft ein Krachen, ein Quietschen und Scheuern. Wieder Stille. In diesem Moment rennt er los. Es fühlt sich an, als wäre er sich selbst immer ein Stück voraus, während er fast in Dunkelheit die kurze Strecke zwischen Bäumen hindurch über Wurzeln, Steine und den Waldboden hastet. Eine erregende Mischung aus Neugier und Entschlossenheit befällt ihn. Als Louis den Wald verlässt, nimmt er die glimmenden Lichter in der Tiefebene und die aufsteigende Wärme der von der Nachmittagssonne aufgeheizten Landstraße wahr. Zu seiner Neugier und seiner Entschlossenheit gesellt sich jetzt eine neue Begleiterin: die Angst. Die Angst, gleich Entscheidungen treffen zu müssen, die seinen Verstand überfordern könnten. Am Rande des steilen Abhangs innehaltend und durch die Bäume hinunterblickend sieht er in einiger Entfernung das Cabrio auf dem Rücken liegen, die Reifen zum Himmel gerichtet, frontal gegen den Stamm einer alten Linde gepresst. Nur eine der Rückleuchten verbreitet noch ein wenig Licht. Schon kurz vor dem Erreichen des Autowracks ahnt Louis, dass er keine lebensrettenden Entscheidungen mehr treffen muss. Kein Rufen, kein Wimmern, kein Stöhnen ist zu hören. Er steigt die letzten Meter bis zur alten Linde hinab und vor dem Haufen aus Stahl und Blech kniend, bemerkt er nur diesen einen, leblosen Arm, der unter den Trümmern herausragt und dessen furchtbarer Anblick keinen Zweifel lässt am leblosen Rest unter dem ehemals prächtigen Wagen. Das beruhigt ihn auf eine merkwürdig beklemmende Weise. Schwer atmend sucht er in seinem Rucksack nach dem Mobiltelefon, schaut verwundert auf seine zitternden Finger, als wären sie ihm fremd und wählt den Notruf. Louis spürt eine leichte Übelkeit, und sein Körper ist mit Schweiß bedeckt. Der sich langsam abkühlende Motor des Wagens sendet ein stetiges, beruhigendes Ticken an sein Ohr.

02

»Fast dreißig Minuten? Grundgütiger, warum denn so lange?«, fragt sein alter Vermieter am nächsten Morgen. Er sitzt Louis gegenüber am Tisch, leicht nach vorne gebeugt, schwer atmend und mit fettigen Haaren. Seine Küche wirkt unaufgeräumt und von der Spüle her riecht es unangenehm.

»Weil sie die Stelle umfahren mussten, wo vor einigen Tagen Teile des Hangs weggespült wurden«, antwortet Louis. »Sie mussten den Umweg durchs hintere Tal nehmen, um an die Unfallstelle zu kommen.«

Der Alte schaut Louis mit stumpfem Blick an, als würde er nicht verstehen, was dieser sagt.

»Verflucht nochmal«, reagiert er dann schließlich doch. »So viel Zeit verloren.«

»Das stimmt«, sagt Louis, »aber der Fahrer war beim Aufprall sofort tot. Haben die Rettungskräfte jedenfalls gesagt. Von daher hätten die eh' nichts mehr machen können.«

»Verflucht nochmal«, knurrt sein Vermieter wieder und glotzt in seine Kaffeetasse, in der die Milch seltsame Flocken wirft. Seine riesigen Hände umklammern den Rand der Tischplatte, als müsse er diese festhalten. Louis starrt gebannt auf die langen Nasenhaare seines Gegenübers, die zu dessen ungepflegter Erscheinung passen.

»Und du bist dir sicher, dass du ihn kennst?«, fragt der Alte weiter.

»Na ja, kennen wäre übertrieben. Ich weiß, wie er aussah. Und ich kannte das silberne Cabrio. Ein silberfarbener Oldtimer. Der stand immer neben den anderen teuren Schlitten hinter deren Haus. Du weißt schon, diese moderne Villa, direkt an der Anhöhe vor der Kapelle.«

»Na klar«, gibt sein Vermieter schroff zurück. »Bin schließlich von hier. Das sind so Neureiche, oder?«

»Keine Ahnung«, antwortet Louis, »weiß nur, dass er immer wieder längere Zeit weg war. Geschäftlich, vermute ich. Seine Frau sehe ich häufiger im Garten, wenn ich beim Joggen meine Runde drehe. Der Feldweg führt direkt hinter deren Haus am Bach entlang. Wir grüßen uns schon mal beim Vorbeilaufen.«

»Haben die Kinder?«

»Ziemlich sicher nicht«, sagt Louis, »das wäre mir aufgefallen. Die Frau ist höchstens Mitte Zwanzig. Einen Hund haben die, soviel weiß ich. Einen großen Mischling.«

Louis steht auf, um Sachen vom Tisch in den Kühlschrank zu räumen. Dann beugt er sich leicht über die Arbeitsplatte und beginnt, die faulen Äpfel aus der Obstschale zu nehmen, während dabei jede Menge Fruchtfliegen aufsteigen.

»Hm«, knurrt der Alte in seinem Rücken. »Sofort tot, sagst du?«

»Ja.«

»Und der Wagen lag auf dem Dach?«, bohrt er weiter nach.

»Ja, der lag mit geöffnetem Verdeck platt wie 'ne Flunder auf der Oberseite. Der hatte ja kein Dach.«

»So eine Sauerei«, flucht der Vermieter. »Und es war ein Rehbock, sagst du?«

»Genau«, antwortet Louis, »ein Rehbock.«

Er sieht den Moment des Aufpralls zum hundertsten Mal vor seinem inneren Auge. Hört den Knall. Erinnert sich komischerweise immer wieder an die Wärme der von der Sonne aufgeheizten Landstraße in dieser Sommernacht. Der alte Mann wischt nach einer kurzen Pause und einem letzten Schluck aus seiner Kaffeetasse die Krümel mit der Hand vom Frühstückstisch auf den Boden.

»Hast du die Leiche gesehen?«, fragt er Louis mit einem seltsamen Blick.

»Gott sei Dank nicht! Ich bin sofort hoch zur Straße, um auf den Krankenwagen zu warten. Zuerst kam allerdings die Polizei. Eine

Beamtin wollte von mir wissen, was ich um diese Zeit im Wald gemacht habe, wo ich war, als das Unglück passierte und was genau ich beobachtet habe. Ich sagte ihr auch, dass ich hier bei dir auf dem Hof wohne und dass ich häufiger spät abends noch einen Spaziergang mache, um die Schleiereule zu beobachten, die in deiner Scheune ihren Schlafplatz hat. Und außerdem, dass ich weiß, wem dieses Cabrio gehört. Wobei sie das ja anhand des Nummernschilds bestimmt schon wussten.«

»Hast du denn gesehen, wie sie das Autowrack geborgen haben?«

»Nein, die Bergung hat bestimmt ewig gedauert, so, wie der Wagen unten am Abhang lag. Außerdem hatte ich keine Lust, die Leiche zu sehen. Ich habe nur noch mitbekommen, wie jemand sagte, dass eine männliche Person im Wagen gesessen habe und dass keine lebensrettenden Maßnahmen mehr nötig seien. Direkt danach bin ich rüber zu Liv, um noch mit jemandem zu reden. Du schläfst ja schon um diese Zeit. Ich habe ihr die ganze Geschichte erzählt und sie wusste sofort, wer das Opfer ist. Liv kennt die Frau des Verunglückten. Vom Einkaufen im Dorf. Sie haben hier und da mal ein paar Worte gewechselt. Liv meint, die Frau habe immer freundlich, aber sehr ernst gewirkt. Seit ungefähr zwei Jahren wohnen die in dieser total abgefahrenen Villa.«

»Sind halt so Neureiche«, sagt der Alte wieder und fängt an, Louis damit zu nerven.

»Helmut«, sagt er, »jetzt hör aber mal auf mit deinem "Neureiche". Du kennst diese Leute doch gar nicht, vielleicht sind die ja sehr nett. Selbst wenn sie Geld haben, musst du denen das ja nicht übelnehmen, oder? Und jetzt ist der Mann tot, ist das nicht furchtbar?«

»Hm«, brummt der Vermieter nur, nimmt einen letzten Schluck Kaffee, steht auf und geht zur Spüle, um die Tasse dort zu dem bereits aufgebauten Turm aus Töpfen, Gläsern, Pfannen und Tellern zu stellen.

In diesem Moment klopft es von außen an die Durchgangstür zum Hof.

»Herein!«, ruft Helmut übertrieben laut.

Die Tür geht auf und Liv steckt ihren Kopf durch den Spalt. Sie blickt freudig von einem zum anderen, dann erst betritt sie den Raum. Ihre heitere Erscheinung wirkt so, als erhelle ein Leuchten diesen düsteren Ort.

»Guten Morgen, lieber Helmut«, sagt sie und lächelt ihn an. »Was sagst du zum Wetter? Die Sonne scheint und das Heu ist fast trocken. Ein Glück, dass die bei der Vorhersage nicht recht hatten mit dem Regen. Du könntest wirklich ein anderes Gesicht auflegen.«

»Morgen Liv, schön, dass du vorbei schaust«, begrüßt Helmut sie in einem derart freundlichen Ton, dass Louis verdutzt die Brauen hebt. »Ja, du hast Recht. Das Wetter. Gut fürs Heu.«

»Hey Louis«, sagt Liv und ihre Stimme klingt plötzlich weich und mitfühlend. »Wollte nur sehen, wie es dir so geht, nach dieser schrecklichen Nacht.«

»Mir geht es ganz ok, danke«, sagt Louis und schiebt ihr einen Stuhl zurecht, damit sie sich zu ihm setzen kann.

»Was für eine furchtbare Geschichte, oder?«, fährt er fort. »Ich bin froh, dass nur dieser eine Arm des Opfers zu sehen war. Den zerquetschten Körper unter dem Wagen habe ich mir allerdings schon mehr als einmal vorgestellt. Bist du schon am Unfallort gewesen?«

»Nein«, antwortet sie und schüttelt energisch den Kopf. »Ich bin von der Baustelle aus über den Waldweg direkt hierher zum Hof. Habe heute Morgen schon zwei Türrahmen weiß lackiert«.

»Und?«, fragt Louis, »keine Rotznasen?«

»Keine Rotznasen«, antwortet Liv stolz.

»Hört mal«, fährt sie fort, »braucht ihr noch irgendwas aus dem

Dorf für heute Mittag oder heute Abend? Ich käme auf dem Rückweg nochmal vorbei und würde euch die Einkäufe in die Küche stellen.«

Helmut inspiziert den offenen Kühlschrank, während Liv sich dazu Notizen macht. Louis gießt Kaffee in die Tasse mit dem Rotkehlchenmotiv und reicht sie seiner Schwester. Er gibt ihr einen schnellen Kuss auf die Wange.

Wie gut sie duftet, denkt er.

Sie blickt ihn kurz an, hebt dankend den Becher in die Höhe und wendet sich wieder Helmut zu. Louis merkt, wie die Sommerhitze bereits am Morgen durch die gekippten Fenster ins Haus dringt. Von draußen riecht es nach Kuhstall, nach Heu, nach dem verölten Motor des Traktors und das laute Gezwitscher der Spatzen hallt über den Hof. Schwalben fliegen sirrend um das Gehöft und immer wieder durch die geöffneten Fenster der Scheune, um dort ihre Jungen zu füttern. Liv wippt währenddessen unaufhörlich mit ihrem rechten Bein, das sie über das linke geschlagen hat. Das hatte sie schon als kleines Mädchen so gemacht und ihre Eltern damit genervt. Eines Tages las ihr Vater in einem Zeitungsartikel, dass nervöses Wippen mit den Beinen manchen Menschen helfen könne, sich besser zu konzentrieren. Und weil Liv zu dieser Zeit große Probleme in der Schule hatte und Vater und Mutter sich ständig Sorgen um ihre Versetzung machten, war diese neue Erkenntnis so etwas wie eine heimliche Verbündete für die Eltern, etwas, das auf geheimnisvolle Weise helfen konnte, dass Liv bessere Noten schrieb und die Mindestpunktzahlen in ihren Fächern erreichte.

»Gut«, sagt Liv nun und legt den Stift zur Seite, »dann zisch' ich mal los. Der Kaffee schmeckt übrigens überhaupt nicht, den lass ich einfach stehen. Wir machen das später mit dem Geld, in Ordnung? Also, Männer, bis nachher.«

Sie zwinkert Louis zu, will aufstehen, sieht aber dann seine von Zweigen und Ästen verschrammten Arme vom Abend zuvor. Beim

Hasten durch den Wald hatte Louis sich auch einen etwas tieferen Schnitt am Oberarm zugezogen. Den hatte Liv in der letzten Nacht nur notdürftig versorgen können.

»Du Armer«, sagt sie, »ich besorge dir nachher noch was, damit können wir deine Wunden reinigen und versorgen.«
»Alles gut«, antwortet Louis, »ist halb so wild.«
Dann ist Liv auch schon zur Tür raus. Helmut greift nach seinen zerschundenen Arbeitshandschuhen auf der Küchenablage.
»Bella wird heute wohl noch kalben«, sagt er. »Bin jetzt erstmal im Holz. Bis später.«
»Ja, bis später«, sagt Louis und nippt an Livs Kaffee, bevor er ihn angewidert weggießt und die Treppe hinaufgeht.

Oben in seinem engen Zimmer steht Louis am Fenster, blickt über den Hof hinweg den Hang hinunter und sieht in der Ferne die Unfallkurve. Er nimmt das Fernglas aus seinem Rucksack, hält es vor die Augen und sucht vergeblich nach Spuren der gestrigen Tragödie. Er kann zwar die Kronen der Bäume erkennen, die hinter der Landstraße am Steilhang stehen, nicht aber die alte Linde selbst. Wieder hat er diese Bilder in seinem Kopf. Der junge Bock. Das Autowrack. Der zerschundene Arm. Seine zitternden Hände. Und unwillkürlich kommt ihm ein Erlebnis aus seiner Kindheit in den Sinn.

Er ist mit seinem Klassenkamerad und besten Freund Winni unterwegs auf einem der Stoppelfelder hinter dem Bauernhaus, in dem seine Eltern mit Liv und Louis einige Jahre zur Miete lebten. Winni und er entdecken auf dem Stoppelfeld in der Mittagssonne ein Kaninchen und wundern sich, warum es sich so seltsam verhält, warum es ständig die Richtung wechselnd mal hier-, mal dorthin hoppelt.

»Lass uns vorsichtig sein«, sagt Winni ängstlich, »der hat be-

stimmt Tollwut.«
»Das ist kein Hase«, sagt Louis, »das ist ein Kaninchen.«
»Ah«, sagt Winni. Als sie näher an das Tier herangehen, sieht Louis sofort dessen rote Augen. Ihm fällt ein, dass sein Vater ihm etwas von einer seltsamen Seuche erzählt hat, welche Wildkaninchen befällt. Dass die Tiere davon blind würden, rote Augen bekämen, furchtbar litten und dass man sie am besten töten solle, um sie zu erlösen. Er erzählt es Winni und sie wollen dem Leiden des Kaninchens unbedingt ein schnelles Ende setzen. Also rennen sie quer über das Feld bis zum alten, düsteren Schuppen neben der Remise und finden dort zwei schwere Hölzer. Sie eilen auf das Feld zurück, wo das blinde Tier in Panik versucht zu entkommen, dabei in den Ackerfurchen aber immer wieder strauchelt oder gegen die Beine der Jungen prallt. Louis und Winni nehmen die Hölzer fest zwischen ihre kindlichen Hände und prügeln so lange auf das Kaninchen ein, bis das Blut aus seinen Ohren, seiner Nase, seinem Maul fließt und sich die Erde unter ihm rot färbt. Die Knüppel schwingen immer wieder über ihre Köpfe und sausen auf das kleine, längst tote Wesen nieder, auch dann noch, als kleine Kaninchenköttel aus seinem Hinterteil hervorpressen. Dann ist es vorbei. Louis ist schlecht. Er würgt und sein Blick ist durch Tränen, die in seinen Augen stehen, ganz trübe. Er zittert am ganzen Körper und die beiden Freunde wagen es nicht, einander anzusehen, zu groß ist die Scham. Dabei wollten sie doch nur helfen.

Mit einem Mal ahnt Louis, warum ihn die Vorstellung des zerquetschten Mannes unter dem Cabrio nicht loslässt, warum ihm das Gefühl gestern an der Unfallstelle so bekannt vorkam. Auch hier hatte er helfen wollen und war letztendlich gescheitert. Er hatte vor dem Autowrack kniend sogar die Erleichterung gespürt, keine Entscheidungen mehr treffen zu müssen. Das Gefühl, welches ihm so bekannt vorkam, war die Scham.

Gegen Mittag kommt Liv auf den Hof zurück, um die Einkäufe zu bringen. Sie trägt die Taschen in die Küche und legt den Bon auf den Tisch. Einige Fliegen schweben an der Decke seltsame Bahnen, andere summen an den Fensterscheiben hoch und runter. In der Ferne hört man Helmuts Traktor. Liv geht zur offen stehenden Flurtür und ruft leise Louis' Namen. Sie bekommt keine Antwort und ruft erneut, diesmal etwas lauter. Kurzentschlossen geht sie die Treppe hinauf und findet ihren Bruder schlafend in seinem Bett. Als sie sich zu ihm auf die Matratze setzt, bemerkt sie seine verschwitzte Stirn und berührt vorsichtig seine Schulter. Louis fährt zusammen und stöhnt einen seltsamen Ton.

»Wollte dich nicht erschrecken«, sagt sie sanft.

»Du bist es«, sagt er und hält sich eine Hand vor den Mund, damit sie seinen verschlafenen Atem nicht riecht.

»Ja«, sagt sie. »Ich bin zurück. Ich habe alles besorgt. Die Taschen stehen unten auf dem Küchentisch. Hab mich auch ein wenig im Dorf umgehört. Veronika im Blumenladen hat mir erzählt, dass der verunglückte Mann Unternehmer war, irgendwas mit IT. Sie hat sich hin und wieder mit ihm unterhalten, wenn er opulente Sträuße für seine Frau gekauft hat. Er hatte irgend so einen seltsamen Vornamen. Veronika meint, die müssen stinkreich sein. Mich würde mal interessieren, was dieses Pärchen nach Seelbach verschlagen hat.«

»Dich hat es doch auch hierher verschlagen«, antwortet Louis. »Vielleicht war es bei denen ja auch die Liebe.«

»Glaub' ich nicht«, sagt Liv. »Der Mann war Schweizer und die Frau ist auch nicht von hier. Ich habe ja schon ein paar Worte mit ihr gewechselt und sie hat einen norddeutschen Akzent. Ist ja auch egal. Die arme Frau! Das ist doch echt ein heftiges Schicksal, oder? Weißt du noch, als Papa starb? Da hatte Mama wenigstens uns.

Veronika meint, die Frau lebe ziemlich zurückgezogen. Möchte nur wissen, wer sich jetzt um sie kümmert oder ihr Hilfe anbietet.

»Ich habe sie zum letzten Mal beim Joggen gesehen«, sagt Louis nachdenklich. »Ist aber schon eine gute Woche her.« Er setzt sich in seinem Bett auf und reibt sich das Gesicht, um wach zu werden.

»Hey Liffi«, sagt er dann, »mal was ganz anderes. Die Arbeiten am Haus sollen ja Ende Oktober fertig sein. Ich habe mal einen Zeitplan erstellt. Er liegt hinter dir auf der Kommode. Ich muss noch die Treppe machen, einige Arbeiten auf dem Dachboden und die Dielenböden im Erdgeschoss. Und die Fliesen im Bad. Dann warte ich auch immer noch auf diese blöden Lichtschalter. Wieso müsst ihr die auch in England bestellen? Sind doch sicher schweineteuer.«

»Christian war nicht davon abzubringen«, erklärt Liv. »Kennst ihn ja. Wenn der was will. Es sind die gleichen Lichtschalter, die ihr vor drei Jahren in Glasgow in Florians und Moiras Haus eingebaut habt. Ich habe übrigens keine Bedenken, dass wir rechtzeitig fertig werden. Christian hat Ende September Urlaub und ihr zwei seid vierzehn Tage lang wieder ein Team. Dann können wir pünktlich im November einziehen.«

Liv nimmt ihr Handy, dreht sich auf dem Bett sitzend herum und macht ein Foto von dem Zettel, der auf der Kommode liegt. Dann wendet sie sich wieder an ihren Bruder.

»Du musst nächsten Sommer unbedingt wieder herkommen und eine Weile bei uns wohnen, ja? Komm schon, Louis. Vielleicht zusammen mit Mama. Platz genug haben wir ja dann.«

»Mal sehen, wie das nächste Jahr in Bonn so für mich läuft. Ich muss ja noch eine Entscheidung treffen wegen des Jobangebots.«

Louis steigt aus dem Bett und geht mit wenigen Schritten durch das niedrige Zimmer zum alten Waschbecken mit dem viel zu kleinen Wasserhahn. Er putzt sich die Zähne, während seine Schwester mal lächelnd, mal ernst auf ihr Handy schaut und Nachrichten beantwortet. Nachdem Louis sich noch mit kaltem Wasser das Gesicht gewaschen hat, nimmt er die beiden kleinen Schachteln, die Liv auf den runden Holztisch gelegt hat und wirft einen schnellen Blick darauf.

»Aha«, sagt er. »Arnikasalbe. Wunddesinfektion.«

»Ja«, sagt Liv, während sie aufsteht. »Und lies dir die Beipackzettel durch.«

Sie sieht seinen Blick und nickt nur kurz.

»Machst du ja sowieso nicht. Aber helfen tut beides, vertrau mir. Und einen neuen Verband habe ich auch mitgebracht, der ist aber noch unten in einer der Taschen.«

Louis geht zu ihr und drückt sie kurz an sich.

»Du bist meine tolle, große Schwester«, sagt er.

Sie nickt übertrieben und geht zur Tür.

»Komm«, sagt sie, »lass uns nach unten gehen. Ich helfe kurz noch in der Küche, bevor Helmut zurückkommt. Der ist so ein Schmuddel, oder?«

Louis versenkt noch zwei letzte Schrauben sauber in den Bohrungen. Sein linkes Knie schmerzt ein wenig, trotz der Schoner, die er trägt. Er steht leise stöhnend auf und lässt seinen Blick zufrieden über den zur Hälfte verlegten Dielenboden schweifen. Die neuen Sprossenfenster zur Straße sind weit geöffnet und er hört Liv vor dem Haus, wie sie Verpackungsmüll in eine Tonne stopft. Dabei flucht sie leise vor sich hin.

»Willst du einen Kaffee?«, ruft er laut durch die Stille nach draußen.

»Mensch Louis, hast du mich erschreckt«, antwortet sie, ohne ihn sehen zu können. »Kaffee klingt gut. Ich warte hier in der Sonne auf dich.«

Er legt den Akkuschrauber zur Seite und geht in die provisorisch eingerichtete Küche. Als er kurz darauf mit den beiden Kaffeetassen durch die rostige Baustellentür nach draußen tritt, hat Liv bereits zwei leere Plastikeimer umgedreht, auf die sie sich setzen.

»Hier«, sagt Louis, »nicht so ein Dreck wie Helmuts Kaffee.«

»Danke«, sagt Liv. »Und? Bist du zufrieden? Kommst du gut voran?«

»Ja, läuft«, antwortet Louis. »Das wird echt phantastisch und ich freue mich für euch. Passt nur auf, dass Mama nicht hierbleibt, wenn sie euch besuchen kommt.«

Beide lachen laut auf und Liv schlägt Louis mit der flachen Hand auf den Oberschenkel, dass es klatscht.

»Au«, sagt er und wieder müssen beide lachen.

»Wir wohnen jetzt seit acht Monaten bei Christians Eltern«, sagt Liv, »viel schlimmer kann es also nicht mehr werden. Im Vergleich zu Hermann und Angelika ist Mama jedenfalls die reinste Erholung. Sie kann einen wenigstens mal in Ruhe lassen.«

Louis schaut seine Schwester erstaunt an und diese bemerkt seinen Blick.

»Also, wenn man sie sehr, sehr eindringlich bittet«, stellt Liv nachträglich klar und grinst.

Louis dreht sich auf dem Eimer sitzend um und schaut auf das schöne, alte Natursteinhaus mit den neuen, hellgrauen Holzfenstern.

»Platz für eine große Familie ist jedenfalls vorhanden«, bemerkt er vielsagend. »Ist schon was geplant?«

Bei dieser Frage lächelt Liv unsicher.

»Geplant? Geplant klingt blöd. Wir würden uns freuen, wenn es irgendwann klappt. Nach dem Einzug steht in jedem Fall unsere Hochzeit im nächsten Jahr an. Da müssen wir langsam mal in die Gänge kommen.«

Louis zieht die frische Waldluft lang und tief durch die Nase ein und beide Geschwister schließen die Augen. Sie sitzen in der sommerlichen Morgensonne, die gerade zwischen zwei Bäumen hindurch scheint und genießen das Licht durch die geschlossenen Lider. Eine Zeitlang lauschen sie den Geräuschen des Waldes. Dem leichten Wind in den Blättern, dem Gezwitscher der Vögel. Nur sehr weit entfernt hört man in unregelmäßigen Abständen das Geräusch einer Motorsäge. Louis überfällt mit einem Mal die Müdigkeit und nur der ungemütliche Rand des Eimerbodens hält ihn noch wach.

»War gut, der Kaffee«, sagt Liv einige Minuten später. »Übrigens, wie war das gestern mit der Polizei? Die standen einfach so vor Helmuts Tür, oder wie?«

»Einfach so, ja«, antwortet Louis langsam und es fällt ihm schwer, in die Gegenwart zurückzukehren.

»Und wieviel Geld war das? Helmut sagte etwas von fünfundzwanzigtausend Euro?«

»Achtundzwanzigtausend«, sagt Louis und reckt sich. »Warum warst du denn bei Helmut?«

Liv überhört die Frage einfach.

»Das gibt's doch gar nicht«, fährt sie fort. »Ist ja wie im Film. Und wie kommen die darauf, dass du etwas damit zu tun haben könntest?«

Während sie das sagt, wendet sie den Kopf langsam ihrem Bruder zu und schaut ihn mit ungläubigen Augen an.

»Hast du doch nicht, oder, Louis? Oder?«

»Ach Quatsch«, lacht er, »so ein Blödsinn. Die Frau von dem Schweizer hat in irgendeiner Brieftasche des Verstorbenen wohl ein Schreiben gefunden, eine Quittung oder was weiß ich. Da stand drin, dass er am Tag des Unfalls achtundzwanzigtausend Euro erhalten hat. In bar. Und jetzt weiß keiner, wo die sind.«

Liv schaut weiter ungläubig.

»Was für ein seltsamer Zufall. Und wieso kommen die erst jetzt damit an, fast drei Wochen nach dem Unfall?«

»Weil die Frau Wyss – so heißen die – anscheinend zur Zeit des Unfalls in irgendeiner Klinik in der Schweiz war. Keine Ahnung, wann sie dann die ganzen Dokumente ihres Mannes durchgesehen und diesen ominösen Beleg entdeckt hat. Brauchen tut sie die Kohle sicher nicht, aber das macht die Geschichte nicht weniger seltsam, oder?«

»Auf keinen Fall«, sagt Liv.

»Jedenfalls wollte die Polizei wissen, ob ich irgendetwas am Unfallort gesehen habe. Also, von dem Geld. Was für eine dämliche Frage, oder? Hätte ich das Geld genommen, würde ich denen das auch ganz sicher erzählen. Für wie blöd halten die einen eigentlich?«

»Scheiße, Louis«, sagt Liv mit aufgebrachter Stimme und schaut ihn dabei aufgeregt an. »Die glauben sicher, du hast das Geld gefunden. Nicht, dass die jetzt anfangen, dich zu beschatten.«

Sie schaut sich auf dem Eimer sitzend vorsichtig nach allen Seiten um.

»Na, dann sollen die das mal machen«, lacht Louis. »Gebrauchen könnte ich die Kohle allerdings. Das wissen die hoffentlich nicht.«

Er steht von seinem Eimer auf und trinkt im Stehen den letzten Schluck aus seiner Tasse. Als er den Arm wieder sinken lässt, ist sein Blick nachdenklich.

»Was ist los?«, fragt Liv.

»Sag mal«, beginnt er gedehnt, »meinst du, diese Frau Wyss denkt, ich hätte das Geld genommen?«

»Weiß nicht«, sagt Liv. »Ich würd's denken, glaube ich.«

Louis drückt seiner Schwester wortlos seine leere Tasse in die Hand, geht zur Kreissäge und fegt Staub und Späne mit einem alten Handfeger hinunter. Er prüft mit den Fingern, ob die Schärfe des Sägeblatts noch etwas taugt.

»Ich muss noch die letzten Dielen auf die richtigen Längen absägen«, sagt er. »Morgen Mittag wird der Boden im Wohnzimmer fertig.«

»Wunderbar«, sagt Liv, steht ebenfalls auf und klopft sich den Hintern sauber. »Das werde ich Christian nachher erzählen, wenn wir telefonieren. Da wird er sich freuen. Die Lichtschalter sind übrigens gestern angekommen. Ich habe sie im Flur auf den roten Stuhl gelegt.«

»Ja«, sagt Louis, »habe ich schon gesehen. Damit fange ich erst übermorgen an.«

Er will sich gerade die Ohrschützer aufziehen und die Kreissäge einschalten, als Liv ihm von hinten auf die Schulter tippt.

»Louis«, beginnt sie, »es geht mich ja eigentlich nichts an, aber wieviel schuldest du Svenja noch?«

»Frag ruhig«, sagt er, »da gibt es nichts Geheimnisvolles. Einundzwanzig und ein paar Gequetschte waren es bei unserer Trennung, wenn man das so bezeichnen kann. Jetzt gerade sind es noch dreizehntausend, Schmerzensgeld eingerechnet. Mit dem Geld hier von der Baustelle werden es noch ungefähr achteinhalb sein.«

»Du weißt«, sagt Liv, »ich habe dir angeboten, das Geld vorzustrecken. Jederzeit.«

»Ich weiß«, sagt Louis, »das ist wirklich lieb. Aber nein, vielen Dank.«

Er zieht die Schützer über die Ohren, betätigt den Schalter an der Säge und das Sägeblatt beginnt, sich geräuschvoll zu drehen.

Drei Tage später ist das Wetter umgeschlagen. Dichte Wolken hängen über Seelbach. In der letzten Nacht hatte es begonnen zu gewittern und seitdem hat es durchgeregnet. Erst jetzt, am späten Nachmittag, hört der Regen langsam auf. Draußen hängen überall dicke Tropfen und der Wind ist zu kühl für Ende August. Louis kommt in Sportklamotten aus seinem Zimmer und geht über die Treppe nach unten.

»Helmut!«, ruft er laut durchs Haus. Keine Antwort.

Louis nimmt im Flur den kleinen, quadratischen Block mit der Tierfutterwerbung vom Telefontisch und schreibt eine kurze Nachricht: Bin joggen. Schaue noch bei Liv vorbei. Heute Abend Bundesligaauftakt!

Als er zwanzig Minuten später auf der Anhöhe ankommt, bleibt er stehen. Sein Atem geht nach dem steilen Anstieg schnell. Leicht gebeugt stemmt Louis seine Hände in die Hüften. Den Schmerz im Knie spürt er kaum noch. Während er seinen Blick über die Umgebung schweifen lässt, sieht er einen schmalen Spalt, der sich zwischen den Wolken auftut und durch den nun mit aller Kraft die Sonne strahlt. Zwei Greifvögel ziehen in großer Höhe ihre Kreise. Dieses Schauspiel ergreift ihn. Seine ganze Kindheit und Jugend über hatte sein Vater ihn immer wieder zu Vogelwanderungen mitgenommen. Dann hieß es um fünf Uhr in der Früh aufstehen, leise durch das Haus schleichen, um die Mutter und Liv nicht zu wecken, Tee kochen, Brote schmieren und dann, fast noch in der Dunkelheit, mit Ferngläsern bewaffnet in eines der Naturschutzgebiete zu fahren, die für sie in ein bis zwei Autostunden zu erreichen waren. Dort wurde zwar auch kaum gesprochen, doch die Liebe zur Natur, das gemeinsame Empfinden für deren Schönheit, hatte die beiden auf eine schweigsame Art miteinander verbunden. Louis hatte jedoch all die Jahre das Unvermögen seines Vaters gespürt, Nähe zuzulassen und gleichzeitig dessen Angst, den Kontakt zu seinem einzigen Sohn zu verlieren.

Einige Krähenvögel nähern sich gerade den Bussarden und attackieren sie im Flug. Die Lücke zwischen den Wolken schließt sich wieder und lässt die Landschaft schlagartig freudlos erscheinen. Louis senkt den Blick vom Wolkenhimmel zurück zum Horizont.

In der Entfernung am gegenüberliegenden Hang sieht er die große, moderne Villa liegen. Ob die junge Frau wohl da ist, fragt er sich. Er spürt, wie sein schweißnasser Rücken kalt wird vom Wind und läuft weiter. Während er sich dem Grundstück nähert, steigt ein leichtes Unbehagen in ihm auf. Weiß sie, wer er ist? Weiß sie, dass er der Zeuge des Unfalls war? Dem matschigen Weg leicht aufwärts folgend gelangt er an den kleinen Bach und nimmt die letzte Steigung hoch bis zum Zaun des Gartens mit dem alten Baumbestand. Hinter einem Haselstrauch auf halber Strecke des Grundstücks bleibt er stehen. Auf einer Kiesfläche seitlich des Hauses stehen drei Autos. Sie sind auffällig groß oder sportlich oder elegant. Zwischen den Bäumen sieht Louis die große Rasenfläche mit den Obstbäumen und durch eine Hainbuchenhecke hindurch spiegelt sich das Licht im Wasser des riesigen Pools. Zwei Zimmer im Haus sind erleuchtet. Wie es sich wohl anfühlen mochte, dort nun allein zu leben? Andererseits hatte Louis bei seinen häufigen Läufen mitbekommen, dass die Frau ganze Wochen für sich zu sein schien, wenn ihr Mann verreist war. Durch die riesige Fensterfront sieht er die junge Frau in diesem Moment die Küche betreten. Sie bleibt an einer Anrichte stehen und hantiert mit irgendetwas herum. Zwischendurch schaut sie immer wieder zu dem Hund, der aufgeregt um sie herumspringt. Louis joggt weiter, doch als er den Stichweg zur Straße schon passiert hat, bleibt er erneut stehen. Er weiß seit Tagen, was er tun will und nun findet er es falsch, es nicht zu tun. Also kehrt er wieder um und biegt in den kleinen Trampelpfad ein, der bis zur Kapelle führt. Dort hüpfen Rabenkrähen auf der Wiese des Gotteshauses wild umeinander und streiten sich lärmend um irgendein Stück Aas. Die Straße abwärts bis zur Grundstückseinfahrt verlangsamt er sein Tempo. Der Vorgarten ist fast so groß wie der Garten hinter dem Haus. Durch das geöffnete, hochmoderne Sicherheitstor geht er den gewundenen Weg aus wunderschönen Natursteinen zwischen Blumen und Sträuchern hindurch bis zur

Eingangstür der Villa. Der Regen wird wieder stärker und auch der Wind nimmt zu. Er drückt auf die Türklingel, tritt einige Schritte zurück und betrachtet das Gebäude, diese gigantische Fassade aus Glas, Holz und Stein.

Der scheinbar unermessliche Reichtum, der über all dem schwebt, beeindruckt ihn in diesem Moment mehr, als er erwartet hat, und ihn beschleicht das Gefühl von Neid. So winzig, dass er es sich nicht eingestehen möchte, aber groß genug, um sich ertappt zu fühlen. Louis hört ein dumpfes Bellen. Dann erscheint der Hund freudig kläffend in dem sehr schmalen Glasfenster direkt neben der Tür. Einige Sekunden später taucht dort, weiter oben, auch der Kopf der jungen Frau auf. Sie blickt Louis an, weder freundlich noch unfreundlich. Louis hebt die Hand zum Gruß.

»Guten Tag«, sagt er laut, wohl wissend, dass sie ihn durch die geschlossene, massive Tür nicht hören kann. »Hätten Sie kurz Zeit?«

Die Tür öffnet sich. Sie hält den Hund am Halsband fest.

»Lucy!«, sagt sie streng. »Still!«

»Guten Tag«, sagt Louis.

»Guten Tag«, entgegnet sie.

»Ich denke, Sie wissen, wer ich bin?«, fragt er vorsichtig.

»Natürlich«, sagt sie, »in einem kleinen Dorf wie Seelbach braucht so etwas ja nicht lange.«

»Nein«, sagt Louis, »braucht es nicht.«

»Sie sind der Bruder der blonden Frau, die gerade mit ihrem Mann das Haus oben an der alten Landstraße bezieht, richtig? Ich habe ihre Schwester schon einige Male in Seelbach getroffen, beim Einkaufen.«

»Das mit dem Haus meiner Schwester stimmt«, sagt Louis. »Liv und ihr Freund Christian ziehen im November dort ein. Ich mache die Renovierungsarbeiten.«

»Liv«, wiederholt sie nachdenklich. »Jetzt erinnere ich mich an den Namen. Und wir beide«, fährt sie fort, während sie dabei mit dem Zeigefinger abwechselnd auf sich und Louis zeigt, »kennen uns ja bereits vom Grüßen über den Zaun. Sie laufen ja häufig hinter unserem Grundstück vorbei.«

»Richtig«, sagt Louis, »meine Lieblingsstrecke.«

Die junge Frau lässt den Hund nun los und er beschnuppert Louis freundlich.

»Sie haben also den Unfall beobachtet«, stellt sie fest. Ihre Stimme klingt dabei völlig gefasst und ruhig.

»Ja, das habe ich. Ich habe gesehen, wie der Wagen von der Fahrbahn abkam. Also nachdem es den Zusammenstoß mit dem Rehbock gab.«

»Richtig, der Rehbock«, sagt sie und schüttelt ganz leicht und ungläubig den Kopf.

»Das tut mir wirklich sehr leid, das mit ihrem Mann«, sagt Louis mit empathischer Stimme. »Dieser furchtbare Unfall. Ich kann mir gar nicht vorstellen, wie schrecklich das für Sie sein muss.«

»Vielen Dank. Nett, dass Sie das sagen. Mir tut es leid, dass Sie das mit ansehen mussten.«

Louis weiß für einen Moment nicht, was er sagen, wie er zum Punkt kommen soll. Bevor das Schweigen unangenehm wird, beendet die junge Frau jedoch die Stille.

»Wollen Sie vielleicht kurz reinkommen?«, fragt sie und schaut hoch über Louis hinweg in den düsteren Wolkenhimmel, aus dem es nun förmlich zu schütten beginnt. »Ich möchte Sie nicht durch diesen Regen zurückschicken.«

»Das ist wirklich sehr nett«, sagt Louis, »ich bin allerdings völlig durchnässt und ein wenig dreckig. Vielleicht bleibe ich einfach nur kurz drinnen auf der Fußmatte stehen.«

»Ach was«, sagt sie und lächelt nun zum ersten Mal, »wir haben Steineichenboden, der ist völlig unempfindlich und außerdem kommt zwei Mal in der Woche Justina, unsere Reinigungskraft.

Also los, kommen Sie schon rein. Vielleicht ziehen Sie nur die Laufschuhe aus und ich gebe Ihnen Filzpantoffeln.«

Louis tritt in den sehr geräumigen, offenen Flur und sieht von dort geradewegs in einen riesigen Wohnraum, dessen Rückseite aus einer einzigen Glasfront besteht. Dieser Anblick mit dem dahinterliegenden Garten fasziniert ihn. Er zieht seine durchweichten Joggingschuhe aus und stellt sie ordentlich auf den Abtreter. Die junge Frau holt aus einem Schrank in der Wand ein paar dünne Filzpantoffeln und reicht sie ihm. Sie trägt gemütliche, weite Kleidung und hat ihre langen, dunklen Haare zu einem Pferdeschwanz zusammengebunden. Ihre Bewegungen, ihre Stimme, ihr Gesicht, alles wirkt auf ihn genauso vollkommen und elegant wie der Garten, das Haus, die Autos. Louis fällt auf, dass sie bis auf einen Ring mit einem großen roten Stein keinen Schmuck trägt.

»Keine Angst vor Lucy, die tut keinem was«, sagt sie nun mit entspannter Stimme und zeigt auf den Hund. »Gehen sie doch schon mal durch ins Wohnzimmer, ich hole schnell noch ein Handtuch, auf das Sie sich setzen können.«

Sie entschwindet barfuß in einen Seitengang, während Louis sich durch den Flur bewegt wie ein Satellit in einem fremden Universum, der seine vorgeschriebene Laufbahn verlassen hat. Das Wohnzimmer ist beeindruckend hoch. Louis schaut staunend hinauf zur Zimmerdecke mit den unendlich vielen kleinen Lichtern, dann betrachtet er die wenigen Designermöbel, die wohlplatziert den Raum schmücken. Er staunt über das Chaos, das hier herrscht und hätte nicht erwartet, dass es in solchen Häusern unordentlich sein kann. Doch um die verstreut herumstehenden Kartons liegen Bücher, Aktenordner und Zeitschriften herum sowie allerlei Kleinkram auf dem Couchtisch und dem weißen Ledersofa. Einzig der riesige Esstisch scheint vom Durcheinander verschont geblieben zu sein. An der Wand zu seiner Linken hängen außer einem riesigen, modernen Gemälde auch mehrere Gitarren. An der Wand zur Rechten gibt es einen Kamin und darum herum jede Menge Bilder in unterschiedlichsten Formaten: Fotografien, Zeichnungen, Drucke, Radierungen, Malereien. Am meisten aber faszinieren Louis die zwei Skulpturen vor der Glasfront. Die erste ist aus einem Felsstück herausgearbeitet und zeigt einen Säugling, der in Embryonalstellung friedlich auf dem Stein zu schlafen scheint, und die zweite ist eine aus einem mächtiges Stück Stammholz gearbeitete perfekte Halbkugel, die nach oben hin aus dem Objekt herausragt. Auf einem glänzend weißen Sideboard stehen mehrere eingerahmte Fotografien. Gerne würde er sie näher betrachten, doch die junge Frau kommt gerade zurück ins Zimmer und legt ein großes Badetuch über einen der sesselartigen Stühle am großen, massiven Holztisch.

»Bitte«, sagt sie und macht dazu eine einladende Geste. »Ich habe uns Wasser aufgesetzt für einen Kräutertee. Oder möchten Sie lieber Kaffee?«

»Tee ist gut«, sagt Louis und setzt sich ihr gegenüber vorsichtig auf das Handtuch. »Sie haben wirklich ein tolles Haus.«

»Danke«, sagt sie, »wir können aber gerne Du sagen, wenn es dir nichts ausmacht.«

»Überhaupt nicht«, sagt er, »ich heiße Louis.«

»Hallo Louis. Ich bin Jette.«

»Jette?«, fragt Louis erfreut. »Meine Oma heißt auch Jette. Also, eigentlich Henriette.«

»Aha«, sagt Jette mit einem leichten Lächeln. »Und sie lebt noch?«

»Ja, sie ist fast siebenundachtzig. Es geht ihr schon ewig ziemlich schlecht, aber sie ist zäh.«

Louis nimmt sich einen kurzen Moment, bevor er weiterspricht.

»Hör mal, Jette, ich möchte dir erklären, weshalb ich bei dir angeklingelt habe. Sicher weißt du, dass die Polizei bei mir war. Auf dem Hof, auf dem ich zurzeit wohne.«

»Ja, natürlich. Das weiß ich.«

»Sie haben mich gefragt, ob ich etwas von dem Geld gesehen hätte, das dein Mann am Tag des Unfalls erhalten hat und das nun verschwunden ist oder von dem niemand weiß, wo es geblieben ist. Ich möchte dir einfach sagen, dass ich an dem Nachmittag, als die beiden Beamten zu mir kamen, zum ersten Mal von diesem Geld gehört habe. Es wäre mir sehr unangenehm, wenn du oder sonst jemand mich verdächtigen würde, das Geld genommen zu haben. Kannst du verstehen, dass es mir wichtig ist, das klarzustellen?«

»Natürlich kann ich das verstehen«, antwortet Jette ruhig. »Und ganz ehrlich, ich will dir gerne glauben, obwohl wir uns gerade erst kennengelernt haben. Du machst auf mich nicht den Eindruck, als ob du einem Verunglückten einfach einen großen Packen Euroscheine entwendest. Möglicherweise bin ich auch zu naiv. Keine Ahnung. Ehrlich gesagt interessiert mich das Geld auch nicht so sehr, auch wenn das für dich komisch klingen mag.«

»Klingt es nicht«, sagt Louis, während er sich ein vielsagendes Grinsen nicht verkneifen kann. »Nicht wirklich.«

Aus der Küche hört man ein leises Geräusch.

»Einen Moment«, sagt die junge Frau, steht auf und geht, um den Tee zu holen.

Louis ist seit dem Moment, als sie ihm die Tür geöffnet hat, irritiert davon, dass er in ihrer Stimme, in ihrem Gesicht so wenig Trauer wahrnimmt. Kann sie diese nur gut verbergen? Oder sind drei Wochen genug Zeit, um solch einen Schmerz schon halbwegs zu verarbeiten? Eigentlich hat sie in den Minuten zuvor einen empfindsamen Eindruck auf ihn gemacht.

Jette kommt mit zwei Tassen dampfendem Kräutertee zurück und reicht Louis eine davon. Außerdem stellt sie eine Schale mit kleinen, rechteckigen Keksen auf den Tisch.

»Ingwerkekse«, sagt sie und deutet mit dem Zeigefinger auf das Schälchen.

Der Hund, der ihr gefolgt war, legt sich nun geräuschvoll kauend unter den Tisch.

»Vielen Dank«, sagt Louis.

»Gerne«.

Jette setzt sich wieder in ihren Stuhl und lehnt sich zurück. Dabei schaut sie mit entrücktem Blick an Louis vorbei in den Garten. »Die Geschichte mit Beat«, beginnt sie nachdenklich, »womit fange ich da an?«

»Beat?«, bemerkt Louis erstaunt, »das ist ein ungewöhnlicher Name.«

»Ja, hier bei uns ist der Vorname ungewöhnlich«, wendet sie sich ihm wieder zu, »aber in der Schweiz ist er relativ häufig. Beat ist die männliche Form von Beate. Aber zurück zur tragischen Geschichte. Zu deinem Verständnis möchte ich sagen, dass natürlich auch ich Sorgen und Probleme in meinem Leben habe, dass aber Geldsorgen seit meiner Heirat mit Beat nicht mehr dazu gehören. Das soll nicht arrogant klingen, es ist einfach so. Seine Familie ist unermesslich reich. Mich interessieren also nicht diese achtundzwanzigtausend Euro, sondern warum Beat so viel Bargeld kurz vor seinem Unfall bei sich hatte und warum er diese Summe nicht wie sonst einfach von unserem Konto abgehoben hat. Ich habe diese Rechnung über achtundzwanzigtausend Euro für eines seiner alten Motorräder in seiner Brieftasche gefunden. Zahlbar in bar. Eine Moto Guzzi Falcone von 1946, falls dir das etwas sagt.«

»Nein«, sagt Louis, »ich habe es nicht so mit Motorrädern.«

»Gut«, fährt Jette fort. »Die Polizei hat die Geschichte mit dem Käufer überprüft, das ist alles sauber. Beat hatte auf dem Landsitz seiner Eltern in der Schweiz eine ganze Scheune voll mit alten Autos und Motorrädern. Er liebte diese Schätze, was ich zwar nicht nachvollziehen konnte, es mir aber umso unbegreiflicher macht, warum er sich genau jetzt von einem der Motorräder getrennt hat, statt einfach zur Bank zu gehen und Geld abzuheben. Anscheinend brauchte er es ja dringend für irgendeinen Zweck, von dem ich nichts wusste und vielleicht auch nichts wissen sollte. Beat gehört eine Firma und er verdiente damit wirklich eine Menge Geld. Nebenbei Geschäfte dieser Art zu machen, passt also überhaupt nicht zu ihm. Du kannst dir vorstellen, wie sehr mich diese rätselhafte Geschichte irritiert?«

»Natürlich«, sagt Louis, »das alles klingt tatsächlich seltsam. Entschuldige, wenn ich das so direkt frage, aber hattet ihr ein gemeinsames Konto?«

»Beat hatte sein Geschäftskonto, und ja, das Privatkonto lief seit unserer Hochzeit auf uns beide. Ich weiß natürlich, worauf du hinauswillst. Die Polizei hat mich übrigens das Gleiche gefragt.«

»Selbstverständlich«, sagt Louis. »Für die sind das bestimmt Routinefragen. Der Gedanke liegt ja offensichtlich auf der Hand.«

»Du meinst, warum Beat nicht wollte, dass ich irgendetwas von dem Motorrad-Deal mitbekomme?«

»Genau das meine ich. Ich will dir aber nicht zu nahe treten.«

»Ist schon ok«, sagt sie. »Und nein, ich habe keinen blassen Schimmer, warum er mir die Geschichte verheimlicht hat.«

Louis nickt und legt seine Hände wärmend um die heiße Tasse.

»Meine Schwester und ich sprachen letztens über dich«, fährt er fort. »Wir haben uns gefragt, ob du Freunde oder Familie hier in der Gegend hast. Ob du Hilfe brauchst.«

»Das ist wirklich sehr nett, vielen Dank«, sagt Jette fast gerührt. »Was soll ich sagen? Die Situation ist momentan nicht einfach. Das im Detail zu erklären, würde jetzt zu weit führen. Ich bin jedenfalls sehr dankbar, dass ihr euch um mich Gedanken gemacht habt. Das meine ich ernst.«

»Ich habe eine tolle Schwester«, sagt Louis. »Wenn du also irgendetwas brauchst, an Unterstützung meine ich, du könntest uns jederzeit fragen.«

Jette beugt sich nach vorne, legt ihre verschränkten Arme auf den Tisch und schaut Louis nun ganz offen an.

»Ich glaube nicht an Zufälle, Louis. Ich bin froh, dass du bei mir angeschellt hast. Es ist eine ungewöhnliche Begegnung unter diesen Umständen, aber sie tut mir gut. Zu den Leuten im Dorf finde ich keinen richtigen Draht. Die sind freundlich, aber distanziert, und es fällt mir schwer, mich einzulassen. Auf dich muss das vielleicht seltsam wirken. Du kommst zum ersten Mal in dieses Haus und ich erzähle dir all diese Dinge über Beat und mich. Aber es gefällt mir, mit jemandem zu sprechen, der nicht von der Polizei ist oder Teil der Familie, und bei dem ich nicht das Gefühl habe, dass er mir sagen will, was ich zu tun habe. Ich hoffe, es ist in Ordnung für dich, dass ich das so offen ausspreche.«

»Sicher«, sagt Louis, »das ist völlig in Ordnung. Mach dir darüber keine Gedanken.«

»Es würde mich wirklich freuen, wenn wir uns wiedersehen würden. In knapp vier Wochen ziehe ich zurück in den Norden. Ich muss hier raus und habe über eine befreundete Maklerin kurzfristig ein kleines Haus in der Nähe von Hamburg gemietet. Bis dahin wäre ich aber froh, einen Menschen wie dich um mich zu haben. Das würde mir helfen, unbeschwerter durch die restliche Zeit zu kommen. Ich hätte dich nicht einfach so gefragt, aber da du es angeboten hast...«

»Das mache ich wirklich gerne. Ich mag deinen Hund«, sagt Louis und lacht.

»Wie schön«, strahlt Jette ihn aufrichtig an. »Das Wetter soll wieder besser werden in den kommenden Tagen. Und es wird deutlich wärmer. Wir könnten uns am kommenden Wochenende in unseren Garten setzen und ein wenig plaudern und etwas trinken. Bring doch deine Schwester mit, wenn du magst.«

»Liv ist von Freitag bis Sonntag in Bonn«, überlegt Louis laut, »mir würde der Samstag aber gut passen.«

»Ich habe zwar einige Anwaltstermine in der kommenden Woche«, sagt Jette mit einem leicht gequälten Lächeln, »und muss Vorbereitungen für den anstehenden Umzug treffen, aber Samstag klingt hervorragend. Ich mache was Kleines zu essen. Sagen wir achtzehn Uhr?«

»Achtzehn Uhr ist perfekt«, sagt Louis. »Ich bringe den Wein mit. Rot oder Weiß?

»Hm«, überlegt sie kurz. »Sehr gerne Rot.«

»In Ordnung«, sagt Louis. »Langsam wird mir doch ein wenig kalt. Ich laufe jetzt mal zurück und dann schnell ab unter die heiße Dusche.«

»Der Regen hat aufgehört«, sagt sie mit einem Blick in den Garten. »Vielleicht bleibst du auf dem Rückweg verschont.«

Sie stehen von ihren Stühlen auf und Louis reicht Jette das feuchte Handtuch. Während sie ihn zur Haustür begleitet, streichelt er der laut hechelnden Lucy noch einmal liebevoll über den Rücken. In der Diele angekommen schlüpft er gebückt in seine nassen Laufschuhe und kommt aus der Hocke wieder hoch.

»Bis Samstag«, sagt Jette und reicht ihm ihre schmale, warme Hand. »Ich freue mich.«

»Ja, bis Samstag. Und mach dir bitte nicht zu große Umstände.«

Louis schlüpft durch den Türspalt nach draußen und die schwere Haustür schließt sich hinter ihm. Er bleibt kurz auf dem Treppenabsatz stehen, schaut in den fast aufgeklarten Himmel und holt einmal ganz tief Luft. Dann läuft er los.

03

Erin hängt die nasse Wäsche neben dem weiß getünchten Haus auf die Leine. Über dem Mount Gabel bricht die Sonne immer wieder für kurze Zeit durch die von der Küste heranziehenden Wolken, deren Schatten förmlich über die Bergrücken Connemaras dahinfliegen. Das Grün der Wiesen und Weiden, auf denen in der Ferne überall verstreut Schafe und Kühe herumstehen, leuchtet im warmen Licht des Vormittags. Erin steht in ihren orangefarbenen Gummistiefeln auf der schlecht geteerten, dreckigen Auffahrt und hört in einiger Entfernung einen Wagen den Hügel hinaufkommen. Die Hand über die Augen gelegt, erkennt sie Seán Monroes alten, rostigen Toyota den kurvenreichen, von Steinmauern gesäumten Weg auf den Hof zufahren. Zwei Schafe rennen einige Zeit lang getrieben vor dem Wagen her und fliehen nach mehreren Windungen seitlich durch ein Gatter. Schließlich zieht Seán Monroe auf der Auffahrt die Handbremse an. Die Fahrertür quietscht laut beim Öffnen. Er lässt sie offen stehen und kommt, während er sich eine Zigarette anzündet, auf Erin zu.

»Hey«, sagt er.

»Hey«, sagt Erin.

»Du warst die ganze Woche nicht im Pub«, sagt Seán.

»Die Kleine ist krank«, erwidert Erin.

Seán inhaliert tief den Rauch seiner Zigarette und schaut auf den kleinen Jack Russel Terrier, der um die Ecke der Garage geflitzt kommt. Seán beugt sich hinunter, um den kleinen Hund zu streicheln.

»Rocky, alter Junge, guter Junge«, sagt er, während er dabei verstohlen zu Erin hinauf schielt. »Warum passt deine Schwester nicht abends mal auf Siobhán* auf? Oder dein Schwager. Sie müssen doch eh zu Hause sein, wegen Aiden. Oder nicht?«

* weiblicher irischer Vorname [ʃəˈvɔːn]

»Doch, schon«, gibt Erin einsilbig zurück und streckt sich zwischen der nassen Wäsche nach ein paar farbigen Plastikklammern.
»Gestern haben wir bei Burke's Toms Geburtstag gefeiert«, fährt Seán fort. »Hast was verpasst. Haben anschließend bei ihm zu Hause weiter getrunken. Scheiße, waren wir blau. Seine Mutter hat uns dann irgendwann rausgeschmissen und sich wie bescheuert aufgeregt.«
»Du trinkst zu viel, Seán«, sagt Erin und hängt den letzten Strampler auf die Leine.
»Komm schon, Erin«, sagt er und schaut ihr dabei nur ganz kurz in die Augen.
»Du bist ein Trinker, Seán«, sagt sie nun energisch. »Und du weißt das, dein Vater war einer.«
»Ich trinke nur, wenn ich Spaß habe«, gibt Seán zurück. »Machen doch alle. Komm schon, Erin«, sagt er noch einmal besänftigend.
»Wenn du einen Tee willst, dann geh' zu Fiona in die Küche«, sagt die junge Frau mit müder Stimme. »Ich muss die Kleine stillen.«
Es fängt leicht an zu regnen und vor den Hügeln im Westen zeigt sich ein Regenbogen. Erin nimmt den leeren Wäschekorb und geht langsam zur Seitentür des Hauses. Seán kommt aus der Hocke wieder hoch und wirft seine Zigarette mit einem gekonnten Schnippen ins nasse Gras. Dann geht er zum Wagen, schmeißt die Fahrertür mit einem lauten Knall zu und folgt Erin gemächlich ins Trockene.
»Hi Fiona«, sagt er betont freundlich, als er Erins Schwester in der Küche antrifft.
»Du gibst nicht auf, Seán Monroe, oder?«, gibt Fiona zurück, ohne ihn weiter zu begrüßen.
»Ich habe wieder einen Job«, sagt Seán, als überhörte er Fionas Bemerkung. »Da läuft es richtig gut. Brendan meint, ich könne fest bei ihm in der Garage anfangen.«

»Brendan am Arsch«, sagt Fiona schroff. »Komm schon, Seán. Brendan hat mir letzte Tage erzählt, dass du schon zwei- oder dreimal während deiner Arbeitszeit nicht in der Garage warst, als er dich brauchte und er versucht hat, dich dort anzurufen. Hast ihm nicht mal Bescheid gegeben, dass du weg bist. Was bist du? Ein verfluchtes Kind?«

Seán dreht den Autoschlüssel nervös zwischen seinen nikotingelben Fingern. Im Fernseher, der stummgeschaltet ist, liest irgendein Geistlicher in irgendeiner Kirche einen Text für die Gemeinde vor. Seán steht immer noch mitten im Raum und schaut zu Fiona, die jetzt mit dem Rücken zu ihm am Tisch sitzt, Kartoffeln schält und diese dann geräuschvoll in einen Topf wirft.

»Ich musste meine Großmutter zum Arzt bringen. Hast du mal ihre Beine gesehen?«, fragt er. »Hat Brendan dir das auch erzählt? Dass ich meine Großmutter zum Arzt gefahren habe?«

»Und da schaffst du es nicht mal, ihn kurz anzurufen, um Bescheid zu sagen? Werd' mal erwachsen, Seán. Und ich weiß, dass es nicht gut aussieht mit Theresas Beinen. Habe deine Mutter neulich im Supermarkt getroffen. Sie hat mir alles erzählt. Dieser elende Diabetes.«

Aus dem Zimmer nebenan hört man Siobhán leise bellend husten und dann die beruhigende Stimme Erins.

»Was hat Siobhán eigentlich?«, fragt Seán.

»Eine heftige Bronchitis«, sagt Erins Schwester nun etwas freundlicher und dreht sich mit dem Topf in der Hand zu ihm. »Willst du eine Tasse Tee?«

Sie stellt den Topf mit den Kartoffeln auf die heiße Herdplatte.

»Ja, bitte, Tee wäre gut«, sagt Seán und setzt sich neben den uralten Emailleherd in einen der zerschlissenen Sessel. Durch einen Spalt in der Tür sieht er im Nebenraum Erin, die gerade die Kleine stillt. Nervös fährt er mit einer Hand über die abgewetzte Sessellehne.

»Und ihr wollt wirklich hier wohnen bleiben?«, richtet er sich wieder an Fiona, während er sich skeptisch in der Küche umschaut.

»Ja, wollen wir. Im Moment ist das Haus noch in schlechtem Zustand, aber es ist jetzt Liams Haus. Unser Haus. Anfang nächsten Jahres, sagt er, können wir mit der Renovierung beginnen. Wir bekommen einen Kredit bei der Bank, dafür hat Liam gesorgt. Als erstes kommen oben die Schlafzimmer und das Bad dran, dann machen wir hier unten weiter. Und Aiden bekommt endlich sein eigenes Kinderzimmer.«

»Wo steckt der Kleine eigentlich?«, fragt Seán. »Bei euren Eltern?«

»Ja, Samstag ist immer Großelterntag. Mary und Pádraig* bringen Aiden vor dem Abendessen zurück.«

»Und dein Mann ist in Galway?«, fragt Seán weiter.

»Nein. Liam ist in Dublin. Der Chef der Bank hat ihn dorthin geschickt, um irgendetwas zu klären. Hab' aber nichts von dem verstanden, was Liam erzählt hat. Du weißt schon, ich und Bankgeschäfte. Er kommt erst heute am späten Abend zurück.«

Fiona wirft einen Teebeutel in einen billigen, pinken Becher, nimmt den Kessel vom Herd und gießt heißes, dampfendes Wasser hinein.

»Hier, dein Tee«, sagt sie, »Milch steht im Kühlschrank.«

Sie fängt an, Geschirr abzutrocknen.

»Danke«, sagt Seán und schaut wieder durch den Türspalt zu Erin hinüber.

Gerade lässt sie die Kleine vorsichtig auf ihren Schoß sinken. Der unerwartete Anblick von Erins nackter Brust bringt Seán augenblicklich aus der Fassung. Obwohl sein Starren unbemerkt bleibt, zwingt er sich nach einigen Sekunden, den Blick wieder abzuwenden.

»Fiona«, fragt er schließlich, »kannst du nicht heute Abend mal auf Siobhán aufpassen? Wir wollen uns mit ein paar Leuten im

---

* männlicher irischer Vorname [pɔːrɪg]

Lynch's treffen. Da gibt's Live-Musik, weißt schon. Wäre toll, wenn Erin mitkäme.«

»Erin wollte mich mit der Kleinen nicht gerne allein lassen, solange Siobhán so furchtbar hustet«, antwortet sie. »Aber falls sie heute mal wieder ins Pub will und noch Lust hat, vorher abzupumpen, klar, warum nicht. Ich bin ja sowieso hier bei Aiden. Susan kommt übrigens heute aus Dublin. Sie hat angerufen und auch schon versucht, Erin zum Ausgehen zu überreden.«

Seán verdreht die Augen, so dass Fiona es bemerkt.

»Warum verdrehst du die Augen?«, fragt sie.

»Weil Susan mich mal am Arsch lecken kann. Ständig hetzt sie Erin gegen mich auf. Hält sich für was Besseres. Nur, weil sie zu so einer beschissenen Eliteschule geht, weil ihre Eltern so viel Kohle haben.«

»Ich finde Susan eigentlich ganz in Ordnung«, sagt Fiona. »Du hast Erin nicht gut behandelt, Seán, oder? Und Susan war dabei.«

»Ich war betrunken«, sagt er, senkt den Kopf und fährt mit gedämpfter, aber erregter Stimme fort. »Bist du etwa nicht sauer, dass irgend so ein Arschloch deine kleine Schwester geschwängert hat? Sie sagt, die hätten ihr was in den Drink getan in dieser Nacht, als sie in Galway Andys Geburtstag gefeiert haben. Erin sagt, sie könne sich an nichts mehr erinnern. Das glaubst du ihr? Und was ist Susan für eine beschissene Freundin, wenn die Geschichte stimmt. Hat die nichts mitbekommen? Ich meine, irgendein Typ hat Erin gefickt, und da kommt sie am nächsten Vormittag so fröhlich und munter wieder hier an? Ich hab sie doch bei ihrer Rückkehr getroffen, unten in Clonbur, beim Supermarkt. Meint Erin, ich wäre ein beschissener Idiot? Scheiße, verdammt!«

Fiona stemmt ihre Hände in die Hüften und schaut Seán nun fast ein wenig drohend an.

»Hör auf zu fluchen, Seán Monroe, und lass sie in Ruhe. Schließlich sitzt Erin nun hier mit der Kleinen und muss schauen, wie es für sie weitergeht, während du dich amüsierst und mit den falschen Leuten rumhängst. Sie musste ihr Studium aufgeben, verstehst du das? Weißt du, was das heißt? Du bist doch nur froh, dass sie immer noch in Clonbur ist und nicht schon längst in Dublin.«

Die Tür zum Nebenraum geht auf und Erin kommt mit Siobhán auf dem Arm hinein.

»Alles klar bei euch?«, fragt sie und schaut abwechselnd von Seán zu Fiona.

»Ok, verstehe«, stellt sie fest, als sie Seáns aufgewühlten Blick sieht.

Seán steht auf, wirft den dampfenden Teebeutel mit einem klatschenden Geräusch in die Spüle und geht zum Kühlschrank, um sich ein wenig Milch in die Tasse zu gießen. Fiona geht mit ausgestreckten Armen auf Erin und Siobhán zu.

»Wo ist denn meine süße kleine Prinzessin?«, fragt sie mit verstellter, hoher Stimme und nimmt Erin das Kind aus dem Arm. »Komm mein Schatz, wir gehen mal ein wenig an die frische Luft und spielen mit Rocky.«

»Und die Kartoffeln?«, fragt Erin.

»Die brauchen noch«, antwortet Fiona.

Obwohl es draußen mild ist, zieht sie der Kleinen Jacke und Mütze an, bevor sie mit ihr ins Freie geht, um mit dem Hund zu toben.

»Seán«, sagt Erin wohlwollend und setzt sich zu ihm an den Tisch, »ich habe es dir doch jetzt schon oft genug erklärt. Du weißt, dass ich dich mag. Als Freund. Wir kennen uns nun schon fast unser ganzes Leben. Es fällt mir im Moment aber verdammt schwer, unsere Freundschaft aufrecht zu erhalten, wenn du mich so bedrängst. Ich habe jetzt eine kleine Tochter, da habe ich wirklich andere Sorgen, als dich ständig von mir fernzuhalten.«

Seán sitzt auf seinem Stuhl und schaut abwechselnd aus dem Fenster und auf seine dampfende Teetasse. Er spürt Erins Überlegenheit, er spürt seine verdammte Unfähigkeit. Und das tut ihm so weh, dass ihm Tränen in die Augen treten.

»Du bist hier letztens betrunken aufgetaucht«, fährt Erin fort, »und ganz ehrlich, ich habe dich dafür« – sie unterbricht sich selbst – »ich wollte sagen, ich habe die Situation gehasst! Willst du denn alles kaputt machen? Ich verbiete es dir, hier betrunken aufzutauchen, verstehst du mich?«

Seán schweigt. Er zieht die Nase geräuschvoll hoch und wischt sich mit dem Ärmel die Tränen aus den Augen.

»Verstehst du mich, Seán?«

»Warum hast du dann damals mit mir geschlafen?«, fragt er jetzt aufbrausend und schaut Erin entschlossen in die Augen. »Hat dir das denn nichts bedeutet? Warum kriege ich keine zweite Chance? Warum? Weil ich „mal" zu viel getrunken habe? Weil ich dir einmal aus Wut eine gescheuert habe, als ich betrunken war? Einmal? Ich habe mich tausendmal dafür entschuldigt, Erin. Willst du mich jetzt den Rest meines Lebens dafür bestrafen? Ich habe vorher nie ein Mädchen geschlagen, nie, verfluchte Scheiße.«

Erin lässt sich Zeit, überlegt genau, wie sie den nächsten Satz formulieren möchte.

»Ich habe mit dir geschlafen, weil ich an diesem Tag sehr unglücklich war. Weil mein Großvater gerade gestorben war, weil ich betrunken war und weil ich es mochte, dass du in dieser Zeit so für mich da warst. Das warst du wirklich. Ich wollte dich nicht ausnutzen! Das sind alles keine Entschuldigungen, Seán, ich möchte es dir nur erklären.«

»Und«, fährt Erin nun ganz ruhig fort und schaut ihn dabei mit festem Blick an, »ich hoffe sehr, dass du nie wieder eine Frau schlägst und ich hoffe für dich, dass du mit dem Trinken aufhörst. Ich möchte auch in vielen Jahren noch mit dir befreundet sein, aber nur, wenn du nicht weiterhin andere Menschen mit deiner Trinkerei unglücklich machst.«

»Ich liebe dich, Erin«, sagt Seán leise.

Sie blickt zum Fenster, blickt auf das Bild der Heiligen Mutter Gottes mit dem Kinde, welches in einem billigen, weißen Kunststoffrahmen auf dem Sims steht. Die Nässe draußen vor dem Haus glänzt und funkelt in der Sonne und Erin sieht Fiona, wie sie mit Siobhán auf dem Arm lachend hinter Rocky herläuft. Der Duft der kochenden Kartoffeln durchzieht den Raum. Milch läuft spürbar aus ihrer linken Brust. Sie ist eine Mutter, das kann sie fühlen, aber irgendwie fühlt sie sich noch nicht wirklich als Frau. Sie ist meistens glücklich oder meistens unglücklich, das weiß sie nicht genau. Was Fiona wohl zu den Kartoffeln vorbereitet hat? Im Fernseher wird gerade ein entscheidendes Tor für das County Meath im Gaelic Football in der Wiederholung gezeigt. Die Zuschauer springen von ihren Sitzen auf und jubeln stumm.

»Es tut mir leid, Seán, aber ich liebe dich nicht«, sagt Erin.

Im Jahr zuvor hatte Erin einen Job als Kellnerin in einem Café-Restaurant in der Nähe von Liffy im County Mayo angenommen. Sie wollte die Zeit nach ihrem Schulabschluss bis zum Studium im darauffolgenden Jahr nutzen, um etwas Geld zu verdienen. Das schöne, urige Cottage, in dem sie arbeitete, war ein beliebtes Ziel sowohl für Touristen als auch für Einheimische und hieß Stone Bridge. Der Name prangte in großen, irischen Schriftzeichen von der leuchtend gelben Fassade. Das mit Reet gedeckte, an einem kleinen, gewundenen Flüsschen gelegene Haus war eingebettet in eine wilde Landschaft. Nach Osten blickte man über das steinige Ufer hinweg auf die glitzernde Wasseroberfläche des mächtigen Lough Mask. An einem Dienstag Anfang Mai hatte Erin die Mittagsschicht. John, ihr Chef, hatte sich gerade vorzeitig verabschiedet, da es ihm nach einer Geburtstagsfeier am Vorabend wegen zu viel von allem richtig dreckig ging. So waren Erin, ihre erfahrene

Kollegin Jill, die ukrainischstämmige Köchin Svetlana sowie deren Küchenhilfe Victoria an diesem Nachmittag allein dafür verantwortlich, dass der Laden lief und sie fanden das Arbeiten äußerst angenehm und entspannt. Die Tische im Innenraum und auf der großen Außenterrasse des Stone Bridge waren bei dem sonnigen, warmen Wetter den Tag über meist gut besetzt und nun, kurz bevor sie schließen wollten, saß nur noch ein einziger Gast an einem der Außentische und aß sein Curry. Erin ging auf dem Kiesboden zwischen den restlichen Tischen hin und her, wischte diese ab und stellte die Stühle ordentlich darum. Sie nahm die kleinen, bunten Vasen mit den selbstgepflückten Blumen von den Tischen, um sie auf die Theke im Inneren des Restaurants zu stellen. Dann hockte sie sich vor den offenen Kamin und stellte das Schutzgitter ordnungsgemäß vor die letzten, züngelnden Flammen. Svetlana kam, während sie sich die Hände eincremte, aus der Küche und stellte die leise irische Musik aus dem CD-Player ab.

»Erin. Musst du heute abschließen«, sagte sie in leicht gebrochenem Englisch. »Sind Jill und Victoria bereits weg und John immer noch geht es schlecht. Kommt er heute nicht mehr rein. Und ich bin schon zu spät dran für Termin. Sascha bereits wartet auf mich. Ist wie verrückt heute, ist wie verrückt.«

»Kein Problem, Svetlana, ich schließe gleich sorgfältig zu, du kannst beruhigt gehen. Lass mir nur die Schlüssel hier.«

»Danke, Erin! Kannst du wieder hier sein morgen um acht Uhr und aufschließen?«, fragte Svetlana. »Dann kann ich mit den Einkäufen rein. Morgen ich mache neues Stew.«

»Ich werde pünktlich sein«, sagte Erin. »Machs gut und grüß' Sascha von mir.«

»Mach ich, mach ich, mein Kind«, sagte Svetlana beim Rausgehen mit fast singender Stimme. »Und denk an Tasche mit Essen, das ich dir habe eingepackt.«

Als Erin allein im Raum war, vergewisserte sie sich, dass sie an alles gedacht hatte. Zufrieden setzte sie sich schließlich mit einer Coke an einen der Außentische. Sie hängte ihre Beine über die Armlehne des Stuhls, zündete sich eine Zigarette an und tippte eine Nachricht in ihr Handy. Dabei beobachtete sie aus den Augenwinkeln den letzten Gast, der drei Tische weiter saß. Jetzt drehte er sich zu ihr um.

»Ich bin gleich fertig«, rief er mit amerikanischem Akzent zu ihr hinüber. »Tut mir leid, wenn Sie wegen mir noch warten mussten.«

»Schon ok«, sagte Erin.

»Ich habe mich heute Nachmittag mehrmals verfahren«, fuhr der Mann fort, den Erin auf Ende Zwanzig schätzte. »Hab dabei ganz vergessen, mich um meinen Hunger zu kümmern. Zum Glück habe ich beim Vorbeifahren euer nettes Restaurant entdeckt. Ich wollte unbedingt noch was Gutes essen.«

Er zwinkerte Erin zu und reckte beide Daumen anerkennend in die Höhe.

»Vielen Dank«, entgegnete Erin, stand von ihrem Stuhl auf und setzte sich zu dem Fremden an einen Nachbartisch. »Sie sind offensichtlich nicht von hier. Wo wollten Sie denn hin?«

»Ich bin von Belfast heute hier herunter in den Westen gefahren, da ich mir ein Grundstück mit einer alten Sägemühle anschauen möchte, das zum Verkauf steht.«

»Wirklich?«, fragte Erin ehrlich erstaunt. »Das ist interessant.«

»Ja«, sagte er, »ich habe keinen Besichtigungstermin vereinbart, wollte mir aber einfach mal die Lage anschauen. Leider hat mein Navi mich dreimal an den falschen Ort geführt. Irgendwo ins Nirgendwo.«

»Irgendwo ins Nirgendwo«, wiederholte Erin und lächelte den Mann an. Er gefiel ihr.

»Ich kenne übrigens die alte Sägemühle, die Sie suchen«, fuhr sie fort. »Und zwar schon immer.«

»Im Ernst?«, fragte der Mann und machte ein überraschtes Gesicht.

»Ja, wir haben schon als Kinder die Gegend dort erkundet. Da soll es allerdings spuken«, sagte Erin, lachte aber im selben Augenblick. »Nein, ich mache nur Spaß. Wenn Sie wollen, kann ich Ihnen die Sägemühle zeigen, sie liegt sozusagen auf meinem Heimweg.«

»Das würden Sie tun?«, fragte er.

»Sicher, gar kein Problem.«

»Das ist wirklich freundlich, vielen Dank. Mein Name ist William«, stellte er sich nun vor und reichte ihr die Hand.

»Ich bin Erin.«

»Und bist du von hicr?«, fragte er weiter.

»Ja, ich komme aus Clonbur, keine acht Meilen von hier. Das Dorf liegt nur einen Kilometer vor dem Lough Corrib.«

»Ich kann es jetzt gar nicht mehr abwarten, die Sägemühle zu sehen«, fuhr William aufgeregt fort. »Ich würde gerne zahlen, mir eben noch die Hände waschen und dann können wir los. Was bekommst du für das Essen?«

Erins neue Bekanntschaft zog sein Portemonnaie hervor und sah sie erwartungsvoll an.

»Siebzehn Euro neunzig. Der Kaffee geht aufs Haus«, sagte Erin und streckte ihm den rechten Arm mit geöffneter Hand entgegen.

»Hier sind zweiundzwanzig Euro«, sagte er. »Stimmt so. Ich beeile mich. Bin gleich wieder da.«

Erin drückte ihre Zigarette in einem Aschenbecher aus und räumte auch den letzten Tisch noch ab. Sie folgte William ins Restaurant, stellte das Geschirr in die Spülmaschine und schaltete alle Lichter im Raum aus. Dann ging sie zur Eingangstür, steckte den Schlüssel von außen ins Schloss und schrieb zwei kurze Nachrichten auf ihrem Handy. Die Erste lautete: *Hey Susan. Werde heute nicht ins Pub kommen. Bin nicht in Stimmung. Müde von der Arbeit. Sehen uns die Tage.* Die Zweite: *Hi Fiona. Warte nicht auf mich. Habe noch einen Freund getroffen. Wird vielleicht später.*

Nach einigen Minuten kam William zurück von der Toilette. Erin schloss das Stone Bridge sorgfältig zu und sie gingen gemeinsam zum kleinen Parkplatz hinter dem Cottage.

»Ok«, sagte sie, »ich fahre dann mal vor.«

»Ok«, sagte er, »ich fahre dann mal hinter dir her. Bis gleich.«

Erin stieg in den hellbeigen Vauxhall ihrer Schwester, startete den Motor und fuhr langsam um das Cottage herum, über die alte Steinbrücke bis zur Hauptstraße. Als sie sah, dass der dunkle Mietwagen ihr folgte, bog sie rechts ab und schaltete das Autoradio aus. Erin fühlte sich angenehm lebendig, beinahe elektrisiert. Sie hatte plötzlich in eine andere, unvorhergesehene Episode ihres bis dahin gleichförmigen Lebens gewechselt und sie war dabei die Regisseurin. Das spürte sie deutlich. Sie war entschlossen, diese Episode so weit wie möglich auszudehnen. Sie hielt sich selbst für naiv, zu glauben, dass dieser Mann, der ihr beängstigend attraktiv erschien, irgendein Interesse an ihr haben könnte. Sie erinnerte sich an seine schöne Stimme, doch blitzten auch kurze Bilder in ihrer Vorstellung auf: seine gepflegten Hände, das Tattoo an seinem Unterarm, die kleine, dunkle Narbe auf seiner Stirn, das Lederband mit der kleinen Holzkugel um seinen Hals und diese leuchtenden Augen, die sie an die Augen ihres Bruders erinnerten. Sie sah an sich herunter, wischte vergeblich mit einer Hand über die Flecken auf ihrer Bluse und ärgerte sich, dass sie heute Morgen nicht ihren neuen BH angezogen hatte. Immer wieder blickte sie während der Fahrt in den Rückspiegel. Nach fünf Meilen setzte sie kurz vor Clonbur den Blinker und bog rechts ab in einen schmalen Seitenweg, der durch Wiesen an Steinmauern vorbei einen flachen Hügel hinaufführte. Sie schaute nun in den Rückspiegel, um ihr Gesicht zu betrachten. Unwillkürlich lächelte sie sich an.

»Na«, sagte sie auffordernd zu ihrem Spiegelbild und musste über sich selbst lachen. Ihre Augen strahlten.

Du hast ein gutes irisches Gesicht, hatte ihre Großmutter vor kurzem zu ihr gesagt. Erin wusste nicht, was ein gutes irisches Gesicht war, doch sie empfand es als Kompliment. Dann suchte und fand sie eine halbvolle Packung Kaugummi in dem überquellenden Durcheinander der Ablage unterhalb der Gangschaltung.

»Fiona, verdammt, du musst endlich diesen Wagen aufräumen«, murmelte sie vor sich hin.

Sie nahm einen Kaugummi, wickelte ihn aus dem Papier und steckte ihn sich in den Mund. Kurz darauf ließ sie den Wagen auf der Höhe eines kleinen Wäldchens langsam ausrollen und parkte ihn in einer von Gras überwucherten Zufahrt, die in ein wildes Grün aus Büschen, Bäumen, Flechten und Moos hineinführte. Nur einige Meter links von ihr entfernt stand ein Esel und schaute sie über die halb zerfallene Steinmauer durch die Windschutzscheibe neugierig an. Der schwarze Wagen rollte nun langsam neben den Vauxhall. Beide stiegen aus und schlossen ihre Wagentüren. William lehnte sich mit verschränkten Armen an die Motorhaube und blickte den Hügel hinauf auf die Silhouetten der Gipfel um sie herum.

»Oh, mein Gott«, sagte er, »das ist ja traumhaft schön. Vielen Dank, Erin, fürs Herfahren!«

»Gar kein Problem«, sagte sie lachend und breitete ihre Arme weit aus. »Sägemühle mit Esel.«

Das Grautier reckte seinen Kopf weit über die Mauer und Erin trat einen Schritt nach vorn und kraulte das staubige Fell zwischen den riesigen Ohren.

»Also«, sagte William vergnügt, »wenn der Esel im Preis inbegriffen ist, kann keiner dem Angebot widerstehen. Die Lage ist jedenfalls phantastisch.«

Durch das gigantische, meterhohe Fuchsiengebüsch sahen Erin und William in dem benachbarten Wäldchen Mauern stehen. Die Umrisse eines alten Gebäudes. Das Murmeln eines Baches drang aus dem Dickicht an ihre Ohren.

»Ich schau' mir das hier mal ganz in Ruhe an«, sagte er. »Du musst natürlich nicht bleiben, sicher bist du froh, endlich Feierabend zu haben und nach Hause zu kommen.«

Erin blickte ihn strahlend an und warf ihr langes, gewelltes Haar mit beiden Händen schwungvoll in den Nacken. Sie hoffte, dass er ihr Haar mochte. Sie hoffte, dass er SIE mochte.

»Komm schon,« sagte Erin und machte einige Schritte auf das Dickicht zu, »lass es uns ansehen.«

Vierzig Minuten später standen sie wieder auf der Zufahrt bei ihren Wagen. Der Esel war nicht mehr zu sehen.

»Ich bin völlig berauscht von diesem märchenhaften Ort, Erin, ganz ehrlich«, sagte William.

Er war sichtlich berührt von all den Dingen, die sie in dem verwunschenen Wäldchen gemeinsam entdeckt, betrachtet und bestaunt hatten. In diesem fast undurchdringlichen Grün aus Licht und Schatten hatte Erin eine Wildheit in ihrem Körper gespürt, die ihr bekannt vorkam und doch ganz anders war. Als Kind war sie hier herumgestreunt, hatte sich versteckt, sich im Spielen verloren. Doch jetzt kam das Begehren hinzu. Als sie neben William einige Minuten verweilend auf einem alten Fenstersims inmitten der zugewucherten Ruine gesessen hatte und die Haut ihrer Arme sich wie zufällig berührte, summte es in ihrem Unterleib vor Erregung.

»Wer interessiert sich eigentlich für dieses Grundstück?«, wollte Erin wissen und zog sich einige Kletten von den Hosenbeinen.

»Freunde von mir«, antwortete William beiläufig und nach kurzem Zögern. »Ich habe mich angeboten, immer wieder mal die Augen für sie offen zu halten. Das ist alles.«

»Verstehe«, sagte Erin, die merkte, dass er anscheinend keine große Lust hatte, weiter über dieses Thema zu sprechen.

»Unsere Köchin hat mir Reste aus der Küche mitgegeben«, wechselte sie das Thema. »Wenn du magst, können wir uns noch ein wenig auf die Wiese gegenüber in das Gras setzen und dort gemeinsam essen. Zu trinken habe ich leider nichts dabei.«

»Ich habe noch Wasser im Auto«, sagte William. »Das ist zwar nicht besonders kühl, aber den Durst wird es löschen. Wie nett übrigens von der Köchin, dir Essen einzupacken.«

»Ja«, sagte Erin, »Svetlana ist eine wundervolle Person. Und sie ist eine hervorragende Köchin.«

William nickte zustimmend.

»Deine Idee mit dem Picknick gefällt mir«, sagte er, »auch wenn ich nach dem Curry vorhin noch keinen Hunger habe. Aber du kannst gerne essen. Ich sitze einfach bei dir und wir genießen diesen schönen Abend.«

Dann saßen sie sich im Gras gegenüber, umgeben von Feldern, Steinmauern und Bergen, so weit das Auge reichte. Sie waren irritiert, denn es war sowohl für Erin als auch für William kein normaler Abend. In Abwesenheit ihres eigentlichen Lebens ergriff beide das Gefühl einer berauschenden Freiheit. Erst redeten sie über allgemeine Dinge. Sie fragte ihn nach seinem Job und er sie nach ihrer Familie. Dann bat er sie, etwas in Gälisch zu sagen und sie tat ihm den Gefallen. Anschließend erzählte er eine ganze Weile von seiner Studienzeit in Boston und von seinen Großeltern schottischer Abstammung, die in den fünfziger Jahren in die USA ausgewandert waren. Erin hörte neugierig zu und aß dabei. Immer, wenn sie ihn nicht ansah, meinte sie, seine Blicke auf ihrem Körper zu spüren. Als sie satt war, rauchte sie eine Zigarette und versuchte, mit dem Rauch Kringel in die Luft zu blasen, was ihr aber nicht gelang. Nach einer Stunde verschwand die Sonne hinter den Berggipfeln im Westen. Im bläulichen Dämmerlicht wirkten Williams Bewegungen mit einem Mal verlangsamt und pragmatisch. Es war, als würde das alte Leben ungefragt wieder nach ihnen greifen. Dieses Gefühl schmerzte Erin. Ihr wurde langsam kalt. Sie zog die Knie an ihren Körper und betrachtete William, dem gerade ein Gedanke zu kommen schien.

»Heute Nachmittag habe ich auf der Suche nach der Sägemühle meinen Wagen am Ufer des riesigen Sees mit den vielen kleinen Inseln gewendet«, sagte er irgendwann. »Kann man dort ein Boot mieten, um ein wenig hinauszurudern?«

»Das ist der Lough Corrib«, sagte Erin und zeigte mit dem Daumen hinter sich, ohne den Kopf zu wenden. »Das Stone Bridge liegt am Lough Mask und es sind gerade einmal fünf Kilometer, die diese beiden riesigen Seen voneinander trennen. Meine Großmutter lebt direkt am Corrib und das kleine Boot meines verstorbenen Großvaters liegt dort immer noch am Ufer. Wenn du magst, rudere ich morgen gerne mit dir hinaus. Auf einer der vorgelagerten kleinen Inseln gibt es eine idyllische Anlegestelle mit einer wunderschönen Bucht. Nach meiner Vormittagsschicht hätte ich Zeit für dich. Oder bist du morgen schon wieder fort?«

»Nein«, sagte William und dieses kleine Wort wirkte auf Erin wie eine Erlösung, fast schon wie ein Versprechen.

»Ich fänd's toll«, fuhr er fort, »wenn wir gemeinsam auf den See hinaus rudern würden. Ich habe für zwei Nächte ein Zimmer in Cong gebucht, da ich den morgigen Tag eingeplant habe, um mir die Gegend anzuschauen.«

»Du wohnst in Cong, wirklich?«, fragte Erin überrascht. »Etwa im Ashford Castle?«

»Nein, in einem kleinen B&B, bei einer Frau Burke.«

»Bei Molly Burke?«, rief Erin erfreut. »Was für ein Zufall! Das rote Haus kurz hinter der Tankstelle?«

»Ja«, überlegte William, »ein paar Meter entfernt ist eine Tankstelle.«

»Molly ist eine Freundin meiner Mutter. Wir kennen sie ziemlich gut. Als Kind waren meine Schwester Keeva und ich häufiger bei ihrer Familie in Cong zu Besuch. Ihre Enkelin Catriona ist ungefähr in meinem Alter. Molly ist so eine nette Person. Ihr Mann Ciaran kommt ursprünglich aus Clonbur und wir sehen sie regelmäßig an den Wochenenden in der Kirche. Du musst sie unbedingt von mir grüßen. Von Erin O'Leary.«

»Ok, ich werde versuchen, daran zu denken. Und wie machen wir das jetzt mit morgen?«, kam William wieder auf ihren Plan zurück.

»Komm einfach um zwölf Uhr ins Stone Bridge«, sagte Erin, »dann bekommst du von Svetlana noch ein Mittagessen und anschließend machen wir uns auf den Weg. Ich nehme ein bisschen was mit für unterwegs. Du musst dich wirklich um nichts kümmern. Ist das ein Angebot? Sag schon!«

»Klingt perfekt«, antwortete William und lächelte über Erins Enthusiasmus. »Ich werde um zwölf Uhr dort sein. Jetzt muss ich aber wirklich los. Möchte meinem Freund noch von der Sägemühle mit Esel erzählen und ein wenig am Rechner arbeiten, damit ich morgen den Tag genießen kann.«

William half Erin, alles zurück in die Tasche zu packen, die Svetlana ihr mitgegeben hatte. Dann gingen sie über das dunkle Feld zu ihren Wagen und verabschiedeten sich. Erin wollte ihn umarmen, tat es aber nicht. Bevor sie einstiegen, gaben sie sich die Hand. Einen Moment zu lange, als dass es nicht von Bedeutung gewesen wäre.

Im März des darauf folgenden Jahres hatte Erin die Klinik von Galway verlassen. Obwohl ihre Eltern sie drängten, für die erste Zeit mit der Kleinen im elterlichen Haus in Maam Cross zu bleiben, hatte Erin dankbar Fionas und Liams Angebot angenommen, vorerst bei ihnen unterzukommen. Ohne ihre nur um ein Jahr ältere Schwester Keeva, die kurz nach Siobháns Geburt für zwölf Monate nach Australien aufgebrochen war, konnte sie es sich nicht vorstellen, bei ihren Eltern in der Abgeschiedenheit am Lough

Shindilla die erste Zeit mit ihrer Tochter zu verbringen.

»Ich werde dort verrückt«, hatte Erin zu Fiona gesagt. Die Besuche in der Klinik hatten ihr klar gemacht, dass zu viel Nähe zu ihrer überbehütenden Mutter sie in eine weitere Krise stürzen könnte. Das Haus inmitten der Hügel von Clonbur, in dem Fiona und Liam mit ihrem Sohn Aiden wohnten, war nicht besonders groß und ein wenig heruntergekommen. Schäbig, wie Liam es nannte. Trotzdem rückten sie dort zusammen. Die Euphorie und die Geduld, die neuen Umstände dort zu ertragen, ließen mit der Zeit jedoch spürbar nach. An einem Abend Anfang Juli hatte sich die Dunkelheit über Connemaras Berge gelegt. Der Wind fuhr stürmisch ums Haus und rüttelte heftig an den Fensterläden. Mal prasselte, mal schlug der Regen in unregelmäßigen Abständen gegen die Scheiben. Im Haus selbst war es ruhig. Erin stand im Wohnzimmer, das ihr und Siobhán vorübergehend als Unterkunft diente. Ein Kinderbett, eine Ausziehcouch, ein freigeräumtes Regal. Dinge lagen überall herum. Heute Morgen erst hatte sie aufgeräumt, die Windeln, die Wäsche, das Spielzeug. Sie fühlte sich müde und überfordert und sie konnte ihre ungewaschenen Haare, die sie zu einem Dutt hochgesteckt hatte, kaum noch ertragen. Sie war froh, dass Fiona mit Liam und Aiden an diesem Abend zu Connor gefahren war. Siobhán hatte seit dem späten Nachmittag etwas Temperatur und war nun endlich mit ihrem Äffchen im Arm eingeschlafen. Erin fühlte sich hungrig. Sie ging leise in die Küche und ließ die Tür hinter sich einen Spalt offen. Im Kühlschrank fand sie Reste vom Mittag und begann, diese in einer Pfanne auf dem Herd aufzuwärmen. Sie warf drei Stücke Torf in das Feuer im Ofen. Der Qualm schlug kurz durch die geöffnete Ofentür in das Zimmer hinein, so dass es ihr in den Augen brannte. Rocky lag in der Ecke unter dem Fernseher und schlief. Vor einem Regal verharrte Erin. Dort stand neben vielen anderen Bildern auch eine Hochzeitsfotografie von ihren Großeltern. Ihr Großvater war im Frühjahr des vergangenen

Jahres verstorben.

»Erin, du kommst genau nach ihm, das Gesicht, das Lächeln, die Augen.«

Diesen Satz hörte sie schon ihr ganzes Leben lang und er gefiel ihr. Sie hatte ihren Großvater nicht nur gemocht, für Erin war er ein Seelenverwandter, ein zutiefst gütiger Mann, der ihr auf eine Art hatte zuhören können, wie es vor Liam keiner in ihrer Familie konnte. Sie schaute tief in seine Augen auf der Fotografie, als könne sie jetzt noch Antworten darin finden.

»Scheiße«, flüsterte sie ihrem Großvater leise zu. Sie wünschte sich, er wäre jetzt bei ihr.

Nachdem sie gegessen hatte, ging es ihr besser und sie nahm den Block zur Hand, den sie sich vorher zurechtgelegt hatte. Sie schlug ihn auf und nahm aus dem silberfarbenen Etui den hochwertigen Metallkugelschreiber, den Liam ihr vor einigen Tagen aus der Bank in Galway mitgebracht hatte. Ihr Wunsch war es, ihr Leben endlich neu zu ordnen und Pläne zu schmieden. Der leere Block vor ihr wirkte auf sie jedoch genauso bedrohlich wie ihre Zukunft. Ihre Schwangerschaft war ihr zu Anfang vorgekommen wie ein Anschlag auf ihr Leben, an dem sie jedoch selbst beteiligt war. Als ihre fünf Jahre ältere Schwester Fiona mit zwanzig Jahren ungewollt schwanger wurde, hatte Erin das ganze Drama ja schon einmal miterlebt. Damals hatte sie sich gefragt, wie blöd Fiona sein musste, dass ihr das passieren konnte, dass doch niemand so dumm sein konnte. Sie und Keeva schworen sich, dass ihnen das niemals passieren würde. Niemals! Denn, wenn es eine Warnung an die drei Mädchen gab, die ihre Eltern immer und immer wieder ausgesprochen hatten, dann war es diese:

»Werdet nicht ungewollt und viel zu jung schwanger!«

Dies, so hatte ihr Vater einmal gesagt, wäre für die Töchter die sicherste Art, ihre Zukunft zu versauen. Für Fiona nahm das Drama überraschenderweise ein glückliches Ende. Der Typ, der sie geschwängert hatte, war nicht plötzlich über alle Berge, ganz im Gegenteil. Er hatte einen guten Job bei einer Bank in Galway und hielt um Fionas Hand an. Und jetzt war ihre geliebte Schwester Keeva für ein ganzes Jahr in Australien und Erin saß in Liams Haus und beneidete ihre beiden Schwestern um die jeweiligen Leben, die sie hatten. Sie klappte den leeren Block mit einer langsamen Bewegung wieder zu und legte den Stift darauf. Sie bemerkte, wie Rocky die Ohren aufstellte und hörte im nächsten Moment das Zuschlagen von Autotüren im Hof. Der kleine Hund sprang auf und lief freudig zur Tür. Fiona und Liam kamen herein, nass vom Regen. Liam trug Aiden in seinen Armen. Fiona wirkte etwas gereizt, was nichts Ungewöhnliches war, warf ihr Regencape auf die Couch und nahm ihrem Mann den schlafenden Jungen ab.

»Hey Erin«, sagte sie müde, »ich bringe Aiden ins Bett und gehe dann auch gleich schlafen. Alles gut mit Siobhán?«

»Ja, alles gut«, sagte Erin und streichelte Aiden noch kurz über sein rotbraunes Haar. »War es denn schön bei Connor?«

»Erzähl ich dir morgen. Und wasch dir mal die Haare«, sagte Fiona noch, bevor sie mit Aiden hinaus ging.

»Na, wie gehts?«, fragte nun Liam, während er seine nasse Jacke auszog und sie zum Trocknen auf einen Bügel über dem Ofen hängte.

»Wie es halt so geht«, antwortete Erin.

Nachdem Liam auch Fionas Cape sorgfältig aufgehängt hatte, ließ er seinen großen, massigen Körper auf einen Stuhl am Tisch sinken und strich sich mit den Händen durch seinen nassen Bart.

»Wir hatten einen wirklich netten Abend bei eurem Bruder«, begann er.

Liam zögerte etwas. Erin merkte, dass es ihm eigentlich um etwas anderes ging.

»Erin, können wir reden?«, fragte er schließlich.

»Klar«, antwortete Erin. Eigentlich wusste sie schon, was jetzt kam.

»Du hast heute Nachmittag mit Fiona gesprochen?«, fragte er.

»Ja, ich weiß Bescheid, Liam.«

»Ich habe ihr vorhin gesagt, dass du auf jeden Fall bis November hier bleiben kannst«, fuhr er entschlossen fort. »So war es abgesprochen.«

»Ich sehe doch selbst, wie beengt wir hier aufeinanderhocken«, entgegnete Erin. »Ich möchte euch auf keinen Fall länger im Weg sein. Und Aiden braucht endlich sein eigenes Zimmer.«

»Erin...«, begann Liam, um dann kurz innezuhalten, bevor er den Satz zu Ende führte, »dir zu helfen, ist für uns selbstverständlich. Wir kriegen das hin. Fiona und ich wollen für dich und Siobhán da sein.«

Erin lächelte Liam liebevoll an.

»Selbstverständlich ist das überhaupt nicht. Du bist, glaube ich, der beste Mensch, den ich kenne, Liam. Seltsamerweise bist du es, der mir am meisten das Gefühl von Geborgenheit gibt, oder ein bisschen Zuversicht. Nicht Fiona, nicht Mom, du bist es. Ich hätte ja auch bei unseren Eltern einziehen können, als ich aus der Klinik kam. Und ich hab' das genau mitbekommen, wie sehr du dich bei Fiona für mich eingesetzt hast, dass ich vorerst hier bei euch unterkommen konnte.«

»Ach was«, sagte er, »das siehst du falsch. Ich weiß, Fiona wirkt manchmal etwas schroff, in Wirklichkeit aber bedeutest du ihr sehr viel. Mehr, als du vielleicht denkst.«

»Versuch es erst gar nicht«, sagte Erin. »Natürlich weiß ich, dass ich ihr viel bedeute, aber du weißt auch, was ich meine.«

Liam war es sichtlich unangenehm, dass Erin in ihm den Menschen zu sehen schien, der er immer zu sein versuchte.

»Du hast ja eh noch fast vier Monate Zeit«, sagte er schnell. »Wir müssen erstmal deine Großmutter bei Mary und Padraic unterbringen, dann kümmern wir uns um das alte Haus am Corrib. Um dein Haus, Erin. Wirst sehen, das wird schön. Und es sind nur zehn Minuten mit dem Wagen von hier. Fiona sagt, du überlegst, Jill zu fragen, ob sie gemeinsam mit dir und Siobhán dort einzieht?«

»Ja«, sagte Erin, »das wäre für mich eine beruhigende Vorstellung. Jill ist seit sechs Monaten von Niall getrennt und die Scheidung läuft. Sie hasst es, auch nur für kurze Zeit wieder bei ihren Eltern in Tuam wohnen zu müssen und hat schon einige Male so was angedeutet, von wegen Zusammenziehen. Ich war von ihrer Idee auch etwas überrascht. Jills Eltern sind ziemlich wohlhabend und nach der Scheidung von diesem Großkotz Niall wird sie finanziell richtig gut dastehen. Sie könnte überall hinziehen, aber sie möchte nicht alleine wohnen, sagt sie. Sie scheint mich mehr zu mögen, als ich dachte.«

»Komm schon, Erin«, sagte Liam fast ein wenig entrüstet. »Ich kenne niemanden, der dich nicht mag.«

»Wie dem auch sei«, fuhr sie unberührt fort. »Allein mit Siobhán ziehe ich jedenfalls nicht in das Haus am Corrib. Das könnte ich mir ja auch gar nicht leisten. Wie sollte ich das alles bezahlen. Bin bis auf Weiteres auf Mom und Dad angewiesen, und bei dem Gedanken ist mir gar nicht wohl, das kannst du mir glauben.«

»Und wenn Jill nein sagt? Hast du mal an Keeva gedacht? Deine Schwester kann nach ihrer Rückkehr eine Bleibe sicher gut gebrauchen«, gab Liam zu bedenken. »Ihr beiden seit doch ohnehin so eng miteinander.«

»Natürlich würde ich gerne auch Keeva fragen. Bis Februar arbeitet sie jedenfalls noch im Hotel am Hyams Beach und kommt erst im März aus Australien zurück. Zu unseren Eltern wird sie ganz sicher nicht ziehen wollen. Sie hat Down Under gut verdient und sicher schon Pläne für die Zukunft gemacht. Bei unserem letzten Telefonat hat sie von einem Jobangebot in Cork gesprochen. Im Haus am Corrib wäre jedenfalls genug Platz für beide, für Jill und Keeva.«

»Das klingt doch beruhigend«, sagte Liam. »Es ist in jedem Fall eine gute Entscheidung, nicht allein mit der Kleinen dorthin zu ziehen. Wir werden alle mit anpacken. Ausräumen, renovieren, umziehen. Seán hilft sicher auch, so, wie er sich noch immer um dich bemüht.«

»Genau das ist das Problem«, sagte Erin. »Genau das! Er will etwas von mir, ich aber nicht von ihm. Er trinkt, das weißt du ja. Ich mag es nicht, wenn er betrunken hier auftaucht. Das werde ich ihm bei nächster Gelegenheit noch einmal klar machen.«

»Aber ihr hattet mal was miteinander, oder?«, fragte Liam.

»Ganz kurz, ja. Eigentlich nur für einen Abend. Mir ging es beschissen nach Großvaters Tod und ich war betrunken. Nicht, dass ich mich dafür schäme, aber stolz bin ich darauf sicher nicht.«

»Ich verstehe«, sagte Liam. »Aber er ist sicher nicht Siobháns Vater?«

»Oh, mein Gott, Liam! Das ist aber mal so was von sicher, da gibt es überhaupt keinen Zweifel. Verstehst du? Seán hat damit nichts zu tun.«

Erins Stimme klang plötzlich aufgewühlt und etwas Bemerkenswertes geschah. Das Geheimnis, welches ein Teil von ihr geworden war und so erdrückend auf ihr lastete, bahnte sich unaufhaltsam den Weg nach draußen. Worte formten sich in ihrem Kopf und es war, als würde sie sich selbst sprechen hören.

»Liam, ich möchte dir die Wahrheit sagen, über Siobháns Vater. Nichts von dem, was ich euch damals über die Nacht in Galway erzählt habe, ist wahr. Niemand hat sich an mir vergangen. Es war alles meine Schuld. Ich bin so verdammt verzweifelt und traurig und ich weiß nicht, wem ich mich sonst anvertrauen kann. Bitte hilf mir, Liam. Bitte!«

Nun gab es kein Halten mehr. Tränen und Worte flossen nur so aus ihr heraus. Und Liam hörte einfach zu. Er verurteilte sie nicht. Er selbst war tief berührt von Erins Verzweiflung und diese mitfühlende Art schien ihm wahrhaftiger zu sein, als fast alles andere an ihm. Irgendwann schwiegen dann beide miteinander. Für einen Moment waren keine Worte, keine Gedanken mehr da. Liam ging um den Tisch herum, setzte sich auf den Stuhl neben Erin und nahm sie in die Arme. Er hielt sie ganz fest und strich beruhigend mit seiner riesigen Hand über ihren Kopf mit dem fettigen Haar. Und sie ließ sich fallen. Zum ersten Mal seit dem Tag, als sie erfuhr, dass sie schwanger war.

»Erin«, sagte er mit leiser, tiefer Stimme, »vertrau mir! Du wirst sehen, alles wird gut.«

In der morgendlichen Junisonne fuhr Erin die leicht hügelige, gewundene Straße durch den dichten Wald, der Clonbur und Cong miteinander verbindet. Sie hatte das Fenster auf der Fahrerseite heruntergelassen und drehte ihre rechte Hand spielerisch im milden Fahrtwind hin und her. Sie summte vor sich hin und ging im Kopf noch einmal das lange Gespräch mit Liam aus der letzten Nacht durch. Wie er sie im Arm gehalten hatte, wie sie das Gefühl hatte, als würden ihr in diesem Moment zentnerweise Steine vom Herzen fallen. Als alles gebeichtet war, hatten sie sich noch einen kleinen Whiskey eingeschenkt und über Erins Zukunft gesprochen. Weit nach Mitternacht war plötzlich Fiona im Nachthemd in der Küche erschienen. Sie hatte ungläubig auf die beiden geschaut und es war ihr anzumerken, dass ihr dieses Bild nicht behagte, wie Liam und Erin dort so vertraut miteinander saßen. Sie spürte schon seit langem die tiefe Verbindung zwischen ihrem Mann und ihrer Schwester und fühlte sich ausgeschlossen. Fiona hasste es, keine Kontrolle zu haben.

»Was ist denn mit euch los?«, hatte sie vorwurfsvoll gefragt. »Wisst ihr nicht, wie spät es ist?«

Liam hatte ganz ruhig reagiert und freundlich geantwortet: »Wir reden über das Haus unten am Corrib. Über Erins Zukunft dort.

Wie wir das alles angehen wollen.«

»Um diese Zeit? Du wolltest doch morgen früh raus und um neun Uhr bei Connor sein. Er wartet auf den Mäher. Ich habe keine Lust, dass ihr beide morgen den ganzen Tag in den Seilen hängt und ich mich alleine um Aiden und Siobhán kümmern muss. Ich will gegen Mittag zum Friseur, das habe ich euch schon vorgestern gesagt.«

»Schon gut, mein Schatz«, hatte Liam darauf nur gesagt.

Fiona, die an der Spüle stand und ein Glas Wasser trank, hatte ihren Mann noch einmal eindringlich angeschaut.

»Wie wäre es also, wenn du jetzt mal ins Bett kommst?«

Fionas Fragen waren häufig eigentlich keine Fragen. Liam und Erin wussten das. Erin machte diese Art ihrer Schwester schon seit jeher aggressiv und sie wunderte sich, wie Liam damit so gelassen umgehen konnte. Als sie den Raum verließ, hatte er Fiona beinahe zärtlich angeschaut. Erin wusste nicht, ob sie ihn dafür bewundern oder verachten sollte. Sie blickte ungläubig zu ihm hinüber. Nachdem die Tür ins Schloss gefallen war, lächelte er Erin mit einem Augenzwinkern zu, da er ahnte, was sie gerade dachte.

»Ich weiß schon«, hatte er leise gesagt.

Erin erreichte die schmale steinerne Brücke über den Fluss in Cong, der kurz dahinter in den Lough Corrib floss. Sie verlangsamte das Tempo und parkte den Wagen nur wenige Meter vor der Tankstelle am Straßenrand. Schwäne, Teichhühner und Enten schwammen auf dem glitzernden kleinen See am Ortseingang. Ein Graureiher stand regungslos im Wasser und wartete auf seine nächste Beute. Eine Handvoll Männer saß schweigend und rauchend am Fluss und sie hatten ihre Angeln ausgeworfen. Erin atmete einige Male tief ein, um sich selbst zu beruhigen.

»Bitte«, sagte sie nun beinahe flehend, während sie noch eine Weile unbeweglich am Steuer saß und das Lenkrad festhielt. »Bitte.«

Dann stieg sie aus und ging mit langsamen Schritten an der Tankstelle vorbei. Sie entdeckte Anne O'Shea, ihre ehemalige Geigenlehrerin, die gerade mit einem Mitarbeiter der Garage an der offenen Motorhaube ihres Wagens stand. Es schien Probleme zu geben. Der Mann in seinem ölverschmierten Overall schüttelte mehrmals den Kopf, während er in den Motorraum starrte. Als Anne kurz aufschaute, winkte Erin ihr freundlich zu. Vor dem roten Haus mit dem B&B-Schild über der Eingangstür blieb sie stehen. Sie klingelte. Es dauerte eine ganze Weile, doch dann wurde die Tür geöffnet.

»Hallo Ciaran, ich bin's, Erin. Wie geht's?«, begrüßte sie mit lauter Stimme den alten Mann, der sich nun vorbeugte und versuchte, sie durch seine starken Brillengläser hindurch zu erkennen.

»Ah, guten Morgen Erin«, antwortete er schließlich. »Gutes Mädchen. Danke, gar nicht schlecht, gar nicht schlecht. Was machen Mary und Pádraig?«

»Danke, Ciaran, denen geht's gut.«

»Wie geht's deiner Kleinen? Gott segne sie.«

»Siobhán geht es sehr gut, danke, Ciaran.«

»Siobhán, ja, richtig«, kicherte der Alte. »Guter Name, guter Name. Komm rein, möchtest du eine Tasse Tee?«

»Gerne, Ciaran, vielen Dank. Ist Molly zu Hause? Ich hätte sie gerne gesprochen.«

»Hinein mit dir, Mädchen, wir setzen uns erst einmal in die Stube und dann sehen wir weiter.«

Erin betrat den dunklen, etwas muffigen Hausflur und folgte Ciaran geräuschlos über den tiefen Teppich bis in die Küche. Nachdem er beiden einen Tee gemacht hatte, setzten sie sich ins Wohnzimmer. Ciaran liebte es, zu erzählen. Von damals. Über seine Leidenschaft fürs Angeln, über seine erste Begegnung mit Molly und über die große Rinderherde, die er einst hatte. Besonders gerne und ausführlich berichtete er aber davon, dass er als Junge John Wayne und Maureen O'Hara bei den Dreharbeiten zu „The Quiet Man" mehrmals im Dorf hatte beobachten können. Erin war nervös und hörte nur unkonzentriert zu. Sie hatte bis elf Uhr Zeit, dann musste Fiona zu ihrem Friseurtermin nach Ballinrobe und Erin musste sich wieder um Siobhán kümmern. Hinter Ciaran in einem großen Schrank mit Glastüren standen an die zweihundert verschiedene Porzellanfiguren, kleine und große. Erin betrachtete sie, eine nach der anderen, teilte so die Zeit in Betrachtungseinheiten ein. Das half ihr, beim Zuhören nach außen hin ruhig und geduldig zu bleiben. Dann aber hatte sie alle Porzellanfiguren durch. Sie nahm ihren schwarzen Tee und nippte daran. Er war immer noch zu heiß und sie stellte die Tasse wieder zurück auf den Tisch. Dann unterbrach sie den alten Mann, um sich erneut nach Mollys Rückkehr zu erkundigen.

»Sie ist nur kurz in den Supermarkt, ein paar Dinge einkaufen. Kann nicht lange dauern«, sagte er und erzählte munter weiter.

Kurz darauf hörte Erin einen Gast die knarrende Flurtreppe hinunterkommen und die Haustür zuschlagen. Ciaran lachte gerade zum wiederholten Male über eine seiner Geschichten. Dabei sah Erin die großen Zahnlücken neben seinen schlecht erhaltenen Schneidezähnen. Warum nur ließ er sich seine Zähne nicht machen, fragte sie sich. Geld konnte nicht das Problem sein. Molly und er hatten angeblich vor einigen Jahren ein großes Stück Land unten beim Ashford Castle für einen guten Preis verkauft. Zur Erweiterung des Golfplatzes, wenn Erin sich recht erinnerte. In diesem Moment wurde die Haustür geöffnet. Erin fühlt, wie die Anspannung augenblicklich von ihr abfiel. Dann stand Molly Burke auch schon mit zwei schweren Einkaufstaschen im Raum.

»Erin O'Leary«, rief sie freudestrahlend. »Du liebes Kind. Wie schön, dich zu sehen.«

»Hallo Molly«, sagte Erin, stand auf und ging auf die Frau zu, die deutlich jünger war als ihr fast greiser Ehemann. Molly stellte ihre vollen Taschen neben sich auf dem Boden ab und umarmte Erin.

»So lange warst du nicht mehr hier bei uns, das muss eine Ewigkeit her sein«, sagte sie. »Wir sehen uns ja nur von Zeit zu Zeit in der Kirche. Wie geht es Mary und Pádraig?«

»Sehr gut, vielen Dank.«

»Ich habe in letzter Zeit viel an dich und Siobhán gedacht und für euch gebetet. Wie gut, dass Fiona und Liam so für euch da sind. Es ist sicher keine leichte Zeit. Gott weiß das.«

Molly bekreuzigte sich schnell.

»Ja«, erwiderte Erin, »ich bin wirklich dankbar, dass ich so viel Unterstützung habe. Jetzt gerade passt Fiona auf die Kleine auf, damit ich hierherfahren konnte. Sag mal, wie geht es eigentlich Catriona? Sie ist doch zum Studieren nach Dublin gezogen, oder?«

Molly machte eine Bewegung mit dem Kopf in Richtung Küche.

»Komm, mein Kind, lass uns mit den schweren Taschen in die Küche gehen, dort können wir weiterreden. Und du, lass uns Frauen mal in Ruhe«, sagte Molly streng, aber mit einem freundlichen Augenzwinkern an ihren Gatten gewandt, »du hast die Kleine sicher schon genug gequält mit deinen alten Geschichten.«

Ciaran lachte laut über diese Bemerkung, wobei sein ganzer Körper zu beben schien.

»Raus mit euch«, rief er mit beiden Armen wedelnd hinter den beiden her und widmete sich dann einer der vielen Angelzeitschriften, die vor ihm auf dem Tisch herumlagen.

»Catriona geht es gut«, nahm Molly Erins Frage in der Küche wieder auf. »Sie hat in Dublin direkt Anschluss gefunden und das Studium gefällt ihr sehr. Na, jedenfalls die meiste Zeit. Sie hat, so vermuten wir, einen Freund. Einen Jungen aus der Nähe von Sligo. Wir machen uns natürlich so unsere Gedanken, aber was können wir schon tun. Wir hoffen, sie ist alt und vernünftig genug.«

In diesem Moment wurde Molly bewusst, dass diese Bemerkung auch eine Anspielung auf Erin und ihre ungewollte Schwangerschaft hätte sein können und dies tat ihr augenblicklich leid.

»Aber was treibt dich hierher, Liebes?«, fragte sie deshalb unverzüglich und begann, die Einkäufe in diverse Küchenschränke zu räumen. »So ganz ohne Grund wirst du ja nicht hergefahren sein.«

»Da hast du Recht, Molly. Ich hätte eine Bitte an dich. Auch, wenn sie vielleicht seltsam klingt.«

»Na, dann mal los! Ich hoffe, ich kann dir behilflich sein.«

»Im letzten Jahr habe ich ja einige Monate im Stone Bridge in Finny gearbeitet«, begann Erin.

»Ja, ich erinnere mich«, sagte Molly nachdenklich, »das war kurz, bevor die Kleine unterwegs war, richtig?«

»Ja, genau. Damals, Anfang Mai, war dort ein Gast zu Besuch. Wir kamen mit ihm ins Gespräch und ganz beiläufig erwähnte er, dass er für zwei Nächte in Cong untergekommen sei, in einem B&B direkt neben der Tankstelle.«

»Aha«, sagte Molly, hörte mit dem Einräumen auf und blickte nun neugierig zu Erin. »Und was war mit dem Gast? Hat er etwas verbrochen?«

»Nein, Molly, um Gottes Willen!«

Erin lachte herzlich auf. Sie hasste es zwar, Molly nun eine Lügengeschichte aufzutischen, doch hatte Liam sie auf die Idee gebracht, über die Gästeliste im B&B an die Adresse von Siobháns Vater zu kommen. Der alten Dame die Wahrheit zu erzählen, dass Erin sich von einem Durchreisenden ein Kind hatte machen lassen, brachte sie einfach nicht fertig.

»Ganz im Gegenteil«, fuhr sie also fort. »Er besuchte das Restaurant damals täglich und wir lernten ihn ein wenig näher kennen. Er war so ein netter Kerl. Wir waren alle traurig, als er weiterreisen musste. Jedenfalls vergaß er bei seinem letzten Besuch einen Beutel mit einigen persönlichen Dingen. Wir dachten, dass er sicher noch einmal zurückkäme, um seine Sachen zu holen, also legten wir den Beutel in einen Schrank in unserem kleinen Personalraum. Doch William, so hieß der Mann, kam nicht zurück. Letzte Woche, als ich meine Kollegin Jill im Stone Bridge besuchte, hielt sie beim Aufräumen plötzlich wieder diesen Beutel in der Hand. Wir überlegten, was wir damit machen sollten, und da fiel mir wieder ein, dass er euer B&B in Cong erwähnt hatte.«

»Das neben der Tankstelle«, ergänzte Molly.

»Ja, richtig. Da kam mir die Idee, dass du mir helfen könntest, seine Adresse herauszufinden.«

Bei diesen Worten schaute Erin Molly hoffnungsvoll an.

»Liebes«, sagte Molly freundlich, »das ist doch gar kein Problem. Lass mich kurz gehen, ich hole das Gästebuch und dann haben wir in zwei Minuten, wonach du suchst.«

Molly schloss die letzte Schranktür, hängte die Einkaufstaschen an einen Haken neben der Spüle und verließ die Küche.

Erin wurde es mit einem mal ganz heiß und sie schluckte krampfhaft Tränen hinunter, die ihr in die Augen schießen wollten. Um nicht loszuweinen, dachte sie schnell daran, dass sie kommenden Mittwoch einen Zahnarzttermin hatte, und starrte gleichzeitig gebannt auf einen Aufkleber auf der Kühlschranktür, der ein Katzenbaby mit einer Weihnachtsmütze auf dem Kopf zeigte. Es half. Keine Tränen. Dann kam Molly lächelnd mit dem aufgeschlagenen Gästebuch zurück.

»Wann genau soll das denn gewesen sein?«, fragte sie, setzte sich ihre Lesebrille auf die Nase und hockte sich dicht neben Erin an den Küchentisch.

04

Louis sitzt im Schatten eines großen Sonnensegels am gedeckten Tisch unter freiem Himmel. Die Wasseroberfläche des Pools reflektiert das Licht der tief stehenden Sonne und wirft helle, glitzernde Flecken auf die Umgebung. Er betrachtet für eine Sekunde dieses Schauspiel, schließt dann aber geblendet die Augen. Die Luft ist warm und es ist friedlich und still an diesem frühen Samstagabend. Nur das Summen der Insekten und der lachende Ruf eines Grünspechts ist von Zeit zu Zeit zu hören. Jette und er sind an diesem Abend zu zweit, niemand ist da, der eine gemeinsame Vergangenheit mit ihnen teilt. Eine angenehme Aufregung erfasst Louis. Auf dem Tisch vor ihm stehen Teller, Schüsseln und Schalen mit gutem Essen: Salat; verschiedene Gemüse; nach Knoblauch duftende, gebackene Kartoffelscheiben; gebratener Fisch mit Kräutern; Käse; Oliven; frisches Obst. Vor einer Stunde hatte er noch unsicher in seinem niedrigen, ungemütlichen Zimmer vor dem offenen Kleiderschrank gestanden, während der Geruch von Helmuts Bratkartoffeln mit Zwiebeln und Speck das Haus durchzog. Louis hatte überlegt, wie er optisch am besten in das Bild passen würde, das er sich für den heutigen Abend ausmalte. Dann aber missfiel es ihm, die Dinge so zu betrachten, und er nahm sich die Sachen aus dem Schrank, in denen er sich am wohlsten fühlte.

Jette kommt mit einem warmen Brot aus dem Haus auf ihn zu. Sie trägt ein dünnes, geblümtes Kleid mit weit ausgestellten Ärmeln. Wieder kein Schmuck, nur dieser eine Ring.

»Danke für den Wein«, sagt sie und stellt das Holzbrett mit dem Brot neben die geöffnete Flasche auf den Tisch. Sie zieht ein Haargummi von ihrem Handgelenk, bindet sich die dunklen, langen Haare zusammen und setzt sich ihm gegenüber.

»Das ist ja wohl das mindeste, bei den Köstlichkeiten, die du hier aufgetischt hast«, sagt Louis. »Ich hoffe, der Wein schmeckt. Meine Schwester hat ihn besorgt. Sie kann heute leider nicht hier sein. Sie ist für drei Tage nach Bonn gefahren, in unsere alte Heimat, um eine Freundin zu besuchen. Sie lässt dich aber schön grüßen.«

»Danke. Es ist schön, dass du hier bist«, sagt Jette und betont das Du dabei.

Louis beobachtet sie, wie sie mit dem großen Messer das helle, frisch dampfende Brot in dicke Scheiben schneidet. Er nimmt die Weinflasche und schaut Jette an.

»Darf ich dir etwas einschenken?«

»Gerne«, antwortet sie, »und dazu ein Glas Wasser, bitte.«

Louis schenkt Rotwein und Wasser ein. Dann stoßen sie an, trinken vom guten Wein und füllen sich mit all den köstlichen Dingen ihre Teller. Sie genießen das Essen und die aufkommende Vertrautheit. Sie sprechen über die Schönheit des Gartens, über die Sträucher und Blumen, die Jette gepflanzt hat, über die Bruthöhle des Steinkauzes in dem alten Birnbaum gleich hinter dem Zaun, über die liebevoll angelegte Kräuterspirale neben dem kleinen Schuppen. Louis erzählt ihr leidenschaftlich von seinem Beruf als Zimmermann und von den vielen Projekten, an denen er in den letzten Jahren beteiligt war. Dass er das Angebot bekommen hat, im kommenden Jahr in die Firma in Bonn einzusteigen, in der er seine Lehre gemacht hat. Er erzählt auch ausführlich von seiner dramatisch gescheiterten Beziehung zu Svenja und, dass er immer noch dabei sei, diese für ihn fast traumatische Zeit zu verarbeiten. Eine Wespe setzt sich auf Jettes Tellerrand und beginnt, mit ihren Beißwerkzeugen ein Stück des Schinkens herauszutrennen. Die Art, wie Jette das Insekt in Ruhe betrachtet und es gewähren lässt, gefällt ihm. Lucy, die die ganze Zeit träge unter dem Tisch gelegen hat, steht auf und trottet laut hechelnd ins kühlere Haus. Louis möchte einen Gedanken loswerden, den er schon seit Tagen mit sich herumträgt, doch es kostet ihn einige Überwindung.

»Jette, darf ich dich etwas sehr Persönliches fragen?«, beginnt er schließlich. »Es geht mir seit unserer ersten Begegnung im Kopf herum.«

»Du brauchst wirklich nicht so vorsichtig sein«, antwortet sie fast ein wenig erstaunt über seine rücksichtsvolle Art. »Frag' einfach, was du wissen möchtest.«

»In Ordnung«, sagt Louis. »Der Unfall deines Mannes ist gerade einmal vier Wochen her und ich frage mich, warum du so ruhig und gefasst wirkst. Ich meine, ich kenne dich kaum und kann nicht wissen, wie du dich in der Zeit nach dem Unfall gefühlt hast und wie du mit dem Schock umgegangen bist. Mich hat deine entspannte, fast gelassene Art bei unserer ersten Begegnung ein wenig irritiert, das gebe ich zu.«

Jette denkt nach, wie sie ihm antworten soll. Sie legt ihr Besteck zurück auf ihren Teller und lehnt sich mit dem Wasserglas in der Hand in ihrem Stuhl zurück. Jetzt wird ihr Blick wieder klarer.

»Ich habe kurz überlegt«, beginnt sie, »wie ich diese komplizierte Geschichte, Beats und meine Geschichte, verständlich zusammenfassen kann, wo ich beginnen soll. Ich habe ihn vor knapp drei Jahren in Hamburg kennengelernt. Damals arbeitete ich in Bremen für ein ziemlich angesagtes Catering-Unternehmen, das ein Freund von mir aufgebaut hatte. Wir wurden für ein Event in Hamburg gebucht und dort sind Beat und ich uns begegnet. Schon während der Veranstaltung im Hotel hatte ich bemerkt, dass er mich beobachtet. Als das Event vorbei war und wir abgebaut hatten, packte ich noch ein paar letzte Sachen ein und wollte dann zu meinem Wagen. Andreas, mein Chef, war mit dem Van und drei anderen Servicekräften schon auf dem Rückweg nach Bremen. Beat saß im Foyer und war scheinbar mit seinem Laptop beschäftigt, als er mich ansprach. Lange Rede, er sagte mir, dass er noch vier Tage in Hamburg bleiben würde, wir verabredeten uns und begannen in dieser Zeit eine Affäre.«

»Klingt nicht wirklich kompliziert«, bemerkt Louis, »aber ich vermute, da kommt noch was.«

Jette trinkt einen Schluck Wasser, nickt zustimmend und fährt fort.

»Ja, der komplizierte Teil folgt jetzt. Beat war ein Mann mit der Gabe, Menschen in kürzester Zeit für sich zu gewinnen. Und zwar auf eine sehr mitreißende Art. Er machte das nicht bewusst, nicht mit der Absicht, ein Ziel zu erreichen. Er besaß einfach diese unfassbare Lebensfreude und hinterließ bei den Leuten im Vorübergehen ein gutes Gefühl. Das war bewundernswert. Mein Gott, war ich verliebt. Ich mochte sein Äußeres, seine einfühlsame Art. Er liebte es, auf Understatement zu machen, und wirkte damals auf mich wie ein lockerer Student, der gut bezahlte Nebenjobs machte und ich glaube, dass er diese Rolle nach außen auch gerne spielte. Doch dann stellte sich heraus, dass er eine international erfolgreiche IT-Firma besaß und unfassbar reich war. Gleichzeitig war er aber auch sehr großzügig, was ich zugegebenermaßen sexy fand. Wir trafen uns jedenfalls nach der Zeit in Hamburg fast wöchentlich. Meist bei mir in Bremen, aber auch in Frankfurt, in Heidelberg und in Bonn, deiner Heimatstadt. Alles war gut, bis er mich nach einigen Monaten mit in die Schweiz nahm, an den Genfer See, um mich seinen Eltern vorzustellen.«

»Oha, jetzt wird es spannend«, bemerkt Louis und gießt beiden noch etwas Wein nach.

»Kannst du dich erinnern«, fragt sie, »wie du dich gefühlt hast, als du in deinen nassen Joggingklamotten das erste Mal unser Haus betreten hast?«

»Klar.«

»Das alles hier«, sagt Jette und macht dabei eine ausladende Geste, »hat schon etwas mit dir gemacht, oder?«

»Hat es.«

»Jetzt stell dir das Ganze bitte unendlich verstärkt vor. Nicht mit mir als barfüßige Empfangsdame, sondern mit einem Schweizer Unternehmerehepaar, das mehrere hundert Millionen besitzt, gesellschaftlich sehr anerkannt und dazu noch in der Politik aktiv ist, und deren einziger Sohn, deren einziges Kind nun mit einer zweiundzwanzigjährigen Mitarbeiterin eines Catering-Unternehmens aus Bremen in der Tür steht. So richtig amused waren die nicht. Die Wucht, mit der ich von dem Reichtum und dem zwanghaften Verhalten seiner Eltern getroffen wurde, war unglaublich. Mit seiner Mutter und mir war es ein bisschen wie mit der Sissi und ihrer Tante Sophie in den alten Filmen.«

Jette lacht laut auf und hält sich dabei für einige Sekunden beide Hände vor das Gesicht, während sie den Kopf schüttelt.

»Puuh«, fährt sie schließlich gedehnt fort, »wenn ich nur daran denke, zieht sich mir wieder alles zusammen. Bei Beat gab es ganz schnell den großen Wunsch, dass wir heiraten. Ich war verliebt, machte aber zur Bedingung, dass wir nach der Hochzeit nicht in der Nähe seiner Eltern, am liebsten gar nicht erst in der Schweiz leben würden. Nur mit dieser Aussicht konnte ich dann die Monate bis zur Trauung überstehen, ohne durchzudrehen. Beats Mutter Vivien ist Amerikanerin und sie hatte ungefragt aus New York eine Wedding Plannerin eingeflogen. Stell dir das bitte mal vor. Wie grauenhaft. Aber irgendwann war es dann vorbei und, was den Wohnort betrifft, hat Beat ja immerhin Wort gehalten, wie du siehst. Aber jetzt komme ich langsam zur Antwort auf deine Frage, warum sich meine Trauer in Grenzen hält. Wir kauften dieses Anwesen hier von einem Industriellen aus Straßburg und zack, vier Monate später war ich schwanger.«

»Wie romantisch«, bemerkt Louis.

»Hätte es vielleicht sein können. Doch abgesehen davon, dass Beat sowieso geschäftlich ständig unterwegs war und ich mich hier ganz schön einsam gefühlt habe, fand ich kurz darauf beim Waschen in der Tasche seiner Jogginghose einen fremden Damenslip, der eindeutig getragen und voller Spermaflecken war.«

»Ach du Scheiße«, sagt Louis, der merkt, dass die Geschichte eine unangenehme Wendung nimmt. »Das glaube ich jetzt nicht. Und, hat er dir dazu eine spannende Story aufgetischt?«

»Ja und nein. Er sagte mir ganz direkt, dass er mich liebe, dass er aber seit meiner Schwangerschaft ein Problem mit Sex habe. Also, Sex mit mir, wohlgemerkt. Das mit der anderen sei halt so passiert und habe für ihn keine Bedeutung. Er bereue alles und es würde nie wieder vorkommen, bla, bla, bla.«

»So ein Arschloch.«

»Ja, so ein Arschloch. Hat mit einer anderen geschlafen, als ich schwanger war. Das hat mich so dermaßen tief verletzt. Er sagte auch, dass er sich wahnsinnig auf unser Kind freue und dass er versuchen würde, sich für die Zeit der Schwangerschaft irgendwie zusammenzureißen. Ich dachte, ich sei im falschen Film. Ich habe an mir, an ihm, an meiner Wahrnehmung gezweifelt. Dass ein Mann, den ich so leidenschaftlich in mein Leben gelassen hatte, mir mit einem Mal so zuwider war, das hätte ich nicht für möglich gehalten. Ich war so blind!«

Jettes Blick ist voller Wut. Sie atmet tief ein und presst die Luft zwischen den Lippen hörbar hinaus. Ihre Mundwinkel zucken dabei leicht. Louis schweigt und schaut betreten nach unten. Die Sonne verschwindet langsam hinter den Baumwipfeln am gegenüberliegenden Berghang. Jette streift sich die kleine Strickjacke über, die neben ihr auf dem Stuhl gelegen hat, zieht sie wärmend über ihrer Brust zusammen und knöpft sie zu. Louis nimmt das Feuerzeug, das auf dem Tablett liegt, und zündet die Windlichter an, die auf dem Tisch verteilt herumstehen.

»Hast du ihn nach dieser Nummer nicht gehasst?«, fragt er irgendwann.

Jette räuspert sich kurz und nimmt einen Schluck vom Rotwein. Ihre Hände zittern ein wenig, so dass beim Trinken etwas davon auf ihre Strickjacke tropft. Sie tupft sie mit einer Serviette trocken. »Es waren viele Gefühle im Spiel und Hass gehörte ganz sicher dazu.«

»Und hast du das Kind abgetrieben?«, fragt Louis vorsichtig. Jette schaut ihn ganz verwundert an.

»Nein, ich hätte das Kind bekommen. Ich hatte mich so darauf gefreut, Mutter zu werden. Nach dem Streit mit Beat war ich dann eine Zeitlang in Bremen, bei meinen Eltern. Das war im Juni, nein, im Juli zweitausendsiebzehn. Die beiden waren sehr fürsorglich, gleichzeitig war es mir aber auch zu eng. Meine Eltern sind dazu noch sehr norddeutsch, wenn du weißt, was ich meine. Die reden nicht viel. Mein Vater hat früher oft im Spaß gesagt, er wüsste zu gern, von wem ich wohl abstamme, da ich, was das angeht, so aus der Art schlage. Im September bin ich dann zurück nach Seelbach. Da war ich im sechsten Monat. Im siebten Monat stellten sie dann bei der Untersuchung fest, dass das Kind in mir nicht mehr lebte. Die Einzelheiten erspare ich dir und mir lieber. Es war eine ganz furchtbare Zeit, wie ich sie keinem wünsche. Von den seelischen Schmerzen bin ich in der Folge ernsthaft krank geworden.«

»Meine Güte, wie schrecklich«, sagt Louis entsetzt. Mehr weiß er in diesem Moment nicht zu sagen.

»Beat nahm sich plötzlich Zeit, wollte mich begleiten«, fährt Jette fort. »Ich konnte seine Nähe aber nicht ertragen. Nach dem ganzen Beziehungsdrama und dem tragischen Tod unserer Tochter brauchte ich dringend Hilfe. Meine Therapeutin hat mir dann kurz nach Weihnachten einen Platz in einer psychosomatischen Privatklinik in der Schweiz besorgt. Sie hat dort Beziehungen zu einer Ärztin. Ich blieb acht Wochen in Therapie, danach ging es tatsächlich etwas besser. Aber es tut heute noch wahnsinnig weh.«

»Natürlich«, sagt Louis und er kann sich der Schwere, die er bei Jette spürt, nicht entziehen.

»Und dein Mann? Wart ihr da noch zusammen?«

»Es gab vorerst nur wenige Gespräche zwischen uns. In der Klinik wollte ich keinen Besuch, schon gar nicht von ihm. Danach setzten wir uns aber noch einmal zusammen. Er sagte mir, wie leid ihm das alles tue, und dass er sehr unglücklich sei. Er versprach mir, dass er sich und die Dinge ändern würde. Dass er weniger unterwegs und mehr für mich da sein wolle. Na ja, von seiner sehr gewinnenden Art habe ich dir ja erzählt. Ich war so am Boden, und für Außenstehende ist das sicher schwer nachvollziehbar, aber ich hatte zu der Zeit nicht die Kraft, ihn zu verlassen. In der Folge merkte ich dann aber, wie groß mein Problem war, ihm wieder zu vertrauen, und dass ich seine Nähe kaum noch ertragen konnte. Ich würde so weit gehen, zu sagen: Am Ende widerte er mich nur noch an.«

»Und dann geschah der Unfall«, ergänzt Louis.

»Ja, ein knappes halbes Jahr später, gerade als ich noch einmal für drei Wochen in der Klinik war. Es war von vorneherein mit meiner Psychotherapeutin so abgesprochen, dass ich dort eine Nachsorge machen solle.«

»Jette«, sagt Louis, »es tut mir zutiefst leid, dass ich dich falsch eingeschätzt habe.«

»Mach dir keine Gedanken, Louis. Ich möchte auch gar nicht länger in diesen düsteren Erinnerungen festhängen. Ich ärgere mich selbst darüber, dass ich mir immer noch Gedanken über die Sache mit den blöden achtundzwanzigtausend Euro mache. Als suchte ich noch eine finale Bestätigung für mein Misstrauen gegenüber Beat. Das Beste wäre, diese ganze Geschichte mit dem Geld einfach zu vergessen. Es spielt jetzt eh keine Rolle mehr.«

»Nein, wahrscheinlich nicht«, sagt Louis.

»Ich denke wirklich, es ist an der Zeit, loszulassen«, sagt Jette aufatmend. »Ich brauche dringend Veränderung. Und Mut, mich wieder auf andere Menschen einzulassen. Oder einfach tolle Abende wie diesen.«

Sie blickt nach oben in den Himmel und, als sie den Kopf wieder senkt, wirkt sie mit einem Mal gelöst, fast freudig erregt.

»Hast du vielleicht Lust, eine Runde zu schwimmen?«, fragt sie jetzt mit leuchtenden Augen und deutet auf den riesigen, mittlerweile von innen erleuchteten Pool. »Ich war da seit letztem Jahr nicht mehr drin. Wir haben jemanden, der sich im Sommer ständig um alles kümmert, das Reinigen und so weiter. Wir könnten es also einfach tun.«

»Meinst du nicht, dass es schon ein wenig kühl ist?«, fragt Louis und seine leichte Verunsicherung bezüglich ihres Plans ist ihm deutlich anzumerken.

»Das Ding ist beheizt«, sagt Jette.

»Ich habe keine Badehose dabei«, fährt er fort. »Also, ich weiß nicht.«

»Kein Problem. Oben im Schrank hängen jede Menge Badeshorts von Beat. Da such' ich dir was raus. Passen müssten die eigentlich, ihr habt so ziemlich die gleiche Statur. Macht dir hoffentlich nichts aus, was von ihm anzuziehen?«

Louis schüttelt den Kopf.

»No«, sagt er nur kurz, obwohl er Jettes Frage ein wenig befremdlich findet. Seinem ersten Impuls, Nein zu ihrem Vorschlag zu sagen, folgt er nicht.

»Dann geh' ich mal hoch und bringe uns auch gleich Handtücher und Bademäntel mit«, sagt sie freudig.

»Ok«, sagt er. »Auf ins kühle Nass.«

Louis zieht sich in dem sehr geräumigen Badezimmer im Erdgeschoss eine gelbe Badeshorts von Beat an. Seine Klamotten hat er zuvor über den Rand der freistehenden Badewanne in der Mitte des Raumes gelegt. Es ist für ihn ein etwas verstörender Gedanke, in die Hosen des steinreichen Mannes zu steigen, der vor seinen Augen erst kürzlich tödlich verunglückt ist, um nun mit dessen Frau in einen beleuchteten Pool unter dem Sternenhimmel zu steigen. Er findet einfach nicht heraus, ob es richtig oder falsch ist, das zu tun, und welchem Gefühl er folgen soll. Jette ist eine aufregende Frau, doch irgendetwas ist für ihn in diesem Moment zu viel. Er schlüpft in den Bademantel, den sie ihm gegeben hat, schaut sich in einem der vielen Spiegel noch einmal tief in die Augen, lächelt sich mutmachend zu und geht zurück in den Garten. Der Hund kommt ihm aufgeregt mit dem Schwanz wedelnd entgegen. Jette steht bereits im Badeanzug vor den Stufen am Beckenrand. Als Lucy bellt, dreht Jette sich um und spürt, wie Louis sie neugierig anschaut, die Umrisse ihres Körpers vor der erleuchteten Wasserfläche.

»Komm schon!«, ruft sie ihm entgegen. »Aber ich muss dich warnen. Es gibt eine gute und eine schlechte Nachricht.«

»Jetzt bin ich gespannt«, sagt Louis, streift im Gehen seinen Bademantel ab und hängt ihn über eine Stuhllehne.

»Steht dir«, sagt sie und blickt dabei an ihm hinunter.

Er geht etwas verunsichert auf sie zu und stellt sich neben sie.

»Dann schieß mal los!«, sagt er mit einem Grinsen. »Gibt's Haie?«

Jette lacht herzhaft über seinen blöden Witz.

»Nein, viel schlimmer«, fährt sie fort. »Ich habe da vorhin irgendetwas falsch eingestellt an dem Temperaturregler. Der Pool ist nicht geheizt und das Wasser ist nach den letzten Regentagen ziemlich kalt.«

»Oh nein«, sagt Louis, »ich hasse Kälte. Dann lieber die Haie.«

»Na los«, macht sie ihm Mut, »wir gehen zusammen rein.«

Er hält vorsichtig seine Zehen ins Wasser und zieht sie schnell wieder zurück.

»Scheiße«, sagt er übertrieben, »ganz schön frisch. Und was ist die gute Nachricht?«

»Ich mache uns gleich drinnen im Haus den Kamin an und dann können wir uns wieder aufwärmen. Wie klingt das?«

»Das klingt gut«, sagt er. »Das klingt sogar sehr gut.«

»Bei drei?«, fragt Jette.

»Bei drei.«

Sie holen beide tief Luft und steigen, begleitet von kurzen, unkontrollierten Freudenschreien ins Wasser. Lucy springt um den Pool herum und bellt, dann beruhigt sie sich wieder. Louis und Jette schwimmen gemeinsam einige Bahnen, bis sie sich an die Temperatur des Wassers gewöhnt haben. Dann legen sie ihre Nacken nebeneinander auf den Beckenrand und schauen in den Himmel. Einige Sterne sind im dunklen Blau des Firmaments bereits zu erkennen. Schweigend wird ihnen die Intimität dieses Moments bewusst und bis auf die leichten Bewegungen ihrer Arme im Wasser verharren sie eine ganze Weile regungslos. Erst als Lucy angelaufen kommt und versucht, ihnen durchs Gesicht zu lecken, löst sich die Anspannung. Louis taucht einmal längs durch das Becken bis auf die andere Seite, setzt sich dort auf eine der Stufen im Wasser und blickt Jette aus der Distanz an.

»Mir wird langsam kalt«, sagt er.

Sie nickt wortlos und schwimmt zu ihm hinüber.

Beide steigen aus dem Wasser und beobachten sich neugierig aus den Augenwinkeln, während sie sich die nassen Körper abtrocknen und die Bademäntel überziehen.

»Aus Seelbach rauszukommen wird dir nach den traumatischen Erlebnissen sicher gut tun«, sagt er, als sie einige Zeit später in ihre Bademäntel gehüllt mit frischem, heißen Espresso am Kamin sitzen und sich am Feuer aufwärmen. »Wann genau ziehst du nach Hamburg?«

»Montag in drei Wochen stehen die Umzugsleute vor der Tür. Ein LKW mit Dingen aus dem Familienbesitz geht zurück in die Schweiz. Den Rest nehme ich mit. Nach der Beerdigung habe ich das mit seinen Eltern so besprochen. Die waren überraschend geschmeidig. Ich glaube, die sind froh, wenn sie mich wieder los sind.

Es gibt auch noch andere Dinge zu regeln. Versicherungen, Verträge, Erbschaft, all das. Darum kümmern sich jetzt die Anwälte, auch, was den Verkauf von Beats Firma betrifft. Es ist ein beruhigendes Gefühl, dass ich mir in nächster Zeit nicht auch noch wirtschaftliche Sorgen machen muss. Eigentlich nie mehr, wenn ich ehrlich bin. Ich kann mein Leben endlich wieder selbst in die Hand nehmen. Und das werde ich, darauf kannst du dich verlassen.«

Jette schließt die Augen und Louis blickt in die lodernden Flammen. So verharren sie eine ganze Weile in ihren gemütlichen Sesseln, die Beine hochgelegt, erschöpft vom Tag und vom Schwimmen.

Eine ganze Zeit später setzt Louis sich in seinem Sessel wieder auf, fährt sich mit den Fingern durch sein noch leicht nasses, schulterlanges Haar und schaut zu Jette hinüber, die mit den Händen über ihre vom Feuer aufgeheizten Schienbeine streicht. Sie bemerkt seinen Blick und ein unsicheres Lächeln zeigt sich auf ihrem Gesicht.

»Möchtest du heute Nacht hierbleiben?«, fragt sie in vorsichtigem Ton.

Es ist nicht so, dass diese Frage für Louis völlig unerwartet kommt, trotzdem fühlt er sich unvorbereitet, was er darauf antworten soll.

»Keine Ahnung«, sagt er schließlich, da ihm nichts Besseres einfällt.

»Warum? Denkst du, es wäre ein Fehler?«, bohrt sie weiter nach.

»Hm. Ich weiß es wirklich nicht. Tut mir leid, Jette, wenn das jetzt zu vernünftig klingt, doch ich fand es vorhin schon komisch, in Beats Badehose zu steigen. Du durchlebst gerade eine heftige Krise und wirst in ein paar Wochen nicht mehr hier sein. Das klingt nach Drama, oder nicht? Und wenn ich eines gerade überhaupt nicht gebrauchen kann, dann ist es das!«

Jette denkt eine Weile über seine Worte nach, ehe sie spricht.

»Vielleicht stimmt es, was du sagst. Vielleicht machen wir es aber auch nur unnötig kompliziert. Seit wir uns vor ein paar Tage begegnet sind, fühle ich mich zum ersten Mal seit ewiger Zeit wieder lebendig. Ich empfinde zum ersten Mal wieder Lust. Das ist ein sehr schönes Gefühl, Louis.«

Louis sagt erstmal nichts.

»Das ist ein Kompliment«, schiebt sie mit einem Grinsen hinterher.

Reflexartig grinst Louis zurück, dabei ist ihm eigentlich gar nicht danach. Gefühle und Gedanken in ihm verheddern sich zu einem nicht lösbaren Knoten. Er spürt zwar auch die Erregung in seinem Körper, die Lust, sie zu berühren, doch sein Verstand ist ihm längst weit voraus.

»Ich denke, es ist nicht der richtige Augenblick«, sagt er bestimmt und findet selbst, dass seine Antwort sehr erwachsen klingt. »Ich habe mir vorgenommen, aus der Vergangenheit zu lernen und gute Entscheidungen zu treffen.«

Jette schaut kurz durch die riesige Glasfront hinaus in die dunkle Nacht. Dann atmet sie einmal tief ein und aus und wendet sich wieder Louis zu.

»Vielleicht bin ich dir morgen dankbar, dass du so ehrlich warst. Vielleicht finde ich es dann aber auch ein klein bisschen Scheiße«, resümiert sie mit einem Lächeln.

»Gut«, sagt er mit entschlossener Stimme, als müsse er eine wichtige Konferenz beenden, »morgen früh um acht helfe ich Helmut, meinem Vermieter. Obwohl Sonntag ist, reparieren wir nach der Frühmesse einen Zaun, da will ich ausgeschlafen sein.«

Er steht auf, um an ihr vorbei ins Badezimmer zu gehen, doch Jette greift ihn am Handgelenk und hält ihn fest. Vorsichtig versucht sie, Louis zu sich hinunterzuziehen.

»Ich zieh mich mal an«, sagt er und löst sanft ihre Hand von seinem Arm.

»Und du hast ihr bei den Umzugsvorbereitungen noch geholfen?«, fragt Christian, während Liv das große Bücherregal im frisch renovierten Wohnzimmer einräumt.

»Na klar«, antwortet Louis, »wir haben uns in den Wochen vor ihrem Umzug häufiger gesehen. Ich hatte ihr ja Hilfe angeboten, beim Packen der Kartons und beim Einwickeln der Bilder und Kunstwerke in Blisterfolie. Und noch das ein oder andere mehr.«

»Aber du warst nicht der einzige Helfer?«, fragt Christian ungläubig.

»Um Gottes Willen«, antwortet Louis. »Jette hatte eine Umzugsfirma beauftragt. Da sprangen in den letzten Tagen jede Menge Leute rum, lauter Profis.«

»Möchte nicht wissen, was das gekostet hat«, sagt Christian. »Schweiz, Hamburg, was für eine Aktion. Und von ihrer Familie ist niemand aufgekreuzt?«

»Seine Eltern waren für zwei Tage da. Die haben im Hotel übernachtet. Total komische Leute. Der Vater war auf seine eigene Art noch ganz nett und offen, aber die Mutter ging gar nicht. Ich denke mal, dass Jette drei Kreuze macht, dass sie die wieder los ist. Und am vorletzten Tag vor dem Umzug kam noch Daniel vorbei, ein enger Freund von ihr. Er ist ein ehemaliger Studienkollege von Beat und war auf der Durchreise. Der war eine echte Erscheinung. Fast zwei Meter groß, mit rasiertem Schädel, langem Bart und tätowierten Armen. Ich habe ihn nur kurz gesehen, als die beiden gerade loswollten. Sie sind zusammen nach Colmar gefahren und Jette kam erst am späten Nachmittag ohne ihn zurück.«

Während Louis spricht, bewegt sich Christian auf der neuen, grau melierten Couch geschmeidig von einer Seite zur anderen und wechselt ständig die Positionen, um zu sehen, ob sie ihm auch bequem erscheinen.

»Hey, Liffi«, sagt er nun, »hat er dir erzählt, dass sie ihn letztens nach deren Picknick im Garten dabehalten wollte? Über Nacht?«

»Es war kein Picknick«, sagt Louis.

»Natürlich hat er das erzählt«, sagt Liv und schiebt Christians Füße, die in weißen Sneakern stecken, von der neuen Couch. »Runter da!«, sagt sie streng.

»Dann seid ihr auch noch in den Pool gestiegen? Alter, dass du nicht dageblieben bist! Manchmal bist du mir echt ein Rätsel«, lacht Christian. »Und auch die restliche Zeit ist nichts mehr gelaufen zwischen euch?«

»Es hat sich nicht richtig angefühlt und auch keinen Sinn gemacht«, versucht Louis sich zu erklären.

»Es hat keinen Sinn gemacht? Ey, Louis, ich möchte wissen, von welchem Stern du kommst. Es hat keinen Sinn gemacht. Du hörst dich ja an wie mein Opa.«

»Ich weiß, ich weiß, du hättest sie trotzdem flachgelegt und zwar die ganze restliche Zeit über. Ich habe jedenfalls meine Finger von ihr gelassen, obwohl sie scharf auf mich war«, sagt Louis fast ein wenig trotzig.

Christian lacht triumphierend auf und schlägt sich mit beiden Händen auf die Schenkel.

»Siehste, Liffi«, ruft er, »dein Bruder. Hab ich es doch gewusst. Der alte Softy.«

»Ey, sagt mal, hört ihr euch eigentlich reden?«, fährt Liv dazwischen. »Zusammen seid ihr nicht zu ertragen. Und jetzt nimm endlich die Schuhe von der neuen Couch, verdammt!«

Louis und Christian lachen so ausgelassen, dass Liv nicht anders kann, als mitzulachen. Christian streift die Sneaker von seinen Füßen und lässt sie polternd auf den Dielenboden fallen. Er zieht Louis, der mit einem Sofakissen und einem der neuen Bezüge in der Hand an der Fensterbank lehnt, zu sich auf die Couch und nimmt ihn spielerisch in den Schwitzkasten.

»Du bist so ein Schlappschwanz«, sagt er und wuschelt Louis

dabei durch die Haare. Dann lässt er ihn wieder los und sie sitzen eine Zeitlang einfach nebeneinander und beziehen die neuen Kissen, während Liv in die Küche geht, um nach der selbst gemachten Pizza zu sehen, die sie in den neuen Gasofen geschoben hatte.

Louis und Christian sind seit Jahren beste Freunde. Als Louis die Meisterschule für Zimmerer in Simmerath bei Aachen besuchte, hatte er Christian kennengelernt. Der studierte zu dieser Zeit Mediendesign in Düsseldorf und jobbte dort nebenbei in einem Café in der Altstadt. Auf einer Party von Louis' Mitbewohner Achim trafen sie sich zum ersten Mal. Während eines Gesprächs stellte sich der unglaubliche Zufall heraus, dass beide vierundzwanzig waren und am gleichen Tag Geburtstag hatten. Sie konnten es kaum fassen und mochten sich auf Anhieb. Sie tranken die Nacht durch, rauchten mit den anderen ein paar Joints und tanzten, bis es hell wurde. Beim Frühstück am nächsten Mittag verabredeten sie sich zu einem Les-Shirley-Konzert einige Wochen später in Bonn, zu dem Louis dann seine Schwester mitnahm. Liv lebte zu dieser Zeit in der ehemaligen Hauptstadt und arbeitete dort als Einkäuferin für ein Modelabel. Sie war seit längerem schon mit ihrer Arbeitskollegin Abril, einer Spanierin, zusammen. Glücklich, wie sie fand. Nun dachte sie seit dem Abend in Bonn jedoch immer wieder an Louis' Freund, der während des Konzerts nicht aufgehört hatte, mit ihr zu flirten. Seine Augen und sein Geruch, den sie wahrgenommen hatte, als sie sich bei der lauten Musik ständig gegenseitig Dinge ins Ohr schrien, hatten sie betört. Als die beiden Jungs, wie Liv sie nannte, dann ständig aufeinanderhockten und der eine kaum noch ohne den anderen auftauchte, war es Liv unmöglich, sich nicht in Christian zu verlieben, auch wenn der drei Jahre jünger war als sie. Für eine kurze Zeit hatte sie dann etwas parallel laufen mit Abril und ihm, doch dann wurde es allen zu kompliziert. Liv beendete die

Beziehung mit der Spanierin und zog kurze Zeit darauf zu Christian nach Düsseldorf. Louis empfand diese neue Situation anfangs etwas bedrohlich, seinen besten Freund mit seiner Schwester zu teilen. Er hatte Angst, es könne auf Kosten ihrer Freundschaft gehen. Diese Sorge verflog jedoch schnell und die drei hatten im Sommer zweitausendfünfzehn die beste Zeit ihres Lebens. Sie fühlten sich frei, waren neugierig auf Abenteuer und ließen sich ständig gegenseitig mitreißen.

Der Herbst und der Winter kamen und es kehrte langsam wieder Ruhe ein. Liv bekam eine bessere Position in ihrer Firma, weshalb sie mehr arbeiten musste, und Christian bereitete sich auf Abschlussprüfungen vor, die im nächsten Frühjahr anstanden. Louis sah die beiden nicht mehr so häufig. Er hatte eine kurze Affäre mit einer Nachbarin, die einige Jahre älter war als er und die sich gerade von ihrem Lebensgefährten getrennt hatte. Mit Andrea machte er schöne, ausgedehnte Winterspaziergänge im Solchbachtal und im Hohen Venn. Er beeindruckte sie mit seinem ornithologischen Wissen und sie konnte nicht genug bekommen von seinen Ausführungen zu Lebensweisen und Verhalten der einzelnen Vogelarten. Sie gingen gemeinsam in die Sauna und ins Kino und er ließ sich verzaubern von ihrer Leidenschaft, gemeinsame Zeit bei Wein und Kerzenlicht in der Badewanne zu verbringen. Nachdem Andreas Exfreund fünf Wochen später wieder bei ihr in der Tür stand, teilte sie Louis bei einer zufälligen Begegnung im Hof bei den Mülltonnen mit, dass sie in ein paar Wochen heiraten werde. Und zwar nicht Louis, sondern den Exfreund. Der Frühling deutete sich bereits an, als Louis bei einem sonntäglichen Waldlauf so heftig mit dem rechten Fuß umknickte, dass er anschließend eine ganze Woche zuhause blieb. Er nutzte die Zeit, um zum einen endlich mal wieder die Gitarre in die Hand zu nehmen und um zum anderen mit der intensiven Vorbereitung auf die Ende April bevorstehende

Meisterprüfung zu beginnen. Er vermisste Liv und Christian zwar häufig, verstand aber auch die Umstände, die ihnen gerade keinen großen Spielraum für ausgedehnte Treffen und Unternehmungen boten. Sowohl Louis als auch Christian bestanden einige Wochen später ihre Prüfungen mit Bravour und sie reisten anschließend zu zweit für sechs Wochen nach Schottland.

Christians Bruder Florian leitete in Glasgow ein Unternehmen für die Entwicklung von Landmaschinen und er freute sich darauf, endlich mal wieder Besuch aus der Heimat zu bekommen. Außerdem brauchte er Hilfe beim Umbau seines neuen Hauses in East Kilbride. Er und seine Frau Moira erwarteten ihr erstes Kind und die Zeit drängte, da sie zum Juli dort einziehen wollten. Es wurde eine gute Zeit, in der Louis und Christian ihre Freundschaft noch vertieften und in der Louis wie selbstverständlich in die Familie aufgenommen wurde. Mit Christians Detailversessenheit und Louis' handwerklichen Fähigkeiten wurde die Renovierung ein voller Erfolg und bereits Mitte Juni stand in den neuen vier Wänden alles an seinem Platz. Es gab eine rauschende Einweihungsfeier mit Tennent's Lager Beer und schottischem Whisky, zu der auch der Rest von Moiras Familie eingeladen war. Louis lernte an diesem Abend zwei wichtige Dinge: erstens niemals mit Schotten um die Wette zu trinken, und zweitens dass man nach zu viel Haggis in Verbindung mit Alkohol unbedingt die Toilette rechtzeitig aufsuchen sollte. Alles in allem aber war es ein großer Spaß und Louis überlegte am Morgen nach der Feier kurz, ob er Moiras Schwester Kendra, die ihn am Abend zuvor bei einer zufälligen Begegnung auf der Kellertreppe sehr überraschend und sehr leidenschaftlich geküsst hatte, nicht hinreißend genug fand, um ebenfalls in Christians Familie einzuheiraten. Er hatte sie während der Wochen zuvor zwar nur einige Male gesehen, sie schien jetzt aber echtes Interesse an ihm zu zeigen. Doch da sprach Christian ein Machtwort und zwei Tage später wurden die Koffer gepackt. Bevor sie nach Deutschland zurückflogen, musste Louis Moira und Florian versprechen, sie in Zukunft regelmäßig zu besuchen. Louis versprach es und dachte dabei insgeheim auch an Kendra. Die beiden Freunde landeten an einem heißen Tag Ende Juni wieder in Frankfurt, wo Liv sie am Flughafen bereits erwartete. Es wurde geherzt, erzählt und gelacht. Während der Heimfahrt wurde es dann immer stiller, bis die erschöpften Männer schließlich einschliefen. Und in den Wochen nach ihrer Rückkehr gingen die beiden Freunde erst einmal wieder ihrer Wege.

Dann, im November zweitausendsechzehn, sollte der Tag des großen Streits kommen. Im August zuvor hatte Louis einen Termin für eine Wohnungsbesichtigung wahrgenommen. Sein Mitbewohner Achim hatte sein Studium in Aachen beendet, zog zu seiner Freundin nach Köln und Louis wollte raus aus der gemeinsamen Dachgeschosswohnung, die für ihn allein zu teuer war, und in der es außerdem in den Sommermonaten unerträglich heiß wurde. Die junge, sehr engagierte Immobilienmaklerin versuchte also, ihm die Single-Wohnung mit Blick auf den Park schmackhaft zu machen. Doch merkte Louis schnell, dass der Wohnraum kaum Licht und das Bad kein Fenster hatte. Letzteres schien zu seiner eigenen Überraschung das Hauptargument zu sein, sich gegen eine Zusage zu entscheiden. Da Louis an diesem Samstagvormittag der letzte Interessent war, standen sie anschließend noch eine ganze Weile vor dem Haus und sprachen miteinander. Zuerst über den Wohnungsmarkt in Aachen, dann über persönliche Dinge. Er spürte, wie sehr die selbstbewusste Maklerin die Unterhaltung ausdehnte und genoss. Sie redete viel und präsentierte sich ihm durch viele Gesten, Blicke und Bewegungen so intensiv, dass er nicht wusste, ob es ihre professionelle Art oder eher ein privates Interesse an ihm war. Ständig fuhr sie sich mit den Händen durch ihr langes, blondes

Haar und warf dabei lachend den Kopf in den Nacken, während sie mit ihren langen Wimpern klimperte. Als sie ihm beim Abschied schließlich noch ihre Visitenkarte in die Hand drückte, strich sie ihm dabei kurz, aber merklich über seine Finger. Na, so was, dachte Louis, während er sich umdrehte und davonging. Genau zwei Wochen später trafen sie sich zufällig beim Einkaufen an der Kasse im Bioladen wieder. Nachdem sie sich über seine Wohnungssuche unterhalten und die beiden gemeinsam zwei Cappuccino im Stehen getrunken hatten, verabredeten sie sich für das folgende Wochenende. Er war beeindruckt von ihrer direkten und zupackenden Art, darüber, wie schnell sie dieses Date klargemacht hatte. Svenja und Louis gingen am folgenden Samstag zuerst in einem schicken Café in der Innenstadt frühstücken, dann fuhren sie in ihrem Sportwagen zum Freibad. Sie nahm ihn ohne Umschweife mit in eine der engen Umkleidekabinen, öffnete seine Shorts, zog diese herunter und setzte ihn mit dem nackten Hintern auf die weiße, schmierige Kunststoffablage, die er ansonsten vermied, überhaupt zu berühren. Louis staunte noch mit großen Augen darüber, wie blitzschnell sie ihren kurzen Rock hob und sich den Slip auszog, als sie auch schon über ihm war und ihn sich nahm. Er wusste nicht genau, wie ihm geschah und seine Handgelenke schmerzten leicht, als er versuchte, sich bei ihren schnellen, heftigen Bewegungen abzustützen. Er fand jedoch, dass diese Situation durchaus etwas hatte. Von diesem Moment an nahm sich Svenja den ganzen Louis. Nehmen war ihr Ding. Ob es um Geld ging, um das Kokain im Freundeskreis, um den eigenen Vorteil oder um Menschen in ihrer Umgebung, im Nehmen war sie unübertroffen. Wenn sie allein waren, berauschte er sich an ihrer unersättlichen Lust auf Sex in vielen Spielarten, die er noch nicht kannte, und seinem damit verbundenen Gefühl, begehrt zu werden. In Gesellschaft ihrer schicken und wohlhabenden Freunde war es genau umgekehrt, da fühlte er sich permanent unwohl und verachtete sich für die Rolle des gutaussehenden Beiwerks an ihrer Seite. Das Geld, das sie ihm ständig lieh, zementierte seine Abhängigkeit nur noch mehr und er wunderte sich über all seine neuen Bedürfnisse, von denen er vor der Begegnung mit ihr gar nichts gewusst hatte. Ihm wurde klar, dass er diese Beziehung beenden musste. Dafür fand er bald jede Menge gute Argumente und eigentlich keines mehr dagegen. Er beobachtete sich selbst wie die Hauptfigur in einem tragischen Film, bei dem die Zuschauer sich die ganze Zeit fragen: warum macht er das? Was in ihm ist so kaputt, dass er sich das gefallen lässt? Louis war in dieser Zeit zwei Personen gleichzeitig, Opfer und Richter. Und immer wurde er schuldig gesprochen. Er ahnte, dass es einen Schlüsselmoment brauchte, ein Fass, das überläuft, eine Verletzung, die übler war als die Schmerzen, mit denen er danach in sein altes Leben zurückgeschleudert würde. Bisher hatte er es geschickt vermieden, Svenja mit in sein ursprüngliches Leben zu nehmen, doch gingen ihm gegenüber seiner Schwester langsam die Argumente aus, warum sie und Christian seine neue Freundin noch nicht kennengelernt hatten. Und so sollte es schließlich Anfang November ein gemeinsames Abendessen geben. Japanische Küche.

Von dem Moment an, als Louis und Svenja die Wohnung von Liv und Christian betraten, lief es aus dem Ruder. Erst kaum merklich, doch dann immer offensichtlicher war zu spüren, wie unangenehm Svenjas Art auf die beiden anderen wirkte. Kein Gespräch funktionierte. Es war, als gäbe es nur Schwarz oder Weiß, als säßen zwei Kriegsparteien um den Verhandlungstisch und nicht eine kleine, nette Runde gemütlich zusammen bei Reiswein und selbst gemachtem Sushi. Während exzessiv getrunken wurde, bahnte sich schleichend ein heftiger Streit an. Louis wurde schnell klar, dass ihm alle bekannten Werkzeuge zur Kommunikation aus der Hand glitten, dass, bevor sich etwas zusammenfügen konnte, schon nichts mehr zu reparieren war. Es gab eine lange und heftige Auseinandersetzung zwischen ihm und Christian darüber, wieviel Einfluss Partnerinnen oder Partner ausüben dürften, sollten oder könnten, und wann es diesbezüglich ungesund für eine Beziehung wäre. Christian meinte, dass er Louis überhaupt nicht wiedererkenne und fragte ihn, was nur aus ihm geworden sei. Im Gegenzug beschuldigte Louis Christian und Liv, Opfer ihrer Gewohnheiten geworden zu sein, und dass sie in Wirklichkeit bloß neidisch auf Leute seien, deren Leben noch nicht so eingefahren und gewöhnlich waren. Svenja bemerkte während der Auseinandersetzung nur zu deutlich die damit verbundene Kritik an ihrer Person und heizte den Streit zusätzlich mit Argumenten an, die sie Louis wie scharfe Munition zuwarf, damit er sie auf die Gegner abfeuern sollte. Louis aber wurde klar, dass das, was Christian sagte, richtig war, und dass er im Grunde genauso über Beziehungen dachte wie sein Freund. Louis blickte in Svenjas Gesicht und er spürte ihre Macht über ihn mit solcher Heftigkeit, dass ihm schlecht wurde. Dann war der Abend schlagartig vorbei. Gedanklich stand er noch mit wütendem Gesicht neben Christian und Liv in der Wohnung und blickte Svenja hinterher, während er in Wirklichkeit mit ihr zusammen die Treppe hinunter und aus dem Haus rauschte. Noch während der Rückfahrt im Taxi versuchte sie ihm klarzumachen, dass sie überhaupt nicht auf scheiß linkes Gequatsche stehe, dass sich die beiden ihr langweiliges Leben sonst wo hinschieben könnten und dass Liv und ihr Freund sie von Anfang an auf das Übelste attackiert hätten. Außerdem hasse sie japanische Küche. Ob Louis das nun für alle Zeiten verstanden hätte: sie hasse japanische Küche!

Als sie in Svenjas riesigem, modernen Loft ankamen, in das Louis vorübergehend mit eingezogen war, hängten sie ihre Jacken an die Garderobe, um sich dann wie zwei angeschlagene Boxer im Ring gegenüberzustehen, unsicher, welche Finte sich der Gegner im nächsten Moment überlegen würde. Louis wollte nur noch den Gong, wollte das Ende der letzten Runde, während sie kämpferisch und mit betrunkenen Augen zu ihm hinüber starrte.

»Ich werde gehen«, sagte er bestimmt und war überrascht, wie nüchtern er sich bei diesen Worten fühlte. »Es macht keinen Sinn mehr. Morgen werde ich meine Sachen packen und dann bin ich weg. Ich möchte jetzt auch nicht reden, Svenja. Mir fehlt einfach die Kraft und wir sind beide betrunken.«

Sie legte ihren Kopf in den Nacken, während sie die Augen schloss, geräuschvoll durch die Nase einatmete und dabei selbstgefällig lächelte. Dann senkte sie den Kopf wieder, fixierte ihn mit ihrem Blick und kam ganz langsam auf ihn zu. Dabei öffnete sie einen Knopf ihrer Designerbluse nach dem anderen und anschließend ihren Büstenhalter am Vorderverschluss.

»Lass das, Svenja!«, sagte Louis so ruhig, wie es ihm in seiner Wut und Aufregung noch möglich war. »Lass es sein, bitte.«

Sie stand jetzt dicht vor ihm und er roch ihr teures, süßes Parfüm, ihre Alkoholfahne, seinen eigenen Angstschweiß. Er wich zurück, bis er mit dem Rücken zur Wand stand. Sie presste ihren Körper gegen seinen und griff nach Louis' Hand, um sie unter ihren Rock zu schieben. In Louis brach Panik aus. Sein Atem ging schnell.

»Geh weg«, hörte er sich noch mit rauer Stimme sagen, dann stieß er Svenja von sich. Nicht übermäßig heftig, aber kräftig genug, so dass sie nach hinten taumelte, über die roten High Heels stolperte, die sie dort vorhin hatte fallen lassen und krachend in die riesige, antike Glasvitrine stürzte. Sie setzte sich auf, starrte verwundert auf ihren linken Arm, der ihr nicht mehr gehorchen wollte und auf das Blut, das von irgendwoher langsam auf den Teppich tropfte. Dann übergab sie sich.

»Schmeckt toll, finde ich«, sagt Christian und blickt zufrieden in die Runde. Louis und Helmut nicken und brummen nur zustimmend, weil sie gerade mit Kauen beschäftigt sind. Sie sitzen auf dem neuen Steinboden in der warmen Küche und essen Pizza von Papptellern. Nur Helmut, der vor wenigen Minuten mit Traktor und Anhänger vorbeigekommen ist, um den Betonmischer und eine Schubkarre aufzuladen, hat sich den roten, ramponierten Baustellenstuhl genommen und sich zu ihnen gesetzt.

»Vielen Dank«, sagt Liv freudig, »ich bin jetzt schon verliebt in diesen Gasofen. Ich habe leider die italienischen Kräuter bei Hermann und Angelika stehen lassen. Schmeckt aber trotzdem, finde ich.«

»Köstlich«, sagt Louis nun und wischt sich mit einem Papier von der Küchenrolle den Mund ab. »Vielleicht können wir ja dann in drei Wochen meinen kleinen Abschied hier feiern. Wenn ihr damit einverstanden seid.«

»Klar sind wir das, oder, Liv?«, fragt Christian.

»Natürlich, keine Frage«, strahlt sie. »Ein paar Tage später sind wir dann übrigens auch weg.«

»Wohin wollt ihr beiden denn?«, fragt Louis augenscheinlich überrascht.

»Wir fliegen nach Mallorca, zu Abrils und Patricias Hochzeit«, antwortet Liv. »Christian und ich bleiben dann anschließend noch acht Tage in Soller. Wir brauchen ganz dringend mal ein paar Tage Auszeit zur Erholung. Also gibt es vorher hier die Abschiedsparty für alle und du kannst dir etwas zu essen wünschen, Bruderherz. Ich bin jetzt hoch motiviert, die neue Küche zu erobern, das solltest du ausnutzen. Also, überleg dir, was du essen möchtest, und sag mir einfach früh genug Bescheid.«

»Nur kein Pesto«, brummt Helmut. »Das kann ich nicht ausstehen.«

»Komm schon, Helmut«, lacht Louis, »ich habe ein einziges Mal Nudeln mit frischem Pesto gemacht, einmal in sechs Monaten.«

»Hat gereicht«, brummt er weiter.

»Also, Liffi, kein Pesto für Helmut«, sagt Louis. »Aber danke für euer tolles Angebot! Ich werde zwei Kästen Bier besorgen und etwas zu knabbern mitbringen. Es werden ja nur eine Handvoll Leute kommen. Ihr drei, Angelika und Hermann, Nachbar Jan und Kerstin.«

»Wer ist Kerstin?«, fragt Christian und blickt erstaunt in die Runde.

»Das ist die junge Dame an der Kasse vom Baumarkt in Steinach«, erklärt Liv. »Ich kenne Kerstin auch nicht, aber Louis und sie haben sich anscheinend häufig und viel unterhalten, wenn er dort für uns Werkzeuge und Material einkaufen war. Und einmal habt ihr euch im Café verabredet, oder nicht?«

»Doch, das haben wir«, antwortet Louis. »Zweimal sogar. Kerstin hat eine Wohnung von einer Kollegin übernommen und hatte Fragen zur Renovierung. Außerdem joggt sie auch regelmäßig und wir sind schon gemeinsam unsere jeweiligen Lieblingsrouten gelaufen.«

»War das die mit dem alten, goldfarbenen Audi?«, fragt Helmut.

»Genau», sagt Louis, »das war Kerstin.«

»Schau an«, lacht Helmut, «joggen wart ihr also. Hab mich schon gefragt, was die mit so einem Langhaarigen wie dir vorhat. Was ist eigentlich mit dieser anderen, bei der du dauernd warst? Die mit dem Unfall, diese Neureiche.«

»Was soll mit ihr sein?«, fragt Louis genervt zurück.

»Na ja, die wäre doch eine gute Partie gewesen«, bemerkt Helmut ein wenig schroff. »Hättest ihr den Hof machen sollen und wärst endlich mal deine Geldsorgen los geworden. So eine Gelegenheit kommt vielleicht nicht wieder.«

Die Worte des Bauern reizen Louis, und er antwortet, ohne zu überlegen.

»Das erinnert mich an die Geschichte mit dieser reizenden Tierärztin, die dich aus mir unerfindlichen Gründen mochte, die du aber nicht geheiratet hast, nur weil sie evangelisch war. Das wäre für dich wie ein Sechser im Lotto gewesen, Helmut, oder etwa nicht?«

»Echt jetzt, Onkel Helmut, stimmt die Geschichte?«, fragt Christian neugierig, während sich alle Augen auf den alten Bauern richten.

»Alte Geschichte«, nuschelt dieser. »Sehr kompliziert. Ist lange her. Danke für die Pizza. Ich geh' jetzt mal die Sachen auf den Anhänger laden. Bis später.«

Er steht vom Stuhl auf, verlässt den Raum und geht hinaus in das verregnete Oktoberwetter.

»Bis später, Helmut«, rufen die drei anderen ihm hinterher und werfen sich dabei vielsagende Blicke zu.

»Du hast es ja drauf«, meint Christian und klopft Louis anerkennend auf den Rücken.

»Sonst hört der nie auf«, rechtfertigt sich Louis. »Der kann einen vielleicht nerven.«

»Aber ganz im Ernst«, meldet sich Liv nun, während sie gemeinsam die Pappteller und Gläser vom Boden wegräumen, »was ist eigentlich mit dir und Jette? Habt ihr wieder Kontakt?«

»Ich habe doch mein Handy geschrottet«, antwortet Louis. »Ich müsste mich mal um ein neues kümmern. Jette hat mir vor ihrer Abreise ihre Mobilnummer gegeben, so dass ich sie anrufen kann. Sie würde sich sehr freuen, hat sie gesagt. Ich bin aber noch unentschlossen, ob ich das überhaupt will.«

»Wegen deiner Zweifel, meinst du?«, fragt Liv.

»Yipp«, antwortet Louis. »Und wegen der Distanz.«

»Vermisst du sie denn?«

»Schon, manchmal. Aber so, wie es jetzt ist, fühlt es sich richtig an. Ich brauche ein wenig Zeit, um mir Gedanken über das Angebot in Bonn zu machen. Das kann ich ganz entspannt auf meiner

Reise nach Schottland tun, wenn ich Florian und Moira besuche. Christian sagt, ich könne euren kleinen, blauen Škoda nehmen, da ich eine ganze Menge Zeug für die beiden mitnehmen soll. Oder, Christian?«

»Stimmt«, sagt Christian. »Du nimmst auf jeden Fall den Škoda, wir sind eh erst einmal unterwegs und haben ja noch den Van. Der Kleine steht bei uns fast nur rum. Lass dir also ruhig Zeit auf der Insel. Und nach deiner Reise kannst du immer noch Kontakt zu Jette aufnehmen. Wenn sie dann immer noch scharf auf dich ist, würde ich aber noch einmal an Helmuts Worte denken, Bonn hin oder her.«

»Damit ich keine finanziellen Sorgen mehr habe?«, fragt Louis. »Nein, danke!«

»Hat sich das eigentlich inzwischen mit dem verschwundenen Geld geklärt?«, fragt Christian weiter.

»Nein, hat es nicht«, stellt Louis klar. »Die Kohle ist und bleibt verschwunden. Aber scheiß was drauf, hat Jette am Ende gesagt. Sie lässt es jetzt gut sein.«

»Und falls du das Geld doch genommen hast, komm mit uns nach Mallorca. Dann bleiben wir ein halbes Jahr«, scherzt Christian und schiebt dabei Liv und Louis liebevoll aus der Küche.

»Ihr setzt euch jetzt mal gemütlich ins Wohnzimmer und ich versuche mich an unserer neuen Siebträgermaschine, verstanden? Und keine Widerrede!«

Als Liv und Louis im Wohnzimmer stehen, zieht Christian die Tür zur Küche bis auf einen kleinen Spalt zu. Draußen tuckert Helmut mit dem Traktor und dem beladenen Anhänger zur Straße und verschwindet zwischen den Bäumen. Alles im Zimmer riecht neu. Louis geht zur Couch, während Liv die Heizung etwas höher dreht und sich dann zu ihrem Bruder setzt. Sie nimmt eines der neu bezogenen Sofakissen in die Hand und wirft prüfend einen Blick darauf.

»Sehr ordentlich«, sagt sie beinahe überrascht.

»Hast du was von Mama gehört?«, fragt Louis.

»Ja, sie hat vorgestern angerufen. Ihr geht's momentan nicht so gut.«

»Schon wieder die Depressionen?«, fragt er.

»Ich weiß nicht«, antwortet Liv. »Ich glaube, sie fühlt sich einfach furchtbar allein. Sie sieht Oma Jette zwar zwei- bis dreimal in der Woche, das ist aber auch schon alles. Wen hat sie denn noch? Erst ist Papa gestorben, dann Tante Mechthild. Armin und Beate sind zu ihrer Tochter nach München gezogen und wir sind auch nicht mehr da.«

»Komm schon«, erwidert Louis, »sie hat ja auch noch andere Freunde in Bonn. Die Leute aus dem Chor und aus der Kirchengemeinde. Und ihre bekloppte, neue Nachbarin mit ihren ganzen schrägen Romanzen und ihren Tarotkarten.«

»Steffi«, sagt Liv.

»Steffi, genau. Ich denke also nicht, dass ihre Einsamkeit der einzige Grund ist. Ich befürchte, dass es wieder diese elenden Depressionen sind, und wir sollten sehen, dass Mama es nicht verpasst, rechtzeitig in die Klinik zu gehen. Das Drama hatten wir ja nun schon zweimal.«

»Die Ärzte haben doch das letzte Mal gesagt, dass sie nun gut eingestellt ist«, sagt Liv fast ein wenig verzweifelt. »Das kann doch nicht schon wieder von vorne losgehen. Ich habe Angst, Louis. Ich habe schon überlegt, für ein paar Tage hinzufahren, um nach ihr zu sehen. Hier ist einfach noch zu sehr Baustelle, das wäre nichts für Mama.«

»Sie hat aber nicht wieder gesagt, dass sie nicht mehr leben will, oder?«, fragt Louis.

»Nein, hat sie nicht.«

»Liffi, sei bitte ehrlich«, sagt er ernst und blickt sie nun sehr eindringlich an.

»Nein«, reagiert sie energisch, »hat sie nicht! Das würde ich dir doch sagen.«

Tränen steigen Liv in die Augen und laufen langsam die Wangen hinunter. Sie nimmt eines der Sofakissen und hält es fest umklammert vor ihren Bauch. Louis nimmt seine Schwester tröstend in den Arm.

»Tut mir leid«, sagt er.

»Ich liebe Mama«, sagt Liv, »aber ich könnte es nicht ertragen, sie immer um mich zu haben. Kannst du das verstehen? Ich habe Angst, dass sie hierherziehen möchte. Bin ich eine schlechte Tochter, Louis?«

»Die Frage ist so blöd, dass ich gar nicht darauf antworten möchte«, sagt er fast ein wenig ärgerlich. »Das eine hat doch mit dem anderen nichts zu tun. Man kann von der eigenen Mutter vollkommen genervt sein und sie trotzdem lieben. Es wäre sicher keine gute Lösung, Mama bei euch wohnen zu lassen, wo sie außer euch hier niemanden kennt. Dich würde das mit der Zeit ganz sicher krank machen und Christian würde sich auch bedanken, so sehr er Mama auch mag.«

»Ich werde zu ihr fahren«, sagt Liv nun entschlossen. »Dienstag könnte ich los. Ich rufe sie gleich morgen früh an.«

»Danke«, sagt Louis und gibt Liv einen Kuss auf die Wange.

Aus der Küche zieht frischer Kaffeeduft ins Wohnzimmer und sie hören Christian laut singen, während er geräuschvoll die Milch aufschäumt.

»Scheiße, der kann echt gut singen«, meint Louis.

»*Hey Jude*«, sagt Liv. »Der immer mit seinem *Hey Jude*.«

05

Die Fassade des alten Hauses mit Blick auf den Lough Corrib ist in einem schlechten Zustand. Erin steht mit Siobhán auf dem schmalen, unebenen Weg aus Steinplatten, der zur Haustür führt. Der stürmische Ostwind bläst ihr kräftig in den Rücken, so dass sie Mühe hat, sich gerade zu halten. Sie hat ihre Tochter in eine warme Decke gehüllt und umschließt sie fest mit ihren Armen. Ihr Blick schweift ganz langsam umher und ein kleiner Stich geht durch ihr Herz. Bisher war es für Erin einfach nur das geliebte Haus ihrer Großeltern, in das sie Zeit ihres Lebens ein- und ausgegangen ist, ein Ort voller Freude und Geborgenheit. Jetzt sieht sie das heruntergekommene Gebäude und das schon leicht verwilderte, verwahrlost wirkende Grundstück zum ersten Mal mit anderen Augen. Sie sieht die alte, trostlos aussehende Kinderschaukel, den verwitterten Schuppen, an dessen Außenwänden die Farbe abblättert, und die beiden rostigen Metallrohre der Wäscheleine, die schief in der ungemähten Wiese stecken. Neben der kleinen Steinmauer steht die schon lange nicht mehr genutzte Hundehütte, davor ein voll geregneter, alter Napf. Das Dach des Wohnhauses ist mit Moos bewachsen und ein kleines Loch in einer der Fensterscheiben ist mit Folie zugeklebt. Hier wird Erin in Zukunft mit Siobhán leben, jedenfalls für eine ganze Weile. Wie oft hatte sie sich in ihren Gedanken ihr Zimmer in Dublin ausgemalt, von dem aus sie für die Zeit des Studiums ihre bis dahin kleine, abgeschiedene Welt aus den Angeln heben wollte. All die interessanten, neuen Menschen, die sie hätte kennenlernen können. Im College, in den Pubs, in den bunten Straßen rund um Temple Bar, in den Parks von St. Stephen's Green. Doch nun steht sie hier, in der wilden Abgeschiedenheit Connemaras und kann die Schönheit der Natur um sich herum in diesem Moment kaum ertragen, so feindselig erscheint sie ihr. Trotz des Sturms hört Erin hinter sich ein Auto näherkommen und dreht sich um. Der Wind bläst ihr heftig ins Gesicht und nimmt ihr kurz den Atem. Mit zusammengekniffenen Augen erkennt sie den neuen, weißen Wagen ihrer Freundin. Jill parkt hinter Fionas Vauxhall auf dem mit Gras bewachsenen Seitenstreifen. Die Reifen sinken in die von Wasser durchtränkte Erde ein. Erin winkt, ohne dass sie wirklich etwas durch die Frontscheibe erkennen kann. Außer Jill steigen noch zwei junge Männer aus dem Wagen, die nur wenig älter scheinen als Erin. Mit der jeweils einen Hand halten sie sich ihre Kapuzen fest und mit der anderen gelingt es ihnen, die Türen mit Kraft zuzuschlagen.

»Hi Erin«, schreit Jill hinüber, um gegen das Brausen und Tosen um sie herum anzukommen.

»Hi«, schreit Erin zurück. »Kommt rein, ich schließe euch auf.«

Die kleine Kolonne marschiert langsam hintereinander her zum Haus. Erin sucht den Schlüssel und braucht eine Weile, da sie ihn zwischen all den Papiertaschentüchern, kleinen Spielzeugen und Kaugummipäckchen in ihren großen Manteltaschen nicht sofort finden kann. Sie schlüpfen alle durch die geöffnete Haustür und Erin schließt diese schnell wieder. Schlagartig kehrt wohltuende Ruhe ein. Jill nimmt drei Briefe vom Boden unter dem Briefschlitz auf und gemeinsam gehen sie durch den Flur in die Wohnküche. Dort stellen sie sich einander zugewandt in die Mitte des Raums und nehmen ihre Kapuzen ab. Der kleinere der beiden Männer stellt eine Werkzeugtasche neben Jills hellgrüne Thermoskanne auf den Boden.

»Was für ein Sturm«, sagt Jill, steckt die Briefe in Erins Jackentasche und reibt ihre Hände aneinander. »Ganz schön frisch hier.«

Siobhán wird wach und beginnt leise zu quengeln. Erin wickelt sie aus der Decke und dreht ihre kleine Tochter herum, so dass sie die anderen sehen kann.

»Ich bin Erin«, sagt sie und reicht den beiden Männern nacheinander die Hand. »Das hier ist Siobhán.«

»Hi, ich bin Owen, Jills Cousin.«

»Hi Owen«, sagt Erin.

»Ich bin Callan, ein Freund von Owen«, sagt der Großgewachsene der beiden und nimmt eines der kleinen Händchen Siobháns in seine große Hand. »Na, du kleine Maus.«

»Also, Männer, willkommen in unserem gemütlichen Zuhause, was kann ich euch anbieten?«, fragt Erin scherzhaft.

Sie lachen miteinander, dann umarmt Jill Erin mitsamt der Kleinen und gibt beiden einen schnellen Kuss auf die Wange.

»Hallo, meine Liebe«, sagt sie, »jetzt bin ich aber mal neugierig auf unser neues Heim. Die Lage ist jedenfalls schon mal unbeschreiblich. Ich liebe diesen phantastischen Blick auf den Corrib mit seinen vielen kleinen Inseln. Und bis Finny sind es keine zwanzig Minuten mit dem Wagen. Ich habe Callan einfach gefragt, ob er während der Renovierung hier mitarbeiten kann. Vier Wochen sind für Owen doch zu lang. Hoffe, das ist für dich in Ordnung.«

»Na klar, ich bin froh, wenn hier vier statt zwei Hände am Werk sind. Jill hat erzählt, du hast das gelernt? Maler und Anstreicher?«, wendet sich Erin an Owen.

»Ja, bin gerade fertig mit der Ausbildung. Hab bei meinem Onkel in Donegal gelernt, will jetzt aber wieder hierher zurück. Kommenden März beginne ich eine Festanstellung bei Joyce's in Ballinrobe.«

»Cool, Glückwunsch. Und du?«, fragt Erin an Callan gewandt, »du machst das Gleiche?«

»Nein«, sagt Callan und schmunzelt, »ich habe zuerst Elektriker gelernt, arbeite aber jetzt seit eineinhalb Jahren als Gärtner im Betrieb meiner Eltern. In Tuam. Ich nehme mir Mitte Oktober zweieinhalb Wochen Urlaub und helfe Owen hier.«

Erin nickt zufrieden lächelnd mit dem Kopf.

»Wegen der Bezahlung sprechen wir noch einmal gemeinsam

mit meinem Schwager Liam, der regelt das Finanzielle für mich und für meine Eltern. Vielleicht sollten wir jetzt aber mal durchs Haus gehen und uns die Räume ansehen, was meint ihr? Gleich muss ich nämlich die Kleine stillen.«
Erin macht mit dem Kopf eine auffordernde Bewegung, ihr zu folgen. Doch Owen holt stattdessen zwei Maßbänder, Block und Stift aus seiner Werkzeugtasche, kniet sich hin und zieht eines der Maßbänder aus dem Gehäuse.
»Still du doch ganz in Ruhe die Kleine, dann können Callan und ich schon einmal alle Räume durchmessen«, sagt er. »Anschließend können wir immer noch gemeinsam durch das Haus gehen, wenn genügend Zeit bleibt. Ich fange gleich hier in der Küche an. Wir brauchen auch die Höhe der Räume, die Anzahl der Türen und Fenster in jedem Raum, wegen der Quadratmeter, die wir streichen müssen. Pläne vom Haus fehlen ja, hat Jill mir erzählt. Also werden wir heute alles von Hand aufzeichnen und zu Hause übertrage ich Grundriss und Maße in den Rechner. Callan, geh du doch schon in den nächsten Raum und miss dort alles aus. Aber erkläre Jill vorher noch den Stromprüfer, dann kann sie notieren, ob überall Strom und Wasser fließt. Den Sicherungskasten wirst du ja später ohnehin unter die Lupe nehmen. Wenn wir dann hier drinnen fertig sind, sehen wir uns die Außenfassade an.«
Erin schaut Jill mit großen Augen und einem Lächeln an, weil sie überrascht ist von Owens großem Engagement. Jill hebt kurz den Daumen und zwinkert Erin zu, bevor diese mit Callan in das Wohnzimmer nebenan geht. Dort beginnt auch er mit der Arbeit, während Erin sich auf das alte Sofa setzt, um die Kleine zu stillen.
»Wasser läuft!«, ruft Jill aus der Küche. »Es ist ziemlich braun, aber es läuft.«
Erin spürt, dass sich etwas verändert. Es ist, als würde das alte Haus aus einem langen Schlaf zu neuem Leben erweckt. Ihre Stimmung hellt sich deutlich auf und tatsächlich bemerkt sie eine Vor-

freude auf die Zukunft mit Siobhán und Jill in diesen vier Wänden.

Einige Zeit später, als Owen und Callan sich trotz des stürmischen Wetters nach draußen gewagt haben, um sich ein Bild von den notwendigen Außenarbeiten zu machen, sitzen Jill und Erin im Wohnzimmer des Hauses in zwei alten Sesseln bei einer heißen Tasse Tee. Siobhán liegt satt, zufrieden und warm eingehüllt auf der dunkelroten, abgewetzten Couch und schläft friedlich.

»Erin«, beginnt Jill, »du glaubst nicht, was John mir gestern erzählt hat.«

Sie schaut Erin mit gesenktem Kopf und durchdringendem Blick erwartungsvoll an. Erin neigt ebenfalls den Kopf und starrt zurück.

»Was hat John dir denn erzählt, Jill?«, fragt sie langsam und mit geheimnisvoller, tiefer Stimme.

Beide müssen lachen, bevor Jill mit den Neuigkeiten rausrückt.

»Hör zu«, beginnt sie aufgeregt und kommt Erin ganz nah. »Ich sitze gestern mit John noch im Stone Bridge, die Schicht ist zu Ende und erst plaudert er über seinen neuen Wagen, sein Übergewicht und all den Scheiß, der mich wirklich nicht interessiert. Aber dann!«

»Dann?«, fragt Erin.

»Er fängt wieder damit an, dass Jeannie schon seit Jahren versucht, ihn zu einem neuen Leben in Australien zu überreden. Das schicke Hotel in Familienbesitz am Hyams Beach, die ganze alte Jeannie-Geschichte. Und dass er sich ja bisher dagegen gesträubt hat, wegen seines geliebten Restaurants und ihrer versnobten Familie am anderen Ende der Welt. Keeva hat dir ja bestimmt schon so einiges über ihren Aufenthalt dort erzählt. Aber jetzt halt dich fest! Jeannie ist schwanger und die beiden wollen in sechs Monaten rüber. Bang!«

»Nein«, ruft Erin so laut, dass Siobhán kurz im Schlaf zusammenzuckt und heftig an ihrem Schnuller nuckelt.

»Doch«, ruft Jill zurück. »Jeannie erwartet Zwillinge. John bekommt im Hotel ihrer Eltern einen fetten Posten und das Stone Bridge wird verkauft. Du und ich können natürlich jederzeit am Hyams Beach Urlaub machen, das habe ich schon geklärt.«

Sie strahlt Erin an und kneift dabei ihr rechtes Auge zu, während sie einmal mit der Zunge schnalzt.

»Das gibt es doch nicht«, sagt Erin und schüttelt ungläubig den Kopf.

Jill kneift wieder ihr rechtes Auge zu.

»Was soll das mit dem Gezwinker?«, fragt Erin.

»Erin«, reagiert Jill überrascht, »ist das dein Ernst? Das ist die Chance, verstehst du?«

»Welche Chance?«, fragt Erin noch einmal ungläubig, während sich in ihr eine Ahnung breit macht.

»Worüber haben wir hundert Mal gesprochen?«, fragt Jill ein wenig entrüstet. »Mein Traum? Unser gemeinsamer Traum? Ich möchte etwas aufbauen, ein Restaurant wie das Stone Bridge. Und am liebsten mit dir. Schon vergessen?«

»Nein. Natürlich nicht. Wow, das sind mal Neuigkeiten! Und du möchtest ernsthaft...?«

»... ob ich das machen will?«, beendet Jill Erins Satz. »Im Ernst? Ich bin so was von entschlossen. Und du kennst mich, Erin O'Leary. Wenn ich mir mal etwas in den Kopf gesetzt habe...«

»Hm«, gibt Erin nachdenklich zurück und schaut Jill immer noch ein wenig verunsichert an. »Für mich spielte dieser Traum in der ferneren Zukunft. Meine finanziellen Mittel sind im Moment gleich null, um es mal vorsichtig auszudrücken. Als Geschäftspartnerin scheide ich also schon mal aus. Und mein Studium möchte ich auch nicht aus den Augen verlieren.«

»Das ist mir doch alles klar«, erwidert Jill beruhigend. »Es wird ja nichts in Stein gemeißelt. Ich regle das mit der Finanzierung und du bist so lange an meiner Seite, wie es sich für dich richtig anfühlt. Du hättest einen sicheren Job, könntest Geld verdienen und in

Ruhe dein Studium planen. Wir kriegen das hin, Erin, du und ich. Die einzige Frage ist: Bist du dabei?«

Erin schließt für einige Sekunden die Augen, holt tief Luft und atmet geräuschvoll aus.

»Und?«, fragt Jill.

»Ja!«, sagt Erin plötzlich hastig, aber entschlossen, denn in diesem Moment kommen Owen und Callan wieder von draußen herein.

Unter dem fast wolkenlosen Himmel hat sich die sonntägliche Nachmittagsruhe über Clonbur gelegt. Dohlen hocken auf den Dächern, fliegen von Zeit zu Zeit auf und machen Radau. Aus den Schornsteinen der Häuser steigen leichte Rauchwolken auf und der Geruch der Torffeuer durchzieht die engen Straßen. Ein dreckiger schwarzer Hund liegt schläfrig vor den Stufen des kleinen Postamts. Ohne den Kopf zu heben, aber mit hochgestellten Ohren, beobachtet er Erin, wie sie die Straße überquert und im Pub verschwindet. Drinnen sitzen nur wenige Gäste und aus den Lautsprechern kommt leise Musik aus den Neunzigern. An den Wänden hängen in Glaskästen riesige, präparierte Hechte und Forellen, gefangen in den Seen der Umgebung, dazwischen alte Fotos und Instrumente sowie einige Gaelic-Football-Trikots von Mannschaften aus den Countys Mayo und Galway. Die letzten drei Jahre in Folge hatte das County Mayo erst im Finale gegen Dublin verloren und alle hier waren voller Stolz auf die eigene Mannschaft. Gleißende Sonnenstrahlen, die durch die rückseitigen Fenster scheinen, erhellen den Raum und es riecht nach Bier und vergangener Zeit. Erin lässt beim Eintreten den Blick durch den großen Raum schweifen und entdeckt Owen und Callan, die am Kamin im hinteren Teil des Pubs an einem der kleinen runden Tische sitzen. Sie durchquert den Raum, grüßt im Vorbeigehen einige der ihr wohl bekannten

Gesichter und ruft dem jungen Mann hinter der Theke, der gerade Gläser abtrocknet, einen gälischen Gruß zu. Der antwortet ihr auf Gälisch, dass er das Wetter auch phantastisch findet, und fragt, wie es ihr geht und ob sie etwas trinken möchte. Erin bestellt einen Tee mit Milch. Eigentlich waren sie heute zu viert in Burke's Bar verabredet, doch hat Jill schon seit gestern früh Magenschmerzen und liegt bei ihren Eltern zu Hause, mit einer Wärmflasche auf der Couch und schaut Serien. Erin streift im Gehen ihre neue, gelbe Jacke ab und lächelt Callan und Owen zu, die ihr Eintreten bemerkt haben. Sie hängt ihre Jacke über einen Stuhl und setzt sich zu ihnen.

»Hi Erin«, sagen die beiden fast gleichzeitig.

»Hi Leute«, antwortet sie, »wie geht's?«

»Ganz gut«, sagt Owen.

»Ganz gut«, sagt auch Callan und sein strahlendes Lächeln entgeht Erin nicht.

»Noch was von Jill gehört?«, fragt sie.

»Ja«, sagt Owen, »ihr geht es langsam besser. Hat wohl ordentlich gekotzt letzte Nacht. Sie wäre fast mitgekommen, meine Tante hat ihr aber ins Gewissen geredet, es nicht zu tun.«

»Arme Jill«, sagt Erin, »sie soll sich erstmal erholen. Was wir zu besprechen haben, können wir auch zu dritt tun. Ich werde ihr morgen von unserem Gespräch berichten.«

Sie nimmt einen Block und einen Stift aus ihrer Umhängetasche und legt beides vor sich auf den Tisch. Dann schaut sie Callan an.

»Wie war dein Spiel gestern? Ihr habt doch gegen Kilmaine gespielt, oder?«

»Ja. Haben verloren«, sagt Callan sichtlich enttäuscht. »Wir haben einfach so beschissen gespielt. Meine rechte Wade ist heute grün und blau.«

»Du Armer«, sagt Erin und lächelt ihn tröstend an. »Schön jedenfalls, dass ihr beide da seid. Hier im Burke's ist es doch etwas angenehmer als in der kalten Bude oben am Corrib.«

In diesem Augenblick winkt Patrick vom Tresen herüber und zeigt auf den vor sich stehenden, dampfenden Tee.

»Bei euch noch alles klar, Jungs?«, fragt Erin, während sie aufsteht. »Wollt ihr noch etwas?«

»Für mich bitte eine Coke«, sagt Owen, während Callan die Hände hebt, als Zeichen, dass er noch versorgt ist.

»Kommt sofort«, sagt Erin und nimmt beim Gehen das leere Glas mit.

»Wo ist Siobhán?«, fragt Callan, als sie mit den Getränken zurückkommt. »Hast du sie zu Hause gelassen?«

»Ja, sie schläft.«

»Schade«, sagt Callan. »Ich mag sie.«

»Ja«, bemerkt Owen, »sie ist wirklich süß, deine Kleine.«

Erin ist ein wenig gerührt ob der Zuneigung der beiden zu ihrer Tochter. Schon vor einigen Tagen bei ihrer ersten Begegnung war ihr aufgefallen, wie zärtlich die beiden Siobhán angesehen hatten. Wie sie immer wieder ihre Händchen genommen, mit ihr gesprochen und ihre Wangen gestreichelt hatten. Erin würde nicht behaupten, dass die Jungs hier im Dorf unfreundlich zu ihr und Siobhán wären, aber bis auf Seán blieben sie in der Regel auf Distanz und zeigten nur wenig Interesse. Bei Owen und Callan schien das anders zu sein und das gefällt Erin sehr. Und obwohl Callan eigentlich nicht ihr Typ ist, mit seinen kurz rasierten Haaren und den leichten Segelohren, spürt sie doch eine Zuneigung zu ihm.

»Nächstes Mal bring ich sie wieder mit, versprochen«, sagt Erin lächelnd, klappt den Block auf und nimmt den Stift in die Hand. »Wollen wir loslegen?«

Nachdem die drei ihre Ideen und Vorschläge zur Renovierung sowie die Materialliste zu Papier gebracht haben, möchte Erin noch eine Runde bestellen. Doch Owen bedankt sich und sagt, dass er los wolle, da er mit Helen, seiner Freundin, verabredet sei. Morgen müsse er noch einmal für ein paar Tage zu seinem Onkel nach Donegal, um dort seine Sachen zu packen und mit den ehemaligen Kollegen seinen Abschied zu feiern. Darum möchten Helen und er den Abend heute gemeinsam verbringen. Als er seine Jacke anzieht und Callan gerade eine Nachricht in sein Handy tippt, erscheint Seán Monroe mit zwei Freunden im Pub. Sie gehen an die Bar und setzen sich dort auf drei Hocker. Lautstark begrüßen sie Patrick, der, beide Hände auf den Tresen gestützt, seine Stammkunden mit einem breiten Grinsen und einigen kumpelhaften Floskeln willkommen heißt. Erin bemerkt den Lärm, dreht sich auf ihrem Stuhl um und seufzt hörbar auf. Owen sieht dabei ihren Gesichtsausdruck und lässt seinen Blick zwischen Erin und den drei jungen Männern am Tresen hin und her wandern.

»Alles klar?«, fragt er, während er sich seine gepackte Tasche über die Schulter hängt. »Ich meine, mit den Jungs da an der Bar.«

»Ja, alles klar«, sagt Erin, »das ist nur ein alter Freund von mir mit seinen Kumpels. Wenn Seán trinkt, ist er manchmal etwas anstrengend, und die drei scheinen ja schon ein paar Pints gehabt zu haben.«

»Du hast ja Callan bei dir«, sagt Owen und zwinkert seinem Freund zu. »Mit ihm an deiner Seite brauchst du dir eigentlich niemals Sorgen machen. Also, was solche Kerle angeht, meine ich.«

Dann schaut er Callan eindringlich an, der sein Handy gerade wieder in seine Jackentasche steckt.

»Pass auf sie auf, verstanden?«

»Kein Problem«, antwortet Callan entspannt. »Mach, dass du wegkommst. Und grüß Helen von mir. Melde dich, wenn du aus Donegal zurück bist.«

»Mach ich«, sagt Owen. »Bis die Tage, Erin. Freue mich auf das Projekt.«

»Ja«, sagt Erin, »bin echt gespannt. Wenn es nur halb so schön wird wie in unseren Plänen, bin ich mehr als glücklich. Mach's gut und wünsch Jill bitte noch mal gute Besserung von mir.«

Owen durchquert den Pub in Richtung Ausgang. An der Theke sitzend dreht Seán dabei langsam seinen Kopf und beobachtet ihn, bis dieser den Raum verlassen hat.

»Was ist wirklich los mit ihm?«, fragt Callan und macht mit seinem Kopf eine Bewegung Richtung Theke. Ihm ist nicht entgangen, dass Erin plötzlich angespannt wirkt.

»Der Große ganz links, der mit den dunklen Locken, das ist Seán«, beginnt Erin. »Vor eineinhalb Jahren hatte ich mal kurz was mit ihm. Und bevor du fragst, nein, er ist nicht Siobháns Vater. Er steht eigentlich schon immer auf mich, schon seit der Grundschule. Ich wollte nie was von ihm, aber als ich damals eine echt beschissene Zeit hatte und völlig neben der Spur war, da ist es halt passiert. Seither lässt er keine Gelegenheit aus, mir seine Liebe zu gestehen. Er ist normalerweise ein netter Kerl, solang er nüchtern ist, aber wenn er trinkt...«

Erin beendet den Satz nicht, sondern bläst nur die Backen auf.

»Ganz schön ätzende Situation«, sagt Callan. »Lauft ihr euch nicht ständig in Clonbur über den Weg? Brauchst du bei der Sache Hilfe? Ich kann Seán gerne mal ein paar passende Worte sagen.«

»Oh nein, bitte nicht«, sagt Erin. »Noch ist alles ok so, wie es ist. Aber danke für das Angebot. Was ist eigentlich mit dir? Was machst du so, außer Arbeiten und Gaelic Football spielen?«

»Was ich so mache?«, fragt Callan zurück und grinst Erin an. »Jedenfalls nicht am Nachmittag zu viele Drinks nehmen.«

Dann wird er wieder ernst und überlegt kurz, was er antworten soll.

»Also«, beginnt er, »ich möchte Landschaftsarchitektur in Dublin studieren. Das versuche ich gerade in die Wege zu leiten. Ist nicht ganz so leicht, da wir unseren Betrieb dann wieder umstrukturieren müssen, wenn ich gehe. Grundsätzlich aber unterstützen mich meine Eltern bei meinen Plänen. Ich denke mal, dass ich im übernächsten Jahr mein Studium beginnen kann.«

»Das klingt nach einer guten Zukunft«, sagt Erin.

»Außerdem«, fährt Callan fort, »singe ich in einer Band und spiele auch die Tin Wistle.«

»Wow«, sagt Erin überrascht, »spielt ihr auch vor Publikum?«

»Klar«, antwortet Callan. »Meistens in unseren lokalen Pubs in Tuam, aber auch bei Festivals in Galway, Cork, Tralee, Doolin oder Lisdonvarna. Die Band gibt es schon einige Jahre, ich bin aber erst vor zwei Jahren dazu gestoßen.«

»Du musst mir unbedingt Bescheid sagen, wenn ihr hier in der Nähe spielt«, sagt Erin voller Begeisterung. »Versprich mir das!«

»Versprochen!«, sagt Callan. »Du wirst mein Ehrengast.«

»Hast du eine Freundin?«, fragt Erin und erschreckt sich selbst ein wenig über ihre direkte Frage.

»Hm, das ist schwierig zu beantworten«, sagt Callan, ohne sich etwas anmerken zu lassen. »Bis vor drei Monaten hätte ich mit „Ja" geantwortet, seitdem waren Caitlin und ich zweimal so gut wie getrennt. Ich weiß ehrlicherweise nicht wirklich, was in letzter Zeit mit ihr los ist. Es ist kompliziert.«

»Wie lange seid ihr schon zusammen?«

»Knapp zwei Jahre. Sie spielt Geige in unserer Band, das macht es schwieriger, auf Distanz zu gehen. Es wird Zeit, dass wir uns klar darüber werden, was wir wollen.«

Erin lächelt Callan an und nickt ein paar Mal ganz leicht mit dem Kopf.

»Das ist gut«, sagt sie.

Einen Moment lang hängt Callan noch seinen Gedanken nach. Dann steht er von seinem Stuhl auf.

»Was möchtest du trinken?«, fragt er.

»Ein kleines Guinness.«

Callan geht und bestellt für sich ein Ginger Ale und für Erin ein

Guinness. Einige Leute mit Instrumenten kommen in den Pub und fangen an, sich entspannt um einen großen runden Tisch zu sammeln, während sie sich laut und ausgelassen unterhalten.

Als Callan mit den Getränken zurückkommt, stellt er die Gegenfrage.

»Und du? Was ist mit dir? Bist du in einer festen Beziehung?«

»Nein«, sagt Erin. »Weder habe ich seit meiner Schwangerschaft etwas von Siobháns Vater gehört – obwohl ich ihm von ihr geschrieben habe – noch gibt es gerade irgendjemand anderen. Wie das halt so ist, alleinerziehend mit einem Kleinkind. Bin meistens zu Hause und kümmere mich um Siobhán.«

In diesem Moment macht Erins Handy auf dem Tisch ein Geräusch. Sie schaut auf das Display, liest lächelnd die Nachricht und schreibt dann schnell eine kurze Antwort.

»Das war meine Schwester«, sagt sie. »Der Kleinen geht es gut und Fiona sagt, ich könne noch ein wenig bleiben. Hast du noch Zeit?«

»Eigentlich wollte ich mit meinem Dad heute Abend noch Stauden auf einen Anhänger laden, das geht aber genauso gut auch morgen früh. Habe ihm vorhin eine Nachricht geschrieben, dass ich noch länger bleibe.«

Der Pub hat sich mittlerweile gefüllt und die Lautstärke im Raum hat deutlich zugenommen. Erin und Callan schauen zu den Musikern hinüber. Dort hat sich ein älterer Mann eine Uilleann* Pipe auf den Schoß gelegt und befestigt gerade den Blasebalg mit einer Manschette am Arm. Eine Frau, die Erin aus der Kirche kennt, hat ihr E-Piano vor sich aufgebaut und Thomas O'Keefe trommelt leise auf seiner Bodhrán** herum, um sich warm zu spielen. Dann gibt es noch einen Akkordeonspieler, einen Mann, der irische Flöte spielt, einen weiteren mit Gitarre und eine Frau mit einer Fiddle. Außerdem sitzt noch eine sehr junge Frau ohne Instrument mit am Tisch.

* irischer Dudelsack [ie-len]   ** irische Trommel [ˈbaʊrɑːn]

»Siehst du das Mädchen dort«, fragt Erin und zeigt mit dem Finger in ihre Richtung. »Das ist Brianna O'Holloran. Ihre Stimme ist unglaublich schön. Ich habe sie schon einige Male hier singen hören. Sie ist die Tochter des Akkordeonspielers und hat schon Probeaufnahmen in einem Studio in Galway gemacht.«

»Na, bin mal gespannt«, sagt Callan und dreht nun auch seinen Stuhl in Richtung der Musiker.

Der alte Mann mit der Uilleann Pipe beginnt einen Jig* zu spielen und nach und nach setzen die anderen Instrumente ein. Erin beobachtet Callan aus den Augenwinkeln und es scheint ihm zu gefallen. Der Jig geht in einen Reel** über und Callan ruft am Ende des Stückes nach irischer Sitte laut in den Raum, um den Musikern seine Begeisterung zu zeigen. Erin genießt die Unbeschwertheit, die sich in ihr breitmacht. Immer wieder schielt sie zu Callan hinüber und sie fängt an, Dinge an ihm zu mögen, die sie vorher nicht gesehen hat. Seine starken Unterarme, seinen weichen Mund mit den weißen, fast geraden Zähnen. Außerdem fallen ihr seine gepflegten Fingernägel auf, und sie fragt sich, wie in aller Welt er das als Gärtner hinbekommt.

Dann singt die junge Frau das erste Mal. Sie hat ihre roten, langen Locken in den Nacken geworfen, sitzt kerzengerade auf ihrem Stuhl und hält die Augen geschlossen. Alle Leute im Raum werden still. Zur leisen Musik von Gitarre, Fiddle und Piano singt sie Strophe um Strophe eines alten irischen Liedes voller Sehnsucht und unerfüllter Liebe. Callan blickt zu Erin hinüber und hebt kurz den Daumen. Eine sehr alte Frau am Nebentisch beginnt zu weinen, so ergriffen ist sie vom Gesang. Sie tupft sich mit einem Taschentuch immer wieder die Tränen ab. Ihre mindestens ebenso alte Begleiterin greift nach der freien Hand der alten Dame und hält sie fest. Als das Stück endet, ist es sekundenlang still im Raum. Dann bricht der Beifall los und die Leute hören nur langsam wieder auf, zu klatschen und zu rufen. Die junge Frau steht kurz auf und bedankt sich

---

* traditioneller irischer Volkstanz [dʒɪg]   ** traditioneller irischer Volkstanz [ʁe.ɛl]

beim Publikum. Dann geht die Session weiter. Mal hören Erin und Callan der Musik und dem Gesang zu, dann wieder unterhalten sie sich angeregt. Als die Musiker eine Pause einlegen, steht plötzlich Seán an ihrem Tisch. Mit der Hand, in der er sein Bier hält, beschreibt er eine unkoordinierte Bewegung, die immer wieder zwischen Erin und Callan hin und her pendelt. Die beiden sehen zu ihm hoch und schauen ihn fragend an. Es dauert einige Sekunden, bevor er redet, als suche er die richtigen Worte.

»Hey Erin«, beginnt er schließlich lallend und seine Stimme klingt vorwurfsvoll. »Scheiße, wusste gar nicht, dass du heute hier bist. Hast gar nichts gesagt, verdammt. Hast gar nichts gesagt. Wer ist denn der Typ da neben dir, verdammt?«

»Seán«, sagt Erin beruhigend, aber sehr bestimmt, »das ist Callan. Er und Jills Cousin renovieren das Haus meiner Großeltern und wir haben heute Nachmittag besprochen, was dort alles zu tun ist. Lass ihn in Ruhe und mach jetzt bloß keinen Ärger. Ein Wort von mir und Patrick setzt dich vor die Tür, verstanden? Also geh zurück zu deinen Jungs oder noch besser, geh nach Hause und schlaf deinen Rausch aus.«

Seán starrt Erin sekundenlang mit seinen betrunkenen Augen an, als müsse er ihre Worte in seinem Kopf erst richtig zusammensetzen. Dann zeigt er mit ausgestrecktem Arm und dem Glas in seiner Hand einen kurzen Moment auf Callan, lässt den Arm wieder sinken und wankt wortlos zurück zum Tresen.

»Ey, Scheiße«, sagt Callan, »was ist denn mit dem los? Der Typ ist ja total fertig.«

»Lass gut sein«, sagt Erin und Callan merkt an ihrer Stimme, dass sie nicht nur genervt ist von Seán, sondern dass sie auch betroffen zu sein scheint.

»Ich mag Seán richtig gern«, fährt sie fort. »Auch wenn du das jetzt vielleicht nicht verstehst, aber ich kenne seine tragische Geschichte und glaube mir, er ist ein richtig guter Mensch. Vielleicht erzähl ich dir irgendwann mal mehr darüber, jetzt will ich hier aber noch eine gute Zeit haben, bevor wir gehen.«

Die Musiker haben wieder begonnen zu spielen, als Callan sich plötzlich zu Erin hinüberbeugt.

»Was ist dein Lieblingssong?«, fragt er.

»Entschuldigung?«, fragt sie zurück, obwohl sie ihn genau verstanden hat.

»Dein Lieblingssong.«

»„The Call and the Answer"«, sagt Erin. »Von De Dannan. Nein, stimmt nicht«, korrigiert sie sich schnell, »es ist „Wild Mountain Thyme". Warum fragst du?«

»Wart's ab«, sagt Callan und zwinkert ihr kurz mit einem Auge zu.

Die Musiker lassen gerade den Jig langsam ausklingen, als Callan aufsteht, um zu ihnen hinüber zu gehen. Er sagt etwas in die Runde und spricht mit Brianna O'Holloran. Ein kurzes Nicken, dass alle verstanden haben, und dann spielt die Gitarre die ersten Akkorde. Callan setzt sich zu Brianna und beide wiegen ihre Oberkörper zur Melodie ganz leicht vor und zurück. Dann beginnt er zu singen, mit sanfter, voller Stimme, die Erin bei ihm nicht vermutet hätte.

»*Oh the summer time is comin'...*«

Erin sitzt nach vorne gebeugt auf ihrem Stuhl und starrt Callan bewundernd an. Dass er dieses Lied für sie singt, macht sie sehr glücklich und gleichzeitig ein wenig traurig. Erinnerungen an ihren verstorbenen Großvater kommen in ihr hoch.

»*...and the leaves are sweetly bloomin',*
and the wild mountain thyme
grows around the blooming heather...«

Solange Erin zurückdenken kann, hatte ihr Großvater dieses Lied immer und immer wieder gesungen. Bei Familienfesten, bei

Abenden im Pub, bei gemeinsamen Picknickausflügen zum Lough Coolin, bei Wanderungen durch die wilden Hügel und Berge der Umgebung. Einmal, an einem Frühlingsmorgen in ihrer Kindheit, waren Erin, Keeva und Fiona allein mit ihm den Mount Gabel hochgestiegen, ganz nach oben, zum kleinen, tiefschwarzen Wasserloch unterhalb des Gipfels. Dort hatten sie sich auf einen Felsblock gesetzt und ihre Blicke weit über das Land schweifen lassen. Und obwohl sie schon häufig hier oben gewesen waren, ergriff sie jedes Mal der Anblick der beiden großen, bis zum Horizont reichenden Seen aufs Neue. Keeva hatte gerade ein Steinchen vom Boden aufgehoben und es mit einem lustigen Geräusch in den kleinen Tümpel geworfen, als sie ganz unverhofft sagte:

»Bitte, Großvater, ich möchte dein Lied hören.«

»Oh ja, bitte«, hatten auch Fiona und Erin gerufen. »Bitte, Großvater.«

Da hatte Steven O'Leary die Mädchen, deren lange Haarsträhnen lustig im Wind flatterten, eines nach dem anderen angelächelt, augenzwinkernd seine Schiebermütze ein wenig in den Nacken geschoben, den Blick in die Ferne gerichtet und angefangen zu singen. In diesem Augenblick ahnten die Kinder nicht, dass sich dieser Moment des vollkommenen Glücks für den Rest ihres Lebens tief in ihre Kinderseelen graben sollte.

Callan sieht Erin kurz von der anderen Seite des Raumes her an. Sie lächelt und winkt unauffällig mit einer Hand zurück. Geige und Flöte haben eingesetzt und als der Refrain beginnt, stimmt Brianna O'Holloran mit ihrer wunderschönen Stimme in seinen Gesang ein. Beide schauen sich kurz an, glücklich darüber, dass es funktioniert, glücklich, dass ihre beiden Stimmen mehr sind als nur zwei Stimmen. Einige der anderen Gäste singen nun auch mit, einige leiser, einige lauter. Die Energie im Raum, die Ergriffenheit der Menschen im Pub ist mit Händen zu greifen.

»...will you go, lassie, go?
And we'll all go together...«
Der greisen Dame am Nebentisch treten wieder die Tränen in die Augen. Erin schaut ihr ins Gesicht und hat plötzlich das Gefühl, sie zu verstehen, ganz so, als wären sie auf eine tiefere Art miteinander verbunden. Verbunden durch die schicksalhaften Erfahrungen, die sich Erin in kurzer Zeit und mit großer Wucht offenbart hatten: Tod, Liebe, Abschied, Trauer, Geburt.
»Warum ist das Leben nur so gnadenlos, so hart zu mir?«, hatte sich Erin im letzten Jahr häufig gefragt. Jetzt, da sie in das von Mühen und Sorgen gezeichnete Gesicht der alten Frau blickt, begreift sie, dass all diese schicksalhaften Erfahrungen das Leben selbst sind.

Als Erin und Callan den Pub verlassen, liegt das Dorf im Dunkeln. Wolken haben sich vor den Mond geschoben und nur ein paar vereinzelte Laternen werfen ihr schwaches Licht auf die schmale Hauptstraße. Sie treten aus der Tür in die kühle Abendluft und bleiben kurz am Bordstein stehen, um wegen des Nieselregens ihre Jacken zu schließen. Links von ihnen, ein paar Meter die Straße runter, stehen zwei Jugendliche eng umschlungen an die Häuserwand gelehnt und machen rum.
»Hey Tom, hey Aylish«, ruft Erin vergnügt hinüber, wissend um den kleinen Schreck, den ihre Worte den beiden bereiten.
»Hey Erin«, rufen die beiden kichernd zurück, nehmen sich schnell an die Hände und laufen hüpfend und vergnügt die Gasse hinunter, um bald darauf um die nächste Häuserecke zu verschwinden.
»Danke für dein Angebot, mich nach Hause zu bringen«, sagt Erin zu Callan. »Ich kann aber auch gerne laufen, falls du los willst. Sind ja nur fünfzehn Minuten den Berg hoch.«
»Komm schon«, sagt Callan freundlich und legt auffordernd seine Hand für einen kurzen Moment auf Erins Rücken, »dort hinten

steht mein Wagen.«

Als sie zum kleinen Parkplatz am Ortsausgang kommen, sehen sie auf den schmutzigen Stufen zum Gemeindesaal eine gekrümmte Gestalt liegen. Erin erkennt Seán Monroe trotz des schwachen Lichts sofort.

»Ach, verdammt«, sagt sie, »dieser Idiot. Er wird sich noch den Tod holen. Er ist doch schon vor einer ganzen Weile raus aus dem Pub. Komm und hilf mir bitte!«

Callan und Erin eilen zu dem Schlafenden. Auf der untersten Stufe liegt Erbrochenes und auch Seáns rechtes Hosenbein und sein rechter Schuh sind vollgekotzt. Sie beugen sich zu ihm hinunter und versuchen, ihn gemeinsam aufzurichten. Der völlig durchnässte Seán gibt ein paar hilflose, lallende Laute von sich und versucht, erfolglos aufzustehen.

»Alles gut, Seán, hörst du, alles gut«, sagt Erin. »Ich bin ja da und werde dir helfen. Alles gut.«

»Erin«, lallt Seán kaum verständlich. »Erin.«

»Pass auf, dass du dich nicht versaust«, sagt sie jetzt zu Callan und zeigt auf Seáns verschmutzte Hose. »Wir müssen ihn nach Hause bringen«, sagt sie und schaut Callan bittend an. »Ich gehe kurz zurück ins Pub und leihe mir bei Patrick eine Decke, damit wir ihn in dein Auto setzen können. Bitte bleib hier bei ihm und pass auf, dass er nicht wieder umkippt.«

»Klar, mach' ich«, sagt Callan und nickt Erin auffordernd zu, dass sie sich beeilen soll.

»Ganz ruhig, Kumpel«, sagt er nun zu dem Betrunkenen. »Atme tief ein. Tief einatmen. So ist es gut.«

Erin steht auf und rennt los. Als sie sich noch einmal umblickt, sieht sie Callan, wie er sich neben Seán setzt und ihm um die Schultern fasst, um ihn zu stützen.

»Danke, Erin«, sagt Mrs Monroe und greift dem schwankenden

Seán unter den Arm, um ihm Halt zu geben.

Sie steht mit ihrem Sohn im Scheinwerferlicht des roten Pick-ups vor dem alten, mit Efeu umrankten Haus und in ihrem Blick liegen Sorge und Ratlosigkeit. Sie winkt kurz an Erin vorbei hinüber zum Wagen, in dem Callan am Steuer sitzt.

»Ist das dein Bruder Connor?«, fragt Mrs Monroe. »Sag auch ihm Danke von mir.«

»Ja. Nein. Das ist Callan, ein Freund von mir«, erwidert Erin. »Wir waren heute Abend gemeinsam im Burke's. Er hat uns hergefahren.«

»Ich weiß mir langsam keinen Rat mehr«, fährt Mrs Monroe fort und blickt traurig auf ihren Sohn, der an ihrer Schulter lehnt, die Augen geschlossen hält und schwer atmet.

»Seán braucht wirklich dringend Hilfe, wie du sicher längst bemerkt hast. Mit mir redet er aber nicht. Ich habe letzte Woche Kontakt zu einer Beratungsstelle in Westport aufgenommen. Die waren sehr freundlich und haben mir einen Termin für ein Beratungsgespräch gegeben. Ich habe solche Angst, dass es mit Seán so endet wie mit seinem Vater. Das arme Kind. Er kommt einfach nicht über den Verlust hinweg.«

Bei diesen Worten presst sie schnell ihre Hand vor den Mund, um einen kleinen Schmerzensschrei zu unterdrücken. Ihre geröteten Augen schauen Erin verzweifelt an.

»Es tut mir wirklich sehr leid, Mrs Monroe«, sagt Erin leise, geht einen kleinen Schritt auf sie zu und streichelt ihr kurz über den Arm. »Brauchen sie noch Hilfe?«

»Nein, vielen Dank, Liebes, das geht schon«, antwortet sie. »Wir gehen jetzt mal rein. Grüß' deine Familie von mir. Bis dann, Erin.«

»Bis dann, Mrs Monroe.«

Ohne einander loszulassen, drehen sich Mutter und Sohn herum und gehen langsam ins Haus. Dabei redet sie mit ihm, als wäre er ein kleines Kind.

»So, Seán, dann sehen wir mal, dass wir dich gewaschen und ins Bett bekommen.«

Als die Haustür hinter den beiden ins Schloss fällt, dreht Erin sich um und geht die wenigen Meter bis zum Wagen. Sie steigt ein und schließt die Beifahrertür. Einige Sekunden lang starren Callen und Erin einfach wortlos vor sich hin, dann wenden sie ihre Köpfe einander zu.

»Entschuldige, Callan«, beginnt Erin, »ich wollte nicht, dass der Abend so endet.«

»Du hast einem Freund geholfen,« erwidert Callan, »und das liegt sehr wahrscheinlich daran, dass du ein guter Mensch bist.«

»Ich? Ein guter Mensch?«

Erin lacht kurz auf.

»Na, also ich weiß nicht. Nächsten Donnerstag werde ich zweiundzwanzig, ich habe ein uneheliches Kind, weil ich Sex mit einem Fremden hatte, mein Studium musste ich schmeißen und ich lebe mit meiner kleinen Tochter in einem chaotischen Zimmer bei meiner Schwester und ihrem Mann, die darüber sehr erfreut sind, wie du dir denken kannst.«

»Und macht dich irgendetwas davon zu einem schlechten Menschen?«, fragt Callan ernst.

»Frag mal meinen Vater«, antwortet Erin, »er ist jedenfalls ziemlich enttäuscht von mir.«

»Würdest du es rückgängig machen, wenn du könntest?«

»Was meinst du?«

»Das mit Siobhán meine ich.«

»Nein«, sagt Erin, ohne zu zögern, »das sicher nicht. Diese Frage habe ich mir natürlich auch schon, wer weiß wie oft, gestellt, aber ganz ehrlich, Callan, das ist die falsche Frage. Ich habe eine ganze Zeit gebraucht, um das herauszufinden.«

Callan beugt sich nach vorne und stellt den Motor ab. Die Autoscheinwerfer erlischen und im selben Moment herrschen um sie herum Stille und Finsternis. Nur die kleine Lampe über der Eingangstür des Monroe-Hauses wirft noch ein wenig Licht auf die nähere Umgebung und in den Pick-up.

»Was ist denn die richtige Frage?«

»Na ja«, überlegt Erin, »wenn ich meinem Schwager Liam glauben kann – und das tue ich – dann lautet sie ungefähr so: Kann ich mir vorstellen, meine Zukunft mit Siobhán so zu gestalten, dass ich gut für sie sorge, ohne gleichzeitig meine Träume und Ziele aus den Augen zu verlieren?«

»Kluger Mann, dein Schwager«, gibt Callan zurück.

»Oh ja, er ist mein Fels im Moment. Er ist nicht nur klug, sondern auch freundlich, und er kann wahnsinnig gut zuhören. Ohne ihn hätte ich diese ganzen letzten Monate gar nicht durchgestanden. Er sagt auch, dass ich mir gute Menschen suchen soll, die mich begleiten. Es gehe nicht darum, dass ich alles alleine hinbekomme. Das habe ich mir sehr zu Herzen genommen, Callan. Wenn du verstehst.«

Er lächelt geschmeichelt, das kann Erin trotz des schwachen Lichts erkennen.

»Danke, dass du heute Abend für mich gesungen hast«, sagt sie nun sanft.

Callan nickt mehrmals ganz leicht mit dem Kopf.

»Hab' ich gern gemacht, Erin.«

»Hast du am Donnerstag schon was vor?«, fragt sie. »Gegen Nachmittag?«

»Denke nicht«, antwortet Callan. »Ich muss arbeiten. Warum fragst du?«

»Ich habe dir doch erzählt, dass ich zweiundzwanzig werde. Yeah«, sagt Erin gespielt euphorisch und reckt eine Faust kurz triumphierend in die Höhe. »Es gibt aber eigentlich zwei wichtigere Gründe zum Feiern. Erstens kommt übermorgen meine Schwester Keeva früher als erwartet aus Australien zurück und zweitens habe

ich abgestillt. Fiona und meine Mutter backen meine Lieblingskuchen und auch der Rest meiner Familie wird da sein. Außerdem Susan und Jill. Meinst du nicht, du kannst vielleicht doch kommen?«
»Ich muss erst mit meinem Vater reden«, antwortet Callan. »Ist ja mein vorletzter Arbeitstag, bevor wir bei dir mit der Renovierung anfangen. Vielleicht kann ich ein wenig eher mit der Arbeit aufhören, dann könnte ich gegen halbvier bei dir sein.«
»Wirklich?«
»Ja, wirklich.«
»Wie schön«, sagt Erin, legt ihre Hand auf Callans Unterarm und drückt diesen kurz.
»Es ist schon spät«, sagt sie jetzt beim Blick auf die Uhr des Pickup. »Lass uns bitte fahren.«
Sie greift nach dem Gurt und schnallt sich an.
»Ich möchte zu Siobhán, ich vermisse sie schon. Ist das nicht verrückt?«
»Nein, ist es nicht«, sagt Callan.
Er startet den Motor. Das Scheinwerferlicht erhellt schlagartig wieder das Haus mit den zugezogenen Fenstervorhängen. Callan legt den linken Arm um Erins Beifahrersitz, um beim Zurücksetzen besser nach hinten schauen zu können, und der Wagen fährt mit einem knirschenden Geräusch über den in der Dunkelheit kaum zu erkennenden Schotterweg. Hinter dem schon seit ewigen Zeiten offenstehenden und von Schlingpflanzen überwucherten Einfahrtstor setzt er einmal kurz zurück auf die schmale, asphaltierte Straße, dann entfernt sich der Pick-up zwischen den Steinmauern, die den Hügel hinab führen.

06

Nachdem Helmut und Louis gemeinsam in der guten Stube zu Abend gegessen haben, tauchen wie aus dem Nichts Liv und Helmuts Bruder Hermann unangekündigt auf. Mit einer Flasche Kräuterschnaps und jeder Menge Flaschen Bier im Rucksack.

»Überraschung«, ruft Liv beim Eintreten. »Ich möchte mit meinem kleinen Bruder noch einmal anstoßen, bevor Christian und ich übermorgen nach Mallorca fliegen und Louis zwei Tage später nach Schottland aufbricht. Und Hermann hat ja leider Louis' kleine Abschiedsparty verpasst.«

»Hermann«, sagt Louis freundlich und steht kurz von seinem Sessel auf, um Livs zukünftigem Schwiegervater die Hand zu schütteln, »schade, dass du nicht mitfeiern konntest. Was macht die olle Erkältung?«

»Besser«, sagt Hermann. »Mit einem anständigen Schnaps geht es mir sogar viel besser.«

»Darüber gibt es keine Zweifel,« sagt Louis lachend, »oder, Helmut?«

»Ja, sicher«, antwortet Helmut überraschend gut gelaunt, was nur daran liegt, dass neben seinem Bruder auch Liv mit zu Besuch ist. »Macht es euch doch gemütlich. Louis räumt bestimmt mal eben das Geschirr ab.«

Louis steht auf, räumt die Sachen auf dem Tisch zusammen und gemeinsam mit Liv trägt er alles hinüber in die Küche.

»Bringt den Flaschenöffner mit«, brüllt Helmut ihnen nach.

Einige Minuten später sitzen die beiden sehr unterschiedlichen Geschwisterpaare in der guten Stube beieinander, reden, trinken und spielen Karten. Es wird immer lauter und fröhlicher, während der Kuckuck wiederholt seinen Kopf aus dem Loch der Wanduhr steckt. Kurz vor halb zwölf steht Helmut nach zwei vergeblichen

Versuchen schließlich aus seinem Sessel auf, wünscht allen eine gute Nacht und steigt unter Anstrengung die Treppe im Hausflur nach oben. Kurze Zeit später steht auch Hermann auf und verabschiedet sich. Es wird ruhig im Zimmer und Liv und Louis schauen mit vom Alkohol getrübten Augen vor sich hin. Beide schweigen, als wüssten sie für einen ganz kurzen Moment nichts mit der neuen Situation anzufangen. Erst, als Helmuts Zimmertür oben krachend zufällt, kommt wieder Leben in Liv und sie greift nach dem Rucksack, den sie neben sich auf der Couch abgestellt hatte. Sie holt einen gewöhnlichen, weißen Briefumschlag aus der kleinen, vorderen Tasche und legt ihn sich in den Schoß.

»Was'n das?«, nuschelt Louis undeutlich.

»Ich habe gestern die letzten Kartons ausgepackt und Platten und Bücher eingeräumt«, beginnt sie, bemüht, so klar und deutlich zu sprechen, wie es ihr möglich ist.

»Aha«, gibt Louis zurück.

»In dem Buch über die Greifvögel, das ich Papa vor Jahren geschenkt habe, lag dieser Briefumschlag hier.«

»Was ist das für ein Umschlag?«, fragt Louis neugierig.

»Da drin ist ein Brief, von dir an Papa«, fährt Liv fort. »Das Buch hat Mama mir nach Papas Tod zurückgegeben. Ich habe aber gestern zum ersten Mal reingeschaut.«

»Ach ja?«

»Ja. Sie wusste wohl noch, dass ich es ihm geschenkt hatte.«

»Hattest du keine Widmung reingeschrieben?«, fragt Louis.

»Weiß nicht. Ist auch egal.«

»Ja, ist egal«, gibt Louis ihr recht. »Und der Brief ist von mir?«

»Ja. Ich habe reingeguckt, sei mir deswegen bitte nicht böse.«

»So ein Quatsch. Gib mal her«, sagt Louis und streckt seinen rechten Arm aus.

Liv legt den Briefumschlag in seine Hand, doch als er ihn an sich nehmen will, hält sie den Brief fest und er gleitet ihm durch die Finger. Ein alter Spaß, den sie zeitlebens schon mit ihm macht, wenn sie ihm etwas reicht. Darum reagiert Louis auch nicht überrascht, sondern grinst nur müde.

»Gib schon her!«

Jetzt reicht sie ihm den Umschlag.

»Außer dem Brief stecken da auch noch zwei Fotos drin«, sagt sie.

Liv steht auf und packt ihre Sachen zusammen. Nachdem sie ihren Mantel übergezogen hat, kommt sie auf Louis zu, der weiter in seinem Sessel hockt, bückt sich und gibt ihm einen Kuss auf die Wange.

»Ich hab dich lieb, kleiner Bruder.«

»Ich dich«, antwortet Louis. »Genießt die Zeit auf Mallorca und kommt heil wieder. Gratuliert Abril bitte von mir.«

»Machen wir. Ach, Louis«, schießt es ihr plötzlich durch den Kopf, »hast du etwa immer noch kein neues Handy?«

»Nein«, sagt er, »ich zieh das erstmal durch. So ganz oldschool. Vielleicht besorge ich mir noch eins, bevor ich die Fähre in Calais nehme. Mal sehen. Habe ja noch ein paar Tage Zeit. Verdammt, bin ich besoffen.«

»Na dann, gute Reise!«, sagt Liv lachend. »Grüß Florian und Moira von uns. Und die kleine Sofia.«

Sie verlässt den Raum und kurz darauf fällt die Haustür ins Schloss. Louis nimmt den Briefumschlag und betrachtet ihn mehrmals von beiden Seiten, als könne er geheimnisvolle Spuren darauf entdecken. Doch die Rückseite des Umschlags bleibt bis auf einen kleinen Fettfleck weiß und leer und auf der Vorderseite steht mit Füller in blauer Tinte geschrieben: Für Papa von Louis. Louis hätte schwören können, dass er seinem Vater niemals einen Brief geschrieben hat. Doch dort steht es blau auf weiß: Für Papa von Louis. Ohne weiter nachzudenken, öffnet er den Umschlag und schaut hinein. Darin finden sich ein kleiner, zusammengefalteter Brief sowie zwei Fotografien. Die eine in schwarzweiß, die andere in Farbe. Die Fotos hatte sein Vater wohl nachträglich zu dem Brief in den Umschlag gesteckt. Auf der alten Schwarzweißfotografie mit gewelltem weißen Rand sind sein Vater und sein Großvater zu sehen, wie sie neben einem Gipfelkreuz stehend in die Kamera schauen. Dabei wirken ihre Blicke ernst, als wäre der Aufstieg ein freudloses, militärisches Manöver gewesen. Im Vordergrund noch eine weitere Person, die der Kamera den Rücken zuwendet. Ein dunkler Kragen, ein rasierter Nacken, eine Wollmütze. Der Wolkenhimmel um das Gipfelkreuz leuchtet dramatisch und eine Alpenkrähe mit ausgebreiteten Flügeln schwebt am Rand der Fotografie über dem Gipfel. Auf der Rückseite des Fotos steht in krakeliger Schrift geschrieben: *Hoher Göll, 1964*. Darunter noch ein weiteres Wort, das Louis einfach nicht entziffern kann. Auf dem Farbfoto sieht man Louis und seine Eltern. Peter, sein Vater, steht im Unterhemd und mit ernster Miene in der Einfahrt zum Hof, auf dem sie damals lebten, und wäscht die Familienkutsche, wie er ihren Wagen immer nannte. Louis steht lachend in der geöffneten Beifahrertür, mit einem Asterixheft in der einen Hand, während er sich mit der anderen am Autodach festhält. Seine Mutter Sabine kniet mit dem Rücken zur Kamera im Vordergrund und streichelt eine der beiden Hofkatzen, die sich auf dem Boden räkelt. Im schattigen Hintergrund entdeckt Louis auch noch Liv, die gerade ihr hellgrünes Fahrrad aus dem Schuppen schiebt und überrascht auf das Treiben in der Einfahrt schaut. Auf der Rückseite steht nur eine Jahreszahl: *1998*. Wer diese Aufnahme wohl gemacht hat, fragt Louis sich. Er schließt die Augen und sofort rasen in schnellen Bildern Erinnerungen durch seinen Kopf. Sein Kinderzimmer mit den Fußballpostern; sein orangefarbener Fenstervorhang mit den kleinen weißen Blumen; Livs Zwerghamster; Oma Jettes stets zerschunden aussehende Gästezahnbürste im Bad; Tante Jutta, von der er wusste, dass sie nur noch eine Brust besaß; der Butterkuchen mit der dicken

Zuckerschicht; Autofahrten in der Nacht, bei denen Liv ihm Gruselgeschichten erzählte; das Glasröhrchen mit der Vanilleschote, an der er sich nicht sattriechen konnte; das erschlagene Kaninchen im Stoppelfeld; der Christbaum mit dem vielen Lametta; Vaters alter Plattenspieler mit eingebautem Lautsprecher im Deckel; die aus Lego gebaute Pistole, mit der Louis sich unbesiegbar fühlte. Er lässt seinen rauschenden Kopf für einen Moment auf die hohe Rückenlehne des alten Sessels sinken. Diese stinkt dermaßen nach fettigem, altem Männerhut, dass ihm augenblicklich schlecht wird. Er setzt sich schnell wieder auf und steckt die beiden Fotos ungeschickt zurück in den Umschlag. Louis will schon den Brief herausnehmen, als ihn die Übelkeit so heftig überkommt, dass er es würgend gerade noch schafft, sich aus dem Sessel zu hieven und zum Gästeklo neben der Eingangstür zu hasten.

Als Louis am nächsten Morgen aufwacht, ist ihm elend zumute. Sein Schädel tut weh und der üble Geschmack in seinem Mund ist kaum zu ertragen. Er hält die Augen geschlossen und verharrt in der Hoffnung, dass sich etwas an diesem Zustand ändert. Ihm fällt der gestrige Abend wieder ein und er versucht, sich an Einzelheiten zu erinnern. Doch der Druck in seiner Blase ist so groß, dass er schließlich stöhnend die Augen öffnet und einen Blick auf den Wecker neben seinem Bett wirft. Viertel nach zehn. Unten hört er Helmut laut in der Küche herumhantieren. Er wirft die Bettdecke zur Seite, erhebt sich langsam und öffnet weit das Fenster. Dann geht er zum Schrank, nimmt frische Wäsche heraus und verschwindet ins Bad. Während er eilig duscht, fällt ihm der Brief wieder ein. Ein Brief von einem kleinen Jungen an seinen Vater. Eigentlich nichts Besonderes, doch möchte er nun doch wissen, was darin steht. Da das Wasser der Dusche sowieso langsam kalt wird, steigt Louis hastig hinaus auf die ehemals beigefarbene Badematte, greift nach seinem Handtuch und noch während er sich abtrocknet, läuft er mit nackten Füßen durch den unsauberen Flur in sein Zimmer. Sich in der Mitte des Raums langsam drehend, sucht er mit den Augen nach dem Briefumschlag, während er sich die Haare mit dem Handtuch trocken rubbelt. Er kann nichts entdecken, legt das Handtuch über die Stuhllehne und schaut unter die Klamotten, die er gestern Nacht im betrunkenen Kopf einfach auf den Boden geworfen hatte. In der Tasche seines Hoodies wird er schließlich fündig. Er setzt sich nackt auf den Rand des Bettes, nimmt den Brief heraus, faltet ihn auseinander und liest.

Lieber Papa,
seit einer Woche bin ich in Balderschwang im Zeltlager. Alle hier sind nett. Wir haben leckeres Essen, das uns Frauen kochen, die aber nicht im Zeltlager schlafen. Meistens gibt es Nudeln und die mag ich sehr gerne. Der rote Tee schmeckt mir aber gar nicht. Jeden Tag gehen wir im See schwimmen. Ein Junge hat mich unter Wasser gedöppt und da habe ich Wasser geschluckt und auch geweint. Dann ist der Thomas gekommen und hat mit dem Jungen geschimpft. Thomas hat ganz viel mit uns geredet und wir haben uns wieder vertragen. Jetzt sind wir Freunde. Morgen wollen wir alle mit Thomas und Ludger Bogen schießen. Das habe ich noch nie gemacht und ich bin ganz gespannt, ob ich das gut kann. Letzte Nacht bin ich wach geworden, weil ich auf das Plumpsklo musste, und da habe ich eine Eule gehört. Da habe ich an dich gedacht und ich habe gedacht, daß du bestimmt gewusst hättest, welche Eule das war. Schade, daß du nicht bei mir warst. Wegen der Eule.
Viele Grüße auch an Mama und Liv und Oma Jette und an Tante Jutta.
Wir sehen uns ja bald wieder.
Dein Louis

Wegen der Eule, denkt Louis und faltet den Brief ganz langsam wieder zusammen. Er bleibt eine Weile nachdenklich auf der Bettkante sitzen und erst als er anfängt vor Kälte zu zittern, steht er auf und verschwindet wieder ins Bad, um sich etwas anzuziehen.

Die Beziehung zu Peter, seinem Vater, war für Louis von jeher mit einem Gefühl von Mangel verbunden, von Distanz, von unerfüllten Bedürfnissen. Damals auf der Beerdigung seines Vaters musste Louis so heftig weinen, dass er regelrecht durchgeschüttelt wurde. Er konnte sich kaum beruhigen und Liv sagte ihm anschließend, als sie nebeneinander an der langen Kaffeetafel saßen, dass es ihr leidtue, ihn so traurig zu sehen, weil der Vater gestorben war. Doch nach kurzem Überlegen gab Louis zur Antwort, dass er weniger traurig über den Tod des Vaters sei als vielmehr darüber, dass er sich ihm – mit Ausnahme dieses einen, denkwürdigen Abends – niemals nahe gefühlt habe. An jenem denkwürdigen Abend, zwei Jahre vor dem Tod seines Vaters, trat die ganze Tragik ihrer Beziehung zu Tage. Louis war bereits einundzwanzig Jahre alt, doch hatte es bis zu diesem Zeitpunkt nicht ein einziges Gespräch zwischen ihnen gegeben, in dem der Vater seinen Sohn auch nur einen Spalt in dessen Seele hätte blicken lassen, in dem er etwas von seinem Inneren preisgegeben hätte. Doch an dem Tag, an dem Louis' Mutter wegen eines psychischen Zusammenbruchs zum ersten Mal in eine Klinik eingewiesen wurde, passierte gegen Abend etwas für Louis völlig Unerwartetes: Sein Vater betrank sich. Dies war in Louis' Erinnerung noch nie vorgekommen, schon gar nicht seit Peters Pensionierung. Die Ehe seiner Eltern hatte seitdem mehr einen Pflege-, als einen Beziehungsstatus erreicht. Louis konnte sich kaum an Tage erinnern, an denen seine Mutter ihren fast fünfzehn Jahre älteren Mann nicht umsorgt hätte. Ihr Zusammenbruch war auch sein Zusammenbruch. An dem erwähnten Abend nahm der Vater also eine Flasche schottischen Whiskys aus dem Schrank, der dort schon ewige Zeit für die seltenen Gäste aufbewahrt wurde, und goss sich ein Wasserglas davon halbvoll. Auf der Couch sitzend starrte er vor sich hin, und als das Glas geleert war, goss er nach. Etwas später fand Louis ihn in diesem Zustand und setzte sich am Couchtisch in einen Sessel, seinem Vater gegenüber. Sie sprachen darüber, wie es weitergehen solle. Wie Liv und Louis es möglich machen könnten, ihm zur Seite zu stehen. Ob Tante Jutta wohl für einige Zeit zum Vater ziehen könnte, und wie alle mithelfen könnten, dass die Mutter gut versorgt und der Kontakt zu den behandelnden Ärzten rege blieb. Als der Vater vor sich hin murmelnd erwähnte, dass er das nicht noch einmal durchstehen würde, war Louis irritiert und fragte nach, was er denn damit meine. Nachdem sein Vater noch einen weiteren Schluck vom schottischen Whisky genommen hatte, begann er seine Erzählung. In diesem Moment öffnete er seinem Sohn zum ersten und einzigen Mal die Tür zu seinem Inneren. Er erzählte ihm die Geschichte seiner Kindheit, eine lange Geschichte von Beziehungslosigkeit und Verlust. Worte flossen unaufhörlich aus seinem Mund wie durch ein Leck im Rumpf eines maroden Schiffes. Und Louis fing die Worte auf.

Peter hatte seinen Vater Gustav erst nach Kriegsende im Jahr 1949 kennengelernt, als er schon sechs Jahre alt war. Peters Mutter Frieda wurde mit ihm schwanger, als Gustav 1942 für eine kurze Zeit zurück von der Front auf Heimatbesuch im abgelegenen Hülser Bruch am Niederrhein war. Die Schussverletzung an der linken Hand, die sich Gustav bei einem Gefecht gegen die Russen bei der Schlacht von Charkow im Juni 1942 zugezogen hatte, war nach einem zweiwöchigen Lazarettaufenthalt in Wien bereits ziemlich gut verheilt und so stand nach zwei weiteren Wochen der Heimaterholung einer Rückkehr zu seiner Heeresgruppe nichts mehr im Wege. Gustav nahm Frieda beim Abschied vor dem Haus in den Arm, ohne zu wissen, dass seine junge Frau in anderen Umständen war. Sie sah ihrem Mann nach, wie er in Uniform die Landstraße hinunter ging, bis er ihren Blicken entschwand. Sieben Jahre sollten vergehen, bis er auf eben dieser Landstraße wieder auftauchen würde. Im Mai 1943 kam Peter zur Welt. Im Gegensatz zu allem, was sonst um Frieda herum geschah, war die Geburt völlig komplikationslos. Das kleine Haus, in dem sie jetzt zu zweit lebten, war eines der typisch niederrheinischen Doppelhäuser aus rotem Backstein, die Jahre zuvor für die Arbeiter des Zementwarenwerks, weit entfernt vom Krefelder Stadtzentrum, erbaut worden waren. In jeder dieser Doppelhaushälften wohnte seit Beginn des Krieges eine Frau mit ihren Kindern, wohnten Familien, die auf die Rückkehr der Väter warteten. Sorge, Hunger und Entbehrung hießen stattdessen die treuen Begleiter, die den Frauen zur Seite standen. Und die Abscheulichkeit des Krieges.

So hatte Frieda immer wieder erzählt, wie sie eines Tages kurz vor Kriegsende in der Küche stand, um einem Kaninchen, das in eine ihrer selbstgebauten Fallen getappt war, das Fell abzuziehen, als die sechsjährige Lene völlig außer sich in das kleine Haus gestürmt kam.

»Tante Friedchen«, schrie die Kleine, »komm schnell, die Mama hängt im Schlafzimmer.«

Frieda wischte hastig ihre blutigen Hände am sauberen Geschirrhandtuch ab, stürmte aus der Tür, ohne sich weiter um den kleinen, schlafenden Peter zu kümmern, und rannte Lene nach, die durch den winzigen Nutzgarten geflitzt und bereits wieder im Nachbarhaus verschwunden war. Dort standen die sechs Kinder im ersten Stock um das Bett der Mutter herum und starrten weinend und hilflos hinauf zu dem leblos entstellten Gesicht. Ohne zu zögern lief Frieda hinunter in die Küche, schnappte sich ein scharfes Küchenmesser und rannte wieder hinauf. Sie stieg auf einen Stuhl, durchtrennte das Seil, an dem ihre Nachbarin und Freundin hing und ließ den leblosen Körper unter großer Anstrengung auf das sauber gemachte Bett fallen. Alle Rettung kam zu spät und der Arzt, der erst aus dem etwas entfernter gelegenen Dorf geholt werden musste, fand in der geblümten Schürzentasche der Toten den Brief mit der Mitteilung, dass ihr Mann bei einem Gefecht und im Dienste für das Vaterland sein Leben verloren hatte. So endete der Krieg für die Menschen mit einer Mischung aus kollektivem Schmerz und der Hoffnung auf eine bessere Zukunft.

An einem heißen Sommertag 1949, kurz nach seinem sechsten Geburtstag, war Peter mit einem Leinenbeutel allein unterwegs, um in einem nahegelegenen Wäldchen nach Bärlauch zu suchen. Frieda hatte ihn schon häufiger mit dorthin genommen und er war sich ziemlich sicher, wo er das stark duftende Kraut finden würde. Als er in der Sonne die staubige Landstraße hinunter auf das Wäldchen zulief, kam ihm ein älterer Junge in Lederhosen entgegengerannt, den er von der Feldarbeit her kannte.

»Dein Vater kommt«, schrie Karl schon aus einiger Entfernung. »Dein Vater kommt.«

Als er kurz darauf neben Peter stand, stemmte er atemlos beide Hände in die Seiten.

»Peter, dein Vater kommt«, keuchte er. »Er ist auf dem Weg vom Dorf hierher.«

Peter stand da und schaute den anderen Jungen ungläubig an.

»Mein Vater? Der kommt nicht wieder!«, antwortete er ganz ruhig.

Doch noch während sich die beiden Jungen weiter unterhielten, tauchte in der Entfernung eine Gestalt auf, die langsam die Straße entlang auf sie zu kam.

»Das ist er«, sagte Karl. »Siehst du, ich habe es dir doch gesagt. Das ist dein Vater.«

Der Mann in der Ferne kam langsamen Schrittes näher, während die Jungen regungslos im Schatten eines Baumes am Straßenrand verharrten. Nur das Summen der Insekten und der beruhigende Ruf eines Pirols waren zu hören. Und trotz der friedlichen Stimmung um sie herum bekam Peter ein unbehagliches Gefühl in der Magengegend. Die heilsame Abgeschiedenheit seiner kleinen Welt, in der er seit Kriegsende mit seiner Mutter und den wenigen Menschen in der Nachbarschaft lebte, fühlte sich plötzlich bedroht an. Inzwischen war der Unbekannte so nahe gekommen, dass Peter dessen Gesicht erkennen konnte. Doch dieses Gesicht sah nicht aus, wie das auf der Schwarzweißfotografie, die bei ihnen zuhause eingerahmt in der Wohnstube stand. Dieser kahlgeschorene Mann war für Peter ein Fremder. Ein Fremder, der die beiden Jungen nun vorsichtig mit dunkel verfärbten Zähnen anlächelte. Ein großes Bündel über die Schulter geworfen und leicht nach vorne gebeugt ging die hagere Gestalt die letzten Schritte und blieb dann vor ihnen stehen. Peters Hände, die immer noch die Leinentasche hielten, krampften sich ineinander und seine Lippen waren zusammengepresst.

»Na, ihr Beiden«, sagte der Mann mit ruhiger, tiefer Stimme.

»Guten Tag«, sagte Karl aufgeregt.

Peter blieb stumm.

»Das ist der Peter Schneider«, redete Karl weiter und zeigte mit einem Finger auf den völlig erstarrten Jungen neben sich. »Er kann Ihnen den Weg zeigen.«

Der Fremde schaute erstaunt, dann lächelte er wieder.

»Ich kenne den Weg«, sagte er. »Ich würde mich aber freuen, wenn der Peter mich begleiten würde.«

Er sah den kleinen, verunsicherten Jungen in seiner kurzen Lederhose und dem viel zu großen weißen Unterhemd mit einem ebenso verunsicherten Blick an.

»Wollen wir?«

Peter nickte ganz leicht, ohne es zu wollen, und drehte sich zum Gehen um. Der Mann, der sein Vater sein sollte, warf sich das Bündel, das er hatte zu Boden sinken lassen, wieder über seine Schulter, legte Peter kurz eine Hand auf den Rücken und die beiden gingen Seite an Seite davon. Karl sah ihnen noch eine ganze Weile nach. Als sie kaum noch zu sehen waren, flog ein großer Schmetterling vor ihm her und setzte sich auf eine der Doldenblüten, die den Wegesrand säumten. Ganz langsam bewegte sich Karl auf den farbigen Admiral zu, um ihn nicht aufzuschrecken. Mit zum Fang geöffneten Händen näherte er sich ganz vorsichtig dem Schmetterling. Dann griff er blitzschnell zu. Karl stand da, die Hände zu einer Kugel geschlossen und verfolgte mit den Augen das wunderschöne Tier, wie es sich durch die Luft tanzend entfernte.

»Mist«, sagte er.

Der Mann, den die Mama Gustav nannte, blieb für Peter ein Fremder. Zwar lebte Gustav jetzt bei ihnen und schlief sogar bei der Mama im Bett, doch für Peter fühlte es sich an, als habe ein Eindringling ihm die vertraute Zweisamkeit mit seiner Mutter genommen. Er nannte den Mann Vater und blieb zu ihm auf Distanz. Auch suchte der Vater mit Peter nicht das persönliche, liebevolle Gespräch, so wie es die Mutter zu tun pflegte. Er war nicht freundlich und auch nicht unfreundlich und ganz sicher nicht fröhlich. Er zeigte Peter dafür fast jeden Tag neue, praktische Dinge, so wie ein Meister es bei seinem Lehrling tut. Dabei beobachtete der Junge verstohlen immer wieder die Narben und Verletzungen auf dem Körper seines Vaters, wie auf einer geheimnisvollen Landkarte, die er nicht zu lesen vermochte: ein tiefes Loch an der linken Handseite; eine riesige Narbe mit wildem Fleisch am rechten Oberarm; seltsame schwarze Flecken über der Stirn und an der linken Schläfe. Woher diese Narben kamen, was der Vater im Krieg erlebt hatte und warum er so lange in Gefangenschaft auf der Krim bleiben musste, das traute sich Peter nicht zu fragen. Und Gustav machte keinerlei Anstalten, seinem Sohn ungefragt etwas davon zu erzählen. Fast wöchentlich gab es bald Tage, da musste Peter im Haus still sein. Ganz still. Dann hatte der Vater Kopfschmerzen und die Mutter schlich von Zeit zu Zeit in das abgedunkelte Schlafzimmer, um zu schauen, wie es ihrem Mann erging. Da die starken Kopfschmerzen und der Lärm in der Zementwarenfabrik sich nicht gut vertrugen, musste der Vater seine Arbeit dort aufgeben und ein anderer Mann ohne Kopfschmerzen, mit einer anderen Frau und anderen Kindern brauchte das schöne, kleine Backsteinhaus.

»Mutter, wo fahren wir hin?«, fragte Peter, als er im Frühjahr 1950 die abgewetzten Koffer, zwei riesige Kisten und einige Persil-Kartons mit dem wenigen Hab und Gut der Familie im Schlafzimmer der Eltern entdeckte.

Frieda setzte sich auf einen der Küchenstühle, nahm den Peter auf den Schoß und legte ihre Arme um ihn. Er schmiegte seinen Kopf an ihre Brust und nahm diesen besonderen Duft an ihr wahr, den er so liebte, und der ihn stets beruhigte.

»Peter«, begann sie, »der Vater kann nicht mehr zurück ins Werk. Seine Kopfschmerzen sind zu stark und der Lärm in der Zementwarenfabrik ist zu groß. Du weißt sicher, dass dein Opa Hans einen kleinen Hof in Moers hat. Seit die Oma im letzten Jahr verstorben ist, schafft er die Arbeit dort nicht mehr allein.«

»War der Opa Hans deswegen letztes Wochenende bei uns?«, fragte Peter.

»Ja«, gab Frieda zurück, »deswegen war er bei uns. Er hat deinem Vater und mir angeboten, dass wir alle auf seinem Hof leben dürfen, ohne etwas dafür zu bezahlen. Dafür müssen wir ihm bei der schweren Arbeit helfen. Im Garten, mit dem Vieh und auf dem Feld.«

»Und die Bienen?«, fragte Peter dazwischen.

»Auch mit den Bienen müssen wir ihm helfen. Dann kannst du wieder den Honig aus den Waben schleudern. Na, was meinst du? Das ist doch nett von dem Opa, dass er uns gefragt hat, oder?«

Peter schaute angestrengt vor sich hin.

»Na, was meinst du?«, fragte Frieda noch einmal.

»Ich habe aber Angst vor Bruno.«

»Bruno ist doch schon alt und außerdem immer an der Leine

oder im Zwinger. Er wird dir sicher nichts tun. Ich werde ihn füttern und du kümmerst dich nur um die Hühner und die kleinen Kätzchen, wenn Mieze wieder welche in das Stroh legt, in Ordnung?«

»Ich habe auch Angst vor dem Opa«, sagte Peter leise.

Vier Monate, nachdem sie auf den Hof in Moers-Homberg gezogen waren, biss Bruno zu. Gerade, als Frieda ihm seinen Napf in den Zwinger stellen wollte, stieß er seine dreckigen Zähne tief in ihren Oberschenkel. Die Wunde war blutig und hässlich, doch Opa Hans sagte nur mürrisch:

»Da schmier ich dick Honig drauf, dann heilt das von ganz allein.«

Eine Woche später, nachdem Frieda über Kopfschmerzen, Krämpfe und Schluckbeschwerden klagte, brachte der Opa sie ins Krankenhaus, während der Vater im abgedunkelten Schlafzimmer der Eltern lag und sich den Kopf hielt. Peter hoffte von da an täglich, dass sie zurückkäme, dass er ihren Duft wieder einatmen könne, ihrer freundlichen Stimme lauschen oder sich an ihre weiche Brust schmiegen dürfe. Doch die Mama kam nicht mehr zurück. Tage, Monate, Jahre sollten vergehen, in denen Sprachlosigkeit, Übellaunigkeit und Kopfschmerzen tiefer in das Bewusstsein von Peter drangen als das Summen der Bienen oder kleine Katzenbabys im Stroh.

Louis und sein Vater saßen sich im Wohnzimmer wie versteinert gegenüber. Nachdem Peter die Erzählung über seine Kindheit beendet hatte, sank er noch ein wenig mehr in sich zusammen und schloss die Augen. Ein alter Mann, der für Louis bis zum heutigen Tag immer nur eine Fassade war, eine Hülle mit unbekanntem Inhalt, hatte sich ihm auf dramatische Weise offenbart.

Was für ein trauriges Häufchen Elend, dachte Louis bei dem Anblick. Nach einer ganzen Weile des Schweigens und einem letzten Schluck Whisky torkelte der Vater wortlos aus dem Wohnzimmer und ließ Louis im Sessel sitzend zurück.

»Ich stehe das nicht noch einmal durch«, hatte Peter auf der Couch sitzend vorhin gemurmelt, und jetzt war Louis übervoll mit Schmerz und Betroffenheit. Er fühlte sich wie betäubt und ihm wurde klar, dass auch er Teil dieser Geschichte war, würde man sie zu Ende erzählen. Er stand auf, lief einige Male im Zimmer auf und ab, überlegte, ob er sich ebenfalls ein Glas mit Whisky einschenken sollte, ließ es aber bleiben. Stattdessen blieb er mitten im Raum stehen und spürte, wie Wut und Verzweiflung sekundenschnell in ihm hoch kochten.

»Scheiße«, brüllte er so lange und mit solcher Kraft, dass ihm danach die Stimmbänder schmerzten.

07

Auf dem Hof in Seelbach sind die Koffer und Taschen für die Schottlandreise fast gepackt. Am nächsten Morgen soll es nach Frankreich an die Küste gehen und von dort auf die Fähre nach Dover. Louis blickt sich noch einmal im Zimmer um, schaut unter das Bett und unter den muffigen Kleiderschrank. Dort findet er noch eine Sportsocke und wirft diese zu den anderen Fundsachen auf dem kleinen, schmutzigen Teppich im Raum. Noch die Sporttasche und der Kulturbeutel im Bad, dann habe ich alles, denkt er. Und die Stiefel und Schuhe unten im Flur.

Seine Kisten mit den Werkzeugen hat Louis bis zu seiner Rückkehr in einigen Wochen bei Liv und Christian in der Garage untergestellt und den kleinen Škoda mit den im Kofferraum verstauten Dingen für Florian und Moira gestern bereits neben dem Kuhstall geparkt. Vorhin beim Mittagessen hatten Helmut und er die Monate unter einem Dach noch einmal Revue passieren lassen: die gemeinsamen Fernsehabende mit hitzig kommentierten Fußballübertragungen, die Herausforderungen bei den Renovierungsarbeiten, die gemeinsame Arbeit auf dem Hof und natürlich der tragische Unfall unten am Hang. Jetzt hält Helmut seinen Mittagsschlaf und Louis hängt sich sein Fernglas um den Hals, um trotz des regnerischen Herbsthimmels einen letzten Spaziergang um den Hof und die angrenzenden Felder zu machen. Er nimmt sich noch einen Schokoriegel aus seiner Umhängetasche, zieht sich eine warme Jacke über und will das Zimmer gerade verlassen, als er von draußen den Ruf eines Greifvogels vernimmt. Schnell geht er durch den Raum zum Fenster, von dem aus er einen freien Blick auf die Umgebung hat. Wieder hört er das hohe Rufen des Vogels und Louis ist sich sicher, dass es sich um einen Habicht handelt. Er nimmt das Fernglas vor die Augen, dreht am Fokussierrad und stellt den gegenüberliegenden Waldrand scharf. Er sucht langsam den in Gelb- und Rottönen leuchtenden Waldsaum und die Baumkronen ab. Jetzt Ende Oktober haben die meisten Bäume ihr Laub zum großen Teil schon abgeworfen, was Louis das Erspähen des rufenden Greifs erleichtern sollte. Doch, was er sieht, ist ein Buntspecht, einige Buchfinken und in sehr großer Entfernung drei Rabenkrähen hoch oben am wolkenverhangenen Himmel. Mehr kann er nicht entdecken. Er will die Suche schon aufgeben, als er beim letzten Schwenk über die Baumkronen plötzlich stutzt. Er bewegt das Fernglas ein kleines Stück zurück. Da! Das ist es, was ihn irritiert hat, weit oben in einer der Baumkronen am Hang, dirckt hinter der Kurve. Etwas Rotes leuchtet zwischen den Ästen hindurch. Herbstblätter sind das nicht, da ist er sich sicher. Der Wind schiebt für einen Moment die leichteren Äste einer riesigen Buche zur Seite und ermöglicht ihm einen besseren Blick auf das rote Etwas.

Das sieht aus wie eine Tasche, fährt es Louis durch den Kopf.

Und in seinem Gehirn geht dann alles blitzschnell: der Rehbock, die Landstraße, der Unfall, das Cabrio, das verschwundene Geld. Sein Herz beginnt heftig zu klopfen bei dem Gedanken, dass diese unwahrscheinlichste aller Vorstellungen Realität sein könnte. Er lässt das Fernglas langsam sinken und starrt ungläubig vor sich hin.

»Das kann jetzt nicht sein!«, sagt er laut zu sich, begleitet von einem ungläubigen, leicht hysterischen Lachen. »Das ist doch unmöglich.«

Der Wind kommt stärker auf und legt den Blick in den Wipfel der Buche endgültig frei. Schnell nimmt er das Fernglas wieder vor die Augen und schaut.

»Das ist eine Tasche, ganz klar«, murmelt er. »Sieht aus, wie eine rote Sporttasche.«

Louis wirft seinen Feldstecher auf das Bett, stößt sich beim Loslaufen sein Schienbein heftig an der Bettkante und hastet leise fluchend hinunter in den Flur. Dort schlüpft er in seine Wanderschuhe und tritt hinaus in den Hof. Er geht um den kleinen Škoda herum, nimmt die große, ausziehbare Aluleiter von der Stallwand, schultert sie und geht, während der Regen einsetzt, den Weg hinunter zur Hofeinfahrt. An der Landstraße bleibt er kurz stehen. Sein Schienbein schmerzt immer noch leicht von dem gerade erlittenen Stoß. Er schaut sich in der Kurve um und geht dann weiter bis zum Rand der Böschung. Während ihm die nun niederprasselnden Regentropfen den Blick trüben, sucht er nach der Tasche im Baum, kann aber von dort unten nichts entdecken. Äste, Zweige und das restliche Laub der Buche verstellen ihm den Blick. Er legt die Leiter am Abhang ins nasse Gras, geht hinunter bis zur alten Linde, dreht sich um und versucht, von dort aus die Tasche zu erspähen. Und tatsächlich. Es ist zwar nur ein undeutlich zu erkennender Farbtupfer zwischen all dem Geäst in großer Höhe, doch klar ist, dass dieses rote Stück Stoff dort oben nicht hingehört. Über den mittlerweile rutschig werdenden Boden geht er zurück zur Leiter, klappt diese auseinander und lehnt sie gegen den mächtigen Stamm der Buche. Dann schiebt er die Elemente der Leiter auf die maximale Länge und beginnt den Aufstieg. Nach einigen Metern steigt er von der letzten Sprosse ins Geäst und so geht es Stück für Stück weiter hinauf, sehr langsam und vorsichtig. Die Äste sind nass und glitschig und es dauert eine ganze Weile, ehe Louis sich in ziemlicher Höhe an den Stamm klammernd, die Tasche oben in der Krone entdecken kann. Immer wieder wischt er sich mit einer freien Hand durch das mit nassen Haaren verklebte Gesicht, um das Ziel nicht aus den Augen zu verlieren. Die Äste werden nun immer dünner und es bedarf fünf weiterer Minuten, bis er mit ausgestrecktem Arm die Tasche langsam aus dem Geäst befreien kann. Diese ist aus leichtem, dünnem Stoff und Louis spürt sofort, dass sich etwas darin befindet. Erst hat er das Gefühl, seine Ungeduld nicht zügeln zu können, und möchte nachsehen, was sich hinter dem Reißverschluss verbirgt. Doch dann wird ihm wieder bewusst, wie gefährlich seine Lage oben im Wipfel der riesigen Buche ist und dass seine mittlerweile eiskalten Hände und der immer stärker werdende Wind den Abstieg noch erschweren werden. Er zieht den Umhängegurt der Tasche vorsichtig über seinen Kopf und legt ihn über seine Schulter. Begleitet vom prasselnden Regen macht er sich anschließend vorsichtig auf den Weg nach unten. Während des Abstiegs, der eine Ewigkeit zu dauern scheint, beschließt Louis, den Inhalt der Tasche erst dann in Ruhe zu untersuchen, wenn er wieder trocken und wohlbehalten in seinem Zimmer angekommen ist.

»Was hast du bei dem Regen mit der Leiter gemacht?«, fragt Helmut, während Louis diese wieder an die Metallhaken an der Stallwand hängt.

Der Bauer steht eine Zigarette rauchend in der Tür des Seiteneingangs und glotzt Louis mit großen Augen an. Die umgehängte rote Tasche scheint der Alte gar nicht zu bemerken oder sich jedenfalls keine Gedanken darüber zu machen. Louis fällt spontan eine passende Antwort auf Helmuts Frage ein.

»Ich habe doch spät im Frühjahr noch den großen Eulenkasten vorne im Wald aufgehängt, erinnerst du dich?«

»Hm«, nickt Helmut.

»Da wollte ich vor meiner Abreise noch mal nachsehen, ob sich da während des Jahres was getan hat.«

»Und?«, fragt der Alte.

»Noch nichts«, antwortet Louis, »aber spätestens im nächsten Frühjahr sollte er belegt sein, denke ich.«

»So, so«, brummt Helmut achselzuckend, drückt seine Zigarette aus und verschwindet wieder im Haus.

Louis folgt ihm triefnass, schleudert seine durchnässten Schuhe in die Ecke des Hausflurs und nimmt, während er nach oben hastet, immer zwei Stufen auf einmal.

»Alles in Ordnung?«, ruft Helmut aus der Küche, während er heißes Wasser aus dem Kocher in den Kaffeefilter gießt. »Kaffee?« Doch Louis ist schon in seinem Zimmer verschwunden, ohne zu antworten. Er hat schnell die nassen Klamotten abgestreift, ist in eine Jogginghose und einen frischen Sweater geschlüpft und kniet sich nun laut ausatmend vor seinen Fund, den er mitten im Zimmer auf dem Fußboden abgestellt hat. Er betrachtet die Tasche, als müsse er sich den nächsten Schritt gut überlegen. Wäre jetzt der Zeitpunkt, die Polizei zu informieren? Nach all den Monaten? Es ist ja noch nicht mal klar, ob diese Tasche überhaupt etwas mit dem Unfall zu tun hat. Und wenn doch, enthält sie vielleicht etwas völlig Bedeutungsloses. Alte Wäsche oder Zeitschriften. Sollte das Geld darin sein, kann er den Beamten immer noch Bescheid geben. Ihre Telefonnummer hatten sie ihm ja dagelassen.

»Ok, scheiß drauf«, sagt er zu sich selbst und zieht den Reißverschluss der durchnässten Tasche auf. Er sieht hinein und das Einzige, was sich darin befindet, ist ein kleines Päckchen, dessen feuchte Schichten aus Packpapier und Pappe gerade noch so viel Halt geben, dass es nicht von allein auseinanderfällt. Auf einer der zugeklebten Seiten hatte anscheinend etwas gestanden, das aber auf der vom Regenwasser durchweichten Oberfläche beim besten Willen nicht mehr zu entziffern ist. Gerade, als Louis das Päckchen vorsichtig herausnehmen will, klopft es an die Tür.

»Louis?«, ruft Helmut von außen. »Kaffee?«

Louis schiebt die Tasche schnell unter das Bett und steht auf.

»Helmut, komm rein!«, ruft er zurück.

Der Alte betritt das Zimmer mit einer dampfenden Tasse in der Hand.

»So«, sagt er mit bemüht freundlicher Stimme und stellt den Kaffee auf das kleine Tischchen neben dem Bett. »Vielleicht stoßen wir ja heute Abend noch einmal zum Abschied mit einem Glas von Livs gutem Wein an. Was meinst du?«

»Klingt prima«, sagt Louis, »das machen wir. Nach dem Abendessen. Und danke für den Kaffee, Helmut, das ist wirklich sehr nett.«

»Schon gut«, sagt Helmut, schon wieder etwas grantiger. »Ich bin in der Scheune. Heute Abend gibt es Bratwurst mit Kraut.«

Kaum fällt die Zimmertür ins Schloss, zieht Louis die rote Tasche wieder unter dem Bett hervor und öffnet sie erneut. Vorsichtig nimmt er das aufgeweichte Päckchen heraus und legt es vor sich ab. Mit den Fingern zieht er die feuchte Pappe auseinander. Füllmaterial quillt hervor. Und darin steckt das, was Louis erhofft hat und sich doch nicht hatte vorstellen können: eine Geldtasche. Aus schwarzem Kunstleder und mit einem goldfarbenen Reißverschluss. Er öffnet auf dem Boden kniend das schwarze Täschchen und findet darin einen Packen fein sortierter Euroscheine sowie einen Briefumschlag. Louis nimmt das Geld und beginnt zu zählen. Es sind genau dreißigtausend Euro. Das irritiert ihn und er zählt erneut. Dreißigtausend. Er wedelt mit dem Bündel in der Hand und betrachtet es triumphierend.

Wahrscheinlich hat der Beat noch mal zweitausend aus seiner Privatschatulle dazu gepackt, denkt er. Da wird Jette aber Augen machen.

Er legt die Scheine zurück in die Geldtasche und nimmt den unbeschriebenen, rosafarbenen Briefumschlag heraus.

Schon wieder ein mysteriöser Brief, denkt er.

Das Couvert ist zugeklebt und Louis zögert ganz kurz, ob er es öffnen soll. Wahrscheinlich sollte er es nicht tun. Jetzt war wirklich der Zeitpunkt gekommen, die Kripo zu informieren. Dann aber würden sie Jette den Brief übergeben und es stand zu befürchten, dass der Inhalt sie in eine neue Krise stürzte. Sollte Louis das verhindern können oder sie wenigstens vorsichtig darauf vorbereiten, dann würde er es tun. Dass er nach dem Lesen des Briefes mit dem Geld zu Jette und nicht zur Polizei gehen würde, ist ihm in diesem

Moment sowieso klar. Also öffnet er vorsichtig den leicht gewellten Umschlag und zieht ein gefaltetes Papier hinaus. Ein von Hand geschriebener Brief in englischer Sprache, knappe zwei Seiten lang. Louis liest und es fällt ihm nicht schwer, den Inhalt zu übersetzen.

Liebe Erin!
Ich habe deinen Brief erhalten und du kannst dir denken, wie sehr mich deine Nachricht bewegt und überrascht hat. Hätte ich nur eher davon erfahren, ich wäre sofort bereit gewesen, dich in deiner Situation zu unterstützen. Es tut mir leid, dass du diese sicher nicht leichte Zeit ohne meine Hilfe durchstehen musstest. Was für ein Glück, dass deine Schwester und ihr Mann dich aufgenommen haben! Ich hoffe vor allen Dingen, dass es euch gut geht!
Ich habe eine Tochter! Diese Tatsache kann ich noch gar nicht wirklich begreifen. Der Name muss ein irischer sein: Siobhán. Ich habe keine Ahnung, wie man ihn ausspricht. Ich bin mir sicher, er klingt wunderbar. Das Foto von ihr ist wirklich schön. Ich schaue es immer wieder an und kann mich nicht satt daran sehen. So oft habe ich an unseren Tag auf dem Corrib gedacht, an die kleine Bucht, in der wir uns nahegekommen sind.
Ich muss dir gestehen, dass ich damals nicht ehrlich zu dir war. Ich habe dir bei unserem Abschiedsessen in Burke's Bar erzählt, dass ich vor unserer Begegnung die Beziehung zu einer Frau beendet hatte. Die Wahrheit ist, dass ich mit dieser Frau damals verheiratet war und dies immer noch bin. Wir haben aber eine sehr unglückliche und schwierige Zeit hinter uns und alles deutet darauf hin, dass wir uns sehr bald trennen werden. Doch ist die Situation kompliziert und ich werde sicherlich noch einige Monate brauchen, um hier alles zu regeln, bis meine Frau und ich geschieden sind.
Ich finde es wirklich sehr anständig, dass du kein Geld von mir verlangst, und dass du mir anbietest, einen Vaterschaftstest durchzuführen. Doch ich glaube dir! Ich meine gesehen zu haben, was für ein Mensch du bist. Du hast vorsichtig gefragt, ob ich Kontakt zu Siobhán haben möchte, und angedeutet, dass du noch immer Gefühle für mich hegst. Das rührt mich sehr und ich fände es wirklich schön, euch näher kennenzulernen. Dann werden wir sehen, wie es weiter geht.

Ich muss dich einfach noch um ein wenig Geduld bitten, da ich, wie bereits geschrieben, gerade sehr vorsichtig mit meiner Situation umgehen muss, damit diese nicht eskaliert. Ich möchte meiner Frau nicht mehr unnötig weh tun, das wirst du sicher verstehen.

Du hast deinen Brief an meine Privatadresse geschickt, und es war reiner Zufall, dass nicht meine Frau ihn im Briefkasten gefunden hat. Du kannst mir gerne wieder schreiben, dann aber unbedingt an die folgende Geschäftsadresse:

ITW-Solutions GmbH
Beat William Wyss
Stirngachstraße 7-9
79115 Freiburg im Breisgau
Germany

Unter dieser Adresse werde nur ich deine Briefe öffnen. Da meine Frau wiederholt in mein Handy geschaut hat, werde ich mir ein zweites zulegen und dich in der kommenden Woche unter der Nummer anrufen, die du mir geschickt hast. Damit du aber baldmöglichst meine Unterstützung bekommst, lasse ich dir das beigefügte Geld überbringen und ich möchte unbedingt, dass du es annimmst!!! Es ist nicht viel für die lange Zeit, die ihr ohne meine Hilfe wart. Bitte nimm es an und tue damit, was du für richtig hältst. Ich möchte, dass es dir und dem Kind gut geht. Spätestens in drei oder vier Monaten komme ich dann zu euch nach Clonbur. Ich werde einem Freund die Adresse deiner Schwester geben, damit er dir dieses Paket überreichen kann. Er weiß nichts von dem Geld, doch werde ich ihm gerade genug erzählen, damit er versteht, wie wichtig mir seine Hilfe ist. Das Paket per Post an deine Schwester zu schicken, schien mir zu unsicher, darum habe ich entschieden, dass es dir nur persönlich überreicht wird.

Erin, es tut mir vieles sehr Leid, doch werde ich versuchen, es unbedingt wieder gut zu machen.
Auf ganz bald
William

Louis braucht eine ganze Weile, um den Inhalt des Briefes zu begreifen. Er liest ihn ein weiteres Mal und beginnt, sich die Geschichte zusammenzureimen.

Diese Erin war offensichtlich Beats Affäre, von der Jette erzählt hat. Der befleckte Damenslip in seiner Jogginghose. Und diese Frau hatte ein Kind von Beat bekommen, ohne dass dieser etwas davon gewusst hatte.

»Das ist heftig«, murmelt Louis vor sich hin und plötzlich sind viele Gedanken in seinem Kopf.

Diese Version vom verschwundenen Geld und Beats Vaterschaft würde Jette ganz sicher nicht gefallen. Dass eine andere Frau von Beat schwanger gewesen war, während Jette ihr gemeinsames Kind verloren hatte, war ein krasser Gedanke. Wie würde Jette darauf reagieren? Das Geld wäre für sie nebensächlich, so viel stand fest. Ob es vielleicht doch falsch von Louis war, den Brief zu öffnen? Würde sie ihm das vorwerfen? Gerade erst schien es ihr besser zu gehen und sie hatte endlich ihren Frieden mit der ganzen Geschichte gemacht. Und obwohl Beat sich Jette gegenüber wirklich mies verhalten hatte, schien seine Reaktion auf die Nachricht dieser Erin sehr anständig zu sein. Der ganze Brief wirkte auf Louis ehrlich und zugewandt. Aber gerade, weil Beat auch dieser jungen Frau so viel Unglück bereitet hatte, fühlte Louis auch mit Erin. Sie schien, so klang es jedenfalls in Beats Brief, ein guter Mensch zu sein. Sie und Beat hatten eine gemeinsame Tochter und Erin stellte scheinbar keine Forderungen oder Ansprüche an ihn. Dabei hatte sie eine solche Hilfe unbedingt verdient, fand Louis. Außerdem war es seinem Gefühl nach auch Beats Geld, nicht Jettes. Dass Erin aus dem Ausland kam, war offensichtlich. Vielleicht aus Amerika, da kam Beats Mutter her. Oder aus Irland. Der Name der Tochter schien ja irisch zu sein, das hatte Beat im Brief angedeutet. Jedenfalls konnte Erin nichts für all das, was sich zwischen Beat und Jette abgespielt hatte. Angelogen hatte Beat sie seinerzeit auch noch, was seine Ehe betraf. Und jetzt schien sie allein für das Kind verantwortlich zu sein. Sie hatte, wiederholte Louis seinen Gedanken, unbedingt Hilfe verdient.

Er läuft eine ganze Weile im Zimmer auf und ab, während er im Kopf die Möglichkeiten durchspielt, die ihm in dieser Situation bleiben. Er selber wird das Geld nicht behalten, allein der Gedanke wirkt auf ihn so absurd, dass er sich fast fragt, warum er ihm überhaupt kommt. Auf Beat und seine Gefühle braucht er keine Rücksicht mehr zu nehmen. Zur Polizei könnte er gehen, ohne den Brief zu erwähnen, dann bekäme Jette das Geld. Vielleicht würden sie aber auch herausfinden, dass Louis sich an der Tasche und deren Inhalt zu schaffen gemacht hat und unangenehme Fragen stellen. Wem würde dieses Geld und dieser Brief also nützen oder schaden? Die Antwort ist für Louis eindeutig: Erin und ihrer Tochter würde das Geld helfen, Jette würde der Brief unnötig verletzen. Also Erin. Bleibt nur die Frage, wie er dieser Unbekannten das Geld zukommen lassen kann. Er schaut wieder in den Brief, ob die Anhaltspunkte darin ausreichen, um Erins Aufenthaltsort im Netz ausfindig zu machen. Auf einem Zettel notiert er: Erin, Siobhán, irischer Name, Schwester, Corrib, Burke's Bar, Cong, Clonbur. Nachdem er die durchnässte Umhängetasche samt Inhalt wieder unter das Bett geschoben hat, überlegt er kurz, ob er mit seinen dürftigen Informationen zum Haus von Liv und Christian zurückfahren soll, um sich dort für seine Recherchen an den neuen Imac zu setzen. Er könnte aber auch unten in Helmuts kalten und verdreckten Lagerraum gehen, um dort den alten, langsamen Rechner anzuwerfen, der nur manchmal dazu benutzt wurde, Futtermittel, Werkzeuge oder Material zu bestellen. Aus lauter Ungeduld entscheidet er sich für den dreckigen Lagerraum. Mit dem Zettel in der Hand verlässt er das Zimmer.

Es nieselt nur noch leicht, als Louis am nächsten Morgen die letzten Kleinigkeiten in den kleinen Škoda packt.

»So, voll bis unters Dach. Schottland, ich komme!«, ruft er Helmut zu, der im geöffneten Stalltor steht und Dreck in eine Schubkarre schaufelt, während eine der Katzen um seine Beine streift. Dass die Tiere ihn sehr zu mögen scheinen, rückt den Alten in Louis' Augen in ein besseres Licht.

»Dann geht's also los?«, ruft Helmut zurück, lehnt die verbeulte Schaufel an die Schubkarre und kommt in seinem schmutzigen blauen Overall und den dreckverschmierten Gummistiefeln auf ihn zu geschlufft.

»Hast du die Schlüssel in den Flur gelegt?«, fragt er.

»Hab' ich«, sagt Louis und streckt Helmut die rechte Hand entgegen. »Danke, dass ich so lange Zeit bei dir unterkommen konnte. Wenn ich im nächsten Jahr bei Liv und Christian zu Besuch bin, werde ich in jedem Fall bei dir vorbeischauen.«

»Ja, ja«, brummt Helmut und schlägt kräftig mit seiner dreckigen Pranke ein, ohne sie vorher am Overall abzuwischen.

»Gute Fahrt und grüß mir meinen Neffen und seine Frau. Wie heißt die gleich?«

»Moira«, antwortet Louis. »Sie heißt Moira. Und die Tochter heißt Sofia.«

»Moira, genau«, brummt Helmut.

»Ich werde die drei grüßen«, sagt Louis, lässt Helmuts Hand los und setzt sich hinter das Steuer. Er zieht die Fahrertür zu, hupt zweimal und fährt den Wagen gemächlich die Auffahrt hinunter. Im Rückspiegel sieht er Helmut, der mit der Schaufel bereits wieder Dreck schippt, ohne ihm nachzusehen.

Louis bringt den Wagen kurz vor der Straße zum Stehen, greift in seine grüne Umhängetasche, die er neben sich auf den Beifahrersitz gelegt hat, holt die schwarze Geldtasche hervor und zwängt diese in das kleine, gut verborgene Fach für das Inspektionsheft unter dem Fahrersitz.

»Dann mal los«, sagt er laut zu sich, legt den Gang ein und biegt auf die Landstraße nach Biberach, um dann die B33 Richtung Straßburg zu nehmen.

Während der ersten zwei Stunden seiner Reise denkt Louis intensiv über seinen aufregenden Plan nach. Hatte er das gestern alles zu schnell entschieden? War das überhaupt seine Angelegenheit? Steigerte er sich da in etwas hinein?

»Du bist so ein Träumer«, hatte Liv, wer weiß wie oft, zu ihm gesagt.

Und genau damit behielt sie nur allzu oft Recht. Er kam nie irgendwo wirklich an, konnte das Leben nicht richtig greifen. Ihm gefiel dieses Ungeregelte in vielen Lebensphasen, doch bewahrte es ihn nicht vor den Krisen, in die er sich immer wieder durch sein Handeln manövrierte. Im selben Moment, in dem er Christians Zielstrebigkeit und Karrierepläne ablehnte, spürte er seine eigene Unzulänglichkeit und zugegebenermaßen auch ein wenig Neid. Er fragte sich, ob Christian ihn auch in manchen Momenten beneidete, für das ungezwungene Leben, das Louis scheinbar führte, für seine vermeintliche Freiheit. Im Stillen hoffte er das, damit sein fragiles Lebensprinzip der ausgleichenden Gerechtigkeit nicht ins Wanken geriet und er sich nicht als Versager fühlen musste. Er hatte allen von dem tollen Angebot seiner Ausbildungsfirma in Bonn erzählt, deren beide Geschäftsführer ihn unbedingt als Partner haben wollten. Die Wahrheit war, dass er von Anfang an wusste, dass er dieses Angebot nicht annehmen würde, aus Angst, sich festzulegen oder die Erwartungen dort nicht zu erfüllen. Tatsächlich hatte er bereits den entscheidenden Anruf getan und seine Absage unter Angabe von fadenscheinigen Gründen kundgetan. Und nach dieser Absage fühlte er sich wieder euphorisch, frei und unbeschwert. Es schien, als brauche er viel Geduld, um seinem Leben die ein oder andere

Richtung zu geben. Bei der Geschichte mit dieser Erin, die, wie er überraschend schnell im Netz herausgefunden hatte, anscheinend in Irland im County Mayo lebte, war er wieder dieser romantische Träumer, dieser unbändige Abenteurer, als der er sich so gerne sah.

Louis stellt leise das Autoradio an und streckt seinen Rücken einmal kurz durch. Nach all diesen Gedanken zu Beginn seiner Reise kommt er zu der Erkenntnis, dass der Plan bezüglich seiner Irlandreise genau der richtige ist und er spürt eine große Entschlossenheit und ein wohliges Gefühl.

In Laon, einer historisch bedeutsamen Stadt kurz hinter Reims, macht Louis einen längeren Stopp. Die Fähre in Calais geht erst um 22.35 Uhr und, da es bereits Nachmittag ist, machen sich in ihm Hunger und ein wenig Müdigkeit bemerkbar. Er parkt den Wagen am Place du Général Leclerc und bestellt anschließend in einem Lokal in der Rue Saint Jean einen Burger mit Salat. Nachdem er sich gestärkt hat, schlendert Louis durch die befestigte Altstadt über die Rue Serurier zur gotischen Kathedrale Notre-Dame aus dem zwölften Jahrhundert. Er nimmt sich Zeit, das über einhundert Meter lange Gebäude von außen und innen zu bestaunen. Überrascht erfährt Louis erst jetzt, dass Laon ehemalige französische Hauptstadt ist. In der Touristeninformation gleich neben der Kathedrale steckt er sich daher noch einen Flyer über die Geschichte der Stadt in seine Tasche, bevor er zu seinem Wagen zurückkehrt.

Das Wetter bessert sich, während es bereits dunkel wird, und der Rest der Fahrt zur Hafenstadt im Norden Frankreichs verläuft relativ zügig und entspannt. Ein kleiner Stau, ein wenig zähfließender Verkehr, das war's. Im Hafen von Calais angekommen, reiht Louis sich in eine der Spuren ein, die auf die Fähre führen. Und obwohl er fast zwei Stunden vor dem Ablegen da ist, sind die Autoschlangen vor ihm länger als erwartet. Überall stehen Leute zwischen den Autos herum und vertreiben sich die Zeit. Auch Louis steigt aus und atmet, während er seinen Körper ein wenig dehnt, den Geruch des Meeres ein und genießt das Geschrei der Möwen und den Lärm des Fährhafens. Er hat das gute Gefühl, alles hinter sich zu lassen, und mit jeder Stunde, die vergeht, mit jedem Kilometer seiner Reise, fühlt er sich lebendiger.

Nachdem der Škoda seiner Schwester in den Bauch der Fähre geleitet wurde und Louis den Motor abgestellt hat, zwängt er sich mit all den anderen Reisenden die schmalen Metalltreppen hoch zu den Passagierdecks. Obwohl er sich treiben lässt und nicht drängelt, findet er wie durch ein Wunder noch einen freien Fensterplatz. Er ist froh, dass die See einigermaßen ruhig zu sein scheint und er nicht damit rechnen muss, dass ihm vom Schwanken des Schiffes übel wird. Rechts von ihm tummelt sich eine englische Familie mit zwei Kindern. Die beiden Jungs und der Vater, die trotz der kühlen Jahreszeit nur kurzärmelige Trikots ihrer Fußballvereine tragen, sind so laut und aufgedreht, dass Louis kurz überlegt, einen anderen Platz zu suchen, um ein wenig ausruhen zu können. Doch da spricht ihn der alte Mann zu seiner Linken an.

»Sie kommen auch aus Deutschland?«, fragt er und deutet mit einem Zeigefinger auf den Irlandreiseführer in deutscher Sprache, den Louis vor sich auf das Tischchen gelegt hat.

Louis schaut in das Gesicht des Mannes. Er schätzt ihn mit seinen weißen Haaren, dem weißen Vollbart und der sonnengegerbten Haut auf mindestens Ende siebzig.

»Ja«, sagt Louis, »ich komme aus Bonn, habe aber einige Jahre in Aachen gelebt. Woher kommen Sie?«

»Ich komme aus der Nähe von Trier«, sagt der alte Mann.

Und dann reden die beiden. Und reden. Sie erzählen aus ihren Leben und das anfangs Oberflächliche ihres Gesprächs weicht persönlichen Themen. Der fast greise Robert hat eine bewegte Lebensgeschichte und Louis bekommt das Gefühl, einem Wesensverwandten begegnet zu sein. Robert erzählt, dass er sich mehrere Male auf völlig neue Lebenssituationen einlassen wollte oder musste, dass er Länder zu Fuß und mit dem Rad bereist hat, dass ihn Sicherheiten stets wenig interessiert haben, dass er auch hin und wieder gescheitert ist und dass er dankbar sei, überall freundlichen und liebenswerten Menschen begegnet zu sein. Louis spürt, dass er sich wünscht, genau diese Geschichte einmal von sich erzählen zu können. Er möchte den Mut haben, so zu leben. Weil es geht.

Als sie gegen Ende der Überfahrt bereits beim Du sind, erzählt Robert, dass seine Frau vor einigen Jahren gestorben sei, dass er eine fortgeschrittene, unheilbare Krebserkrankung habe und dass er ein letztes Mal nach Irland reisen werde.

»Du reist schwer krank und allein nach Irland?«, fragt Louis betroffen und so laut, dass sogar einer der beiden englischen Jungs überrascht zu ihm hinüberschaut.

»Nein, nein«, antwortet Robert und lacht, »meine Tochter und mein Enkel haben sich irgendwo auf der Fähre einen Platz für die Überfahrt gesucht, wo sie sich ein wenig ausstrecken können. Hier war es ihnen zu laut und zu voll.«

»Verstehe«, sagt Louis deutlich erleichtert. »Und warum Irland?«

Der alte Mann sammelt kurz seine Gedanken, bevor er spricht.

»Ich bin ja viel in der Welt herumgekommen, doch ich habe mich kaum irgendwo so wohl gefühlt wie in Irland. Vielleicht bekommst du eine Ahnung davon, wenn du demnächst dort bist. Die Menschen, die Musik, die Geselligkeit, die Entschleunigung, das alles gefällt mir sehr. Den Iren scheint gesellschaftliche Stellung ziemlich egal zu sein. Es spielt für sie keine Rolle, ob du erfolgreich oder wohlhabend bist. Die freuen sich, wenn sie mit dir erzählen, feiern und dich auf einige Biere einladen können. Natürlich sind nicht alle Iren gleich und auch dort gibt es Arschlöcher, das muss ich dir wirklich nicht erklären. Da die Zeit, die mir bleibt, na, nennen wir es mal, sehr begrenzt ist, hat meine Tochter mir angeboten, gemeinsam mit ihr und ihrem Sohn Frederik dorthin zu reisen. Ein kleiner Trip die Küste hoch, vom Südwesten hoch nach Donegal. Zehn Tage.«

»Mensch«, sagt Louis und spürt dabei einen Stich in seiner Brust, »es ist so schön, dass wir uns begegnet sind. Ich wünsche dir die beste Reise deines Lebens. Du bist so schwer krank und wirkst dennoch zufrieden und glücklich. Das ist wirklich bewundernswert.«

Robert geht lächelnd auf Louis' Bemerkung ein.

»Ich habe fast ein ganzes Leben gebraucht, um hinter eines der Geheimnisse von Glück zu kommen«, beginnt er, »und dazu brauchte es natürlich den Schmerz. Die Dualität, wenn du verstehst, was ich meine. Lass mich dir noch diese kleine Anekdote über einen Moment der Erkenntnis erzählen, bevor wir anlegen. Vor einigen Jahren wurde meiner Frau und mir klar, dass wir uns unser geliebtes, kleines Haus im Grünen nicht länger leisten können. Wir beschlossen also, den folgenden Sommer dort noch gemeinsam zu genießen, um es dann im Jahr darauf zu verkaufen. Doch nur drei Wochen nach dieser Entscheidung verstarb meine Frau völlig unerwartet. Ich war sehr verzweifelt und unendlich traurig. Nur wenige Tage nach Marthas Beerdigung hockte ich im Nieselregen allein in der Einfahrt unseres Hauses und zupfte Unkraut. Meine Stimmung war sehr gedrückt und die schweren Gedanken waren immer noch bei meiner Frau und dem Verkauf des Hauses, als ich ein besonders großes Grasbüschel mit einem Klumpen Erde aus einer der Fugen zwischen den Pflastersteinen zog. In diesem Moment passierte das Wunderbare. Ich betrachtete das Unkraut, schloss dann meine Augen, hielt das Grasbüschel mit der feuchten Erde unter meine Nase und roch daran. Und in diesem Moment war das Glück vollkommen. Verstehst du, Louis? Es war vollkommen!«

Louis sitzt einfach nur tief berührt da, ohne ein Wort zu sagen.

»Mein Glück«, fährt der alte Mann fort, »hängt nicht unmittelbar davon ab, dass ich ein Haus im Grünen besitze, ob ich mit meiner geliebten Frau bis ans Lebensende zusammen sein darf oder ob ich noch zwei oder fünf Jahre zu leben habe. Das habe ich in diesem Moment damals erkannt. Dass fast immer die Möglichkeit besteht, Glück zu erfahren, wenn auch manchmal nur für einen kurzen Augenblick, und selbst dann, wenn man meint es gerade nicht fühlen zu können. Oder zu riechen«, fügt er nach einer Pause lächelnd hinzu.

In diesem Moment ertönt aus den Lautsprechern die Durchsage, dass die Fähre in Kürze anlegen wird und dass die Passagiere sich auf den Weg zu den Ausgängen oder ihren Fahrzeugen machen sollen. Robert nimmt Louis' Hände und hält diese fest. Er schaut sich suchend um, weil er ein Rufen gehört hat, und nickt in Richtung der etwas entfernt stehenden Menschentraube vor den Treppen.

»Meine Tochter und mein Enkel«, sagt er. »Sie winken, ich soll kommen. Ich wünsche dir viel Glück, Louis, für die Zeit auf den Inseln und für alles, was noch kommt.«

Die beiden Männer schauen einander in die Augen und erst, als die Tochter ein weiteres Mal nach ihrem Vater ruft, lassen sie ihre Hände los und Robert verschwindet in der Menge.

Louis packt den Irlandreiseführer in seine Umhängetasche, bleibt noch einen Moment sitzen und erinnert sich der Worte, die er gerade gehört hat. Dabei schaut er hinaus auf das dunkle Wasser, in dem sich die Lichter des Hafens von Dover spiegeln.

08

»Und?«, fragt Erin, als sie mit Siobhán im Tragetuch neben Callan die schmale, gewundene Straße zum Fuße des Mount Gabel hinaufsteigt. »Hast du dich einigermaßen wohl gefühlt mit meiner verrückten Familie?«

»Na klar«, antwortet Callan, »die sind alle sehr nett. Liam mag ich besonders. Und Keeva. Ihr seid euch wirklich sehr ähnlich.«

»Und meine Schwester Fiona?«, hakt Erin nach.

Callan zögert mit der Antwort kurz, während er den Reißverschluss seiner Jacke zuzieht.

»Fiona ist auch wirklich freundlich«, sagt er, »sie wirkt aber ziemlich angespannt und scheint sich um alles kümmern zu wollen.«

Erin nickt zustimmend.

»Und du bist davon genervt«, fügt Callan noch hinzu, »das konnte ich sehen.«

Er schaut Erin erwartungsvoll von der Seite an.

»Ja, du hast Recht«, gibt Erin lächelnd zu und blickt Callan dabei ins Gesicht. »Das kann ich wohl schlecht verbergen. Ich sollte dankbarer ihr gegenüber sein. Sie hat sich wirklich sehr viel Mühe mit meinem Geburtstag gemacht. Mit den Geschenken, den Kuchen, der Dekoration. Manchmal denke ich, ich bin ungerecht, weil sie mich ständig nervt, obwohl sie so viel für mich getan hat in der letzten Zeit.«

»Ist doch normal«, sagt Callan. »So ist das mit Familien. Ihr haltet zusammen, das ist doch die Hauptsache. Und dank Fiona ist Liam jetzt Teil der Familie, dafür kannst du ihr wirklich dankbar sein.«

»Ja, Liam«, sagt Erin gedankenvoll, bevor sie fortfährt. »Und wie sehr ich Keeva vermisst habe, ist mir erst nach ihrem Jahr in Australien klar geworden.«

Sie bleibt plötzlich stehen, schließt die Augen, streckt ihr Gesicht der hinter den Bergen untergehenden Nachmittagssonne entgegen und atmet die frische Luft tief ein. Callan dreht sich um und betrachtet Erin, wie sie die Arme um ihre kleine, schlafende Tochter gelegt hat und sieht ihre dunkles, wildes Haar im Wind wehen.

»Erin«, beginnt er entschlossen, doch dann verstummt er. Er ringt mit sich, unsicher, wie er das sagen soll, was er sagen will.

»Ich weiß«, sagt Erin stattdessen mit einem sanften Zug um den Mund, während sie die Augen weiter geschlossen hält.

Callan sagt nichts und er schämt sich für seine Mutlosigkeit. Er hofft einfach, dass Erin weiterredet, und sie tut ihm den Gefallen.

»Ich habe es schon den ganzen Nachmittag gemerkt, Callan. Es hat mir fast ein wenig leidgetan, es dir nicht eher sagen zu können.«

»Was wolltest du mir sagen?«, fragt Callan. Mit einem Mal ist die Angst in ihm der Erlösung gewichen. Er spürt genau, dass Erin nicht falsch liegt. Er weiß es.

»Dass du keine Angst haben musst, es mir zu sagen. Das mit uns.«

Im nächsten Moment dreht sie ihren Kopf und schaut Callan direkt mit ihren honigfarbenen Augen an. Er hält ihrem Blick zunächst stand und es vergehen Sekunden, ehe er dann doch verlegen an ihr vorbei in die Ferne schaut.

»Wissen möchte ich es natürlich schon«, sagt Erin. »Wieso es sich nicht mehr so anfühlt wie an dem Abend im Pub. Ich habe mir das doch nicht eingebildet, das mit uns, oder?«

»Nein«, sagt Callan hastig. »Das hast du nicht.«

In diesem Moment nähert sich ihnen von hinten ein Wagen auf der schmalen, gewundenen Straße. Sie treten in das wild wuchernde Gestrüpp vor der mit Brombeeren überwucherten Steinmauer und lassen das lärmende Gefährt passieren. Durch das sich öffnende Fenster des vorbeifahrenden Wagens ruft eine laute Männerstimme.

»Erin. Wie geht's?«

»Hey Paddy«, ruft Erin zurück.

Dann ist der Wagen auch schon wieder hinter der nächsten Biegung verschwunden und sie hören wieder nur den Wind, wie er zwischen den Hügeln im County Mayo sein wildes Spiel treibt.

»Erkläre es mir, Callan, bitte«, beginnt Erin von neuem, während sie ihren Spaziergang fortsetzen.

»Ich werde es versuchen«, beginnt er. »Caitlin war in letzter Zeit ziemlich seltsam, wie ich fand. Ich hatte dir ja erzählt, dass wir schon zweimal so gut wie getrennt waren. Ich konnte das alles nicht wirklich verstehen und habe immer wieder nachgefragt, was mit ihr los ist. Sie sagte jedes Mal, es liege nicht an mir, es habe nur etwas mit ihr zu tun und sie wisse nicht genau, was sie wolle. Vorgestern dann hat sie mir unter Tränen erzählt, dass sie was mit einem anderen Typen hatte. Und der Scheißkerl wusste von mir.«

»Oje«, sagt Erin.

»Das ging wohl keine zwei Wochen«, fährt Callan fort. »Kennen tut sie ihn aber schon seit letztem Sommer. Der Typ kommt aus der Nähe von Tralee, mehr hat Caitlin mir nicht gesagt. Geschlafen hat sie nicht mit ihm. Behauptet sie jedenfalls. Wohl aber ziemlich heftig rumgemacht, was immer das auch heißt. Beschissene Details brauche ich wirklich nicht.«

»Und dann?«

»Tja, und dann. Dann hat sie wahrscheinlich Angst bekommen, mich zu verlieren. Und dieser andere Typ hat sie irgendwie schlecht behandelt oder zumindest angelogen, das gehört auch zur Wahrheit dazu.«

»Und wie geht es dir damit?«, fragt Erin und ist überrascht, dass sie in diesem Moment so ruhig bleibt und das Gefühl hat, für einen guten Freund da sein zu müssen.

»So ganz genau weiß ich das noch nicht. Wir haben an diesem Abend ewig lange geredet und dann bin ich die Nacht über bei ihr geblieben.«

»Und, war das schön?«, fragt Erin und spürt nun doch einen kleinen Schmerz in ihrer Brust.

»Ja, das war es«, sagt Callan mit leiser Stimme. »Auch, wenn es nicht leicht für mich war.«

»Und ihr wollt es noch einmal miteinander versuchen?«

»Ich bin mir nicht ganz sicher. Vielleicht sollte ich uns noch eine Chance geben.«

»Kennst du den anderen Typen?«, fragt Erin neugierig.

»Nein«, antwortet Callan und Erin spürt seine aufkommende Wut. »Caitlin sagt jedenfalls, dass ich ihn nicht kenne. Wahrscheinlich, weil sie Angst hat, dass ich ihm dann die Fresse poliere. Und glaube mir, ich hätte große Lust dazu.«

Für einen Moment schweigen beide. Die Sonne ist hinter dem Mount Gabel verschwunden und der würzige Geruch der Torffeuer aus den verstreut umherliegenden Häusern durchzieht die Abendluft. Ein Hund bellt in der Ferne. Siobhán wacht kurz auf, weil ihr im Schlaf der Schnuller aus dem Mund gerutscht ist. Als Erin ihr diesen zurück in das kleine, geöffnete Mündlein steckt, schläft sie sofort wieder ein.

»Danke, dass du so ehrlich zu mir bist«, sagt Erin schließlich. »Das ist nicht selbstverständlich. Caitlin kann froh sein, einen so tollen Freund wie dich zu haben, ganz ehrlich, Callan. Du hast es nicht verdient, so verletzt zu werden. Ich wünsche euch jedenfalls Glück.«

»Erin«, sagt Callan ein wenig schuldbewusst, »ich muss zugeben, dass mich die letzten Tage komplett verwirrt haben. Und das lag auch an dir. Ich habe dir an unserem Abend im Pub nichts vorgemacht, ich...«

»Halt's Maul, Callan!«, ruft Erin dazwischen und boxt ihn sanft auf den Oberarm. »Das brauch ich jetzt nicht. Du hast dir nichts vorzuwerfen. Und sind wir ehrlich, es ist ja nicht wirklich was passiert. Also, du weißt, was ich meine.«

»Es ist also alles ok zwischen uns?«, fragt er.

»Alles ok«, gibt Erin zurück. »Ich bin froh, dass wir das geklärt haben, bevor wir Montag mit der Renovierung loslegen. Übermorgen treffe ich Jill in Galway und wir sprechen noch ein paar letzte Dinge durch.«

»Ich würde jetzt gerne zurückgehen«, sagt Callan etwas erschrocken, als er auf sein Handy schaut. »Ich habe Caitlin versprochen, mit ihr heute Abend ins Pub zu gehen. Ich denke, da gibt's noch das ein oder andere zwischen uns zu besprechen.«

»Weiß sie eigentlich von mir?«, fragt Erin.

»Nein«, antwortet er, während sie umkehren und den Rückweg antreten.

»Gut«, sagt sie.

Und genau so meint sie es auch.

Im Cupán Tae in der Quay Lane wird gerade ein Platz am Fenster frei. Erin schiebt den Kinderwagen an den Tisch und Jill folgt ihr. Sie ziehen ihre durchnässten Jacken aus und hängen sie über die Stuhllehnen. Erin öffnet den Regenschutz des Kinderwagens, blickt sich im Raum um und winkt der jungen Kellnerin, die gerade Teetassen auf ein Tablett stellt, freundlich zu. Nachdem sie sich gesetzt haben, nimmt Erin die kunstvoll gestaltete Karte des Cupán Tae, schaut kurz hinein und gibt sie an Jill weiter.

»Ich weiß eh schon, was drin steht«, sagt Erin, »ich habe hier schon so gut wie alles probiert.«

Während Jill die Karte studiert, beugt Erin sich über den Kinderwagen, in dem Siobhán nicht einschlafen kann und unzufrieden vor sich hin quengelt. Erin nimmt lächelnd eines ihrer Händchen, während sie mit der anderen nach der kleinen Plüschmaus greift und diese vor Siobháns Gesicht hin und her tanzen lässt. Die Kleine greift nach dem Tierchen und beginnt sofort, in ihrer Sprache mit ihm zu erzählen. Gedankenverloren schaut Erin aus dem Fenster. Vorhin auf dem Weg durch die Stadt hatte sie Jill von dem Spaziergang und dem Gespräch mit Callan erzählt und noch einmal hatte sie die Traurigkeit ergriffen. Jill hatte Erin danach einfach in den Arm genommen und sie festgehalten, während der Regen auf sie niederprasselte.

»Ich liebe dich, Erin O'Leary, vergiss das nie«, hatte sie ihr ins Ohr geflüstert.

Erin lächelt, als ihr Jills Worte wieder in den Sinn kommen. Draußen hat der Himmel nun endgültig seine Schleusen geöffnet und Wassermassen rauschen förmlich auf die Stadt herab. Einige wenige Menschen in Regencapes oder mit Schirmen hasten schemenhaft am Café vorüber. Eine junge Mutter nimmt ihren kleinen Sohn, der seine Hände in eine Pfütze tauchen will, beim Kragen und zieht ihn energisch schimpfend hinter sich her. Der Junge beginnt zu schreien, die Mutter nimmt ihn auf den Arm und die beiden verschwinden hinter einem Vorhang aus Regen.

In diesem Moment kommt die junge, dunkelhaarige Kellnerin zu ihnen an den Tisch, wischt mit einem Lappen gekonnt einige Krümel von der geblümten Tischdecke, ohne dass diese auf den Boden fallen und schaut abwechselnd von Erin zu Jill.

»Hallo Leute, was für ein heftiger Regen. Und das Wetter soll die nächsten Tage so bleiben. Jedenfalls hier in Galway.«

»Ja«, sagt Jill, »es hat schon die ganze Nacht durchgeregnet. Ich bin die N83 von Tuam runtergefahren, das war kein Spaß bei dem Wetter. Immerhin ist es sehr mild für Mitte Oktober.«

»Was darf ich euch bringen?«, fragt die junge Frau und lächelt aufmunternd.

»Ich bekomme einen schwarzen Tee und die warmen Scones mit Cranberrybutter, Sahne und Himbeermarmelade«, antwortet Jill.

»Gute Wahl«, sagt die junge Frau, »die warmen Scones sind einfach himmlisch. Ich bin süchtig nach ihnen«, schiebt sie noch augenzwinkernd hinterher und reibt dabei mit der einen Hand über ihren rundlichen Bauch.

»Und was kann ich dir bringen?«

»Für mich einen Cappuccino, eins von den kleinen Himbeertörtchen und einen Lemon-Cupcake«, sagt Erin.

»Alles klar, bin gleich wieder bei euch«, sagt die Bedienung und verschwindet wieder hinter der Theke, auf der die herrlichsten Kuchen und Törtchen stehen.

Erin blickt auf Siobhán. Deren Augen sind nun halb geschlossen, während sie zum leisen Gemurmel der anderen Gäste im Raum mit der Müdigkeit kämpft.

»Also los«, beginnt Erin freudig, während sie wieder ihren Kopf hebt und Jill dabei anstrahlt. »Lass hören. Hast du John gesprochen?«

»Ja, hab ich«, beginnt Jill. »Vor meiner Schicht gestern. Wir haben uns den Innen- und den Außenbereich lange angeschaut und ich habe mir Notizen gemacht.«

Während sie das sagt, tippt sie dreimal demonstrativ mit ihrem Zeigefinger auf den Block, den sie aus ihrer Tasche geholt und vor sich auf den Tisch gelegt hat.

»Es gibt zum einen noch zwei alte Kredite, die für Umbaumaßnahmen und Anschaffungen der letzten Jahre abbezahlt werden müssen. Die muss ich natürlich übernehmen. Doch das hält sich absolut im Rahmen, auch was den Zeitraum angeht. Zum anderen gibt es auch neue Gesetze, was Umweltauflagen und Hygiene betreffen. Manche müssen zum Teil sehr schnell, andere erst bis zweitausendzwanzig umgesetzt werden. Der gute Johnny hat natürlich alle Unterlagen sehr gewissenhaft archiviert und geordnet. Er ist sehr stolz auf seine Buchhaltung und außerdem begeistert von der Idee, dass ich seinen Laden übernehmen möchte. Das spielt ihm nämlich in die Karten. Er hat demnächst so viel um die Ohren mit den Vorbereitungen für Australien und dem Verkauf des eigenen Hauses, dass er um jeden Tag froh ist, den er sich nicht um den Laden in Finny kümmern muss. Er hat mir übrigens einen Deal angeboten.«

»Einen Deal?«, horcht Erin gespannt auf. »Was für einen Deal?«

»Er möchte zum ersten Mai mit Jeannie endgültig nach Australien. Dann ist Jeannie aber hochschwanger und darum wollen die beiden schon Mitte Januar für sechs Wochen rüber, um dort alles vorzubereiten. Das neue Haus einrichten, Johns neuen Job klar machen, das Krankenhaus ansehen, wo Jeannie entbinden wird, da gibt es jede Menge zu erledigen, wie er sagt.«

»Klingt stressig«, sagt Erin, »aber was ist der Deal?«

»Der Verkauf des Stone Bridge kann erst Anfang April über die Bühne gehen. Damit wir aber loslegen können, auch was neue Lieferantenverträge, Kostenvoranschläge und so weiter angeht, will er mir das Cottage von Januar bis Ende März zu einem sehr niedrigen Preis verpachten. Auch die Raten für die Kredite laufen bis zum Verkauf auf ihn und er berechnet uns das nicht weiter. John ist einfach froh, wenn wir ihm hier den Stress vom Leib halten und schauen, dass alles gut läuft, bis er Anfang März wieder da ist. Und glaub' mir, Kohle spielt für die beiden sowieso keine Rolle. Jeannies Familie ist so verdammt reich, das können wir uns nicht mal im Traum vorstellen.«

»Krass«, sagt Erin.

»Das ist es«, sagt Jill, während sie den Block zur Seite schiebt, sich in ihrem Stuhl aufrichtet und mit dem Kopf eine bedeutungsvolle Bewegung Richtung Tresen macht.

Erin schaut zur Seite und sieht die Kellnerin mit einem vollen Tablett auf dem Arm an ihren Tisch kommen.

»So«, sagt die freundliche Bedienung und stellt Tassen und Teller auf der fein bestickten Blumentischdecke ab. »Und jetzt lasst es euch schmecken. Wenn ihr noch etwas braucht, sagt einfach Bescheid.«

»Danke«, sagen Erin und Jill wie aus einem Mund und schauen begeistert auf die köstlichen Dinge vor ihnen.

»Und was will John für das Cottage und die Einrichtung haben?«, fragt Erin ungeduldig, als sie wieder unter sich sind. »Sag schon.«

Jill hat aber bereits ein erstes Stück vom warmen Scone im Mund und schließt genüsslich kauend für einen Moment die Augen.

»Hmmm«, macht sie dazu lang und gedehnt.

»Jill«, sagt Erin drängend, »jetzt sag schon.«

»Zweihundertfünftausend«, sagt Jill, öffnet die Augen und wischt sich ein wenig Sahne aus dem Mundwinkel. »Eigentlich zweihundertfünfzehn. Ich habe ihm aber gesagt, dass ich ihm vor seiner Abreise jeden Tag einen blase, wenn er mit dem Preis runtergeht.«

»Du Schlampe«, sagt Erin mit gespieltem Entsetzen, »so kenne ich dich.«

Beide müssen so heftig lachen, dass die anderen Gäste amüsiert zu ihnen herübersehen.

Dann schweigen die beiden Freundinnen für einige Minuten und genießen die Leckereien, während Jill gleichzeitig einige Nachrichten auf ihrem Handy beantwortet. Als ihre Teller leer sind, lehnt Jill sich zufrieden in ihrem Stuhl zurück und nimmt das Gespräch wieder auf.

»Ich muss mir in den kommenden Tagen Gedanken über die Finanzierung machen«, beginnt sie. »Zum einen bekomme ich eine ganz ordentliche Summe von Niall nach unserer Scheidung, zum anderen haben auch meine Eltern durch die Jahre eine wirklich beträchtliche Summe für mich zurückgelegt. Und von dem Geld, das ich während meiner Jahre im Bauunternehmen in Dublin verdient habe, ist auch noch ein ganzer Batzen übrig. Außerdem wird John mir die Zahlen vorlegen und mich darüber informieren, was der Laden die letzten Jahre so abgeworfen hat. Dann sehe ich klarer.

Die Finanzierung dürfte also kein Problem sein und für Investitionen sollte auch noch genügend Spielraum bleiben, wie Liam mir an deinem Geburtstag vorgerechnet hat. Dabei haben wir auch bereits die Umbaupläne von Mr. Wilshere für das benachbarte Cottage berücksichtigt, die John schon in Auftrag gegeben hatte. Zwei traumhafte Ferienwohnungen werden dort entstehen.«

»Aber wenn die Finanzierung schon steht, bist du doch auf mich als deine Partnerin gar nicht angewiesen«, bemerkt Erin ein wenig verunsichert.

»Mir geht es um uns, Erin«, reagiert Jill mit Überzeugung in der Stimme. »Und natürlich auch um mich, wenn ich ehrlich bin. Ich habe jahrelang eine beschissene Beziehung mit einem Kokainjunkie geführt, die mich so krank gemacht hat, dass ich beinahe meine Lebensfreude verloren hatte. Fuck you, Niall. Gleichzeitig hatte ich einen Job, in dem der Stress mich fertig gemacht hat. Keine guten, aber wichtige Erfahrungen. Ich habe mal einen interessanten Satz von meiner Therapeutin gehört, der ging ungefähr so: Du kannst nur wissen, wer du bist, wenn du weißt, wer du nicht bist.«

»Hm«, macht Erin nachdenklich nickend, obwohl sie den Satz gerade noch nicht wirklich begriffen hat. Sie schaut Jill weiter schweigend und mit großen Augen an.

»Wer ich nicht bin«, fährt Jill fort, »wer ich nicht sein will, das habe ich weiß Gott herausgefunden. Nach meinem Burnout hatte ich mich ersteinmal zurückgezogen, aber das war natürlich nicht die Lösung. Ist 'ne scheiß Strategie, glaub' mir. Ich musste einfach wieder ins Leben zurück. Als ich meinen Eltern von dem Job im Restaurant erzählt habe, hat mein Vater mich angeschaut, als hätte ich einen Vollschaden, und meine Mutter hat fast angefangen zu heulen. Ihre hochbegabte Tochter als Kellnerin in der Abgeschiedenheit von Connemara. Und dabei war das Stone Bridge meine Rettung, wie du ja weißt. Mit dir und Svetlana zu arbeiten. Mit unserem durchgeknallten John. Und die ersten Monate mit Róisín*

---

* weiblicher irischer Vorname [roʊˈʃiːn]

nicht zu vergessen. Ich konnte endlich wieder Menschen in mein Leben lassen. Und du bist einfach der netteste Mensch, den ich kenne, Erin. Hab' ich dir das schon mal gesagt?«

»Hör auf«, sagt Erin. »Du übertreibst.«

»Ok«, sagt Jill und lacht auf, »vielleicht habe ich ein bisschen übertrieben. Die Geschichte mit Fionas Puppe, der du als Kind den Kopf und die Gliedmaßen abgerissen und die du anschließend im Corrib versenkt hast, habe ich natürlich nicht vergessen. Trotzdem finde ich den Gedanken einfach zu schön, mit dir gemeinsam den Laden zu führen. Ich bin nicht nur romantisch, sondern leider auch harmoniesüchtig, sagt meine Therapeutin. Daran muss ich noch arbeiten. Lass uns einfach schauen, wie sich alles entwickelt. Wir kümmern uns jetzt erst einmal um unser wunderbares neues Heim am Corrib. Ich bin richtig aufgeregt, Erin. Ein ganzes Haus nur für uns vier.«

»Und für dich ist es wirklich in Ordnung, dass Keeva mit uns einzieht?«, fragt Erin unsicher. »Fürs Erste wird sie ohnehin erstmal unterwegs sein. Sie wird im Dezember Freunde besuchen, in London und in Edinburgh.«

»Das ist auf jeden Fall in Ordnung«, sagt Jill überzeugt. »Erstens haben wir noch ein freies Zimmer und zweitens bin ich geradezu begeistert von der Idee, nachdem ich Keeva an deinem Geburtstag kennen gelernt habe. Ich weiß gar nicht, wen von euch beiden ich netter finden soll.«

»Wie schön«, atmet Erin erleichtert auf, »dann bin ich beruhigt.«

Während die beiden Freundinnen sich weiter angeregt über die bevorstehende Renovierung unterhalten und überlegen, was in den kommenden Wochen alles getan werden muss, erscheint in Erins Rucksack eine Sprachnachricht von Fiona auf dem stummgeschalteten Handy:

Wo bist du? Ich versuche schon die ganze Zeit, dich anzurufen. Seán ist vor-

hin betrunken hier aufgetaucht und wollte zu dir. Er war völlig neben der Spur, hatte vielleicht auch irgendwas genommen, keine Ahnung. Er hat draußen im strömenden Regen herumgeschrien und gegen Liams Auto getreten. Als Liam ihn gebeten hat, den Hof zu verlassen, hat er plötzlich ein Messer gezückt. Liam wollte ihm das Messer wegnehmen, dabei hat Seán ihn leicht an der Hand verletzt. Ich hatte eine Scheißangst. Seán hat das Messer fallen lassen und ist einfach abgehauen. Hat noch sein Handy in unserer Einfahrt verloren. Der Kerl ist völlig irre. Ich wollte die Polizei informieren, aber Liam wollte vorher mit Seáns Mutter sprechen. Ich habe seine Hand verbunden und jetzt ist er mit Connor auf dem Weg zu ihr. Erin, ruf mich bitte dringend mal zurück!

Aus der Küche, in der Jill leise vor sich hin singt, strömt der Duft von frisch aufgebrühtem Kaffee herüber. Keeva sitzt neben einem kleinen Eimerchen mit warmem Wasser mitten im sonnendurchfluteten Wohnzimmer auf dem Fußboden und reinigt mit einem Schwamm die abmontierten Steckdosen und Lichtschalter. Mit ruhigen, gleichmäßigen Bewegungen streicht Callan die letzte Wand. Erin, die gerade die Treppe hinunterkommt, beschleicht ob der friedvollen Stimmung ein Gefühl von Geborgenheit, wie sie es lange nicht mehr hatte. Mit dampfenden Tassen kommt Jill ins Wohnzimmer und stellt das Tablett vorsichtig neben Keeva auf dem Boden ab.

»Hey Callan«, sagt sie, »für dich habe ich einen Tee gemacht. Wie lange brauchst du noch?«

»Bin sofort bei euch«, antwortet er und beschleunigt hörbar das Auf und Ab der Malerrolle in seiner Hand.

»Seltsam, hier jetzt ohne Owen zu sitzen«, fährt Jill fort, während sie versucht, eine Verpackung mit Keksen zu öffnen. »Ich habe mich in den letzten drei Wochen richtig an unsere Fünferbande gewöhnt. Wie gut, dass wir wenigstens dich noch bis zum Wochenende hier haben, Callan.«

»Sechserbande meinst du wohl«, entgegnet er. »Oder hast du unsere Nervensäge vergessen?«

Während Erin sich im Schneidersitz neben Keeva hockt, schaut sie lächelnd zwischen Jill und Callan hin und her.

»Um Gottes Willen«, ruft Jill. »Wie konnte ich nur die kleine Maus vergessen? Meine zukünftige Mitbewohnerin. Vielleicht liegt es daran, dass sie seit gestern bei Mary und Pádraig ist. Bitte verzeih mir, Siobhán.«

Um Vergebung bittend legt Jill ihre Hände aneinander und richtet den Blick in die Höhe. Dann nimmt sie wieder die Haferkekse und versucht erneut vergeblich, die Verpackung zu öffnen.

Callan legt die Malerrolle auf den umgedrehten Deckel des Farbeimers, wischt seine Hände an seiner Arbeitshose ab und setzt sich zu den drei Frauen.

»Gib mal her!«, sagt er zu Jill und nimmt ihr die Keksverpackung aus den Händen. »Siehst du das hier? Damit lässt es sich ganz leicht öffnen.«

Er zieht an dem schmalen, roten Bändchen und reicht Jill die geöffnete Verpackung.

»Scheiße, was sollen wir nur machen, wenn wir keine Männer mehr im Haus haben?«, fragt Jill mit gespieltem Entsetzen. »Ich glaube wir werden verhungern. Hört zu, was ich Spannendes zu erzählen habe.«

Nun legt auch Keeva ihre Arbeit beiseite, nimmt sich eine Tasse Kaffee und gießt etwas Milch hinein.

»Habt ihr schon gehört«, beginnt Jill, »dass die alte Sägemühle endlich verkauft ist und dass auf dem Grundstück ein Anglerhotel gebaut werden soll? So ein richtig feiner Schuppen für reiche Gäste aus dem Ausland. Rory ist einem der Käufer gestern im Supermarkt begegnet.«

Erin, die gerade einen ersten Schluck aus ihrer Tasse nehmen will, zuckt mit einem kleinen, schmerzvollen Laut zusammen.

»Verbrannt?«, fragt Callan.

»Ein wenig«, sagt Erin. »Aber es geht schon.«

Sie starrt einen Moment lang wie versteinert vor sich hin.

»Hey Erin«, sagt Keeva mit fragendem Blick, »hat es dir die Sprache verschlagen?«

»Nein«, erwidert Erin und schaut Jill und Keeva abwechselnd an. »Es ist nur...«

»Es ist nur was?«, fragt Keeva.

»Na, das könnten doch die Freunde von William sein«, sagt Erin.

»Wer ist William?«, fragt Callan dazwischen.

Jill reagiert schnell und antwortet an Erins Stelle.

»Ein alter Bekannter von uns aus dem Restaurant.«

Callan nickt nur kurz, bevor er sich einen weiteren Keks nimmt.

»Meinst du, sie könnten es sein?«, lässt Erin nicht locker. »Die Freunde von William?«

»Ziemlich sicher nicht«, sagt Jill nachdenklich. »Der Käufer ist hier aus der Gegend, sagt Rory. Ein waschechter Ire. Der hätte sich die alte Sägemühle damals doch selbst anschauen können. Klingt irgendwie nicht nach einem von Williams Freunden.«

»Nein, da hast du recht«, sagt Erin enttäuscht.

»Also«, sagt Callan, während er vom Fußboden aufsteht, »ich verstehe gar nichts mehr. Ich gehe kurz ins Bad, Rolle und Pinsel auswaschen. Bin gleich zurück.«

»Ich helfe dir«, sagt Keeva, steht ebenfalls auf und folgt ihm.

Als die beiden den Raum verlassen haben, packt Jill Erin am Arm und beugt sich ihr entgegen. Ihr strenger Blick wirkt so entschlossen, dass Erin ein klein wenig zurückweicht.

»Was ist los?«, fragt sie. »Was schaust du mich so an?«

»Was los ist? Du hängst immer noch an diesem Typen, der dich auf der Insel im Corrib flachgelegt hat und der sich seit Monaten nicht auf deinen Brief meldet. Fahr doch einfach hin. Nach Deutschland, meine ich. Klopf an seine Tür und sag ihm Bescheid.

Die Adresse hast du ja jetzt schließlich. Oder ruf in dieser Firma an, wo er arbeitet. Dann wirst du sehen, ob er ein Arsch ist oder ein Riesenarsch. Dich einfach so im Stich zu lassen. Ich tendiere zu Riesenarsch.«

»Ich weiß nicht«, sagt Erin zögerlich. »Wenn er wirklich so ein Riesenarsch ist, vielleicht möchte ich ihn dann gar nicht in Siobháns und meinem Leben haben. Sich nicht auf die Nachricht zu melden, dass er eine Tochter hat, sagt ja eigentlich schon alles. Und ich habe gerade zum ersten Mal wieder das Gefühl, dass es das Schicksal einigermaßen gut mit mir meint.«

»Hm«, macht Jill, »vielleicht hast du recht. Ich bin manchmal einfach zu impulsiv.«

Erin lässt sich aus dem Sitzen heraus langsam nach hinten auf den Boden sinken, verschränkt die Arme hinter dem Kopf und blickt nachdenklich zur Zimmerdecke.

»Wir sind doch für die nächste Zeit eine kleine Familie, du, Keeva, Siobhán und ich. So fühlt es sich jedenfalls für mich an. Was dann in der ferneren Zukunft kommt, darüber möchte ich mir für eine Weile keine Gedanken machen. Ich brauche eine Auszeit von meinen Sorgen und den ewig kreisenden Gedanken im Kopf. Bestimmt ist es naiv von mir, zu glauben, dass nun alles leicht wird, aber das Gefühl, mein Leben endlich neu zu ordnen, tut so verdammt gut.«

»Oh, das hört sich ja richtig romantisch an«, sagt Jill. »Nicht, dass wir beide noch ein Paar werden und den Rest unseres Lebens miteinander verbringen. Du bist schließlich heiß und ich könnte mir vorstellen, auf dich zu stehen.«

Erin hebt den Kopf und schaut irritiert zu Jill, um zu sehen, ob sie das gerade wirklich ernst gemeint hat.

»Was ist?«, fragt Jill herausfordernd. »Sind wir etwa nicht moderne, irische Frauen?«

»Also«, beginnt Erin, »ich finde, du bist eine tolle und attraktive

Frau...«

»Eine sehr attraktive Frau«, ergänzt Jill.

»Meinetwegen eine sehr attraktive Frau«, fährt Erin fort. »Du hast ein schönes Gesicht, ein mitreißendes Lächeln, deine Haare sind toll und ich hätte gerne deine kleinen, wohlgeformten Brüste, das gebe ich zu.«

»Ja, wirklich?«, fragt Jill mit erstauntem Blick, während sie ihre Brüste in beide Hände nimmt und an sich hinunterschaut. »Ich finde meine Titten ein wenig zu klein, im Gegensatz zu deinen, die sind genau richtig groß und prall.«

»Ich bin eine Mutter, schon vergessen? Bald werden meine Brüste sicher klein und schrumpelig sein. Was ich aber eigentlich sagen wollte, ist, dass ich dich zwar sehr attraktiv finde, liebe Jill, doch leider stehe ich auf Männer. Wir können uns gerne mit Keeva abends beim Fernsehen ein wenig aneinander kuscheln, aber das war's.«

»Na, immerhin«, sagt Jill, »kuscheln klingt doch gut.«

»Wer kuschelt mit wem?«, fragt Callan, der ins Zimmer hereinkommt und die letzten Worte mit angehört hat.

»Wir drei mit dir, wenn du heute Abend noch ein wenig hierbleibst«, sagt Jill und hebt beide Daumen in Richtung Erin, die nur den Kopf schütteln kann über den Unsinn, den ihre Freundin verzapft.

»Klingt verführerisch«, erwidert Callan, während er Kreppband von den Fensterrahmen abzieht und beginnt, aufzuräumen, »aber ich habe heute Abend Probe und bin danach noch mit Caitlin verabredet. Caitlin, meine Freundin, falls ihr euch erinnert.«

»Dein Pech«, sagt Jill, räumt die leeren Tassen auf das Tablett, steht auf und geht zu Keeva hinüber in die Küche.

»Hey Erin«, sagt Callan nach einem kurzen Moment des Schweigens. »Was ist eigentlich mit diesem Seán? Ist der mal wieder aufgetaucht?«

»Nein«, antwortet Erin. »Er ist seit über drei Wochen von der

Bildfläche verschwunden und hat außerdem sein Handy auf unserer Auffahrt verloren. Mit anrufen war also nichts. Liam und mein Bruder Connor waren bei Mrs Monroe, nachdem Seán bei Fiona und Liam ausgerastet ist. Die Arme war natürlich völlig am Ende, wo sie sich doch sowieso schon so viele Sorgen macht um ihren Sohn. Sie tut mir wirklich unendlich leid, weil sie ein guter Mensch ist, und außerdem eine gute Mutter.«

»Und keiner hat ihn mehr gesehen?«, fragt Callan fast ein wenig ungläubig.

»Doch, Steven Joyce, ein Bekannter von Fiona, hat ihn nach dem Vorfall mittags in Headford an der Tankstelle aus seinem Wagen steigen sehen. Trotz des strömenden Regens ist sich Steven sicher, ihn und sein Auto erkannt zu haben. Seán muss also in seinem Zustand gefahren sein. Er hat ja einige Freunde in Galway und in Ennis, von denen ich weiß. Und irgendeine Laura oder Laureen in Athlone. Wohin er also gefahren ist, keine Ahnung. Suchen lassen kann man ihn wohl kaum, da er volljährig ist. Da kann er tun und lassen, was er will.«

»Liam hat ihn also nicht angezeigt?«, möchte Callan wissen.

»Nein, Liam sagt, dass Seán nicht die Absicht hatte, ihn zu verletzen. Es war ein blöder Unfall, weil er ihm das Messer wegnehmen wollte. Liam hatte Angst, dass Seán sich selbst etwas antut. Er sagt sogar, dass er ihm auf eine bestimmte Weise leidgetan hat, so verzweifelt, wie er wirkte.«

»Hm«, macht Callan nachdenklich und hält für einen Moment in seinen Bewegungen inne, während er Erin von der Seite her anschaut. »Und hast du keine Angst, dass er irgendwann hier bei dir auftaucht?«

»Anfangs hatte ich schon ein wenig Angst, doch mittlerweile nicht mehr«, sagt Erin. »Ich weiß, dass Seán mir oder Siobhán niemals weh tun würde. Fionas Erzählung klang sehr panisch, aber als ich Liam zuhörte, war mir schnell klar, dass die einzige Gefahr darin besteht, dass Seán sich selbst etwas antun könnte.«

»Ich hoffe nur, dass du recht hast«, sagt Callan, während er sich seine Jacke anzieht und nach den Autoschlüsseln greift, die auf dem alten, mit Farbe beschmutzten Holzschemel liegen.

Erin erhebt sich vom Boden, geht auf Callan zu und nimmt ihn in den Arm. Sie nimmt seinen Geruch wahr, spürt seine Bartstoppeln an ihrer Wange und wundert sich nicht darüber, dass es ihr gefällt.

»Danke, Callan«, sagt sie. »Ich hoffe wirklich, dass dein Gespräch mit Caitlin heute Abend gut verläuft. Vielleicht bekommt ihr das mit eurer Beziehung doch wieder hin.«

»Wir werden sehen«, antwortet er sichtlich bedrückt und schaut Erin dabei dankbar an.

»Wann bist du morgen hier?«, fragt sie.

»Erst gegen zehn. Wir liegen ja mehr als gut in der Zeit.«

»Alles klar«, sagt Erin. »Dann bin ich auch gegen zehn hier.«

»Bis morgen also«, sagt Callan und geht in die Küche, um sich noch von Keeva und Jill zu verabschieden.

09

Die Zeit in Schottland war für Louis weniger erholsam, als er es sich im Vorfeld ausgemalt hatte. Dafür gab es drei Gründe. Der erste Grund war, dass die vierzehn Tage bei Florian und Moira vollgepackt waren mit Unternehmungen und Terminen. Es gab geplante Trips in die Umgebung, den Besuch eines Musikfestivals in Glasgow, einige Zusammenkünfte im Freundeskreis sowie die Geburtstagsparty von Moiras Schwester Kendra gleich am zweiten Tag nach seiner Ankunft. Und gerade weil Florian und Moira sich so viel Mühe gaben, Louis eine schöne Zeit zu bereiten, schien es ihm unmöglich, sich dem zu entziehen, ohne das Gefühl zu haben, die beiden zu enttäuschen. Sein Verstand sagte ihm zwar, dass das Unsinn sei und dass sie darauf ganz gelassen und verständnisvoll reagieren würden, doch wie so häufig tat er sich damit schwer, gut für sich zu sorgen. Der zweite Grund war, dass sein linkes Knie immer wieder heftig schmerzte. Dies hatte schon während seiner langen Reise mit dem Wagen von Seelbach nach East Kilbride begonnen und Louis war sich sicher, dass die Schmerzen Nachwirkungen der Renovierungsarbeiten bei Liv und Christian waren, bei denen er Tage und Wochen kniend hatte arbeiten müssen. Nach seiner Ankunft in Schottland verschlechterte sich der Zustand noch. Während der Tageswanderung am Lough Lomond, beim stundenlangen Stehen vor der Festivalbühne, bei den Besuchen des Kelvingrove Art Gallery and Museum und dem Glasgow Science Centre und häufig genug auch einfach durch das viele Sitzen im Pub oder bei den Mahlzeiten. Moira besorgte ihm nach einigen Tagen eine Salbe und so hoffte Louis auf Besserung, die dann endlich kurz vor seiner Weiterreise eintrat. Der dritte Grund waren Kendras Versuche, Louis' Herz zu erobern. Trotz seiner Erinnerungen und Gedanken an Kendra nach seinem ersten Besuch in East Kilbride vor über drei Jahren und dem leidenschaftlichen Kuss auf der Kellertreppe konnte er diese Gefühle nicht mehr erwidern. Fast täglich warf sie ihre Angel mit verlockenden Ködern nach ihm aus, die ihn ermuntern sollten, zuzubeißen. Eine sanfte Berührung hier, ein tiefer, liebevoller Blick dort. Kendra war schön, geistreich und voller Lebensfreude und Louis fragte sich mehr als einmal, was ihn auf Distanz hielt. Er fand keine Antwort und so musste er sich ihr erwehren, um nicht doch noch am Haken zu landen. Am vorletzten Tag vor seiner Abreise, als sie vorschlug, ihn nach Irland zu begleiten, fand er endlich den Mut, ihr zu sagen, dass eine gemeinsame Reise für ihn keinen Sinn mache und dass seine Gefühle nicht stark genug seien, sich auf dieses Abenteuer einzulassen. Er sagte ihr, dass sie eine tolle Frau sei und er selbst nicht ganz verstehe, was ihn zurückhielt. Louis fand, dass seine kleine, emotionale Entgegnung in englischer Sprache bescheuert klang, und er war in diesem Moment von sich selbst ein wenig peinlich berührt. Als Kendra schließlich das Haus ihrer Schwester verließ, fiel ihm ein riesiger Stein vom Herzen.

Doch natürlich gab es während der zwei Wochen auch die vielen schönen und reichen Momente. Weil es wunderbare Menschen waren, mit denen er Zeit verbrachte, weil sich ihm bei den gemeinsamen Wanderungen die Natur in solcher Wildheit und Schönheit zeigte, dass er davon zutiefst beeindruckt war. Weil er spannende Einblicke bekam in die schottische Kultur und weil er spürte, dass er gemocht wurde. Das Schönste und Mitreißendste aber waren seine Momente mit Sofia, der kleinen Tochter von Florian und Moira. Louis war sich nie sicher gewesen, wie sich Beziehungen zu Kindern in der Realität für ihn anfühlen mochten. Dazu fehlte ihm in seinem bisherigen Leben schlicht die Erfahrung. Aus der Distanz betrachtet verstellten stets die eigenen, schmerzhaften Kindheitserinnerungen seinen Blick auf diese kleinen Geschöpfe. In seinen Vorstellungen trugen sie wie selbstverständlich einen ähnlich schweren

Rucksack, wie er ihn all die Jahre mit sich herumgeschleppt hatte. Und nun begegnete er Sofia. Sie war wie eine heilsame Naturgewalt. Sie war die Sprengmeisterin alter, düsterer Gefühle und Vorstellungen in ihm. Die Erschütterung war so gewaltig, dass er beim Spielen, Toben und Schmusen mit ihr das ein oder andere Mal zur Seite blickte, weil er feuchte Augen bekam, so berührt war er von ihrer Lebendigkeit und von der Zuneigung, die sie ihm schenkte. Ein dreijähriges Mädchen ließ ihn fühlen, was er bisher nicht hatte fühlen können. Das schien ihm so absurd, dass er eines Abends, nachdem er Sofia zu Bett gebracht und ihr noch etwas vorgelesen hatte, sich in seinem Gästezimmer auf das Bett legte, an die dunkle Zimmerdecke starrte und plötzlich laut auflachend seinen Kopf schüttelte.

»Es ist nicht zu glauben«, sagte er zu sich selbst.

Als Louis' Gefährt mit der schwarzen, unter dem Fahrersitz versteckten Geldtasche in Larne von der Fähre auf nordirischen Boden rollt, gießt es in Strömen und der Wind peitscht den Regen fast waagerecht über die Windschutzscheibe. Zwischen den hektischen Bewegungen der Scheibenwischer schaut Louis angestrengt auf die Rückleuchten des Wagens vor ihm. So geht es fast im Schritttempo über die markierte Fahrbahn, bis sie das Fährgelände verlassen und die Fahrer der Kolonne sich scheinbar langsam an die widrigen Umstände gewöhnt haben. Louis, der die Landkarte neben sich auf den Beifahrersitz gelegt hat, versucht trotz schlechter Sicht, die Schilder am Straßenrand zu entziffern. Das Fahren auf der linken Seite ist für ihn nach seiner Reise durch England und Schottland bereits zur Selbstverständlichkeit geworden, so dass er sich ganz auf das konzentrieren kann, wonach seine Augen Ausschau halten. Und im Kreisverkehr entdeckt er schließlich verschwommen, wonach er sucht: *Ballymena - 30 Meilen*. Sein Irlandreiseführer hatte ihm die malerische und historische Stadt in der Grafschaft Antrim wärmstens empfohlen. Mit einer Wanderung über den angepriesenen Waterfall Walkway wird es bei diesem Wetter allerdings nichts werden. Louis überlegt, in Ballymena trotzdem Rast zu machen und sich ein gemütliches Café für ein irisches Frühstück zu suchen.

Keine vierzig Minuten später passiert er das Ortsschild von Ballymena. Der Regen hat für einen Augenblick aufgehört, doch fliegen unzählige weitere Regenwolken von Westen nach Osten tief über den Himmel dahin. Obwohl das Städtchen Verwaltungsort des Distrikts Mid and East Antrim ist, macht es auf Louis einen mehr als beschaulichen Eindruck. Nur wenige Menschen halten sich bei diesem ungemütlichen Wetter in den Straßen auf. Zwischen all den kleinen, zweistöckigen Häusern auf der Church Street findet er ein kleines Café. Die Gebäude hier sind in weiß oder grau gehalten und nicht annähernd so farbenfroh, wie er es sich in seiner Vorstellung ausgemalt hat.

Wohl eher „very British" denkt Louis und ist in seiner Stimmung doch ein wenig gedämpft.

Aus stillem Protest bestellt er bei der sehr rothaarigen und redseligen Bedienung statt eines deftigen irischen Frühstücks ein Porridge mit Rhabarber und Zimt sowie einen Kräutertee. Während der wärmenden und wohltuenden Mahlzeit studiert er auf der neben sich ausgebreiteten Irlandkarte seine Route, die er Tage zuvor mit dickem roten Marker dort eingezeichnet hat. Ausgewählte Stationen und Orte seiner Tour sind mit Kringeln ummalt, versehen mit kurzen Stichworten. Langsam fährt er mit dem Zeigefinger über das Papier. Heute noch wird er ganz oben im Norden den Giant's Causeway erkunden, um sich anschließend ein B&B in Bushmills zu suchen. Von dort aus geht es nach der ersten Nacht weiter zur inneririschen Grenze, um in den darauffolgenden vierzehn Tagen gemächlich die Westküste der Republik Irland hinunterzufahren.

Über Letterkenny zu den höchsten Klippen Europas im County Donegal weiter ins County Sligo mit seinem berühmten Tafelberg und schließlich die zerklüftete Küste Connemaras entlang, durchs County Mayo, an dessen unterem Ende ein doppelter Kringel um einen Ortsnamen gemalt ist: Clonbur.

Gestärkt und einigermaßen zufrieden verlässt Louis die erste Station seiner Reise über die grüne Insel, um der A26 weiter in den Norden zu folgen. Kurz bevor er die Küste erreicht, ändert sich das Wetter so schlagartig, dass er völlig fasziniert durch die Autoscheiben starrt. Hinter der wie abgeschnitten wirkenden Wolkenwand sicht er unverhofft den blauen Himmel über dem Nordatlantik aufleuchten. Die letzten Kilometer bis zur Küste fährt er durch strahlenden Sonnenschein, während er unter der düsteren Wolkendecke im Rückspiegel noch einen leuchtenden Regenbogen bestaunt, der sich über das Land erstreckt. In warmes Herbstlicht getaucht, scheint die Landschaft plötzlich eine andere zu sein. Die von Wasser durchtränkten Wiesen und Felder glitzern und leuchten in kräftigen Grüntönen und alle Dinge in der Nähe und in der Ferne haben mit einem Mal Farben und Konturen. Überwältigt ob seines unerwarteten Glücks erreicht Louis den großzügig angelegten Parkplatz am Giant's Causeway Visitor Centre. Die rothaarige Bedienung im Café in Ballymena hatte ihm freundlicherweise verraten, dass er, am Ziel angekommen, nur für das Parken bezahlen muss, nicht aber für den in ihren Augen viel zu hohen Eintritt zum Visitor Centre. Er müsse vom Parkplatz aus einfach zu Fuß einige Meter zurückgehen, unter der Brücke hindurch, um dann an den Klippen entlang hinunter zum Meer zu steigen. Louis folgt der Empfehlung und nach zwanzig Minuten Fußmarsch durch einen Wind, dessen Luft so frisch und sauber ist, dass sie ihn fast berauscht, erreicht er dieses Wunder der Natur. Über vierzigtausend gleichförmige, sechseckige Basaltsteine, geformt durch erkaltete Lava, bilden ein Meer aus Stein, das vom Fuß der Klippen sanft bis in den Ozean hinabfällt. Louis geht immer weiter, bis dorthin, wo die weiß schäumenden Wellen die Steine überspülen. Er lässt den Blick schweifen und stellt sich den Riesen Fionn McCumhaill vor, welcher der Legende nach diesen Damm errichtete, um über die Steine zum Kampf gegen seinen Widersacher ins Meer zu schreiten.

Ein gutes Bild, denkt Louis. Dafür, mutig voranzugehen und nicht verängstigt stehen zu bleiben.

Er zieht seine Mütze tiefer über seine Ohren, schließt die Augen und lauscht dem erregenden Tosen des Meeres. Trotz der Wildheit um sich herum muss er an seinen verstorbenen Vater denken. Und an seine Mutter. Und gerade weil die Natur ihn in diesem Moment mit solcher Kraft umhüllt, spürt er, wie wenig seine Eltern ihm von diesem Gefühl mitgegeben haben. Sicher war es kein Zufall, dass seine Gedanken in letzter Zeit immer wieder um die Themen seiner Kindheit kreisten. Irgendetwas scheint in seinem Leben an der Reihe zu sein. Etwas Ungefragtes, das den Geschmack von Bitterkeit zu tragen scheint, gleichzeitig aber auch den von Befreiung. Schnell öffnet Louis wieder die Augen, um sich zurück ins Jetzt zu bringen. Er spuckt drei Mal im hohen Bogen ins Meer, dreht sich um und steigt über die Basaltsteine wieder hinauf den Klippen zu.

Morgen Abend erreiche ich Clonbur, denkt Louis, als er am dritten Tag auf irischem Boden in einem urigen Pub bei einem Glas Lager-Bier sitzt. Vor einer guten Stunde hat er das malerische Städtchen Westport erreicht, sich in einem B&B einquartiert und ist schließlich nach einem Spaziergang durch die kleinen Straßen des Ortes mit seinen bunten Häusern im Matt Molloy's gelandet. Bisher hatte ihn der Gedanke daran, diese Erin aufzuspüren, um ihr den Brief und das Geld zu übergeben, nicht weiter beunruhigt. Jetzt aber schlich sich bei ihm eine leise Nervosität ein. Er hatte das Drehbuch seines Vorhabens doch bereits vor Wochen geschrieben: In Clonbur angekommen wird er im Pub nach Erin fragen, einer jungen Mutter, die bei ihrer Schwester wohnt. Er bekommt die gewünschte Auskunft und wird die Familie aufsuchen. Diese Erin wird die Geldtasche mit den dreißigtausend Euro und den Brief entgegennehmen, nachdem Louis sich ihr erklärt hat, und er wird seine Reise in den Süden Irlands fortsetzen. Fertig. Doch zum ersten Mal tauchen in seiner heldenhaften Geschichte Fragen auf. Was, wenn die Leute im Dorf misstrauisch sind und ihm Schwierigkeiten machen? Was, wenn diese Erin einen neuen Partner hat, gar nicht mehr dort lebt und ihre Familie unangenehme Fragen stellt? Oder was, wenn Erin gar nicht diese freundliche, hilfsbedürftige Person ist, als die sie ihm in seiner Vorstellung immer erscheint? Vielleicht wird sie ja wütend oder aggressiv und schaltet die Polizei ein, weil sie ihm nicht traut. Louis hat keine Lust, weiter über morgen nachzudenken, bestellt an der Bar ein weiteres Bier und während der Pub gegen halb acht zum Bersten voll ist, beginnen die Musiker in einer Ecke des Raumes mit ihrer Session. Nach einem Whiskey, zu dem ihn seine Tischnachbarin einlädt, verliert Louis endgültig seine Scheu. Als er von einer älteren Dame zum Tanzen aufgefordert wird, springt er auf und lässt sich von den ausgelassenen Menschen um sich herum zur Musik durch den Raum wirbeln. Einige Stunden später fällt er in seinem B&B nach vorne auf das Bett, betrunken, glücklich und ein wenig verliebt. Frisch verliebt in dieses Land und in diese Menschen.

Trotz einiger Kopfschmerzen und schwerer Glieder steigt Louis am nächsten Tag früh aus den Federn. Nach einem ausgezeichneten French Toast mit gebratenem Speck zum Frühstück, inklusive einer sehr angeregten Unterhaltung mit der Dame des Hauses, macht Louis sich zum vielleicht aufregendsten Teil der Reise auf. Mit der tief stehenden Morgensonne im Rücken fährt er gemächlich die Küste entlang und genießt, wie die Tage zuvor, jeden Ausblick, jedes Stück des Weges in dieser wunderbaren Landschaft. Immer wieder fallen ihm die Worte des alten Mannes auf der Fähre ein, der dieses Land so passend beschrieben hat, dass Louis sich manchmal wünscht, Robert und er hätten diese letzte Reise gemeinsam unternommen. Kurz hinter Gloshpatrick biegt Louis eine kleine Straße nach rechts ab und erreicht nach einem Kilometer Bertra Beach. Nachdem er eine Weile einfach nur staunend durch die Scheiben seines Wagens geschaut hat, steigt er aus und holt sein Fernglas aus dem Kofferraum. In diesem Moment kommt ein großer, schwarzer Hund auf ihn zu, tänzelt schwanzwedelnd um ihn herum und lässt sich ausgiebig von Louis streicheln. Dann beginnt Louis, umgeben vom lauten Geschrei der Seevögel, die viele hundert Meter lange, sehr schmale Landzunge hinaufzulaufen. Das stete Gefühl des Glücks während der letzten Tage hat ihn fest im Griff und, obwohl er eintausend Kilometer von Bonn entfernt ist, hat er seltsamerweise das Gefühl nach Hause zu kommen. Umgeben vom Meer setzt er seine Schritte über diese schmale Düne und der Wind fegt um ihn mit einer Kraft, dass Louis sich ihm entgegenstemmen muss. Und die ganze Zeit über ist der Hund als Begleiter in seiner Nähe, springt freudig mal hierhin, mal dorthin und Louis genießt dessen Gesellschaft und sein freundliches Wesen. Herrlich erschöpft kehrt er eine Stunde später zum Wagen zurück, kniet sich in den Sand, um sich von dem anhänglichen Vierbeiner, dessen Namen er nicht kennt, zu verabschieden. Nachdem er sich hinters Steuer gesetzt und die Autotür zugeschlagen hat, lehnt er sich für eine kurze Zeit in seinem Sitz zurück und genießt die plötzliche Stille, die ihn umgibt.

Über Louisburgh und Cregganbaun erreicht er am späten Vormittag Aasleagh, berühmt für seine beeindruckenden Wasserfälle. Mit seiner Kamera macht Louis einige Bilder und fährt anschließend weiter zum kleinen, an einer Bucht gelegenen Örtchen Leenane, um dort im lokalen Pub eine Kleinigkeit zu essen. Im dunklen

Innenraum des Hamiltons setzt sich alsbald ein alter Ire in abgewetzten Klamotten, mit Schiebermütze und Gummistiefeln neben ihn an den Tisch. Nach den üblichen Fragen, woher Louis komme, was er vom hiesigen Wetter halte und ob er sich auf ein Pint einladen ließe, berichtet Louis dem Alten von seinem wunderbaren Morgenspaziergang am Bertra Beach. Als die Sprache in seinem Bericht auf seinen unbekannten, vierbeinigen Begleiter kommt, horcht der alte Mann auf, hebt den Zeigefinger und beginnt mit einer Erzählung. Da Louis dem Gespräch wegen des heftigen Akzents und der vielen fehlenden Zähne des Mannes die ganze Zeit über schon kaum folgen kann, muss er nun seine ganze Konzentration aufbringen, um die Fragmente der aufregenden Geschichte zu einem Ganzen zusammenzufügen. Und so trägt Padraic, der von seinen Eltern wie so viele Männer auf der Insel den Namen des Nationalheiligen bekommen hat, fast zehn Minuten lang laut und gestenreich vor, was ihm vor einigen Jahren am Tawnyard Lough, keine fünf Meilen von Leenane entfernt, widerfahren ist.

An einem Frühlingstag stieg Padraic zusammen mit seinem Bruder Enda den Berg hinauf zum Hochsee, um nach den Schafen des Bruders zu sehen. Nachdem Endas Hund Patch erst vor kurzem gestorben war und die beiden Männer den neuen Welpen zu Hause gelassen hatten, gesellte sich auf dem Weg zum Hochsee wie aus dem Nichts ein fremder Hund zu ihnen. Das freundliche Tier begleitete die Brüder den ganzen Weg hinauf, bis sie nach vielen Steigungen und Windungen an das weit oben gelegene Gatter kamen. Die beiden Männer öffneten das Gatter nur einen Spalt weit, damit der fremde Hund nicht mit ihnen hindurch zu den Schafen gelangen konnte. Der zurückgelassene Vierbeiner gebärdete sich wie wild und das Unvorstellbare geschah. Nachdem Padraic das Gatter wieder geschlossen hatte, nahm der Hund Anlauf und sprang mit einem unglaublichen Satz über die sehr hohe Steinmauer durch eine schmale Lücke im Stacheldraht, der das Gelände dort oben umgab. Das noch junge Tier, das nicht bösartig, sondern eher verspielt war, fing an, wie ein Wahnsinniger die verstreut umherlaufenden Schafe zu jagen. Padraic und Enda schrien sich die Seele aus dem Leib, doch der Hund beachtete sie gar nicht. Die Schafe stoben einzeln oder in kleinen Gruppen davon, außer sich vor Schreck. Plötzlich nahm der fremde Hund ein Mutterschaf und dessen Lamm ins Visier, die direkt am Ufer des Sees standen und das Geschehen mit ängstlichen Augen verfolgten. In rasender Geschwindigkeit näherte sich der vierbeinige Jäger den beiden. Das Mutterschaf, das nun aufgeregt anfing zu blöken, lief mit dem Lamm an seiner Seite davon, geradewegs auf eine kleine Landzunge, die in den See hineinragte. Als es für Mutter und Kind kein Entkommen mehr vor dem Verfolger gab, stieg zuerst das Mutterschaf und dann das Lamm in das Wasser des Sees und sie begannen, auf eine kleine Insel zuzuschwimmen, die vierzig Meter entfernt im Wasser lag. Der Hund stand am Ufer und schaute den beiden kläffend nach. Da die Schafe zu dieser Zeit noch nicht geschoren waren, sog sich die dichte Wolle von Sekunde zu Sekunde immer weiter voll mit dem kalten Wasser des Sees. Während das Lamm mit seiner wenigen Wolle Meter um Meter weiterschwamm, kam die Mutter kaum noch vom Fleck. Sie blökte nicht mehr, sie schrie ihrem Lamm mittlerweile zu. Und das Kleine antwortete ebenso panisch mit heller Stimme. Die Kraft des Mutterschafs schwand und seine Bewegungen wurden immer langsamer. Ein letzter Schrei und mit einem Mal wurde es still. Dann versank es. Das Lamm aber schwamm mit letzter Kraft weiter, bis es die rettende Insel erreichte. Die beiden alten Brüder standen am Ufer und schauten dem Drama verzweifelt und hilflos zu. Dann lief Enda, so schnell ihn seine alten Beine trugen, zurück durch das Gatter und den Weg hinunter. Als er die ersten Höfe erreichte, begegnete ihm ein Bauer, der gerade des Weges kam. Ihm berichtete er, was geschehen war. Der Bauer wusste aufgrund der Beschreibung auf Anhieb, um welchen Hund es sich handeln musste und ging ins nahegelegene Haus, um zu telefonieren.

An dieser Stelle unterbricht Padraic ziemlich abrupt seine Erzählung und geht an die Bar, um sich ein weiteres Pint zu bestellen. Louis sitzt gedankenversunken da, nachdem er in seinem Kopf das Gehörte zurechtgerückt hat. Der Alte kommt mit seinem Pint in der Hand zurück an den Tisch, setzt sich und zwinkert Louis mit einem Kopfnicken zu.

»Slainte«, sagt er, hebt das Glas und nimmt einen tiefen Schluck.
»Das arme Schaf«, sagt Louis.
»Ja, armes Schaf«, sagt der Alte. »Das arme Ding.«
»Was passierte mit dem Lamm?«, fragt Louis.
»Das Lamm wurde gerettet. Mit dem Boot. Gott sei Dank! Mein Bruder hat es mit der Flasche aufgezogen.«
»Und der Hund?«
»Oh, der arme Hund«, sagt Padraic, »der arme Hund. Ein freundliches Tier. Sie haben ihn erschossen.«
»Erschossen?«, fragt Louis entsetzt. »Das kann ich nicht glauben. Warum denn erschossen?«
»Weil er fremde Schafe gejagt hat, Junge. Bei uns werden Hunde, die frei herumlaufen und fremde Schafe jagen, erschossen. War ein freundliches Tier. Armer Hund.«
»Hatte er denn keinen Besitzer?«, fragt Louis, der betroffen ist vom Ausgang der Geschichte.
»Hatte er, hatte er«, antwortet Padraic. »Eine alte, alleinstehende Dame aus Glennacally Bridge. Der Hund war das Einzige, was sie noch hatte. Arme alte Lady, weiß Gott.«

Er greift zum Gruß an seine Schiebermütze, zwinkert Louis ein letztes Mal zu und steht auf, um sich zu einem Bekannten an die Bar zu setzen. Louis starrt vor sich hin. Ein kleines, störendes Gefühl macht sich in ihm bemerkbar. Sein harmonisches, in den vergangenen Tagen mit leuchtenden Farben so perfekt ausgemalte Bild von Irland hat einen ersten, dunklen Fleck bekommen. Nichts ist von Dauer, das wird ihm in diesem Moment klar. Alles ist nur eine Frage der Zeit.

Während der Mittagsstunden folgt Louis weiter seiner Route durch die wilde Herbstlandschaft Connemaras. Über Letterfrack gelangt er schließlich wieder an die Küstenstraße, der er in den Süden folgt. Einsame Täler, enge, gewundene Passstraßen und Küstenabschnitte präsentieren sich seinen Blicken und Louis ist erstaunt darüber, dass er nicht satt zu werden scheint von den vielen Eindrücken, die sich ihm bieten. Blauer Himmel und Regen wechseln sich am Nachmittag in schneller Folge ab und das sich stetig ändernde Licht spiegelt die immer neuen Stimmungen der Landschaft wider, von melancholischen über liebliche bis hin zu dramatischen Szenerien. Als ihm bei einem Blick auf die Landkarte klar wird, dass er das Ziel für den heutigen Tag auf seiner rot eingezeichneten Route nicht mehr erreichen wird, beschließt er, von Clifden aus den kürzesten Weg nach Clonbur zu nehmen. Vier Kilometer hinter Maam Bridge macht er noch einmal einen kurzen Halt am Straßenrand, um auszusteigen und aus der Ferne und bei Dämmerlicht die auf einer der dreihundertfünfundsechzig Inseln des Lough Corrib gelegene Ruine Castlekirk zu betrachten. Da ihn Piratengeschichten schon seit seiner Kindheit faszinieren, war ihm beim Studieren seines Reiseführers die Geschichte über Grace O'Malley nicht entgangen, und Castlekirk war einst eine Festung dieser berühmten Piratenkönigin. Im sechzehnten Jahrhundert hatte die kleine Burg Grace O'Malley einige Jahre als Stützpunkt und Verteidigungsposten für ihre Raubzüge gegen die Engländer gedient. Dort unten im See gelegen gibt das halb verfallene Bauwerk aus dem zwölften Jahrhundert immer noch Zeugnis von der sagenumwobenen irischen Geschichte. Vom Aussichtspunkt sind es nur noch wenige Kilometer den See entlang bis nach Clonbur. Nach ein paar letzten Biegungen passiert Louis das Ortsschild und in einem Hotel direkt hinter dem Ortseingang findet er umgehend eine Unterkunft für die Nacht.

Jetzt ist es soweit, denkt er aufgeregt, als er die Tür beim Verlassen seines gerade erst bezogenen Zimmers wieder hinter sich schließt. Er geht die kleine Treppe nach unten, nickt dem freundlichen Herrn hinter der Rezeption zu und verlässt das Hotel durch die Eingangspforte. Draußen ist es bereits dunkel. Über der Tür eines der bunten Häuser auf der gegenüberliegenden Straßenseite steht in hellen Lettern *John J. Burke and Sons* geschrieben. Als Louis den in gedämpftes Licht getauchten Pub betritt, stehen dort nur drei ältere Männer beim Bier an der Bar und unterhalten sich. Sie bemerken den Neuankömmling und als Louis einen guten Abend wünscht, antworten die drei Iren laut und fröhlich, ohne dass er auch nur eines ihrer Worte versteht. Ansonsten ist der Raum leer. Louis schaut sich um. Zu seiner Linken hängen riesige, präparierte Fische in Glaskästen an den Wänden, einige Instrumente, jede Menge Fotografien sowie eingerahmte Mannschaftstrikots irgendwelcher Gaelic-Football-Teams. Er schlendert langsam durch den Raum zur Theke. Nach einer Minute kommt der Wirt aus der Küche an den Tresen und bemerkt den neuen Gast.

»Wie geht's?«, fragt der kleine, etwas untersetzte Mann mit tiefer, freundlicher Stimme.

»Danke«, antwortet Louis. »Sehr gut.«

»Kein allzu schlechtes Wetter heute«, fährt der Barkeeper fort. »Möchten Sie etwas trinken?«

Louis setzt sich auf einen der Barhocker und bestellt ein kleines Guinness.

»Sind sie auf der Durchreise oder wohnen Sie hier im Ort?«, fragt der Wirt weiter, während er das dunkle Bier zapft.

»Ich habe für heute Nacht ein Zimmer im Hotel gegenüber«,

antwortet Louis. »Morgen fahre ich aber wahrscheinlich schon weiter in den Süden.«

»Schade«, fährt der Mann hinter dem Tresen fort, »heute Abend gibt es leider keine Livemusik hier im Dorf. Wenn Sie morgen noch hier wären, hätten Sie mehr Glück.«

»Mal sehen«, sagt Louis unruhig und er merkt, dass er schnell zum Punkt kommen möchte.

Der Wirt stellt das frisch gezapfte, dunkle Bier auf den Tresen. In die sahnige Krone hat er beim Zapfen kunstvoll ein Shamrock, das irische Kleeblatt, gezeichnet. Louis bezahlt nach irischer Sitte sofort, nimmt einen tiefen Schluck und richtet an sein Gegenüber die Worte, die er sich schon lange vorher zurecht gelegt hat.

»Ich habe eine Bitte«, beginnt er, während der Wirt den Kopf hebt und weitere Gläser abtrocknet.

»Ein Freund von mir ist diesen Sommer hier einer jungen Frau aus Clonbur begegnet. Die beiden haben sich kennengelernt und sie hat ihm ihre Adresse gegeben, damit er ihr aus Deutschland schreiben kann. Leider hat er den Zettel mit der Anschrift auf der Heimreise verloren. Als ich ihm erzählte, dass ich noch in diesem Jahr die irische Westküste hinunterfahren würde, bat er mich, einen Brief und ein Geschenk für die junge Frau mitzunehmen.«

Der Wirt hält beim Abtrocknen inne und schaut seinen Gast nun interessiert an.

»Ich dachte«, fährt Louis fort, »sie könnten mir vielleicht dabei helfen, die junge Frau zu finden.«

»Wie soll sie denn heißen?«, fragt der Wirt.

»Ihr Name ist Erin. Sie hat eine kleine Tochter und lebt bei ihrer Schwester.«

»Klar, weiß ich, wen Sie meinen«, sagt der Wirt und lächelt seinen Gast an. »Ist ja schließlich ein kleiner Ort. Sie suchen Erin O'Leary. Sie lebt oben in Carrowkeel, zusammen mit ihrer Schwester Fiona und Liam, ihrem Schwager. Und natürlich mit Siobhán, ihrer kleinen Tochter.«

Er deutet mit dem Finger auf die Wand hinter Louis' Rücken. »Da! Das große Foto, das zweite von links. Erin und Keeva halten den Siegerpokal in den Händen.«

»Den Siegerpokal für was?«, fragt Louis neugierig, während er aufsteht, um sich das Foto aus der Nähe anzusehen.

»Für den Sieg vor drei Jahren beim Irish Dance Wettbewerb in Galway. Die O'Leary Schwestern sind unsere Schönheiten hier im Dorf. Das Mädchen links ist Erin, die etwas Größere neben ihr ist Keeva, ihre ältere Schwester. Keeva war für ein Jahr in Australien und ist gerade erst wieder zurück in der Heimat.«

Nach vorne gebeugt schaut Louis auf die beiden strahlenden, jungen Frauen auf der Fotografie und muss zugeben, dass der Wirt in Bezug auf die Schönheit nicht übertrieben hat. Louis ist hingerissen von den wilden, dunklen Haaren und den ebenen und weichen Gesichtszügen der Schwestern. Das Strahlen ihrer honigfarbenen Augen wirkt so intensiv, als hätte jemand das Bild nachträglich bearbeitet.

Kein Wunder, denkt Louis, dass Beat sich in Erin verliebt hat.

»Und wo finde ich diese Erin O'Leary?«, fragt er, als er sich wieder an die Bar setzt.

Der Wirt nimmt Stift und Block zur Hand, beugt sich über den Tresen und beginnt, während er den Weg erklärt, eine Skizze für Louis anzufertigen.

»Sie fahren von hier aus am Gemeindezentrum vorbei in Richtung Ortsausgang. Nach zweihundert Metern führt eine kleine Straße rechts den Hügel hinauf. Weiter oben, hinter dem kleinen, halb verfallenen Stall biegen Sie nach rechts ab und folgen dem Weg dreihundert Meter aufwärts nach Carrowkeel. Nachdem Sie die beiden Häuser zur Rechten passiert haben, geht nach zwei weiteren Kurven ein schmaler Weg nach links ab. Von dort sehen Sie schon das weiße Haus oben auf der Hügelkuppe liegen. Das mit der roten Scheune. Dort wohnen Liam und Fiona, die älteste der drei O'Leary-Schwestern. Bestellen Sie Grüße von Patrick.«

Beim letzten Satz deutet er mit dem Daumen auf sich und zwinkert Louis mit dem rechten Auge zu. Dann schiebt er ihm den Zettel mit der Zeichnung über den Tresen und wendet sich wieder den drei älteren Männer zu, die eine weitere Runde bestellen wollen. Louis steckt den Zettel ein, leert sein Glas und steht auf.

»Vielen Dank«, ruft er beim Verlassen des Pubs.

»Viel Glück«, hört er den freundlichen Wirt mit tiefer Stimme noch antworten.

Wieder im Hotel bestellt Louis eine Kleinigkeit zu essen und schreibt in der Bar bei einem doppelten Espresso noch einige Postkarten, die er bereits in Westport gekauft hatte. Oma Jette, Christian und Liv, seine Mutter, Helmut, Florian und Moira, Kerstin, Achim. Wie immer gibt er sich Mühe, auf jede Karte etwas anderes zu schreiben, als hätte er Angst, die Empfänger würden ihre Postkarten gegenseitig lesen. Er kennt diese Marotte an sich bereits und muss darüber schmunzeln. Dann geht er hinauf auf sein Zimmer, schaltet den Fernseher ein und zappt durch die Programme. Zuerst ist er fasziniert von den gälischen Sendern und eine ganze Zeit lang lauscht er dem Klang dieser fremdartigen Sprache wie einer ihm unbekannten Musik. Irgendwann schaltet er dann doch weiter und findet schließlich, wonach er eigentlich sucht.

»Yes«, sagt er begeistert zu sich selbst, als er einen Sender findet, auf dem gerade ein Spiel der irischen Fußballnationalmannschaft übertragen wird. Es sind erst wenige Minuten gespielt und so macht Louis es sich auf seinem Bett gemütlich, stopft das zweite Kopfkissen in seinen Nacken und setzt sich das kleine Wollschaf, das er heute in einem Craft-Shop für Sofia gekauft hat, auf seinen Bauch.

»Wir liegen schon nach acht Minuten null zu eins zurück«, sagt er mit trauriger Stimme zu dem Schaf und schaut ihm dabei in die Knopfaugen. »Aber keine Angst, wir schaffen das noch.«

10

Es ist ein malerischer Morgen im Westen Irlands. Erst bei Tageslicht bekommt Louis ein Bild von diesem Fleckchen Erde, das gestern Abend in der Dunkelheit keinen besonderen Eindruck auf ihn gemacht hatte. Sanfte Hügel steigen nach Westen hin an und das Grün der Wiesen leuchtet in verschiedenen Tönen vor den Gipfeln der sich bis zum Atlantik erstreckenden Connemara Mountains. Die Landschaft ist durchzogen von alten, zum Teil überwucherten Steinmauern und wilden Hecken. Schafe, Pferde und Rinder ziehen wie kleine, bewegliche Punkte durch das unbändig wirkende Bild mit den vielen knorrigen, geduckt wirkenden Bäumen. Die Skizze des Wirts auf den Knien fährt Louis langsam den Hügel hinauf. Kurz vor der ersten Gabelung zögert er kurz, biegt dann aber rechts in die schmale Straße ein, die sich zwischen Steinmauern und Brombeerhecken hindurch hoch zum Mount Gabel schlängelt. Nach einigen hundert Metern kommt ihm in einer Kurve ein Wagen entgegen. Louis fährt vorsichtig rechts in das wilde Gestrüpp am Wegesrand und macht Platz für den hellbeigen Vauxhall, der den von der Morgensonne in Licht getauchten Hügel talwärts fährt. Die beiden jungen Frauen hinter der Frontscheibe bedanken sich und heben beim Vorbeifahren grüßend die Hand. In diesem Moment durchzuckt es Louis. Er hat diese Gesichter schon einmal gesehen. Er hat sie gestern auf der Fotografie im Pub sehr genau betrachtet. Die O'Leary-Schwestern. Er wendet in der Zufahrt zu dem oben am Hang gelegenen, weißen Bauernhaus mit der roten Scheune und folgt dem Wagen, der gerade hinter einer Biegung verschwindet. Die Straße ist so eng und gewunden, dass es Louis schwerfällt, die Entfernung zu verringern. Im Gegenteil. Als er nach der letzten, steilen Kurve den Weg hinunter zur Hauptstraße blickt, ist er überrascht, dass der andere Wagen nicht mehr zu sehen ist.

»Mist«, sagt Louis laut zu sich selbst und haut einmal kurz mit der Hand auf das Lenkrad, während er auf das Gaspedal drückt. Als er einige Sekunden später am Fuße des Hügels anhält und sich umschaut, sieht er zu seiner Überraschung die Bremslichter des Vauxhall, der zu seiner rechten keine zwanzig Meter entfernt am Straßenrand gehalten hat. Gerade öffnet sich die Tür auf der Beifahrerseite und eine der beiden jungen Frauen steigt aus. Sie schlägt die Autotür zu, winkt ihrer Schwester noch einmal und geht die Straße zurück, um ins Dorf hinunterzulaufen. Als sie an Louis' Wagen vorbeikommt, sieht sie ihn für einen kurzen Moment freundlich an. Das sonnengebräunte Gesicht lässt keinen Zweifel darüber, welche der beiden Schwestern ihn da anlächelt.

Alles klar, denkt Louis, ein Jahr Australien.

Einige Sekunden später nimmt der Vauxhall seine Fahrt wieder auf. Von nun an fällt es Louis nicht mehr schwer, dem hellbeigen Gefährt in gleichbleibendem Abstand zu folgen. Nach einigen Kurven und zweimaligem Abbiegen in dieser nur dünn besiedelten Gegend taucht vor ihm der riesige Lough Corrib auf. Der Vauxhall drosselt sein Tempo und biegt in eine Einfahrt, die zu einem schmucken, hell gestrichenen Haus in einem kleinen Garten führt. Louis bremst und parkt in einiger Entfernung neben einer hohen Fuchsienhecke. Doch anstatt ins Haus zu gehen, läuft die junge Frau zügig zurück bis zur Straße, schaut in Louis' Richtung und kommt geradewegs auf seinen Wagen zu. Sich ertappt fühlend verharrt er einige Sekunden regungslos in seinem Sitz. Erin schaut neugierig von der Frontscheibe zum Nummernschild und wieder zurück. Dabei hält sie die rechte Hand über die Augen, um gegen die noch tiefstehende Sonne besser sehen zu können. Louis erwacht aus seiner kurzen Starre, steigt aus und geht Erin entgegen. Als sie sein Gesicht erkennen kann, werden ihre Schritte langsamer. Fast kommt es ihm vor, als schaue sie misstrauisch oder gar enttäuscht.

»Du bist aus Deutschland?«, fragt sie Louis, als sie nur noch wenige Schritte von ihm entfernt stehen bleibt und mit dem Finger auf das Nummernschild zeigt.

»Ja«, antwortet er, »ich bin aus Deutschland. Du bist Erin, richtig?«

Verwundert schaut sie ihn an.

»Woher weißt du das?«, fragt sie überrascht. »Und warum verfolgst du mich?«

»Es tut mir leid, das mit dem Verfolgen«, antwortet Louis mit betont freundlicher Stimme. »Ich mache so etwas normalerweise nicht, wie du ganz offensichtlich gemerkt hast. Ich würde gerne in Ruhe mit dir sprechen, um es dir zu erklären, das ist alles.«

»Ich verstehe nicht«, sagt sie und klingt dabei aufgebracht. »Wer bist du?«

»Mein Name ist Louis und ich bin hier, um dir eine Nachricht von Beat zu überbringen.«

»Beat?«, fragt Erin irritiert und kann den Namen kaum aussprechen. »Ich kenne keinen Beat.«

Doch im selben Moment schießt ihr die Erinnerung an den seltsamen zweiten Vornamen ins Gedächtnis, über den sie schmunzeln musste, nachdem sie dank Molly Burkes Hilfe einen Beat-William Wyss hatte ausfindig machen können. Ihre Knie werden so weich, dass sie sich kaum aufrecht halten kann, und in ihrem Kopf beginnt es, sich zu drehen.

»Wir können sprechen«, sagt sie schließlich mit seltsam erstickter Stimme. »Lass uns ins Haus gehen.«

In der nur provisorisch eingerichteten Küche ihres neuen Heims zeigt Erin auf einen Stuhl am Tisch.

»Setz dich bitte«, sagt sie und Louis folgt der Aufforderung. Dann dreht sie sich um und lässt Wasser in einen Kocher laufen. Als er bemerkt, wie verkrampft er seine Umhängetasche in den Händen hält, legt er diese auf den Stuhl neben sich.

»Ich möchte mich noch einmal wegen der Verfolgung bei dir entschuldigen«, sagt er, »das war nicht in Ordnung. Ich war eigentlich auf dem Weg zu eurem Haus mit der roten Scheune, als du und deine Schwester mir vorhin begegnet seid. Ich habe eure Gesichter erkannt, als ich euch vorbeigelassen habe.«

Erin dreht sich zu Louis um, lehnt sich an die Arbeitsplatte und stützt sich nach hinten mit beiden Händen ab. Der Wasserkocher beginnt, leise zischende Geräusche zu machen. Mit durchdringendem Blick schaut sie Louis nun an.

»Dein Gesicht habe ich oben am Berg durch die Scheibe nicht wahrgenommen«, sagt sie. »Aber das deutsche Nummernschild fiel mir auf. Ich habe mich dann auf dem Weg hierher gefragt, warum dein Auto wieder in meinem Rückspiegel auftaucht. Ich dachte, es sei vielleicht William. Ich bin fast durchgedreht bei dem Gedanken.«

»Das wollte ich wirklich nicht«, sagt Louis schuldbewusst. »So hatte ich mir das nicht vorgestellt.«

»Aber wieso hast du mich überhaupt erkannt?«, hakt sie nach. »Ich denke, wir kennen uns nicht.«

»Ach so, ja, das kann ich erklären«, beginnt Louis hastig. »Da hängt dieses Bild im Pub. Das mit dem Pokal. Du und deine Schwester Keeva. Patrick hat es mir gezeigt. Ich soll dich schön grüßen.«

»Patrick? Wieso erzählt er dir, wo ich wohne? Was soll der Scheiß?«

Das Sprudeln des Wasserkochers wird immer lauter und untermalt das hitziger werdende Gespräch wie eine dramatische Filmmusik. Louis fühlt sich zunehmend unwohl in seiner Haut. Er spürt, dass Erin zu Recht misstrauisch ist.

»Ich habe ihm eine Geschichte erzählt, die, sagen wir mal, nicht ganz der Wahrheit entspricht«, gesteht er beschwichtigend. »Aber das Ganze hat eigentlich gar nichts mit mir zu tun, sondern mit dir und Beat. Oder mit dir und William, wie du ihn nennst. Ich bin nur hier, um dir zu helfen, Erin.«

Noch während er den Satz ausspricht, wird ihm bewusst, wie überheblich und aufgeblasen er klingen muss.

»Was ist mit William?«, fragt sie mit leicht zuckenden Mundwinkeln. »Hat er nicht den Mut, selbst hier aufzutauchen und mit mir zu reden?«

Louis hört mit zusammengepressten Lippen kurz auf, zu atmen, bis er sich endlich traut, zu sprechen.

»Erin, ich muss dir etwas sehr Trauriges sagen.«

Mit einem lauten Klacken schaltet sich in diesem Moment der Wasserkocher aus, das Wasser hört auf zu sprudeln, und es wird wieder ruhig im Zimmer. Dass es ihm so weh tun würde, die Nachricht zu überbringen, überrascht ihn jetzt doch. Ihr fragender, ängstlicher Blick lässt ihn aber nicht länger zögern.

»William ist vor einigen Monaten gestorben«, sagt er.

Erin schaut Louis entgeistert an, als würde sie nicht verstehen, was er ihr gerade sagen will.

»Bei einem Autounfall«, fährt Louis leise fort. »Er ist bei einem Autounfall ums Leben gekommen.«

Einige Sekunden lang starrt sie an ihm vorbei ins Leere. Dann senkt sie ihren Kopf und hält sich beide Hände vor das Gesicht. Ihre Schultern fangen an zu beben, bis schließlich ihr ganzer Körper erzittert. Die bittere Wahrheit bahnt sich ihren Weg. All die Zeit des vergeblichen Wartens auf eine Nachricht von ihm, die stille Hoffnung, dass er noch einmal auftauchen würde, in Erins Leben, in Siobháns Leben. Trotz der Hände vor ihrem Gesicht spürt Erin die Blicke dieses Fremden auf sich und sie fühlt, wie der Schmerz sich mehr und mehr in ihr ausbreitet, bis sie dem Druck nicht mehr standhalten kann. Mit einem kleinen Aufschrei beginnt sie, laut zu schluchzen und Tränen laufen zwischen ihren Fingern hervor.

Louis sitzt einfach nur regungslos da und weiß nicht, was er sagen soll. Um irgendetwas zu tun, greift er in seine Jacke, die er über den Stuhl gehängt hat und holt einige Papiertaschentücher hervor. »Es tut mir so leid«, sagt er leise und legt die Taschentücher vor Erin auf den Tisch. »Hier, für dich.«

Am liebsten würde Erin im Schutz ihrer Hände verharren, um nicht wieder in die Realität zurückkehren zu müssen. Doch da ihr vom vielen Weinen mittlerweile auch die Nase läuft, nimmt sie die Hände hinunter und greift schnell nach einem der Papiertaschentücher, um sich die Augen zu trocknen und laut die Nase zu putzen. Mit zitterndem Mund und Tränen, die einfach nicht enden wollen, blickt sie mal zu Boden und mal zur Seite, da es ihr schwerfällt, Louis anzusehen. Schließlich dreht sie ihm den Rücken zu und gießt heißes Wasser über die Teebeutel in die beiden Tassen.

»Entschuldige«, sagt sie, obwohl sie weiß, dass es dafür überhaupt keinen Grund gibt.

»Du musst dich nicht entschuldigen«, sagt Louis. »Es tut mir wirklich so leid für dich und deine Tochter und dass ich dir so eine traurige Nachricht überbringen muss. Ich wusste nur deinen Vornamen und die Namen des Dorfes und des Pubs in Clonbur, daher musste ich hierherkommen, um dich zu finden. Eine andere Möglichkeit habe ich nicht gesehen.«

Erin wendet sich Louis wieder zu, reicht ihm eine dampfende Tasse und setzt sich ihm gegenüber.

»Wie heißt du nochmal?«, fragt sie, da sie sich an seinen Namen, den sie vorhin erst gehört hat, nicht mehr erinnern kann.

»Louis.«

»Ich finde es verrückt, dass du das für William getan hast, Louis. Diese lange Reise. Mich aufzuspüren. Du musst ein besonders guter Freund von ihm sein.«

Louis schaut kurz irritiert.

»Ich habe ihn gar nicht gekannt, wenn ich ehrlich bin.«

»Das verstehe ich nicht«, sagt sie. »Du hast ihn nicht gekannt und trotzdem kommst du her, um mich zu suchen und mir von seinem Tod zu erzählen? Wie kannst du von mir gewusst haben, wenn nicht von ihm?«

Louis greift in seine Tasche und holt den kleinen, rosafarbenen Briefumschlag heraus. »Das erkläre ich dir später«, sagt er, während er das Couvert vor sich auf den Tisch legt und es vorsichtig mit einem Finger zu Erin hinüberschiebt.

»Diesen Brief hat William kurz vor seinem Unfall für dich geschrieben«, fährt er fort. »Wenn du möchtest, gehe ich hinaus und du kannst ihn in Ruhe lesen.«

»Ja«, sagt sie zögerlich und nach kurzem Überlegen, »ich denke, das möchte ich. Ich hoffe, das ist nicht unhöflich.«

»Überhaupt nicht«, sagt Louis entschieden. »Ich nehme meinen Tee und gehe die paar Meter runter zum See. Wenn es in Ordnung ist, komme ich in einer Viertelstunde wieder. Dann kann ich dir alle weiteren Fragen beantworten.«

»Danke«, sagt sie. »In fünfzehn Minuten also.«

Sie nimmt den Brief in ihre Hände und beobachtet Louis, wie er aufsteht, seine Jacke anzieht und mit dem Tee in der Hand die Küche verlässt. Als die Haustür ins Schloss fällt, holt sie einmal tief Luft und öffnet mit zitternden Fingern das kleine Couvert.

Nachdem Louis direkt neben dem Grundstück einen schmalen Trampelpfad entdeckt hat, der hinunter ans Wasser führt, betritt er schon kurz darauf eine kleine, von Bäumen umsäumte Bucht. Große Steinbrocken liegen am Ufer und ein altes Holzboot schaukelt leicht auf den sanften Wellen des Lough Corrib. Der rund vierzig Kilometer lange See mit seinen hunderten von kleineren und größeren Inseln erstreckt sich scheinbar endlos bis zum Horizont. Louis hockt sich mit seiner Teetasse im Schneidersitz auf einen der Felsen am Rande des Sees, atmet tief ein und aus und blickt in die Ferne. Er hat diese Reise wirklich gemacht. Er hat die junge Frau, deren Schicksal ihn an den westlichsten Rand Europas geführt hat, tatsächlich gefunden. Und obwohl er von der Begegnung mit Erin immer noch bewegt und erschüttert ist, macht sich eine tiefe Zufriedenheit in ihm breit. All die ängstlichen Gedanken, die er hatte, als er mit dem vollgepackten Wagen die Zufahrt zu Helmuts Hof hinuntergerollt ist, waren seiner Entschlossenheit gewichen, je näher er seinem Ziel gekommen war. Und jetzt auf diesem Felsen sitzend haben alle Zweifel sich endgültig aufgelöst. Kaum etwas in seinem Leben hatte sich so herausfordernd und gleichzeitig so richtig angefühlt wie die Entscheidung, das Ende dieser unglaublichen Geschichte selbst zu bestimmen.

Wenn ich für mein eigenes Leben nur ebenso gute Entscheidungen treffen könnte wie für andere, denkt er, und verzieht den Mund zu einem Lächeln.

Einige Minuten später wendet er den Kopf und schaut hoch zu dem kleinen Haus, das dort in die wilde Natur eingebettet liegt. Wahrscheinlich sitzt Erin gerade mit dem Brief in der Hand hinter dem großen Fenster in der Küche und stellt sich viele Fragen, in der Hoffnung, dass Louis einige davon beantworten kann. Also steht er auf, um sich wieder auf den Weg hoch zur Straße zu machen. Als er vom Felsen hinunterspringt und nach seiner Tasse greift, fällt sein Blick zufällig in das lichte Wäldchen am Ufer, in dem er zwischen den Bäumen bei genauem Hinsehen ein Meer von Kleeblättern entdeckt. Fasziniert geht er die wenigen Meter bis in die Mitte des wuchernden Pflanzenteppichs, bückt sich und sucht so lange gebannt mit Augen und Händen, bis er gefunden hat, wonach er sucht. Ein vierblättriges Kleeblatt. Als er es pflückt, entdeckt er auch schon ein weiteres und dann noch viele mehr. Ihm ist nicht klar, ob vierblättrige Kleeblätter immer in dieser Häufigkeit vorkommen, doch gefällt ihm der Gedanke, dass es an diesem verwunschenen Ort liegen muss. Als er eine Handvoll von ihnen gepflückt hat, setzt er achtsam einen Fuß nach dem anderen hinaus aus dem dichten Grün. Oben an der Straße angekommen, öffnet er seinen Wagen und legt die Kleeblätter sorgsam zum Pressen zwischen die Seiten seines Irlandreiseführers. Ein besonders schönes Exemplar aber liegt noch in seiner Hand, als er die Autotür wieder zuwirft.

Louis schlägt den eisernen Klopfer an die rot lackierte Haustür und horcht, ob sich drinnen etwas regt. Er hört Schritte und Erin öffnet ihm. Sie hat geweint, das kann er sehen.

»Soll ich noch ein wenig draußen warten?«, fragt er rücksichtsvoll.

»Nein«, sagt sie, »ich will jetzt alles wissen. Wie das mit dem Unfall war und wie du an den Brief gekommen bist.«

»Gut«, sagt er, tritt in den kleinen Hausflur und folgt Erin mit der leeren Teetasse in der Hand in die Küche.

Auf dem Tisch liegen neben einer halbvollen Wasserflasche einige zerknüllte Papiertaschentücher sowie der aufgefaltete Brief.

»Hier«, sagt Louis, »das ist für dich. Habe ich unten am See gefunden. Es soll dir Glück bringen.«

Er legt das Kleeblatt vorsichtig neben den Brief.

»Danke!«, sagt Erin beinahe gerührt. »Was für eine nette Überraschung.«

Sie nimmt ein kleines Gläschen aus dem Schrank und stellt das Kleeblatt vorsichtig hinein.

»Möchtest du Kekse?«, fragt sie, während sie die gebrauchten Taschentücher in den Mülleimer wirft.

»Gerne«, sagt Louis.

Sie holt eine angebrochene Packung Shortbread aus einem der Hängeschränke. Dann sitzen sie sich gegenüber. Sie gießt Sprudelwasser in zwei leere Gläser und versucht, ruhig zu sprechen.

»Wie ist William gestorben? Wie war das mit dem Autounfall?«

Louis zeigt auf seinen Mund, in dem er gerade einen halben Keks zerkaut, und es dauert einige Sekunden, bevor er mit seinem

Bericht beginnt. Dann erzählt er ihr von der Nacht des Unfalls im August, vom Rehbock und von der Hilfe, die er nicht leisten konnte. Er berichtet von dem verschwundenen Geld, von den Fragen der Polizei und ein wenig beiläufig darüber, dass William verheiratet war. Er schaut Erin die ganze Zeit an und versucht, die Regungen in ihrem Gesicht zu lesen. Mal hört sie mit betroffener, mal mit fragender Miene zu, doch zu einem Zusammenbruch wie vorhin kommt es nicht mehr.

»Hatte er Kinder?«, will Erin wissen.

»Nein«, sagt Louis, »er hatte keine Kinder. Sie hatten einen Hund, aber keine Kinder.«

»Wie bist du an den Brief gekommen?«

»Das ist erst drei Wochen her«, antwortet er. »Ich hatte vor, Freunde in Schottland zu besuchen. Am Tag vor meiner Abreise wollte ich noch einen Spaziergang machen, als ich durch mein Fernglas an der Unfallstelle etwas Ungewöhnliches in der Krone eines großen Baumes entdeckte. Wie sich herausstellte, war es eine Tasche, die bei dem Unglück wahrscheinlich aus Beats Cabrio geschleudert wurde und sich im Baum verfangen hatte.«

»Das ist ja kaum zu glauben«, sagt Erin zum ersten Mal ohne Traurigkeit in der Stimme. »Sowas kann sich doch keiner ausdenken.«

»Genau«, sagt Louis, »es klingt wie in einem schlechten Film.«

»Was hast du dann getan?«

»Ich bin den Baum hinaufgeklettert, habe die Tasche aus den Ästen befreit und sie in meinem Zimmer geöffnet. Außer dem Brief habe ich darin auch das hier gefunden.«

Er holt die schwarze Geldtasche hervor und legt sie vor Erin auf den Tisch. Verwundert schaut sie darauf.

»Was ist das?«

»Schau einfach hinein«, fordert Louis sie mit einem verhaltenen Lächeln auf.

»Da ist aber nicht das Geld drin, oder?«

»Doch«, sagt Louis bedacht. »Das ist Geld von ihm für dich. Für dich und deine Tochter. Ich habe es zusammen mit dem Brief in dieser Tasche gefunden. Nimm es, Erin, es steht dir zu.« Vorsichtig nimmt sie die kleine Kunstledertasche und öffnet behutsam den goldenen Reißverschluss. Sie greift hinein und zieht das dicke Geldbündel hervor. Ungläubig dreht sie die Scheine in ihren Händen und betrachtet diese wie eine rätselhafte Sache, von der sie nicht weiß, was sie damit anfangen soll.

»Wieviel ist das?«, fragt sie schließlich, während sie die Scheine wieder zurück in das Täschchen legt und sich auf ihrem Stuhl zurücklehnt.

»Dreißigtausend«, antwortet Louis und zum ersten Mal schauen sie sich lange und ruhig in die Augen.

»Das ist nett von William«, sagt Erin ohne eine Spur von Ironie und mit wohlwollendem Kopfnicken.

»Das ist es«, sagt Louis. »Und er hätte weiterhin für euch gesorgt. So steht es in dem Brief. Er war reich, musst du wissen. Sehr reich.«

»Er war reich«, wiederholt sie langsam und Louis bemerkt, dass Beat in ihrer Erinnerung gerade lebendig wird. »Ich habe mir zuletzt schon gedacht, dass er Geld hat. Bevor ich damals den Brief an ihn verschickt habe, bin ich bei meiner Recherche im Netz auf einer Unternehmensseite gelandet. Irgendwas mit IT-Lösungen. Da war er abgebildet mit Anzug und in einem sehr schicken Büro. Ich konnte fast nicht glauben, dass das William sein sollte. Bei seiner Durchreise damals hatte er völlig anders gewirkt. Jung und abenteuerlustig. Er wohnte in einem kleinen billigen B&B in Cong. Ich hatte ihn noch zum Spaß gefragt, ob er in Ashford Castle wohnt. Das ist eines der teuersten Hotels in Irland.«

»Die Familie seiner Mutter hat schon vor langer Zeit in Amerika ein riesiges Vermögen gemacht«, klärt Louis sie weiter auf. »Er selbst war Schweizer, wohnte aber in Deutschland. In Seelbach. Der Ort liegt an der deutsch-französischen Grenze. Sein IT-Unternehmen war international groß im Geschäft. Irgendwas mit Sicherheitssoftware.«

»Woher weißt du das alles?«, fragt sie erstaunt. »Im Brief steht nichts davon.«

Louis war klar, dass diese Frage kommen würde, und genauso klar war ihm, dass er ihr den Rest der Geschichte nicht verschweigen konnte.

»Ich habe nach dem Unfall seine Frau getroffen«, antwortet er. »Ich war ja zu der Zeit in derselben Kleinstadt, wo sie mit William lebte. Ich hatte den Unfall beobachtet und es wurde nach dem Geld gesucht. Deshalb redeten wir miteinander. Ich wollte nicht, dass sie glaubt, ich hätte das Geld genommen. Sie hat mir einiges über William erzählt. Eine ganze Menge, um ehrlich zu sein.«

»Im Brief schreibt er, dass die beiden in Trennung lebten«, erinnert sich Erin. »War das die Wahrheit?«

»Ja«, sagt Louis, »das war die Wahrheit. Sie war dahintergekommen, dass er eine Affäre hatte.«

Erin schaut Louis konsterniert an, beugt sich leicht nach vorne und zeigt dabei mit dem Finger auf sich.

»Wegen mir?«, fragt sie. »Sie wollten sich wegen mir scheiden lassen? Wusste seine Frau auch von Siobhán?«

»Nein«, antwortet Louis entschieden. »Davon wusste sie ganz sicher nichts. Er hatte ihr eine Affaire gestanden. Mit wem, das hat er ihr nicht gesagt.«

»Weiß sie von dem Geld?«

»Nein.«

»Du hast es ihr nicht gesagt?«

»Nein, ich habe ihr nichts gesagt.«

»Warum?«

Louis überlegt kurz.

»Weil ich den Brief gelesen und das Gefühl hatte, dass du das Geld unbedingt erhalten solltest. Ich meine, du hast ein Kind von ihm bekommen und musstest das alles allein durchstehen. Außerdem wollte er ausdrücklich, dass du die dreißigtausend in bar bekommst. Es war ja auch kein gemeinsames Geld von ihm und seiner Frau. Er hat für dich ein altes, wertvolles Motorrad verkauft.«

»Er hat ein Motorrad verkauft?«, fragt Erin überrascht und muss plötzlich auflachen. »Die Geschichte wird ja immer besser.«

Sie schüttelt ihre langen Haare, nimmt sie zwischen ihre Hände und wirft sie schwungvoll nach hinten in den Nacken. Louis ist beeindruckt von ihrer Schönheit und beobachtet aus den Augenwinkeln ihre Bewegungen, während er sein Wasserglas in großen Zügen leert. Mit einem Mal schaut Erin an Louis vorbei in Richtung Flur, schiebt ihren Stuhl zurück und steht auf.

»Bitte entschuldige«, sagt sie, »mir fällt gerade ein, weshalb ich überhaupt hierher gefahren bin. Ich bin gleich zurück.«

Als sie den Raum verlassen hat, sieht er sich in der Küche um. Das Haus wurde augenscheinlich gerade erst renoviert. Es riecht nach frischer Farbe und Louis kann sehen, wie sauber und gewissenhaft gearbeitet wurde. Auf der neuen Küchenzeile neben der Spüle stehen einige Tassen, ein Babyfläschchen und drei leere Bierdosen. Durch die offenstehende Tür zu seiner Rechten blickt er in einen großen, leeren Raum. Die Aussicht aus dem Küchenfenster auf die weite, malerische Landschaft ist einfach phantastisch. Der riesige See mit seinen vielen Inseln ist das reinste Postkartenmotiv. Louis spürt schon wieder diese Sehnsucht, die ihn in den letzten Tagen immer wieder fast schmerzhaft ergreift, ohne zu wissen, woher sie kommt oder was sie ihm sagen will. Durch die Wand hört er gedämpft eine Toilettenspülung. Eine Minute später kommt Erin mit einem großen Werkzeugkoffer in der Hand zurück und stellt diesen mitten im Raum ab.

»Beinahe vergessen«, sagt sie mit einem erschöpften Grinsen.

»Wo ist überhaupt deine Tochter?«, fragt Louis.

»Siobhán ist bei meiner Schwester Fiona, oben am Mount Gabel.«

Unvermittelt treten ihr beim Gedanken an den Verlust von Siobháns Vaters wieder Tränen in die Augen.

»Ist das hier dein Haus?«, fragt Louis weiter, da er ihre Traurigkeit nicht bemerkt.

»Ja«, antwortet sie und fährt sich mit einer Hand kurz über die feuchten Augen. »Ich habe es von meinen Großeltern übernommen. Morgen ziehe ich hier ein. Mit meiner Schwester Keeva, mit meiner guten Freundin Jill und natürlich mit Siobhán.«

»Das klingt gut«, sagt Louis aufmunternd. »Wirklich gut.«

»Bist du noch länger hier in der Gegend?«, fragt Erin.

»Ich weiß nicht genau. Du warst ja das eigentliche Ziel meiner Reise und nun habe ich dich gefunden und dir den Brief und das Geld übergeben. Ich habe vor, noch einige Tage weiter runter in den Süden zu reisen. Warum fragst du?«

»Ehrlich gesagt würde ich gerne noch mehr über William erfahren«, antwortet sie. »Leider muss ich jetzt schnell los und bin bis morgen Abend mit dem Umzug beschäftigt. Sonntagnachmittag hätte ich aber wohl ein wenig Zeit.«

»Ich könnte helfen«, sagt Louis spontan.

»Wobei helfen?«

»Beim Umzug.«

»Wäre das nicht ein wenig schräg?«, fragt sie, lächelt ihn dabei aber freundlich an.

»Vielleicht«, antwortet Louis, »aber es wäre mal was anderes als die Gespräche im Pub oder mit den netten Damen beim Frühstück im B&B. Das echte irische Leben.«

Erwartungsvoll, doch mit zurückhaltender Miene, schaut er sein Gegenüber an.

»Es könnte der Höhepunkt meiner Reise werden«, fügt er noch

lachend hinzu.

»Ok«, sagt sie zu seiner Überraschung und ohne zu zögern. »Dann musst du morgen aber mit uns zu Abend essen. Für alle Helfer gibt es selbst gemachtes Stew und jede Menge Bier. Aber bitte kein Wort über William. Ich muss das Ganze erst einmal verarbeiten und meine Eltern wissen nichts über Siobháns Vater.«

»Alles klar«, sagt Louis, steht auf und hängt sich seine Tasche um. »Wann soll es morgen los gehen?«

»Gib' mir einfach deine Nummer«, sagt sie, »ich rufe dich später an.«

»Ich bin ohne Handy unterwegs«, sagt Louis und schaut in ihr verdutztes Gesicht.

»Wow«, sagt Erin erstaunt. »Du steckst voller Überraschungen. Wenn das so ist, sei morgen früh einfach gegen zehn Uhr bei meiner Schwester oben am Berg. Die Wegbeschreibung hat Patrick dir ja bereits gegeben.«

»Kein Problem«, sagt Louis, »ich werde pünktlich sein.«

Erin steckt den rosafarbenen Briefumschlag ein und nimmt das Geld vom Tisch.

»Was mache ich jetzt nur damit?«, fragt sie in ernstem Ton.

»Erst einmal einen guten Platz dafür finden«, sagt Louis. »Dann hast du genug Zeit, darüber nachzudenken. Gebrauchen kannst du das Geld doch sicher gut.«

Erin nickt entschieden, hebt mit einem Stöhnen die Werkzeugkiste vom Boden auf und macht einen Schritt Richtung Tür. Dann hält sie plötzlich inne und schaut Louis an.

»Was ist los?«, fragt er.

»Mir wird gerade erst klar, was für ein ehrlicher Mensch du bist«, antwortet sie.

Louis lächelt vorsichtig zurück, geht auf sie zu und nimmt ihr die Werkzeugkiste aus der Hand.

11

Kurz nach Neumond liegt das kleine, abgelegene Haus am Lough Corrib in tiefe Dunkelheit gehüllt. Kein Stern leuchtet durch die dünne Wolkendecke. Jetzt, eine Stunde vor Mitternacht, haben fast alle Helfer das frisch bezogene Haus verlassen. Nur Louis und Keeva sind noch wach. Überall in den Zimmern stehen Umzugskartons. Manche von ihnen bereits geöffnet, andere noch geschlossen und voll mit persönlichen Dingen der drei jungen Frauen, die zukünftig gemeinsam unter diesem Dach leben werden. Siobhán liegt im ersten Stock unter einem Sternenbaldachin in ihrem kleinen Beistellbettchen und schläft ruhig und zufrieden neben ihrer Mutter. Jill, die bei ihren Eltern am morgigen Sonntag gemeinsam mit Owen und Callan den geliehenen Transporter ein letztes Mal beladen wird, hatte sich bereits gegen halb elf erschöpft in Richtung Tuam verabschiedet. Auch Louis spürt die Anstrengungen des vergangenen Tages, doch mehr als alles andere beschäftigen ihn die Eindrücke, die er heute gesammelt hat. Erin hatte heute Morgen allen erzählt, dass Louis in der Gegend Urlaub mache und sie ihm schon vor Tagen am See begegnet sei. Sie seien ins Gespräch gekommen und er habe ihr seine Hilfe beim Umzug angeboten. Da hatten die anderen ihn angestrahlt, ihm anerkennend auf die Schultern geklopft und gesagt, dass er ein guter Mann sei. Nur Jill und Keeva, die bereits den wahren Grund für Louis' Anwesenheit kannten, hatten Erin vielsagende Blicke zugeworfen, aber den Mund gehalten. Und so hatte er Erins Familie und Freunde kennenlernen dürfen. Sie nahmen ihn vom ersten Moment an mit solcher Selbstverständlichkeit und Freundlichkeit auf, dass er jetzt am Abend schon das Gefühl hat, dazuzugehören. Keine kritischen Blicke hatten ihn während des Tages getroffen, kein Misstrauen war spürbar gewesen. Besonders intensiv empfand er seine langen

Gespräche mit Erins Schwester Keeva. Sie und Louis hatten kaum eine Gelegenheit ausgelassen, sich während des Umzugs von ihren Erlebnissen der vergangenen Zeit zu erzählen. Keeva konnte die Geschichte über den tragischen Tod von Siobháns Vater und Louis' anschließender Reise kaum fassen und Louis lauschte ihren exotischen Geschichten aus dem Touristenparadies Hyams Beach an der Ostküste Australiens. Während der Teepause am Nachmittag hatte Jill Louis gefragt, ob er nicht in der kommenden Nacht in ihrem neuen Zimmer schlafen wolle.

»Dann musst du nicht nach Bier und Whiskey am späten Abend zurück ins Hotel«, hatte sie gesagt und in die Runde geblickt, »und die Damen wären in der ersten Nacht nicht so allein in der fremden Umgebung. Natürlich nur, wenn es für Erin und Keeva in Ordnung ist. Ich bin ja morgen erst gegen Mittag wieder zurück.«

»Na klar ist das in Ordnung«, hatte Erin gesagt, noch bevor Louis antworten konnte, und auch Keeva war von dem Vorschlag sichtlich angetan.

Daraufhin war er in Windeseile ins Hotel gefahren, hatte in seinem für die kommende Nacht bereits bezahlten Hotelzimmer seine wenigen Dinge zusammengepackt und war zu den anderen zurückgekehrt.

Nun sitzt er im fast vollständig eingeräumten Wohnzimmer am offenen Kamin und schaut erschöpft in die kleinen, züngelnden Flammen des Torffeuers. Er hört Keeva, wie sie in der Küche gerade die Spülmaschine einräumt. Louis beugt sich nach vorn und legt ein weiteres Stück Torf in die Glut. Dabei spürt er die Arbeit des Tages in den Schultern und im Rücken. Keeva kommt ins Wohnzimmer und legt eine CD mit irischer Musik in den CD-Player. Sie rückt einen zweiten Sessel an den Kamin, auf dessen Sims lauter Pokale und Trophäen von diversen Tanzturnieren aufgereiht nebeneinanderstehen und lässt sich mit einem Seufzer der Erleichterung in die weichen Polster fallen.

»Geschafft«, sagt sie, während sie ihre geschlossene linke Hand auf Louis' Sessellehne legt. Als sie die Hand öffnet, liegen darin eine Nadel und eine Pinzette.

»Ach ja«, sagt Louis, »der Splitter. Hat Erin die Pinzette doch noch gefunden?«

Er hatte sich den englischen Begriff für Pinzette extra eingeprägt, als Keeva ihm vorhin erklärt hatte, wonach sie vergeblich suche. Sie hatte sich ganz am Ende beim Tragen einer alten Kommode einen großen Splitter in die Hand gezogen.

»Ja«, antwortet Keeva, »sie hat sie gerade vor dem Zubettgehen noch aus einem Karton im Badezimmer gekramt.«

»Du musst die Taschenlampe deines Handys einschalten und auf deine verletzte Hand leuchten, sonst sehe ich nicht genug«, sagt Louis und wird nun doch ein wenig nervös, nachdem er beim Abendessen in großer Runde erklärt hatte, dass das Entfernen des Splitters für ihn gar kein Problem sei.

»Ok, Doktor Louis«, erwidert Keeva, zieht ihr Handy aus der Hosentasche und folgt seiner Anweisung.

Er nimmt ihre warme Hand ganz vorsichtig und legt sie in seine.

»Soll ich?«, fragt er.

»Mmm«, macht sie nur leise zustimmend, lässt ihren Kopf zurück auf die Sessellehne sinken und schließt die Augen.

»Ich bin ganz vorsichtig«, sagt Louis.

»Mmm«, macht sie wieder.

Schließlich beginnt er, die Hautschicht über dem darunter durchscheinenden Splitter ganz langsam und behutsam mit der Nadel aufzuziehen. So hatte er es schon etliche Male gemacht, bei sich, bei seinen Kollegen. Keeva sagt gar nichts, sie stöhnt nicht einmal leise auf.

»Tut es weh?«, fragt Louis.

»Nein«, antwortet sie. »Ein bisschen vielleicht.«

Louis kann nun das freigelegte Ende des großen, dunklen Splitters deutlich erkennen, nimmt die Pinzette und zieht den gut einen Zentimeter langen Übeltäter ganz vorsichtig heraus. Jetzt zieht Keeva vor Schmerz doch hörbar die Luft zwischen den Zähnen ein.

»Schon vorbei«, sagt Louis triumphierend und hält ihr den Holzsplitter vor das Gesicht.

»Danke«, sagt sie. »Du bist ein guter Arzt.«

Louis nimmt sein fast leeres Whiskeyglas und lässt die restlichen Tropfen in ihre verletzte Hand laufen.

»Das hilft«, sagt er.

Dann sitzen sie müde vom Tag da und lauschen der leisen Musik. Keeva beginnt, von ihrer im letzten Jahr entdeckten Leidenschaft fürs Wellenreiten zu berichten, doch ihre Müdigkeit ist so groß, dass sie nach einem kurzen Moment des Schweigens in ihrem Sessel eingeschlafen ist. Sie liegt da, die Hände im Schoß und mit zur Seite geneigtem Kopf. Louis schaut Keeva im Licht der auflodernden Flammen an. Er betrachtet ihr Gesicht, ihren leicht geöffneten Mund, ihr langes Haar, ihren Hals.

»Keeva«, sagt er leise und berührt sie dabei leicht an der Schulter. »Keeva, wach auf«

Sie öffnet die Augen wie in Zeitlupe und schaut ihn verwundert an, als wäre sie von ganz weit her zurück in die Realität gekehrt.

»Louis«, sagt sie ermattet. »Ich gehe schlafen. Du weißt ja, wo alles ist. Stell bitte noch das Gitter vor den Kamin, bevor du nach oben gehst.«

»Das mache ich«.

»Danke für deine großartige Hilfe. Morgen früh mache ich uns ein irisches Frühstück, ok?«

»Ok«, sagt er und hebt den Daumen.

»Gute Nacht, Louis.«

»Gute Nacht, Keeva.«

Beim Hinausgehen nimmt sie noch sein leeres Whiskeyglas mit

und streicht mit ihrer Hand leicht über seine Schulter. Die einzelnen Stufen der alten Holztreppe knarren leise, als sie hinaufgeht. Er legt ein weiteres Stück Torf nach und lauscht den Geräuschen von oben. Gedämpfte Schritte. Türen gehen auf und werden wieder geschlossen. Dann ist es ruhig. Eine wunderbare Stimmung. Der absolute Frieden. Louis' Augenlider werden schwer.

Er weiß nicht, ob es ein Geräusch war oder nur ein ungutes Gefühl, jedenfalls fährt Louis plötzlich in seinem Sessel erschrocken herum und blickt direkt in ein vom Feuer schwach beleuchtetes Gesicht hinter der Fensterscheibe. Im nächsten Moment ist das Gesicht des Unbekannten auch schon wieder verschwunden. Wie erstarrt bleibt Louis noch einen Moment sitzen, dann springt er auf und eilt, so leise es geht, zur Haustür, öffnet sie und tritt hinaus in die kühle Nacht. Die Lampe über der Tür wirft nur ein schwaches Licht auf die Einfahrt. So sehr Louis seine Augen auch anstrengt, er kann in der Finsternis nichts erkennen.

»Hallo«, ruft er vorsichtig. »Jemand da?«

Vollkommene Stille. Nur der Wind, der sanft durch die Hügel streift, macht ein beruhigendes, kaum hörbares Geräusch.

»Hallo«, ruft Louis noch einmal, diesmal ein wenig lauter.

Wieder keine Antwort.

Im nächsten Moment aber huscht ein Schatten an ihm vorbei. Eine Gestalt hetzt keuchend Richtung Straße, quer durch den Garten auf die kleine Steinmauer zu.

»Hey, bleib stehen! Was soll der Scheiß?«, ruft Louis vor lauter Aufregung in deutscher Sprache.

Er rennt quer über die Wiese hinter dem Flüchtenden her. In der Dunkelheit übersieht er eine der alten Metallstangen für die Wäscheleine und knallt mit solcher Wucht gegen das Eisenrohr, dass es ihn zu Boden wirft.

»Verdammt«, sagt er schwer atmend und hält sich mit zusammengekniffenen Augen die schmerzende Schulter.

Gerade, als er sich stöhnend wieder vom Boden erhebt, wird in einiger Entfernung ein Motor gestartet. Immer noch leicht benommen läuft Louis bis zum Ende der Einfahrt und sieht gerade noch, wie ein Wagen auf der einsamen Landstraße wendet und sich die Rücklichter rasch entfernen.

Einige Sekunden lang bleibt Louis noch stehen. Dann richtet er seinen Blick vor Schmerz aufstöhnend nach oben. Dort strahlt über ihm das Firmament. Die Milchstraße lässt seinen Blick über das Himmelszelt schweifen.

Was für ein Sternenmeer, denkt er. Doch schon im nächsten Moment holt ihn seine Schulter zurück in die Gegenwart und der Gedanke an das Gesicht hinter der Fensterscheibe lässt ihn erneut schaudern. Was sollte das gerade? Und wer war das gerade?

Louis macht kehrt und läuft den Weg zurück zum Haus, schließt von innen die Tür und dreht den Schlüssel im Schloss herum.

Am nächsten Morgen wird Erin von Siobhán geweckt. Und obwohl sie sich vor Müdigkeit kaum regen kann, spielt sie mit den Fingerchen ihrer Tochter und streichelt ihr zärtlich den Rücken. Eine ganze Zeit lang brabbelt die Kleine leise und fröhlich vor sich hin, doch schon bald wird daraus ein hungriges, ungeduldiges Nörgeln. Erin kann nicht anders, als sich in dem schwach erleuchteten Zimmer mit einem lauten Seufzer aus dem Bett zu schälen, sich einen Sweater überzuziehen und mit der Kleinen auf dem Arm hinunter in die Küche zu gehen. Auf dem Weg dorthin hört sie Keeva bereits in ihrem Zimmer umherlaufen. Sie trommelt im Vorbeigehen einmal leise mit ihren Fingern an die Tür.

»Ich mache das Frühstück«, hört sie Keeva gut gelaunt von drinnen rufen.

Erin muss lächeln und sie fragt sich, ob die gute Laune ihrer Schwester etwas mit Louis' Anwesenheit zu tun haben könnte.

Im Erdgeschoss blickt Erin sich neugierig um und läuft wie eine Museumsbesucherin durch die frisch eingerichteten Räume. Sie ergreift solche Freude über ihr neues, gemütliches Heim, dass all die Erschöpfung und Müdigkeit vom gestrigen Umzug von ihr abfallen. Als Siobhán etwas später satt und zufrieden auf ihrer Decke im Laufstall liegt, schüttet Erin die Reste aus den Flaschen vom Vorabend in den Ausguss und beginnt, die Spülmaschine auszuräumen. Sie fragt sich, was gestern nur mit Callan los war. Dessen niedergeschlagene Stimmung war ihr beim Umzug nicht entgangen, auch wenn er versucht hatte, diese gut zu verbergen. Sie hatte sich dabei ertappt, wie sie insgeheim hoffte, dass sein klärendes Gespräch mit Caitlin vor einigen Tagen nicht so harmonisch verlaufen war, wie die beiden es sich vielleicht vorgestellt hatten. Noch während sie überlegt, ob sie ihn anrufen soll, kommt Keeva beschwingt die Treppe hinunter. Erin bemerkt auf den ersten Blick, wie glücklich sie wirkt. Die beiden Schwestern nehmen sich in den Arm und Keeva gibt Erin einen Kuss auf die Wange.

»Willkommen zu Hause«, sagt Erin.

»Ich habe Louis ein irisches Frühstück versprochen«, beginnt Keeva. »Ich bereite alles zu und passe in der Zeit gerne auf die Kleine auf. Dann kannst du dich oben frisch machen.«

Dankbar macht sich Erin auf den Weg ins Bad. Draußen wird es langsam hell. Keeva starrt eine Weile durch das große Fenster hinaus auf die Hügel der Umgebung. In der Ferne taucht die Morgendämmerung den im Nebel liegenden See in ein diffuses Licht. Nach kurzer Suche in den gestern erst eingeräumten Schränken findet Keeva die große Pfanne, stellt sie auf den Gasherd und holt Butter, Eier, Speck, Würstchen und Orangensaft aus dem Kühlschrank. Dann öffnet sie die Dose mit den Baked Beans und schneidet das Brot in Scheiben. Dabei singt sie leise vor sich hin. Als der Tisch fertig gedeckt ist, nimmt sie Siobhán im Wohnzimmer von ihrer Decke hoch und geht mit ihrer Nichte auf dem Arm die Treppe hinauf.

Sie klopft leise an Jills Zimmertür und lauscht, während die Kleine ihr mit den Händchen in die Wange kneift und sie dabei glucksend anstrahlt. Aus dem Zimmer hört Keeva ein leises Schnarchen. Sie klopft erneut, dann hört sie Louis' verschlafene Stimme.

»Ja. Hallo.«

»Louis?«

»Ja, komm rein.«

Keeva öffnet die Tür und steckt gemeinsam mit Siobhán ihren Kopf durch den Spalt. Sie sieht den zerknautscht aussehenden Louis, wie der sich in einem ausgewaschenen Ramones-T-Shirt auf dem Bett sitzend seine rechte Schulter reibt. Die Kleine schaut mit großen Augen und offenem Mund auf den für sie immer noch fremd wirkenden Mann und weiß nicht, ob sie ihn anlachen soll oder nicht.

»Sorry«, sagt Louis. »Habe ich zu lange geschlafen?«

»Nein«, erwidert Keeva lächelnd, während sie einen bedeutsamen Blick auf Siobhán wirft. »Die kleine Maus hier hat uns schon vor einer ganzen Zeit geweckt. Erin steht noch unter der Dusche. Ich habe das irische Frühstück vorbereitet, das ich dir gestern versprochen habe. In zehn Minuten können wir essen.«

»Oh, das klingt toll«, sagt Louis erfreut. »Vielen Dank. Ich zieh mir schnell etwas über und komme gleich hinunter.«

»Schön«, sagt Keeva, nimmt Siobháns Händchen und winkt Louis damit zu. »Bis gleich also.«

Sie schließt die Tür wieder und geht nach unten.

»Wie bitte? Im Ernst? Da stand mitten in der Nacht einer draußen am Wohnzimmerfenster und hat dich angestarrt?«

Louis nickt kauend, während Erin ihn leicht nach vorn gebeugt mit entsetzter Miene anschaut.

»Und dann?«, fragt Keeva aufgeregt und hält dabei Siobhán fest, die auf ihrem Schoß sitzend auf einem weichen Stück Brot herumbeißt.

»Dann bin ich zur Haustür gelaufen und raus in den Garten«, antwortet er. »Ich habe gerufen, wer da sei.«

»Und du konntest niemanden entdecken?«, fragt Erin ungläubig.

»Doch. Nach ein paar Sekunden lief der Typ an mir vorbei, einmal quer über den Rasen zur Einfahrt und ich hinterher. Leider bin ich gegen eine der Stangen gerannt, die mitten auf der Wiese stehen, und es hat mich zu Boden geschmissen. Als ich wieder hochkam, hörte ich, wie ein Motor gestartet wurde. Ich bin zur Straße und sah nur noch die Rücklichter des Wagens, wie er in Richtung Clonbur davonfuhr.«

»Ich fass' es nicht«, sagt Erin, lehnt sich in ihrem Stuhl zurück und fährt sich mit der Hand aufgeregt durch ihr Haar. »Scheiße, Louis, ich hätte mir vor Angst in die Hosen gemacht, ganz ehrlich. Das muss doch ein riesiger Schrecken für dich gewesen sein.«

»War es auch«, sagt er. »Ich habe kurz gedacht, mein Herz bleibt stehen, als der Kerl mich angesehen hat. Das war super schräg.«

Erin blickt zur Seite und scheint zu überlegen. Dabei tippt sie mit ihrem Teelöffel ständig an ihre Unterlippe. Sie schaut zurück, Louis direkt in die Augen.

»Wie sah der Typ aus?«, fragt sie mit einem Unterton in der Stimme.

»Hm«, macht Louis, »das ging so schnell. Und das Licht vom Kamin war ziemlich schwach. Das Einzige, was ich bestimmt sagen kann, ist, dass der Kerl ziemlich groß war und Locken hatte. Dunkle Locken.«

»Seán Monroe«, ruft Erin mit einem Nicken und schlägt dazu wie bei einem Urteilsspruch mit ihrem Löffel laut auf die Tischplatte. Dann hält sie sich erschrocken die Hand vor den Mund und blickt auf ihre Tochter, die vor Schreck ihr Brot hat fallen lassen, und deren Mundwinkel sich nun weinerlich nach unten verziehen. Schnell nimmt Keeva ein neues Stück Brot und drückt es der Kleinen in die Hand.

»Ich dachte, der sei verschwunden«, sagt Keeva überrascht, während sich Siobháns Miene wieder aufhellt.

»Seán Monroe«, spricht Erin mit leiser, gepresster Stimme weiter, als hätte sie ihre Schwester gar nicht gehört. »Der war's. Der Idiot.«

»Wer ist Seán Monroe?«, fragt Louis.

»Ein alter Freund von mir«, antwortet Erin. »Er trinkt, und solange ich denken kann, ist er unglücklich in mich verliebt. Ich hoffe nur, dass es da keinen Zusammenhang gibt. Er ist ein wirklich lieber Kerl, doch seit dem Tod seines Vaters säuft er wie ein Loch.«

»Was wollte Seán denn mitten in der Nacht von dir?«, fragt Keeva neugierig. »Und warum klopft er nicht wie andere Menschen einfach an die Tür, anstatt unsere Gäste zu erschrecken?«

»Glaub' mir, es ist kompliziert«, antwortet Erin. »Seán braucht dringend professionelle Hilfe. Er hat Liam letztens im Streit mit einem Messer verletzt. Es war zwar keine Absicht, hat aber trotzdem für jede Menge Aufregung gesorgt. Fiona ist komplett ausgerastet, wie du dir denken kannst. Seither war der verdammte Idiot untergetaucht.«

»Scheiße, das klingt wirklich krass«, sagt Louis, dem das ständige Fluchen der Iren gefällt. »Was willst du jetzt machen?«

»Hm«, überlegt Erin kurz. »Ich werde jetzt Mrs Monroe anrufen und sie fragen, ob Seán bei ihr aufgetaucht ist. Wenn ja, würde ich gerne mit ihm sprechen. Auch, um das mit letzter Nacht zu klären.«

Sie nimmt ihr Handy von der Küchenzeile und zieht beim Hinausgehen die Tür hinter sich zu. Kurz darauf hört man Erins gedämpfte Stimme aus dem Hausflur, ohne jedoch ein Wort zu verstehen. Mit einer letzten Gabel Baked Beans beendet Louis sein Frühstück.

»Satt?«, fragt Keeva und lächelt ihn an.

»Vielen Dank, ich kann nicht mehr!«, antwortet er zufrieden und lächelt zurück. »Was wirst du mit deinem Tag anfangen?«

»Ich fahre später zu unseren Eltern nach Maam Cross«, sagt Keeva. »Ich muss unserer Mom den Wagen zurückbringen und habe außerdem meinen Eltern versprochen, mich heute ein wenig um unsere Großmutter zu kümmern. Ihr geht es nicht gut. Die Demenz wird zunehmend schlechter.«

»Wie kommst du dann heute Abend zurück?«, fragt Louis.

»Das habe ich mir noch nicht überlegt. Mein Dad könnte mich bringen oder Erin holt mich ab.«

»Ich könnte dich abholen«, sagt Louis und merkt, wie er auf eine entsprechende Reaktion bei Keeva hofft.

»Sehr gerne«, strahlt sie ihn an.

In diesem Moment klingelt Keevas Handy. Sie nimmt den Anruf entgegen und reicht Siobhán mit einem aufmunternden Augenzwinkern einfach an Louis weiter.

»Dad«, sagt sie und gibt Louis ein Zeichen, dass sie zum Telefonieren hinauf geht.

Louis fühlt sich kurz überfordert, doch als er merkt, dass die Kleine ganz ruhig auf seinem Schoß sitzen bleibt, beginnt er mit ihr zu erzählen und winzige Brotstückchen für sie abzureißen, die sie mit glucksenden Geräuschen zwischen ihre Finger nimmt und sich in den Mund steckt. Fünf Minuten später kommt Erin mit nachdenklichem Blick zurück in die Küche.

»Der Typ am Fenster war tatsächlich Seán«, beginnt sie und schaut einen Moment irritiert auf Louis, wie er die Kleine auf dem Schoß hält. »Ich hatte zuerst Mrs Monroe am Apparat. Sie erzählte mir, dass ihr Sohn letzte Nacht bei ihr aufgetaucht sei. Sie habe lange mit ihm gesprochen und er sei völlig nüchtern gewesen. Er habe ihr erzählt, dass er abends im Burke's gewesen sei, um dort nach mir zu suchen. Irgendjemand im Pub habe gewusst, dass ich gestern in das Haus meiner Großeltern gezogen sei und ihm davon erzählt. Dann war Mrs Monroes Stimme plötzlich weg und Seán war in der Leitung. Er sagte mir, wie sehr er sich schäme für seinen Ausraster bei Fiona und Liam und dass ihm das alles unendlich leidtäte.«

Erin nimmt ihr Wasserglas und trinkt es in langen Zügen leer.
»War es ein gutes Gespräch?«, fragt Louis neugierig.
»Es war seltsam«, antwortet Erin nach dem letzten Schluck.
»Was meinst du mit seltsam?«
»Ich war sehr angespannt und Seán, glaube ich, auch«, versucht Erin zu erklären. »Seine Stimme klang nicht so schlecht, wie ich vermutet hätte, und er wirkte einigermaßen klar. Er hat versucht, mir zu erklären, wie das mit dem Entzug läuft, und welche Gefahren es dabei gibt. Ich habe ja keine Ahnung, was bei so einer Entgiftung im Körper abläuft. Auch nach dem Entzug wird er wohl eine Zeit lang Medikamente nehmen müssen. Er könnte auch eine anschließende Reha beantragen. Seán hat aber so viel geredet, ich konnte mir das gar nicht alles merken. Doch wie immer es auch weitergeht, ich wünsche ihm jedenfalls, dass er das schafft und vor allem, dass er anschließend trocken bleibt.«

»Und habt ihr auch über euch gesprochen?«, fragt Louis. »Über seine Gefühle für dich?«

»Nein, nicht ein Wort. Davon war diesmal nichts zu spüren, ganz so, als wäre nie etwas zwischen uns gewesen.«

»Bist du froh darüber?«

»Natürlich!«, bekräftigt Erin. »Vielleicht hat das was mit dieser Familie und der Freundin aus Athlone zu tun. Seán sagte, dass diese Laureen heute Nachmittag nach Clonbur kommt und mit ihm weiter nach Dublin fährt. Dort hat er morgen ganz früh ein Gespräch bei einer Einrichtung für Suchtkranke. Davon wollte er vorhin noch erzählen, doch unser Gespräch wurde unterbrochen, weil ein Freund bei ihm aufkreuzte. Seán wird mich gleich noch einmal zurückrufen.«

Nach einer kurzen Pause erheitert sich ihr Gesicht.

»Sicher tut ihm die Aktion letzte Nacht am Fenster leid. Mit dir am Kamin konnte er ja nicht rechnen. Möchte wissen, wer von euch beiden sich mehr erschreckt hat.«

Lachend steht sie auf und beginnt, den Tisch abzuräumen.

»Wohin ist Keeva eigentlich verschwunden?«

»Euer Vater hat angerufen und sie ist zum Telefonieren in ihr Zimmer gegangen.«

»Bestimmt wegen Moms Wagen. Er hat Angst, dass Keeva vergisst, den Kindersitz wieder hineinzulegen.«

»Ach Louis«, kommt Erin plötzlich ein Gedanke, »ich wollte dich fragen, wie lange du noch in Irland bleibst?«

»In acht Tagen geht meine Fähre nach England. Ich werde aber bereits am Sonntag nach Dublin fahren, da ich eine Nachtfähre gebucht habe. Am Abend darauf geht es von Dover rüber nach Frankreich. Ich muss rechtzeitig zurück sein, da ich im Dezember für drei Wochen in der Nähe von München arbeite. Wir führen dort bis Weihnachten Reparaturen am Dach eines Schlosses durch. Der Job ist sehr gut bezahlt und ich kann das Geld momentan wirklich gut gebrauchen.«

Erin ist kurz stehen geblieben und erst jetzt bemerkt Louis ihren nachdenklichen Blick, den er nicht zu deuten weiß.

»Worüber denkst du nach?«, fragt er neugierig.

»Du kennst dich doch so ziemlich mit allen Arbeiten aus, was Hausbau und Renovierung angeht, oder? Callan sagte jedenfalls, dass du ihm das gestern beim Umzug erzählt hast.«

»Na ja, mit allem wäre etwas übertrieben«, sagt Louis, »aber ich habe in den letzten Jahren neben meinem Beruf als Zimmermann sehr viel Handwerkliches dazugelernt und Erfahrungen gesammelt. Warum fragst du?«

»Weil Jill gerade die Planung für die Renovierung und den Ausbau des Restaurants voran treibt, von dem sie dir gestern ausführlich erzählt hat. Das wird ein größeres Projekt. Sowohl im Innen- als auch im Außenbereich. Ein angrenzendes Cottage soll außerdem als Gästehaus umgebaut werden. Dazu braucht sie Leute. Gute Handwerker wie dich. Sie bat mich, dich zu fragen, ob du für sie arbeiten möchtest. Owen wäre auch mit im Team. Die Finanzierung steht jedenfalls, wenn ich Jill und Liam da richtig verstanden habe.«

Louis sitzt einen Moment sprachlos da, so überrascht ist er von diesem Angebot. Dann löst sich langsam der Knoten in seinem Kopf und er kann wieder klar denken.

»Also, wenn das möglich wäre, oder besser gesagt, wenn Jill sich das vorstellen könnte, ich hätte riesige Lust dazu. Es gäbe vorher natürlich jede Menge zu besprechen. Ich müsste Umfang und Zeitrahmen des Projekts kennen, würde mir gerne die Baupläne einmal ansehen und mir vor Ort ein Bild machen. Aber die Idee klingt großartig.«

»Wunderbar«, strahlt Erin, nimmt Louis die Kleine vom Schoß und setzt sich wieder an den Tisch. »Das wird Jill sicher freuen. Bleib doch einfach die restlichen Tage vor deiner Abreise hier bei uns. Wir haben noch eine Matratze, die könnten wir im Wohnzimmer unter das Fenster legen.«

»Das ist sehr freundlich,«, sagt Louis, »doch werde ich nur bis morgen bleiben. Ich hatte dir ja bereits gesagt, dass ich die Westküste entlang weiter in den Süden reisen möchte. Es wäre also gut, wenn ich heute noch mit Jill über die geplanten Arbeiten sprechen könnte.«

»Verstehe«, sagt Erin. »Es ist wirklich schade, dass du uns verlässt, aber ganz ehrlich, ich würde an deiner Stelle auch lieber den Wild Atlantic Way hinunterfahren. Jill kommt ja gegen Mittag, dann könnt ihr in Ruhe über das Projekt sprechen.«

Louis nickt, während Siobhán nach seinem kleinen Finger greift und diesen festhält.

»Sag mal«, beginnt er vorsichtig, »darf ich dir etwas sehr Persönliches zu Callan sagen?«

»Sicher. Was immer du willst.«

»Der mag dich, Erin. Und zwar sehr«, sagt Louis und wartet gespannt auf ihre Reaktion.

»Puh«, macht Erin und nimmt erst einmal einen Schluck Orangensaft. »Das Thema also.«

»Liege ich da so falsch?«, fragt Louis.

»Wenn ich das so genau wüsste, wäre ich einen Schritt weiter«, antwortet Erin.

»Ich begreife«, sagt Louis, »es ist kompliziert.«

»Yipp. Sehr kompliziert. Er hat schon lange eine Freundin. Caitlin. Manchmal sind sie zusammen und manchmal nicht.«

»Und du?«, hakt Louis nach. »Magst du ihn?«

»Ja«, antwortet Erin, ohne zu zögern, »ich mag ihn sehr. All die Zeit war William in meinem Kopf, doch mit der Gewissheit, dass er nicht mehr zurückkommt, hat sich mein Gefühl zu Callan noch einmal verändert. Beim Umzug gestern haben sich unsere Blicke immer wieder getroffen und darin lag irgendwas zwischen schön und schmerzvoll.«

»Ich denke, ihr gehört zusammen«, überlegt Louis. »Er ist ein wirklich netter Kerl.«

»Danke, dass du so offen zu mir bist«, sagt Erin und lächelt Louis an. »Das ist schon so eine Sache mit den Gefühlen, oder? Wie sieht es bei dir mit der Liebe aus? Du hast noch gar nicht von dir erzählt.«

»Die Liebe und ich«, beginnt Louis mit ernster, nachdenklicher Stimme, »ist genau wie bei dir eine komplizierte Sache. Ich hatte noch keine lange, gute Liebesbeziehung.«

»Das wundert mich«, gibt Erin überrascht zu. »Du wirkst nicht so, als hättest du Probleme damit, eine Freundin zu finden.«

»Das ist nicht der Punkt«, entgegnet Louis. »Ich denke, ich bin erst jetzt so weit, mich wirklich ernsthaft auf jemanden einzulassen.«

»Hm, verstehe«, nickt Erin. »Dann wünsche ich dir von Herzen Glück!«

Louis möchte sich gerade für die guten Wünsche bedanken, als Erins Handy klingelt. Sie schaut auf das Display und blickt Louis vielsagend an.

»Wo wir gerade bei komplizierten Liebesgeschichten sind«, sagt sie mit gedämpfter Stimme und nimmt den Anruf entgegen.

»Hi Seán. Ja, ich bins. Warte kurz, ich gehe mit Siobhán hinüber ins Wohnzimmer, dann können wir in Ruhe sprechen.«

Der Tag nach Steven O'Learys Beerdigung im Januar zweitausendsiebzehn war ein kalter, stürmischer Samstag. Das Wetter wirkte schon seit Silvester ziemlich deprimierend und Erin saß mit Keeva und Seán bereits am frühen Abend vor ihrem wer-weiß-wievielten Bier im Burke's. Mit einem Mal fühlte sie die schwere Hand ihres Vaters auf ihrer Schulter.

»Komm schon, Erin«, sagte er mit eindringlicher Stimme, »lass uns nach Hause fahren. Du solltest nicht so viel trinken. Das macht es doch auch nicht besser.«

»Ich bleibe noch ein bisschen, Dad. Du kannst dich ruhig auf den Weg machen«, sagte sie mit angetrunkener Stimme. »Connor kann mich ja später heimbringen.«

»Bist du denn sicher, dass euer Bruder noch kommt?«

»Klar kommt der«, antwortete Erin. »Wo soll er heute Abend denn sonst noch hin? Party machen in Galway?«

Sie lachte übertrieben laut auf, als wäre ihre Frage irgendwie witzig gewesen.

»Ich fahre Keeva jetzt heim und dann weiter zu deiner Großmutter«, sagte der Vater, ohne auf ihre Bemerkung einzugehen. »Eure Mutter ist schon den ganzen Tag bei ihr unten am Corrib, damit sie sich nicht so alleine fühlt. Ich werde sie ablösen und den restlichen Abend dort bleiben. Wenn Großmutter im Bett liegt, komme ich auch nach Hause. Willst du nicht doch mit Keeva und mir jetzt schon heimfahren?«

»Kannst du mich nicht einfach in Ruhe lassen?«, fuhr Erin ihren Vater so unfreundlich und laut an, dass es ihr im nächsten Moment schon wieder leidtat.

»Hey, Erin«, reagierte Keeva gereizt und schaute ihre jüngere Schwester mit funkelnden Augen an, »rede nicht so mit Dad!«

»Entschuldige, Dad«, sagte Erin unglücklich und griff mit ihrer Hand nach der ihres Vaters. Der nahm sie und streichelte diese zärtlich mit dem Daumen.

»Ist schon in Ordnung«, sagte er ruhig. »Dann soll Connor dich später mitnehmen. Vielleicht rufe ich ihn gleich von unterwegs an. Pass auf dich auf, Erin. Bis später.«

»Bis später, Dad. Sag Großmutter bitte, dass ich an sie denke und morgen dann für sie da bin.«

»Seán«, sagte Erins Vater, tippte mit dem Zeigefinger an seine Schiebermütze und nickte zur Verabschiedung kurz in Richtung des jungen Mannes am Tisch.

»Auf Wiedersehen, Mr. O'Leary.«

Keeva stand auf, wuschelte einmal durch Seáns schöne Locken und gab ihrer Schwester einen lauten Kuss auf die Wange. Dann verließ sie mit ihrem Vater den Pub.

»Was ist eigentlich mit Keeva los?«, fragte Seán, während er dabei auf sein leeres Bierglas starrte. »Sie scheint überhaupt nicht traurig zu sein.«

»Klar ist sie traurig«, sagte Erin und blickte ihn von der Seite mit trunkenen Augen an. »Ich habe sie gestern spät abends unten im Wohnzimmer schluchzen gehört. Sie hat unseren Großvater vielleicht am meisten geliebt. Ich glaube, sie macht sich Sorgen um mich. Aber keine Ahnung, ich bin betrunken und rede vermutlich nur Scheiße.«

»Du redest nie Scheiße«, sagte Seán. »Du bist die gute Seele der Familie. Du bist die einzige Freundin, die mich nie im Stich gelassen hat, Erin. Die einzige.«

»Und du warst gestern auf der Beerdigung für mich da«, sagte sie. »Dafür bin ich dir sehr dankbar, Seán Monroe. Es hat mir wirklich viel bedeutet.«

»Ich würde alles für dich tun«, sagte Seán mit unsicherer Stimme. »Das weißt du.«

Da nahm sie wie aus dem Nichts Seáns Kopf in ihre Hände und küsste ihn leidenschaftlich. Seán wusste nicht wirklich, mit dieser Situation umzugehen. Es war das, worauf er immer schon gehofft, was sich seit Jahren täglich in seinen Träumen abgespielt hatte, doch glich dieser Kuss mehr einem Angriff als einer zärtlichen Übereinkunft. Ihre Münder prallten so heftig aufeinander, dass seine Lippen weh taten, und Erins Zunge fuhr durch seinen Mund, als wolle sie gewaltsam fremdes Land erobern. Als er Erin sanft, aber entschieden mit den Händen von sich schob, schaute sie ihn irritiert an.

»Erin«, begann Seán.

Doch sie ließ ihn gar nicht zu Wort kommen.

»Komm«, sagte sie. »Lass uns verschwinden.«

»Ich weiß nicht, Erin, du bist betrunken und ich hatte auch schon ein paar Bier.«

»Bist du mit dem Wagen hier?«, fragte sie mit erregter Stimme und ein ihr unbekanntes Verlangen stellte sich ihrem Schmerz der letzten Tage in den Weg, ohne dass sie etwas dagegen hätte tun können.

»Ja«, sagte Seán und in diesem Moment verschwanden alle seine Bedenken.

Die Aussicht darauf, seinen tiefsten Wunsch erfüllt zu bekommen, seiner Begierde endlich nachgeben zu dürfen, riss ihn mit.

Sie griffen nach ihren Sachen und verließen hastig den Pub. Als die Lichter des Dorfes hinter ihnen kaum noch zu sehen waren, lenkte Seán seinen Wagen in einen einsamen, dunklen Weg zum Lough Mask hinunter. Während der Fahrt öffnete Erin völlig unvermittelt den Reißverschluss seiner Hose und griff mit der linken Hand hinein. Seán stöhnte kurz laut auf, als hätte Erin ihm gerade einen Eiswürfel ins Hemd gesteckt und er bremste den Wagen einfach mitten auf dem Weg. Erin gefiel, was ihre Hand ertastete. Es fühlte sich hart, warm und vor allen Dingen lebendig an und es schien in dieser Sekunde genau das richtige Werkzeug zu sein, um nicht mehr das fühlen zu müssen, was sie seit Tagen fühlte. Hektisch griff sie in ihre Tasche und suchte nach dem Kondom, welches ihr Susan schon vor ewiger Zeit mit einem ungläubigen, fast strengen Blick zugesteckt hatte. Sie fand es und sah sich selbst erstaunt dabei zu, wie scheinbar gekonnt sie es zwischen ihre Finger nahm und es dem verwirrt dreinblickenden Seán überstreifte. Erins leidenschaftliche, aber zugleich unbeholfene Art im Umgang mit Männern bereitete ihnen einen kurzen schmerzhaften Moment, doch nachdem er in sie eingedrungen war und sie zum Rhythmus der Scheibenwischer ihr Becken auf ihm sitzend vor- und zurückschob, ließ er alles wie im Rausch über sich ergehen.

Erin genoss die wenigen Minuten der intensiven Betäubung. Als es dann vorbei war und sie wieder von Seán abließ, schien für einen Moment alle Trauer erloschen und in ihr war nur noch große, wohltuende Leere. Das Einzige, was sie außer dem Trommeln des Regens auf das Autodach und dem dumpfen Quietschen der Scheibenwischer wahrnahm, war der bittere Geschmack nach schalem Bier in ihrem Mund.

»Das ist wirklich nett, dass du mich abholst«, sagt Keeva am späten Nachmittag, nachdem sie sich neben Louis auf den Beifahrersitz gesetzt hat.

Sie schließt ihre Tür und Louis und sie winken ihren Eltern zum Abschied noch einmal zu.

»Ist doch kein Problem«, sagt Louis. »Ich wollte mich sowieso noch von deinen Eltern verabschieden.«

»Konntest du schon mit Jill über den Job Anfang des Jahres im Stone Bridge sprechen?«, fragt Keeva neugierig.

»Ja«, antwortet Louis, »wir haben uns vorhin zusammengesetzt und geredet.«

»Und?«

»Ich mach's«, antwortet Louis und bemerkt das freudige Strahlen in Keevas Gesicht. »Von Januar bis Juni. So haben wir es vereinbart.«

»Was für eine tolle Nachricht!«, ruft sie begeistert, bevor sie den Blick abwendet und eine ganze Zeit lang schweigend auf den unter ihnen liegenden, mächtigen Lough Corrib schaut. Während der kleine Škoda in der Dämmerung der gewundenen Straße entlang des Seeufers folgt, heben die Schafe am Wegesrand ihre Köpfe neugierig und starren auf das vorbeifahrende Auto. Louis fragt sich schon, warum Keeva so still neben ihm sitzt, und ob sie keine Lust mehr auf eine Unterhaltung hat. Doch da dreht sie ihren Kopf zurück und schaut ihn von der Seite an.

»Louis«, beginnt sie entschlossen.

»Ja«, sagt er fast erleichtert, »was ist?«

»Erin meinte vorhin am Telefon, dass du morgen weiter die Atlantikroute hinunterfährst. Ist das richtig?«

»Ja«, antwortet Louis, »morgen fahre ich für eine Stadtbesichtigung nach Galway und dann weiter bis Doolin, um mir dort ein B&B zu suchen. Ich möchte mir die berühmten Cliffs of Moher nicht entgehen lassen. Und danach geht es weiter bis ganz hinunter in den Süden. Warum fragst du?«

»Weil ich, bevor ich im neuen Jahr mein Vorstellungsgespräch in

Cork habe, noch einmal vier Wochen verreisen werde, um Freunde in London und Edinburgh zu besuchen. Erin sagte auch, dass deine Fähre am Montag nach England übersetzt. Ich habe mich gefragt, ob wir den ersten Teil der Reise nicht gemeinsam unternehmen könnten. Natürlich nur, wenn dir die Idee gefällt.«

Louis ist von ihrem Vorschlag derart angetan, dass er gar nicht weiß, wohin mit seiner Freude.

»Das ist eine absolut großartige Idee«, sprudelt es aus ihm heraus. »Natürlich freue ich mich, wenn du mich begleitest.«

»Wirklich?«

»Na klar!«, sagt Louis und schaut kurz in ihre leuchtenden Augen. »Ich weiß gar nicht, was ich sagen soll. Ich bin mir sicher, dass die Reise mit dir noch viel aufregender und schöner wird.«

Louis hupt einige Male vor Freude. Der Lärm durchbricht die Stille in der einsamen Gegend und einige Schafe laufen erschrocken die Hänge hinauf. Louis streckt seinen Kopf durch das geöffnete Fenster, so dass seine Haare wild im Fahrtwind wehen.

»Sorry, ihr Schafe!«, schreit er hinaus, zieht den Kopf wieder zurück und lässt die Scheibe per Knopfdruck nach oben gleiten.

Keeva lacht auf und nickt Louis mehrmals zu, dankbar, dass er sich so begeistert zeigt von ihrer Idee.

»Erin weiß noch nichts von meinem Plan«, nimmt sie das Gespräch wieder auf. »Ich werde es ihr gleich beim Essen sagen. Ich packe noch heute Abend meinen Koffer und dann können wir morgen früh los Richtung Galway.«

»Es wird wahrscheinlich so sein«, gibt Louis zu bedenken, »dass wir uns unterwegs immer wieder mal ein Zimmer teilen müssen. Ich hoffe, das ist für dich kein Problem.«

»Komm schon«, sagt Keeva entrüstet, »als wenn das für mich ein Problem wäre.«

»Gut,«, sagt Louis mit einem erleichterten Lächeln, »wollte es vorher nur erwähnen.«

Während sie über mögliche Pläne für die bevorstehende Tour sprechen, tauchen in der Ferne die Lichter von Clonbur in der Abenddämmerung auf.

»Können wir noch einen schnellen Abstecher ins Dorf machen und am Supermarkt halten?«, fragt Keeva. »Ich habe Erin versprochen, Salat, Tomaten und Avocado fürs Abendessen zu besorgen.«

»Na klar«, sagt Louis.

Auf der menschenleeren kleinen Straße, die durch das Dorf führt, hält er einige Minuten später unter einer Straßenlaterne vor dem hell erleuchteten Geschäft.

»Bin gleich zurück«, sagt Kccva und steigt aus.

Beschwingt geht sie auf den Eingang zu und stößt dabei fast mit einem Kerl in einem grauen Rollkragenpullover zusammen. Der großgewachsene Mann mit rasiertem Schädel und langem, schwarzem Bart dreht sich ihr mit einem entschuldigenden Lächeln zu, dann wechselt er die Straßenseite. Er steigt in einen schwarzen Oberklasse-SUV ein und fährt langsam davon. Louis, der auf das Gesicht des Hünen gestarrt, und seine Augen keine Sekunde von der auffälligen Gestalt hat abwenden können, verfolgt mit seinem Blick nun irritiert den davonfahrenden Wagen, bis dieser zwischen den kleinen, bunten Häusern entschwunden ist. Dann schüttelt er ungläubig den Kopf.

»Blödsinn«, sagt er leise zu sich und lässt den unwirklichen Gedanken, der sich ihm aufdrängen will, einfach nicht zu.

Nach einem letzten, gemeinsamen Frühstück am nächsten Morgen heißt es für Louis und Keeva, Abschied zu nehmen von Erin, Jill und Siobhán.

»Danke noch einmal, dass du das alles für mich getan hast«, sagt Erin leise in Louis' Ohr, als sie sich in der Auffahrt vor dem Haus in den Arm nehmen. »Und dafür, dass du so ein ehrlicher Mensch bist. Pass gut auf meine Schwester auf.«

Louis weiß erst nicht, was er sagen soll. Er drückt Erin ganz fest an sich, dann schaut er in ihre geröteten Augen und spürt zu seiner eigenen Überraschung, wie sehr auch ihn dieser Abschied ergreift.

»Ich sage Danke für alles, Erin. Es war wunderbar, bei euch sein zu dürfen und deine Familie kennenzulernen. Silvester sehen wir uns ja schon wieder.«

Noch lange winken Louis und Keeva mit weit aus den Fenstern gestreckten Armen, während der Wagen auf die Hügelkuppe im Westen zufährt. Ein letztes Hupen, dann ist vom kleinen, blauen Škoda nichts mehr zu sehen. Erins Herz ist schwer. Schon wieder ein Abschied. Jill spürt Erins Schmerz und hakt sich vorsichtig bei ihr unter. So stehen sie noch eine Weile auf der Straße. Ganz oben am Himmel durchbricht das Geräusch eines Flugzeugs die Stille.

»Und? Sind wir uns einig?«, fragt Jill schließlich, ohne den Blick vom Horizont zu nehmen.

»Meinst du...«, beginnt Erin und schaut ihre Freundin dabei vielsagend von der Seite an.

»Ja, das meine ich!«, fällt Jill ihr einfach ins Wort. »Die beiden. Da läuft doch was, oder?«

»Aber ganz sicher«, antwortet Erin lachend und zieht Jill mit sich fort. »Komm schon. Lass uns schnell reingehen und hoffen, dass unsere Kleine nicht aufgewacht ist und den Laufstall auseinandergenommen hat.«

Die erste halbe Stunde ihrer gemeinsamen Reise ist Louis mehr damit beschäftigt, seine eigene Unsicherheit sowie Keevas Stimmung wahrzunehmen, als sich für die schönen Landschaften oder die faszinierenden Kulturdenkmäler am Wegesrand zu interessieren. Dieses ihm fremde Gefühl, Glück zuzulassen, erscheint ihm anfangs unheimlich und es ist schließlich Keevas Lebensfreude zu verdanken, dass seine Angespanntheit mehr und mehr von ihm abfällt. Staunend beobachtet er sie während der Fahrt immer wieder aus dem Augenwinkel, um herauszufinden, wieso mit ihr diese Verwandlung möglich ist. Es ist ihm längst klar, dass es nicht nur an ihrer äußeren Schönheit liegt. Er entscheidet sich, dieser Erkenntnis zu vertrauen und dieses Neuland entschlossen zu betreten. Nachdem sie Maam Cross hinter sich gelassen haben, fahren sie über Cloonnagleragh nach Screebe und von dort aus die Küste entlang. Das Meer ist wild und, als sie in der Cnoc Carrach Bay einen Strandspaziergang machen, schlagen die Wellen krachend an die vorgelagerten Felsen. Die Kapuzen tief ins Gesicht gezogen laufen sie, begleitet von ausgelassenen Schreien, rückwärts gegen die stürmischen Böen. Wie zwei Kinder nehmen sie sich schließlich an die Hand und lassen sich langsam immer weiter nach hinten kippen, bis die Kraft des Windes sie nicht mehr stützt und sie lachend in den Sand fallen. Eine ganze Weile bleiben sie so liegen, ehe sie ihre Hände wieder voneinander lösen und zum Auto zurückkehren. Mit geröteten Wangen verspeisen sie im Wagen noch einige Brote aus dem Proviantkorb und trinken heißen Tee, bevor sie ihre Fahrt fortsetzen.

In Galway angekommen, parken sie an der Woodquay Street und schlendern anschließend die Shop Street hinunter. Trotz des stürmischen Wetters sind viele Menschen unterwegs, spielen Musiker an den Straßenecken und vor dem Kings Head tanzen junge Leute den Sean-Nós*. Louis ist begeistert von dem bunten Treiben um ihn herum und er nimmt sich vor, im kommenden Frühjahr ein Wochenende in Galway zu verbringen. Am Ende der Shop Street betreten Keeva und er einen kleinen Schmuckladen und Louis kauft sich einen silbernen Claddagh**-Ring, wie auch Keeva ihn trägt. Während der Fahrt vorhin hatte sie ihm auf seine Frage hin die Bedeutung des Ringes erklärt, den so viele Irinnen und Iren als Schmuck tragen. Dass die beiden Hände für die Freundschaft stünden, das Herz für die Liebe und die Krone für die Treue. Der ent-

---

* traditioneller irischer Solotanz [ʃanˈnoːs]   ** [klædə] traditioneller irischer Fingerring

scheidende Kniff beim Tragen des Ringes aber sei, so hatte sie betont, wie herum man ihn auf den Finger stecke. Zeige die Spitze des Herzens zur Fingerspitze, sei man offen für eine neue Beziehung, zeige die Spitze des Herzens jedoch zum Handrücken, sei man bereits an jemanden vergeben. Während Keeva ihren Ring beim Erklären demonstrativ mal in die eine, mal in die andere Richtung drehte, hatte Louis überrascht wahrgenommen, dass die Spitze des Herzens am Ende auf ihren Handrücken zeigte.

Die beiden gehen weiter bis zur Wolf Tone Bridge, halten auf der Mitte der Brücke symbolisch ihre Hände mit den Claddagh-Ringen gegen den blauen Himmel und Keeva hält das Motiv mit ihrem Handy fest. Nach einer ausgedehnten Mittagspause in einem gemütlichen Restaurant in der Sea Road kehren sie zu ihrem Wagen zurück. Und noch während Louis den kleinen Škoda aus der Stadt hinaus durch die Straßen navigiert, um auf die N6 zu gelangen, ist Keeva auf ihrem Beifahrersitz eingenickt. Louis schaut sie an und ihm wird klar, dass dieser Tag schon jetzt einer der besten in seinem Leben ist. Er folgt der dicht befahrenen N6 und dann, als sie die Stadt hinter sich lassen, der N67 weiter bis Kilcolgan. Auch Louis fühlt nun ein wenig die Erschöpfung, doch scheinen der Espresso nach dem Essen und seine Glückshormone ganze Arbeit zu leisten. Fünfzehn Minuten, nachdem sie Kinvara passiert haben, erreichen sie den einzigartigen Burren, diese mondähnliche Steinlandschaft, über die Louis in seinem Reiseführer so viel gelesen hat. Unterhalb des Muckinish Hill stellt er den Wagen in einem Stichweg ab und weckt Keeva vorsichtig. Gemeinsam steigen sie den steinigen Weg empor und oben angekommen lassen sie den Blick über die Felsenlandschaft hinweg bis zum Meer schweifen.

»Ich bin glücklich, dass du mitgekommen bist«, schreit Louis gegen den Lärm des Windes an und strahlt dabei übers ganze Gesicht.

Zwar nickt Keeva zurück, doch ist Louis sich nicht sicher, ob sie ihn wirklich verstanden hat. Gegen siebzehn Uhr passieren sie schließlich bei anbrechender Dunkelheit das Ortsschild von Doolin. Sie beschließen, erst einmal nach einem freien Zimmer in einem B&B zu suchen um dann den Abend im O'Connor's Pub zu verbringen, von dem Keeva schon während der Fahrt geschwärmt hat. Am Ortsrand bekommen sie ein schönes Doppelzimmer und, da noch etwas Zeit bleibt, stellen sie den Wecker auf viertel nach sieben, um es sich die nächsten eineinhalb Stunden auf ihrem Doppelbett gemütlich zu machen. Noch während Louis denkt, er könne nicht einschlafen, weil er verstohlen die in einer Zeitschrift blätternde Keeva betrachtet, fallen ihm schon die Augen zu.

Nach einem kurzen Abstecher zum kleinen Hafen von Doolin betreten Louis und Keeva schon am frühen Abend die Räume des bereits 1832 gegründeten O'Connor's Pub. Drinnen ist es laut und lebhaft und sie haben Glück, noch einen kleinen Tisch zu ergattern. Nachdem sie ihr Abendessen noch in Ruhe zu sich nehmen und sich dabei über den morgigen Tag, sowie über weitere Etappen ihrer Reise unterhalten konnten, sorgt nun die immer größer werdende Runde an Musikern für eine nicht enden wollende Hochstimmung. Zwar genießt Louis die aufgeladene und lebendige Atmosphäre, doch gleichzeitig wird ihm bewusst, dass er sich gerade jetzt, in all dem Lärm um sie herum, nach Stille sehnt. Weil er endlich herausfinden möchte, ob er all die Blicke und Gesten, die Keeva ihm schenkt, richtig zu lesen weiß. Weil er ihr endlich sagen will, wie er fühlt. Aber als sie gegen Mitternacht unter dem Sternenhimmel nebeneinanderher die einsame Dorfstraße hinauf zu ihrem B&B schlendern, stecken all die Worte und Sätze in ihm fest, die er sich den ganzen Abend schon zurechtgelegt hat.

Jetzt sag es ihr endlich, denkt er. Komm schon! Sei nicht wie dein Vater!

Doch diese verfluchte Angst in ihm behält, wie schon so oft, die

Oberhand. In ihrem Zimmer angekommen, ist die Intimität ihrer Zweisamkeit für Louis so elektrisierend, dass er nicht wirklich weiß, wie er sich verhalten soll. Er beobachtet sich und jede seiner Bewegungen, als müsse er befürchten, dass Keeva falsche Schlüsse daraus ziehen könnte. Als Louis schließlich schon eine ganze Weile neben ihr im dunklen Zimmer liegt, fragt er sich, ob sie noch genauso wach ist wie er. Ob sie genau wie er am liebsten eine Hand zur anderen Seite des Bettes ausstrecken würde, um ihn zu berühren. Doch ihr Atem geht ruhig und gleichmäßig.

An der Küste unterhalb der Cliffs of Moher im Westen Irlands wird es bereits hell. In dem gemütlichen Doppelzimmer mit Blick in den Garten leuchtet das Display eines Mobiltelefons auf und es erklingt eine leise Melodie. Ohne die Augen wirklich zu öffnen, greift Keeva nach ihrem Handy und stellt den Wecker aus. Erst jetzt wird ihr bewusst, wo sie sich befindet: gemeinsam mit Louis in dem gemütlichen Bett ihres B&B in Doolin. Sie dreht sich um und schaut in das Gesicht des Mannes, der zwar nur wenige Zentimeter von ihr entfernt friedlich schläft, den sie jedoch gar nicht wirklich kennt. Am Abend zuvor hatte sie vor dem Einschlafen gehofft, dass Louis ihr noch ein Zeichen geben, sie sanft berühren würde, doch hatte er ganz ruhig dagelegen und schien eingeschlafen zu sein. Sie hatte sich außerdem gefragt, warum sie im letzten Jahr keinem Mann hatte ihr Herz öffnen können, und warum sie sich jetzt, kaum dass sie zurück in der Heimat war, Hals über Kopf in diesen Deutschen zu verlieben schien.

Keeva steigt vorsichtig aus dem Bett, nimmt sich frische Unterwäsche, Jeans und Hoodie aus ihrem Reisekoffer und geht auf Zehenspitzen ins Badezimmer. Sie schließt die Tür leise hinter sich, zieht ihren Pyjama aus und betrachtet im Morgenlicht ihren Körper im Spiegel. Noch immer sind die Umrisse ihres Bikinis auf der sonnengebräunten Haut gut zu erkennen. Das kleine Tattoo einer

Wellenreiterin auf ihrer linken Schulter, welches sie sich an der Ostküste Australiens zusammen mit Laure, einer befreundeten Französin, kurz vor der Abreise hatte stechen lassen, wirkt wie ihr kleines Geheimnis, das sie seit ihrer Rückkehr noch niemandem preisgegeben hat. Dass Louis nur wenige Meter entfernt von ihr im Bett liegt, erregt sie. Ganz sanft streicht sie mit ihren Fingern über ihr frisches Tattoo, über ihre Schultern, ihre Brust. Dabei genießt sie das angenehme Kribbeln, das sie von Kopf bis Fuß erfasst. Dann öffnet sie ihre hochgesteckten Haare und schüttelt diese kurz, aber energisch. Dabei macht sie ungewollt einen verführerischen Blick und muss im selben Augenblick über ihr Spiegelbild schmunzeln. Ob sie Louis wohl gefällt? Sie wurde in der Vergangenheit so oft auf ihre Schönheit angesprochen, dass es bereits angefangen hatte, sie zu ermüden. Dass ihr Äußeres so einen großen Teil ihrer Attraktivität auszumachen schien, störte Keeva zunehmend und ließ sie immer wieder an den Absichten der Männer zweifeln, die sie begehrten. Bei Louis war es auf unerklärliche Weise anders. Ihm wollte sie gefallen und die Vorstellung, es vielleicht nicht zu tun, beunruhigte sie. Als sie die Dusche anstellt und hineinsteigen will, bemerkt sie, dass sie ihren Kulturbeutel mit dem Shampoo auf dem Nachttisch hat stehen lassen.

»Shit«, flucht sie leise und stellt die Dusche wieder ab.

Sie wickelt sich in eines der großen Badetücher und öffnet noch einmal leise die Tür zum Zimmer. Louis, der gerade erst aufgewacht und nur mit einer Shorts bekleidet aus dem Bett gestiegen ist, um sich ein frisches T-Shirt aus dem Koffer zu nehmen, verharrt in gebückter Haltung. Einen Moment lang sehen sie sich an. Louis richtet sich langsam wieder auf und macht zwei Schritte auf Keeva zu, ohne den Blick von ihr abzuwenden. In der Mitte des Raumes bleibt er stehen. Er spürt sein Herz, wie es ihm bis zum Halse schlägt. Dann geht auch sie mit vorsichtigen Schritten auf ihn zu, bis sie direkt vor ihm steht. Sie schließt ihre Augen, hört seinen

Atem ganz nah. Sie bewegt ihren rechten Arm Zentimeter um Zentimeter nach vorn. Ihr Handrücken berührt den dünnen Stoff seiner Shorts. Sie hält inne. Louis küsst sie auf ihre Schulter, auf ihren Hals. Ein Schauer durchzieht Keevas ganzen Körper. Sie spürt, wie sich die Haare auf ihren Armen aufstellen und es in ihrem Unterleib beginnt, heftig zu pulsieren. Sie beginnt, die Rückseite ihrer Hand ganz vorsichtig über die Vorderseite seiner Shorts gleiten zu lassen und fühlt seine Erregung. Ihre andere Hand löst das Badetuch, das über ihrer Brust zusammengehalten wird. Es fällt zu Boden und sie bewegt ihren Oberkörper so weit nach vorn, dass ihre Brüste seine nackte Haut berühren. Er lässt seine Finger sanft über ihre Oberarme, ihren Rücken, ihre Hüften streichen. Sie öffnet ein klein wenig ihre Beine und seine Hand gleitet von ihrem Bauch langsam hinunter zwischen ihre Schenkel. Keeva stöhnt leise auf, dann schiebt sie ihre rechte Hand unter den Stoff seiner Shorts. So verharren sie einige Zeit. Atmend. Fühlend. Erregt. Dann nimmt sie Louis' Hand und geht mit ihm zum Bett hinüber. Während sie sich küssen, lassen sie sich behutsam in die weichen Decken sinken.

12

»Wann, sagtest du, geht deine Fähre zurück nach Irland?«, fragt Liv, während sie gemeinsam mit Louis die letzten Gläser und Tassen vom festlich geschmückten Tisch im Esszimmer abräumt. »Diese Woche noch?«

»Ja«, erwidert Louis, »Samstagmorgen geht die Fähre nach England und am späten Nachmittag setze ich von Wales nach Dublin über. Dann bin ich am Abend vor Silvester dort. Morgen fahre ich nach Bonn und packe noch Werkzeuge und Klamotten ein für die kommenden Monate. Außerdem will ich bei Stefan vorbei und ihm noch einmal in Ruhe erklären, warum ich für die Jobs im kommenden Halbjahr nicht zur Verfügung stehe.«

Louis trägt zu leiser Weihnachtsmusik das volle Tablett auf dem Unterarm in die Küche und hängt im Vorbeigehen den kleinen Papierstern, der um den Hals der Sektflasche gehangen hatte, an den Tannenbaum. Er räumt das dreckige Geschirr in die Spülmaschine, während Liv am Waschbecken steht und die Reste aus Gläsern und Tassen in den Ausguss kippt.

»Ich bin so froh«, sagt sie, »dass du nach deinem Job in Bayern noch rechtzeitig zum Fest bei uns eingetrudelt bist. Schade nur, dass deine Freundin schon vorletzte Woche zurück nach Irland musste. Mama hätte sich sicher gefreut, sie kennenzulernen. Von unserem Haus ist Mama übrigens begeistert und hat deine Arbeit ausdrücklich gelobt.«

»Ich freue mich auch, euch alle zu sehen«, sagt Louis. »Ich finde es unglaublich, dass sogar die Schotten gekommen sind. Das mit Moiras Schwangerschaft war jedenfalls die größte Weihnachtsüberraschung. Abgesehen von Mamas selbstgestrickten Socken natürlich. Sie sieht richtig gut aus, findest du nicht auch?«

»Ja«, sagt Liv. »Hat sie dir schon erzählt, dass sie sich mit einem

Mann trifft?«

»Wie bitte? Mama trifft sich mit einem Mann? Liv, komm schon.« Louis steht gebeugt vor der Spülmaschine und schaut seine Schwester ungläubig an.

»Wenn ich es dir sage«, reagiert Liv fast ein wenig entrüstet. »Du kannst mir schon glauben.«

»Erzähl«, fordert Louis sie auf. »Was für ein Mann? Was ist das für ein Kerl? Ist Mama etwa verliebt?«

»Erstens ist er kein Kerl«, sagt Liv, »sondern ein sehr gebildeter Herr in ihrem Alter, und zweitens würde ich mich sehr für Mama freuen, wenn sie sich noch einmal verlieben könnte. Du etwa nicht?«

»Doch, doch«, sagt Louis beschwichtigend. »Natürlich würde ich mich für sie freuen. Ich hoffe einfach nur, dass er in Ordnung ist und Mama nicht weh tut.«

»So, wie Mama von ihm erzählt, müssen wir uns keine Sorgen machen. Er scheint sehr freundlich und fürsorglich zu sein. Sie hat auch schon einen Teil seines Freundeskreises kennengelernt und war ganz angetan.«

»Da drück' ich Mama ganz fest die Daumen«, sagt Louis aufrichtig und setzt sich auf einen der Küchenstühle.

Liv nimmt einen feuchten Lappen, um die Küchenzeile abzuwischen. Als sie damit fertig ist, umarmt sie Louis von hinten und fährt ihm kurz mit dem Küchenlappen über die Nase, so, wie sie es früher immer gemacht hat, um ihn zu ärgern.

»Ey, Liv«, ruft Louis entrüstet, »das ist ekelig.«

Lachend wirft sie den Lappen in die Spüle.

»Sollen wir noch eine Flasche aufmachen?«, fragt sie und der Ton in ihrer Stimme liefert eigentlich schon die Antwort.

»Scheiß drauf, warum nicht«, erwidert Louis ergeben und sieht Liv zu, wie sie eine neue, kalte Flasche Crémont aus dem Kühlschrank holt und sie Louis reicht. Während er den Korken mit einem leisen Ploppen vorsichtig aus der Flasche dreht, holt Liv zwei

Sektgläser aus dem Schrank und setzt sich neben ihren Bruder.

»Ich kann diese Geschichte immer noch nicht glauben«, beginnt sie. »Dass das Geld und der Brief die ganzen Monate im Baum gehangen haben und dass du diese junge Irin ausfindig gemacht hast.«

»Sie heißt Erin«, sagt Louis.

»Genau, diese Erin. Das klingt einfach so unglaublich. Und dass du nicht zur Polizei gegangen bist, ist mal wieder so typisch.«

Er lächelt seine Schwester an und sie lächelt zurück.

»Eigentlich«, fährt Liv fort, »finde ich aber, dass du richtig gehandelt hast. Die arme Frau mit ihrer Kleinen. Dieses Schicksal! Was hätte Jette davon gehabt, die ganze Geschichte zu erfahren. Außer schlechten Gefühlen und dreißigtausend Euro mehr auf ihrem prall gefüllten Konto. Gut gemacht, Louis, wirklich.«

»Danke«, sagt er erleichtert.

»Und dann hast du dich tatsächlich in ihre Schwester verliebt?«, fragt sie mit einem ungläubigen Kopfschütteln. »Sag schon, was ist das jetzt genau zwischen euch?«

Louis lächelt ein wenig verlegen und nimmt erst einmal einen Schluck vom seinem kalten, perlenden Getränk, bevor er anfängt zu erzählen.

»Liffi, du weißt ja, dass ich noch nie eine wirklich funktionierende Beziehung hatte.«

»Allerdings«, lächelt Liv milde. »Das weiß ich nur zu genau.«

»Jedenfalls«, fährt er fort, »habe ich im letzten Jahr viel über mich gelernt. Ich habe manche Dinge besser verstanden.«

»Was für Dinge«, fragt Liv interessiert.

»Zum Beispiel Dinge, die meine Beziehung zu Papa betreffen. Ich meine, was war er bitteschön für ein Vorbild für mich, was Beziehungen angeht?«

»Na, na«, sagt Liv ein wenig entrüstet. »Rede nicht schlecht über Papa.«

»Darum geht es doch nicht«, sagt Louis. »Es geht nicht um gut oder schlecht. Es geht mir darum, herauszufinden, warum ich so bin, wie ich bin. Warum meine Beziehungen meistens in Katastrophen enden oder ich niemals das Gefühl habe, mit einem anderen Menschen für längere Zeit glücklich sein zu können. Und daran haben Papa und Mama ganz sicher ihren Anteil. Ich sage nicht, dass es ihre Schuld ist. Irgendwie bin ich natürlich auch ich. Aber Papa hat es nie zugelassen, dass ich eine Nähe zu ihm aufbauen konnte. Nie. Außer vielleicht bei unseren Vogelwanderungen, bei denen so gut wie nicht gesprochen werden durfte. *Schweigen im Walde* wäre ein treffender Titel für unsere Beziehung.«

»Hm«, macht Liv nachdenklich. »Komisch, zu mir war er anders.«

»Ich weiß.«

»Tut mir leid, Louis.«

»Schon in Ordnung«, sagt er. »Kannst du ja nichts dafür.«

»Und Mama...«, beginnt Liv.

»Und Mama hatte immer Angst«, fällt Louis ihr ins Wort. »Sie war nur damit beschäftigt, Papa irgendwie... tja, wie soll man das ausdrücken? Irgendwie am Leben zu halten, damit er nicht an seinem Leid erstickt. Immer, wenn sie für mich hätte da sein sollen, war sie gleichzeitig in Gedanken bei Papa, als hätte sie Angst, ihn zu verraten.«

»Das klingt hart«, sagt Liv mit einem leichten Vorwurf in der Stimme. »Papa hatte es auch nicht leicht in seinem Leben. Im Gegenteil. Dir hat er schließlich als Einzigem die ganze alte Geschichte mit Oma Frieda und Opa Gustav erzählt. Und diesem gruseligen Uropa.«

»Ich weiß«, sagt Louis. »Das Leben ist manchmal verdammt ungerecht. Und eines ist mir im letzten Jahr klar geworden. Ich komme nur weiter, wenn ich mir das alles ehrlich anschaue. Es geht gar nicht um Schuldzuweisungen, aber ich muss darüber sprechen können. Und die Wahrheit ist natürlich auch, dass ich so sehr wollte, dass unser Vater mich liebt.«

»Ich verstehe«, sagt Liv, der das Gespräch unangenehm ist und die darum versucht, das Thema zu wechseln. »Und was ist jetzt mit Keeva? Ist das eigentlich eine Kurzform? Keeva?«

»Kleinen Moment noch«, sagt Louis und seine Stimme klingt jetzt erregt. »Ich erzähle dir gleich von ihr, vorher muss ich aber kurz noch etwas zu den Wochen sagen, bevor Keeva und ich uns begegnet sind. Es geht um meine Reise.«

»Ok«, sagt Liv und gießt sich noch etwas Crémont in ihr Glas.

»Eigentlich hat es in Schottland angefangen«, sagt Louis. »Mit Sofia. Die Kleine mochte mich einfach so, wie ich bin. Ohne, dass ich wollte, dass sie mich mag. Ich weiß, es klingt bescheuert, weil sie ja ein Kind ist. Aber das hat mich so berührt, Liv, so sehr. Sofia hat ständig meine Nähe gesucht, meine Hand gehalten, mich umarmt oder sich beim Vorlesen an mich gekuschelt. Keine Ahnung, warum.«

»Das klingt schön«, sagt Liv. »Habe mich schon den ganzen Tag gewundert, dass die Kleine so an dir klebt und kaum von deiner Seite weicht. An dem kleinen Kuschelschaf, das du ihr geschenkt hast, kann es ja nicht liegen. Das Thema Nähe hattest du doch schon damals während deiner Therapie, oder nicht? Nach dem ganzen Drama mit Svenja?«

»Ja«, antwortet Louis, nicht wenig überrascht darüber, dass Liv sich dieses Detail gemerkt hat.

»Jedenfalls«, fährt er fort, »bin ich dann mit diesem Gefühl nach Irland gereist und es war, als würde ich zum ersten Mal wirklich ankommen. Die Menschen dort geben mir das Gefühl, dazuzugehören, und Gemeinschaft ist ihnen das Allerwichtigste. Ich weiß, Liv, das sind gängige Klischees. Ich war der entspannte Tourist, der durch wunderschöne Landschaften fährt und abends zur Musik im Pub mit angetrunkenen Einheimischen sein Bier trinkt. Und natürlich ist auch auf der Insel nicht alles toll. In Irland werden mal eben so Hunde erschossen und viele von den ganz Alten haben große Sympathien für Adolf Hitler.«

»Echt?«, fragt Liv überrascht.

»Ja, echt. Hitler und seine Nazis haben schließlich gegen die Engländer gekämpft und das ist für viele Iren schon Grund genug. Aber das ist eine andere Geschichte. Ich komme jetzt zum Punkt. Dann bin ich Keeva begegnet. Ich könnte dir jetzt viel über sie erzählen. Zuerst natürlich, wie unglaublich klug, schön und selbstbewusst sie ist, wie sie ihr Leben ergreift, und wie herzlich sie sich um ihre Freunde und ihre Familie kümmert. Aber das Wunderbarste ist, dass sie die erste Frau zu sein scheint, bei der ich nicht das Gefühl habe, in irgendeine beschissene Rolle schlüpfen zu müssen. Ich weiß, das klingt irgendwie schräg, aber du weißt schon, wie ich das meine?«

»Klingt gar nicht schräg«, antwortet sie nachdenklich. »Und ich verstehe genau, was du meinst. Seid ihr beiden denn jetzt richtig zusammen?«

»Das ist eine gute Frage«, gibt er zurück. »Ich würde sagen, dass wir sehr verliebt sind und jeden Moment miteinander genießen. Ein guter Anfang, wie ich finde. Wir haben uns auf unserer Reise natürlich viel über uns unterhalten, auch darüber, welche Art von Beziehung wir nicht führen wollen. Ich traue es mich fast nicht zu sagen, Liv, aber ich möchte lieben. Ich möchte wirklich herausfinden, wie das geht. Daran werde ich jeden Tag arbeiten. Und solange Keeva dabei an meiner Seite ist, umso besser.«

»Gut gesprochen, kleiner Bruder. Mit Violetta begannen deine ungesunden Beziehungen und mit Svenja hast du dieses dunkle Kapitel jetzt offensichtlich endgültig abgeschlossen.«

»Ich hoffe wirklich, dass dem so ist«, sagt Louis und macht eine kleine Pause. »Und da ist noch etwas«

»Was?«, fragt Liv. »Was ist da noch?«

»Ich habe – und jetzt halte dich fest – für den Menschen, mit dem ich geschlafen habe, zum ersten Mal auch wirklich Liebe empfunden. Ich wusste vorher gar nicht, wie sich das anfühlt.«

»Das fühlt sich wahnsinnig gut an, oder?«, fragt Liv und lächelt dabei vielsagend.

»Ich glaube, ich habe dich und Christian immer beneidet«, geht Louis auf ihre Bemerkung ein. »Ich habe gespürt, dass ihr etwas habt, das ich auch haben will. Ist ein beschissenes Gefühl, kann ich dir sagen. Wie bei dem Bild mit dem Esel und der Möhre. Erinnerst du dich?«

Jetzt muss Liv laut auflachen und schaut ihren Bruder mit aufgerissenen Augen freudestrahlend an.

»Jaaaa«, ruft sie gedehnt und mit kreischender Stimme, »der Esel und die Möhre. Na klar. Unser altes Kinderbuch. Du hast dem Esel damals einfach eine Möhre ins Maul gemalt, um ihn zu erlösen.«

»Und Papa war sauer«, ergänzt Louis. »Wegen dieses beschissenen Kinderbuchs.«

»Oh Mann«, sagt Liv und wischt sich Lachtränen aus den Augen. »Typisch Papa. Wegen dieses blöden Kinderbuchs.«

Sie sieht Louis liebevoll an und ist dankbar, dass die Schwere aus ihrem Gespräch zu weichen scheint.

»Und Keeva ist nicht mehr die Möhre, oder?«, fragt sie erheitert.

»Quatsch«, sagt er. »Ich bin schließlich auch nicht mehr der Esel.«

Liv nickt ein paarmal, bevor sie weiterspricht.

»Fehlt sie dir sehr? Keeva, meine ich.«

»Ja, schon«, sagt er. »Sie ist ja vor zehn Tagen zum eigentlichen Ziel ihrer Reise nach London geflogen und ich vermisse sie manchmal wahnsinnig. Aber komischerweise spüre ich keine Angst, obwohl ich keine Kontrolle über unsere Beziehung habe.«

»Sieh an, sieh an«, lächelt Liv ihm zu. »Der neue Louis. Trotzdem gut, dass du jetzt wieder ein Handy hast. Da könnt ihr euch wenigstens schreiben und euch anrufen. Oder euch sexy Bilder schicken. Ohne Handy durch die Weltgeschichte zu reisen, ganz ehrlich, das war keine super Idee, oder? Keeva hat auf eurer Reise bestimmt gedacht, du bist nicht ganz dicht.«

»Wahrscheinlich«, sagt Louis schmunzelnd. »Mir hat es aber gutgetan, eine Zeitlang nicht erreichbar zu sein.«

»Apropos nicht erreichbar, hat Jette dir eigentlich mal geschrieben?«

»Nein«, antwortet er. »Helmut sagt, es sei nichts für mich angekommen. Was auch völlig in Ordnung ist.«

Mit einem Mal deutet Liv erschrocken mit dem Zeigefinger an Louis vorbei nach draußen. Er dreht den Kopf und sieht durch das Fenster die Familie, die bedächtigen Schrittes von ihrem weihnachtlichen Verdauungsspaziergang zurückkehrt. Nur die kleine Sofia hüpft freudig vor den anderen her, ihr kleines Wollschaf in der Hand.

»Oh nein«, ruft Liv, »die Verrückten haben nur die kleine Runde gedreht.«

Sie steht mit einem übertriebenen Stöhnen von ihrem Stuhl auf.

»Ich mache den Kaffee und schlage die Sahne«, sagt sie. »Du deckst den Tisch. Und setz' dich nachher neben Mama. Sicher erzählt sie dir dann auch von Norbert.«

»Norbert?«, fragt Louis mit irritiertem Blick.

»Ja, Norbert. Und jetzt mach die Tür auf und lass die Bande rein!«

Die erste seiner ungesunden Beziehungen, wie Liv es gerne nannte, hatte Louis bereits im Alter von elf Jahren während einer dreiwöchigen Mädchenfreizeit in einem Schullandheim in der Eifel. Der kirchliche Träger der Freizeit hatte dankbar das Angebot von Louis' Mutter angenommen, drei Wochen lang im Küchenteam vor Ort mitzuarbeiten. Der Familienrat beschloss, dass nicht nur Liv als Teilnehmerin mitreisen sollte, sondern auch Louis, da sein Vater in dieser Zeit nicht auf ihn aufpassen wollte oder konnte. Liv und sieben weiteren Mädchen wurde ein Zimmer mit vier Etagenbetten zugeteilt, doch war von Anfang an klar, dass der gerade elfjährige Louis vor Gott und der Kirchenleitung nicht in einem der Mädchenzimmer übernachten durfte. Da seine Mutter sich ein Doppelzimmer mit einer anderen Frau der Gemeinde teilen musste, wurde für Louis kurzerhand eine alte Matratze vom Dachboden des Schullandheims in das Untergeschoss geschleppt. Diese wurde in einen muffigen Abstellraum in eine Ecke unter das winzige Fenster geschoben und frisch bezogen.

Für Louis war es verwirrend, den ganzen Tag nur von Mädchen umgeben zu sein, die sich augenscheinlich nicht mehr als solche fühlten. Er schlief zwar allein und saß bei den Mahlzeiten mit den Frauen des Küchenteams zusammen, doch beobachtete er wie ein Forscher aus der Distanz das bunte Treiben der tänzelnden und kreischenden Mädchen. Er war fasziniert von dieser ihm bisher unbekannten Spezies. Die sirrende Energie der pubertierenden Schar war keine von der Art, wie sie in Louis' bisherigem Dasein eine Rolle gespielt hatte. Die Mädchen standen unter gütiger, aber dennoch strenger Kontrolle durch die mitgereisten Begleiterinnen der Kirchengemeinde, während Louis sich unter deren Radar bewegte. Dieser Umstand war eine Gnade für den abenteuerlustigen Jungen. Denn so konnte er während der in der Sommerhitze dahinziehenden Tage häufig unbemerkt an den nahegelegenen Bach oder in den Wald entfliehen. Immer tiefer drang er in den Urwald vor, in dem es nach seinem Gefühl vor Gefahren und wilden Tieren nur so wimmelte. Mit seinem Schnitzmesser bewaffnet, überlebte er auf unerklärliche Weise jeden seiner heimlichen Ausflüge, von denen er Federn, Tannenzapfen, Stöcke, tote Insekten, einen kleinen Tierschädel und eine zerbeulte Küchengabel mitbrachte, der allerdings ein Zinken fehlte.

Anfang der zweiten Ferienwoche war als Programmpunkt am Nachmittag ein Fußmarsch zum Badesee in der Umgebung vorgesehen. Louis wollte zwar nicht mit, doch seine Mutter bestand darauf, und so trottete er in gebührendem Abstand hinter der schnatternden Herde her und schlug mit seinem Stock links und rechts des Weges auf Brennnesseln und anderes Gestrüpp ein. Weit oben in der Luft markierte eine Feldlerche mit nicht enden wollendem Trillern ihr Revier und Louis war sich sicher, dass er der Einzige war, der überhaupt wusste, dass es eine Lerche war. Seit sie losgelaufen waren, fiel ihm auf, dass ein rothaariges, etwas jüngeres Mädchen immer wieder den Kopf nach ihm umdrehte und ihn anlächelte. Er beschloss, es einfach zu ignorieren, und konnte doch nicht anders, als immer wieder ihren Blick zu suchen. Als sie den See fast erreicht hatten, rief er aus der Entfernung kurz nach seiner Mutter und deutete ihr an, dass er statt eines Sprungs in das kalte Wasser lieber einen Abstecher in den angrenzenden Wald machen würde. Sie nickte unzufrieden, doch war es ihr wohl zu anstrengend, bei der Hitze und nach dem Fußmarsch jetzt auch noch Diskussionen mit Louis zu führen. So kroch er alsbald durch das Unterholz, kletterte über herabgefallene Äste und auf alte, knorrige Bäume. Er zerkratzte sich die Beine an den wild wuchernden Brombeerranken und entdeckte einen verwesenden, bestialisch stinkenden Tierkadaver. Er stocherte ein wenig mit seinem Stock darin herum, doch selbst ihm wurde es beim Anblick der vor Maden und sonstigem Getier wimmelnden Überreste schlecht. Außerdem erinnerte ihn das Ganze doch irgendwie an die Geschichte mit dem blinden Kaninchen. Nach kurzem Zögern und skeptischem Blick auf seinen verunreinigten Stock warf er diesen fort und entfernte sich in Richtung der fröhlichen Schreie am See. Und natürlich schlich er sich zwischen den Bäumen an und natürlich wurde er dabei vom möglichen Feind nicht entdeckt. Und so sollten seine Augen völlig unerwartet etwas sehen, nach dem er zwar nicht gesucht hatte, das ihn aber sowieso irgendwann gefunden hätte. Dieses Erlebnis war für ihn wie die Begegnung mit Außerirdischen, die er zwar von Bildern kannte, und von denen er schon einmal gehört hatte, er es aber für unmöglich hielt, sie in der Realität zu Gesicht zu bekommen. Nachdem Louis sich bis auf dreißig Meter dem Ufer genähert hatte, drangen aus den Büschen zu seiner Linken raschelnde Geräusche an sein Ohr. Ganz langsam schlich er darauf zu, schob vorsichtig Zweige und Blätter zur Seite, und sah zwischen all den dichten Haselbüschen zu seinem Erstaunen auf eine kleine, freie Stelle am Waldboden, die anscheinend von vielen Füßen zuvor schon ganz niedergetrampelt war. Dort stand eines der älteren Mädchen und kramte gerade in ihrer großen Tasche, die sie vor sich abgestellt hatte. Sie holte einen dunkelgrünen Bikini mit dünnen, roten Säumen hervor und legte ihn hinter sich vorsichtig über einen Haselzweig, der aus einem der Gebüsche ragte. Während sie fortwährend den Kopf reckte und zum Seeufer blickte, begann sie, sich auszuziehen und jedes Teil ihrer Kleidung sorgsam in die große Umhängetasche zu legen. Als sie sich völlig entkleidet hatte, drehte sie sich zu Louis um, griff nach ihrem Bikini und zog ihn in aller Ruhe an. Louis, dessen Herz vor Aufregung ohnehin schon raste, hörte auf zu atmen. Dann schlüpfte das blonde Mädchen in ihre Flipflops, hängte die Tasche über eine Schulter und trat aus dem Wäldchen hinaus.

»Frei!«, hörte er sie noch rufen, doch da hatte Louis bereits den Rückzug angetreten. In einem großen Bogen kehrte er auf den Feldweg zurück und trottete zu der ausgelassenen Schar am See. Die Welt war für ihn mit diesem Moment nicht mehr dieselbe. Sie war auf verwirrende Weise reicher, aufregender, aber auch heimlicher und gefährlicher geworden. Noch konnte er das, was er gerade erlebt hatte, nicht einordnen. War das, was er gesehen hatte, etwas Schlechtes, nur weil er es heimlich angeschaut hatte? Ein wenig kam es ihm so vor. Als er sich schließlich im Schatten einer alten Eiche neben seiner Mutter ins Gras fallen ließ, schaute sie ihn lächelnd an, ohne zu ahnen, was in den Minuten zuvor mit ihrem Sohn geschehen war. Louis vermied es, ihr in die Augen zu sehen, und schaute stattdessen in den Himmel, wo die Lerche hoch oben nur noch als winziger Punkt vor dem endlosen Blau zu erkennen war.

Zwei Tage später, als Louis nach dem Aufwachen noch in der Koje lag, wie seine Mutter das Matratzenlager nannte, und zum wiederholten Mal an das Erlebnis mit dem Mädchen im dunkelgrünen Bikini dachte, öffnete sich leise die Tür zum Abstellraum und zwei der Freizeitteilnehmerinnen schlichen vorsichtig hinein. Eine von ihnen war das etwas jüngere, rothaarige Mädchen, die andere ihre Schwester, die mindestens schon fünfzehn war und grobe Gesichtszüge hatte. Sie kamen auf ihn zu und setzten sich ohne Umschweife auf den Rand seiner Matratze. Louis war so überrascht, dass er noch nicht einmal eine Bedrohung oder gar Angst spüren konnte, obwohl diese nicht ganz unberechtigt gewesen wären. Während das junge, rothaarige Mädchen Louis einfach nur anlächelte, ergriff die Schwester das Wort.

»Hör mal«, sagte sie. »Violetta hat sich in dich verliebt. Sie möchte, dass du mit ihr gehst. Hast du verstanden?«

Louis, der sich aufgesetzt hatte, sagte nichts und nickte nur ein paar Mal mit dem Kopf.

»Wenn du nicht mit ihr gehst, werden wir dich verhauen«, fuhr die Schwester in ruhigem, aber sehr bestimmten Ton fort. »Ist das klar?«

Wieder nickte Louis nur und immer noch lächelte das Mädchen, das anscheinend Violetta hieß, ihn unentwegt an, ohne selbst ein Wort zu sagen.

Die ältere der beiden schaute Louis noch einmal auf bedrohliche

Weise an, dann standen die beiden Schwestern auf und verließen genauso schnell und leise den Raum, wie sie ihn betreten hatten.

Von diesem Moment an war Louis für den Rest der Ferienfreizeit mit Violetta zusammen. Und obwohl die Rendezvous mit seiner neuen Freundin immer nur in Begleitung ihrer beiden älteren Schwestern stattfanden, konnte er dem Händchenhalten und Küssen mit Violetta durchaus etwas abgewinnen. Es stellte sich zum Glück heraus, dass Violetta sanft und gutmütig war und nicht im Traum daran dachte, Louis zu verhauen. So vergingen die letzten vierzehn Tage der Freizeit für den elfjährigen Jungen mit gemischten Gefühlen. Trotz der stets präsenten und gefährlich dreinblickenden Eskorte gab es zwischen Louis und Violetta bei ihren kleinen Spaziergängen oder den heimlichen Treffen im Abstellraum so etwas wie Sympathie und zärtliche Gefühle. Nachdem am Ende der drei Wochen der ganze Tross schließlich das Schullandheim verlassen und wohlbehalten wieder in Bonn angekommen war, endete Louis kleine Liebesaffäre genau so plötzlich und geräuschlos, wie sie begonnen hatte, und das ganz ohne körperliche Schäden. Einmal noch sah er Violetta wieder. Als Louis fast ein Jahr später mit seiner Mutter in einem Vorort von Bonn an einer Bäckerei Halt machte, um Puddingteilchen zu kaufen, hätte Violetta ihn mit ihrem hellgrünen Fahrrad beinahe auf dem Gehweg über den Haufen gefahren.

»Hey, Platz da!«, hatte sie gerufen.

Er war erschrocken zur Seite gesprungen und hatte ihr überrascht nachgeschaut, als sie sich auf ihrem Rad kurz umdrehte, ihn anlächelte und weiterfuhr.

13

Mit dem Laptop in der Hand steht Oliver Wilshere in dem geräumigen, zweistöckigen Cottage und klopft zweimal mit der linken Faust gegen den Handlauf der halbverfallenen Treppe, die in den ersten Stock des strohgedeckten Hauses führt.

»Das wäre es dann erst einmal«, sagt er nun mit rauer Stimme und zwirbelt dabei seinen extravaganten Schnurrbart. »Wie abgesprochen kümmert ihr euch ums Dach, die Böden und die Treppen. Das Holz ist jedenfalls bestellt und wird noch vor Mitte Februar geliefert. Die Durchbrüche werden in dieser Woche noch fertig, die Maße für Fenster und Türen haben wir genommen und nun warten wir auf die Angebote. Der Balken über dem Wohnraum, der ausgetauscht werden muss, wird schon Ende Januar geliefert. Falls euer Zimmermann Hilfe braucht, sagt rechtzeitig Bescheid.«

Jill und Erin stehen rechts und links neben dem hoch aufgeschossenen Mann mit Siegelring und modischer Hornbrille und schauen abwechselnd auf die Pläne im Laptop und, immer wieder seinem Zeigefinger folgend, auf die Mängel im Untergeschoss des Gebäudes. Dann entdeckt Mr. Wilshere einen hellen Fleck auf seinem Tweed-Sakko und entfernt den Staub mit einigen schnellen Bewegungen seiner Hand, bevor er weiterspricht.

»Habt ihr den Termin mit dem Installateur gemacht?«, fragt er und klappt dabei den Bildschirm des Laptops herunter. »Die Pläne habe ich ihm schon per Mail gesendet.«

»Ja«, antwortet Jill, »der Installateur und der Elektriker beginnen kurz nach Neujahr.«

»Gut, gut«, sagt Mr. Wilshere und schaut auf seine schwere Armbanduhr. »Ich muss dann mal weiter. Habe um drei noch einen Termin in Oughterard. Danke für den guten Kaffee und bestellt bitte Grüße an John.«

Gemeinsam verlassen sie das alte Cottage und während Oliver Wilshere leicht nach vorne gebeugt gegen den Wind und mit flatternden Hosenbeinen zu seinem Oldtimer stapft, eilen die beiden Freundinnen in den warmen, gemütlichen Gastraum des Restaurants. Das kleine alte Glöckchen bimmelt leise, als Erin die Eingangstür öffnet und wieder schließt. In einer Ecke des Raumes strahlen noch immer die elektrischen Kerzen des kleinen Weihnachtsbaums und im Kamin knistert das Torffeuer vor sich hin. Svetlana lächelt die beiden Frauen vom gegenüberliegenden Ende des Raumes an, während die wenigen Gäste ihre Gespräche fortsetzen. Erin und Jill hängen ihre Jacken an die Garderobe und setzen sich an einen der niedrigen Tische vor dem Kamin. Die freundliche Köchin bringt ihnen unaufgefordert zwei Tassen mit heißem Tee und Milch.

»Vielen Dank!«, sagen Erin und Jill erfreut und wieder strahlt Svetlana über das ganze Gesicht.

»Ist gerne gemacht«, sagt sie und geht zurück an die Arbeit.

»Jetzt erzähl«, sagt Erin und wendet sich Jill zu. »Der Kerl mit der Sägemühle. Du hast ihn wirklich getroffen?«

»Ja, Daniel«, erwidert Jill. »Heute Vormittag habe ich von der Landstraße aus im Vorbeifahren vor der alten Sägemühle einige Wagen stehen sehen. Da bin ich kurzerhand in den Feldweg eingebogen, um die Sache mal aus der Nähe zu betrachten.«

»Du...«, beginnt Erin, und zieht das „u" dabei in die Länge, ohne den Satz zu beenden.

»Was denn?«, fragt Jill. »Ich habe dir doch gesagt, dass ich ihn ansprechen werde, wo wir doch bald Nachbarn sind, was unser Business betrifft.«

»Ja, schon«, sagt Erin. »Ich hätte mich das jedenfalls nicht getraut. Und wie ist er so? Daniel?«

»Heiß ist er«, gerät Jill ins Schwärmen, »sehr heiß. Wäre genau mein Typ. Leider war er mit einer sehr schlanken, sehr gut ausse-

henden Dunkelhaarigen da. Seine Geschäftspartnerin, wie er sagte. Auf mich wirkte sie aber eher wie seine Freundin. Sie stand zwar etwas abseits und telefonierte, die Blicke zwischen ihnen wirkten aber sehr vertraut. Und übrigens, Daniel stammt aus Claremorris.«
»Ob er wohl von Williams Interesse an der Sägemühle wusste?«, denkt Erin laut nach.
»Das Thema hatten wir doch schon einmal«, sagt Jill ein wenig genervt. »Woher sollten die sich kennen? Wir haben jedenfalls ausschließlich über das Hotel gesprochen. Er scheint ein sympathischer, offener Mann zu sein, der genau weiß, was er will. So, wie er das Projekt beschreibt, wird das jedenfalls eine Goldgrube. Ich habe die beiden hierher auf eine Tasse Tee eingeladen. Um drei wollen sie hier sein.«
»Im Ernst?«, fragt Erin und ist tatsächlich überrascht.
»Ich wollte es dir eigentlich vorhin schon sagen«, entschuldigt sich Jill. »Aber der gute Herr Wilshere war ja überpünktlich und wollte meine ganze Aufmerksamkeit. Mehr wollte er jedenfalls nicht von mir. Ich glaube, er steht auf Männer.«
»Was du schon wieder alles siehst«, sagt Erin und fragt sich insgeheim, warum ihr solche Dinge nicht auffallen. »Leider habe ich die Fünfzehnuhrschicht. Hätte mich ansonsten auch gerne mit ihnen unterhalten.«
»Wollen wir vorher wenigstens noch schnell ein Stück Kuchen zusammen essen, bevor Herr Superheiß und Frau Wunderschön hier aufschlagen?«, fragt Jill.
»Gerne«, sagt Erin. »Aber mit Sahne.«
»Jawohl, Chef, wird gemacht«, sagt Jill amüsiert und mit militärischem Unterton in der Stimme.
Als Erin auf ihr Handy schaut, sieht sie, dass sie eine längere Nachricht von Callan bekommen hat. Sie antwortet ihm und muss dabei lächeln.
»Callan?«, fragt Jill vielsagend, als sie zurück an den Tisch kommt

und den seligen Gesichtsausdruck ihrer Freundin wahrnimmt.
»Ja«.
»Sind sie nun endgültig getrennt?«
»Es scheint so«, erwidert Erin vorsichtig. »Wir treffen uns heute Abend nach der Arbeit bei uns.«
»Dann sehe ich ihn ja später noch«, sagt Jill, während sie die Kuchenteller abstellt. »Jetzt lassen wir es uns aber erst einmal schmecken.«

Gerade, als beide das letzte Krümelchen ihres herrlichen Apfelkuchens verputzt und ihre Teetassen geleert haben, betreten ein großer, bärtiger Mann und eine schlanke, elegante Frau das Restaurant. Jill geht zum Eingang und begrüßt die Neuankömmlinge herzlich.

Die drei kommen zum Tisch am Kamin und Erin steht von ihrem Sessel auf.

»Hi«, sagt sie, »ich bin Erin.«.

»Hallo, ich bin Jette«, sagt die junge Frau und reicht Erin ihre zarte Hand. »Ich bin eine alte Freundin von Daniel aus Hamburg.«

Mit einem breiten Lächeln im Gesicht ergreift nun auch der Bärtige Erins Hand.

»Hallo Erin. Ich bin Daniel«.

Ein angenehmer Duft nach Sandelholz umgibt die hünenhafte Gestalt. Jill macht eine einladende Geste und die Anderen machen es sich am Kamin gemütlich.

»Ich nehme eure Jacken mit und hänge sie an die Garderobe«, sagt Jill. »Möchtet ihr Kaffee? Tee? Kuchen?«

»Gerne einen Kaffee«, sagt Daniel, »vielen Dank. Mit ein wenig Milch, bitte. Und gerne ein Stück Kuchen.«

»Für mich bitte einen Kräutertee«, sagt Jette. »Und keinen Kuchen.«

»Kommt sofort«, sagt Jill und geht mit den Jacken davon.

Als Daniel seine Hemdsärmel hochkrempelt, schaut Erin für einen Moment gebannt auf seine bunt tätowierten Unterarme. Blumen, Schmetterlinge und einzelne Worte ranken sich von seinen Handgelenken aufwärts und verschwinden unter dem Baumwollstoff.

»Du bist also die wunderbare Erin, von der mir Jill heute Morgen vorgeschwärmt hat«, beginnt er das Gespräch auf äußerst charmante Weise.

»Scheiße«, sagt Erin lachend, »ich hasse sie dafür. Das macht sie andauernd. Bitte glaubt nur die Hälfte von dem, was sie über mich erzählt. Wenn überhaupt.«

Erins Heiterkeit löst die anfängliche, kurze Befremdlichkeit zwischen den dreien.

»Ihr wohnt zusammen, richtig?«, fragt Daniel weiter.

»Ja, erst seit kurzem«, antwortet Erin. »Ich habe ein kleines Haus unten am Lough Corrib geerbt. Dort wohnen wir zu viert. Jill, meine Schwester Keeva, meine kleine Tochter Siobhán und ich.«

»Du hast eine Tochter?«, fragt Jette überrascht. »Du wirkst noch so jung.«

»Yipp«, sagt Erin. »Zweiundzwanzig. Gerade erst geworden. Siobhán wird bald neun Monate alt und war eigentlich nicht geplant. Ich wollte gerade zum Studieren nach Dublin, als ich schwanger wurde. Na ja, es ist halt passiert. Jetzt bin ich glücklich, dass die Kleine da ist, auch wenn die letzte Zeit nicht ganz leicht war.«

»Das glaube ich gerne,« sagt Jette und dreht dabei ihren Kopf, da Jill mit einem Tablett an den Tisch kommt.

»So, hier die Bestellung«, sagt diese augenzwinkernd. »Hat Erin euch schon von unseren Umbaumaßnahmen für das wunderschöne Cottage nebenan erzählt? Wenn ihr mögt, können wir später gerne einmal hinübergehen und es uns anschauen.«

Während draußen der Himmel seine Schleusen öffnet, wird an dem kleinen Tisch am Kamin intensiv und leidenschaftlich über die Pläne für die Zukunft gesprochen. Über das aufwendig zu renovierende Cottage nebenan, die moderne, stilvolle Erweiterung des Restaurants und die Neugestaltung des Außenbereichs des Stone Bridge. Ein wilder Garten soll hinter dem Haus entstehen, mit kleinen, verwunschenen Orten und sonnigen Plätzen für die Gäste. Daniel und Jette zeigen sich von den sehr lebendigen Beschreibungen der beiden Freundinnen begeistert. Dann zeigt Daniel auf seinem Handy Bilder von den Plänen für das sehr exklusive Anglerhotel, das Gäste aus der ganzen Welt in diese abgelegene Region Irlands locken soll. Erin und Jill sind tief beeindruckt von den sehr geschmackvollen und nachhaltigen Entwürfen des kanadischen Architekten, den Daniel beauftragt hat.

»Das ist sicher wahnsinnig teuer«, traut Erin sich vorsichtig zu sagen.

»Natürlich«, sagt Daniel ganz gelassen, »die Kosten sind beträchtlich. Jette und ich finanzieren das Ganze zu gleichen Teilen und haben im Vorfeld natürlich alles durchrechnen lassen, wie und ab wann sich das Projekt rentiert. Ich möchte gerne zurück in diese Gegend hier und Jette will etwas Sinnvolles mit ihrem Geld machen. Es ist in erster Linie also eine Herzensangelegenheit.«

Bei dem letzten Satz schaut er Jette mit einem warmen Lächeln an und Erin und Jill werfen sich verstohlen einen vielsagenden Blick zu.

»Wie lange bleibst du in Irland?«, wendet sich Erin an Jette.

»Zunächst einmal die nächsten vierzehn Tage«, antwortet diese. »Ich bin einen Tag vor Heiligabend angekommen und habe Weihnachten bei Daniel und seiner Familie in Claremorris verbracht. Ich möchte neben unseren geschäftlichen Terminen mit den...«

Erin merkt, dass sie nach einem Wort in englischer Sprache sucht und wartet geduldig.

»Mein Englisch«, sagt Jette entschuldigend, dreht sich zur Seite und fragt Daniel, der sich gerade mit Jill unterhält, etwas auf Deutsch.

»Behörden«, gibt Daniel zur Antwort.

»Ich möchte neben den geschäftlichen Terminen mit den Behörden und der Baufirma auf jeden Fall noch viel von der schönen Gegend hier sehen«, sagt Jette mit einem Lachen und nickt Daniel dankbar zu.

»Das solltest du unbedingt tun«, sagt er und streift sich mit der Unterlippe Milchschaum aus dem Bart. »Nimm dir dafür so viel Zeit, wie du magst. Wenn ich es zwischendurch ermöglichen kann, begleite ich dich.«

Draußen scheint zwischen den Wolken in diesem Moment die Nachmittagssonne auf die rauen Wellen des Lough Mask und auf die Hügel der Umgebung. Ihre Strahlen glitzern in der vom Regen durchtränkten Landschaft und tauchen den Raum in helles Licht.

Der Laden hat sich nach und nach gefüllt und Svetlana, die aus der Küchentür zu Erin herüberschaut, macht zum wiederholten Male Zeichen, dass sie Hilfe benötigt. Erin bemerkt es, winkt kurz zurück und steht von ihrem Sessel auf.

»Ich muss arbeiten«, sagt sie freundlich in die kleine Runde. »Wir sehen uns.«

Sie steht auf und geht zu Svetlana in die Küche.

»Mir fällt gerade etwas ein«, sagt Jill aufgeregt zu ihren beiden Gästen. »Wir feiern hier übermorgen mit einigen Freunden Silvester. Wollt ihr nicht mitfeiern? Es gibt tolles Essen und außerdem machen Freunde von uns später noch Musik. Ich habe außerdem Erin und ihre Schwester überredet, ihre Tanzschuhe mitzubringen. Sie sind echte Champions, müsst ihr wissen.«

»Wow, das klingt großartig«, sagt Daniel und wendet sich an Jette. »Was meinst du?«

»Deine Eltern wollten zwar am Silvesterabend mit uns Scrabble spielen, aber das hier klingt doch ein wenig aufregender«, entgegnet sie und ihre Augen blicken vielsagend.

»Dann ist die Sache geritzt«, sagt Daniel. »Vielen Dank für die

Einladung, das klingt wirklich toll. Wir kommen sehr gerne und bringen ein paar Getränke und einen Nachtisch mit.«

»Oh, wie schön«, ruft Jill erfreut. »Ab neunzehn Uhr steht unsere Tür offen und gegen zwanzig Uhr beginnen wir mit dem Essen. Das wird eine großartige Feier, ihr werdet sehen.«

Nach dem anstrengenden Tag liegt Erin in eine warme Decke gehüllt auf der Couch im Wohnzimmer und hält ihre kleine Tochter im Arm. In der Küche nimmt Keeva gerade das frische Stew vom Herd, welches sie nach dem Rezept der Mutter gekocht hat. Vorhin war ihr Callan, der gerade das Haus verlassen wollte, im Flur begegnet und sie hatten sich über die vergangene Reise von Louis und Keeva unterhalten. Kurz, nachdem er fort war, machte sich auch Jill auf zu einer späten Verabredung in Cong.

»Was wollte Callan eigentlich hier?«, fragt Keeva nun aus der Küche, während sie zwei Teller mit dem dampfenden Eintopf füllt.

Erin antwortet nicht. Sie nimmt Siobhán vorsichtig auf den Arm und macht sich auf den Weg nach oben. In der Küche hält sie im Vorbeigehen kurz den Zeigefinger vor den Mund, als Zeichen, dass Siobhán eingeschlafen ist. Als sie nach einigen Minuten wieder hinunterkommt, setzt sie sich zu Keeva an den Tisch.

»Das duftet hervorragend«, sagt sie. »Vielen Dank!«.

»Sehr gerne«, sagt Keeva und reicht ihrer Schwester unaufgefordert das Salz.

»Was wolltest du vorhin von mir wissen?«, fragt Erin.

»Warum Callan bei dir war.«

»Wir haben gesprochen. Er hat erzählt, dass Caitlin und er schon seit zwei Wochen getrennt sind.«

»Uups«, sagt Keeva und vergisst für einen Moment, weiter zu essen.

Sie schaut ihre Schwester durchdringend an, dann breitet sich

ein Grinsen auf ihrem Gesicht aus.
»Klopf, klopf«, fährt sie lachend fort. »Steht da etwa das Glück vor der Tür?«
»Soll ich ehrlich sein?«, fragt Erin und errötet leicht.
»Ganz ehrlich!«, antwortet Keeva.
»Ich glaube schon«.
»Nein!«, ruft Keeva.
»Doch!«
»Habt ihr euch geküsst?«
»Ja«, sagt Erin, legt ihren Löffel ab und beide Hände bedeutungsvoll auf ihr Herz.
»Scheiße, Erin, ihr habt euch wirklich geküsst? Wie hat es sich angefühlt?«
»Soooo gut«, sagt Erin gedehnt und strahlt.
»Ich hab's gewusst«, ruft Keeva. »Und Louis hat's gewusst. Das muss ich ihm nachher am Telefon unbedingt erzählen. Er mag Callan nämlich sehr.«
»Am liebsten wäre ich über Callan hergefallen«, gesteht Erin aufgeregt, »aber Jill und Siobhán waren ja im Haus.«
»Habt ihr etwa rumgemacht, Erin O'Leary?«, empört Keeva sich mit gespieltem Entsetzen.
»Ein bisschen schon«, gesteht Erin. »Er wird auch übermorgen Silvester mit uns feiern und hier übernachten.«
»Dann ist es jetzt offiziell?«
»Ich denke, wir sollten noch bis Neujahr warten. Dann werden es wahrscheinlich sowieso alle mitbekommen.«
Noch bevor Erin diesen Satz zu Ende spricht, leuchtet das Display von Keevas Handy auf.
»Das ist Louis«, sagt sie aufgeregt zu Erin, steht auf und geht zum Telefonieren ins Wohnzimmer.

»Hallo Louis.«

»Hallo Keeva. Wie schön, deine Stimme zu hören. Ich hoffe, ich störe nicht.«

»Nein, alles gut, du störst mich nie. Erin und ich haben gerade gemeinsam zu Abend gegessen und jetzt rate, was passiert ist.«

»Was ist denn passiert?«

»Erin und Callan sind ein Paar.«

»Wow, ernsthaft? Das sind tolle Neuigkeiten.«

»Alles gut bei dir? Du klingst irgendwie anders.«

»Meine Oma ist heute gestorben.«

»Oh nein. Louis, das tut mir so leid.«

»Ja. Es ist traurig. Sie war sehr alt und auch schon lange Zeit krank, trotzdem ist es wirklich traurig. Ich habe nun keine Großeltern mehr.«

»Es tut mir so leid, Louis. Ich wünschte, ich könnte etwas für dich tun.«

»Heute habe ich dich wirklich vermisst, Keeva, und mir gewünscht, du wärst hier. Ich kümmere mich die meiste Zeit um meine Mutter und versuche, für sie da zu sein. Sie ist ziemlich am Boden. Die nächsten Tage gibt es sehr viele Dinge zu regeln, was die Beerdigung betrifft.«

»Du wirst also morgen nicht die Fähre nehmen?«

»Nein, ich kann jetzt hier nicht weg. Meine Mutter braucht mich und meine Schwester kommt erst morgen Nachmittag nach Bonn. Und in acht Tagen ist schon die Beerdigung.«

»Ich verstehe, natürlich. Du musst jetzt für deine Familie da sein. Es wird sicher keine leichte Woche und ich werde an dich denken. Das tue ich sowieso schon die ganze Zeit.«

»Und ich denke an dich, Keeva. Am Tag nach der Beerdigung werde ich mich sofort auf den Weg zu dir machen.«

»Ich freue mich auf dich, Louis. Und ruf mich jederzeit an, wenn du mich brauchst, bitte versprich mir das.«

»Das werde ich. Schon übermorgen um Mitternacht, um dir ein

frohes, neues Jahr zu wünschen. Falls es dort Draußen überhaupt Verbindung gibt.«

»Vor dem Stone Bridge ist der Empfang eigentlich ganz ok. Ich werde nach Mitternacht rausgehen und versuchen, dich zu erreichen. Ich freue mich auf unsere Silvesterparty. Siobhán und Aiden sind über Nacht bei Oma und Opa und wir können ganz entspannt feiern. Callan wird auch da sein. Später am Abend werden Erin und ich noch tanzen. Habe meine Schuhe schon hervorgekramt.«

»Das wird sicher großartig. Schade, dass ich nicht dabei sein kann. Ich wäre sicher mächtig stolz auf dich.«

»Es ist ja nicht das letze Mal, dass ich tanze. Ich werde Jill bitten, ein kleines Video von uns zu machen, das schicke ich dir dann zu. Außerdem kann ich für dich jederzeit tanzen. Was machst du morgen Abend? Wirst du bei deiner Mutter sein?«

»Nein, morgen Abend ist meine Mutter bei ihrem Freund Norbert. Sie und einige von Norberts Bekannten sind dort eingeladen. Ich werde mit Liv bei meinem alten Mitbewohner Achim in Köln feiern. Er und seine Frau haben uns zum Essen eingeladen. Wahrscheinlich werden wir aber nachts noch nach Bonn zurückfahren.«

»Ein wenig Ablenkung tut dir sicher ganz gut.«

»Schon möglich. Mal sehen.«

»Ach, übrigens, Jill hat die Käufer der alten Sägemühle kennengelernt und sie direkt zur Silvesterparty eingeladen. Ein Kerl hier aus der Gegend mit seiner Freundin. Oder seiner Frau.«

»Klingt nach einem aufregenden Abend. Wir können ja Neujahr telefonieren, wenn du magst.«

»Das machen wir, Louis. Du fehlst mir. Und sag deiner Mutter, dass es mir leid tut, das mit deiner Oma.«

»Das mache ich.«

»Ich liebe dich, Louis.«

»Ich liebe dich, Keeva.«

14

»Würden Sie bitte das Fenster aufmachen?«
»Hören Sie! Dass Sie mir nicht auf dumme Gedanken kommen, Miss Kubilik.«
»Ich möchte nur ein bisschen frische Luft.«
»Wir sind hier im ersten Stock, Sie würden sich allenfalls ein Bein brechen.«
»Vielleicht erschießen sie mich, wie ein Pferd.«
»Bitte, Miss Kubilik. Sie müssen mir versprechen, keine Dummheiten zu machen.«
»Ach, wem macht das schon was aus?«
»Na, mir!«
»Warum kann ich mich nicht in so was Nettes wie Sie verlieben?«
»Ja, wissen Sie, wie das Leben eben so spielt. Fortunamäßig.«

Es läutet in der Wohnung. Louis drückt den Pausenknopf auf der Fernbedienung und unterbricht den Schwarz-Weiß-Film, den Liv ihm zu Weihnachten geschenkt hat. Er geht zur Wohnungstür und nimmt den Hörer der Gegensprechanlage ans Ohr.

»Hallo?«, meldet er sich.

»Paket für Schneider«, hört er eine Männerstimme. »Ich lege es auf die Treppe.«

»Danke«, sagt Louis, hängt den Hörer auf und läuft durch den Hausflur die drei Etagen hinunter, um das Päckchen zu holen. In seiner Wohnung packt er es in aller Ruhe aus. Er weiß, was drin ist. Er nimmt die Haarschneidemaschine mit den Aufsätzen aus der Verpackung und geht, ohne zu zögern, ins Bad. Dort zieht er sich Pullover und T-Shirt aus und steckt den Netzstecker in die Steckdose. Louis stützt sich mit den Händen auf den Rand des Waschbeckens, beugt sich vor und schaut seinem Spiegelbild tief in die Augen. Ein letzter Blick auf seine schulterlangen, leicht gewellten

Haare, dann wählt er den Dreimillimeteraufsatz und schaltet den Haarschneider ein. Begleitet vom lauten Brummen der Maschine fallen die langen Strähnen eine nach der anderen in das Waschbecken und Louis hält zwischendurch immer wieder inne und beobachtet im Spiegel seine Verwandlung. Und die Veränderung übersteigt seine Erwartungen. Ein anderer scheint ihn anzublicken. Ein entschlossen wirkender Mann mit ernster Miene. Mit seinen Händen betastet er seinen Kopf und, als er sich anlächelt, wirkt sein Gesicht wieder weich.

»Gute Entscheidung«, sagt er in überzeugtem Ton zu seinem Spiegelbild.

Er wirft die abrasierten Haare in den Mülleimer und wischt das Waschbecken und den Boden sauber. Dann zieht er sich aus und steigt unter die Dusche.

Nachdem Louis einige Zeit später wieder angezogen auf der Couch hockt, setzt er sein spätes Frühstück fort und schaut dabei den Film zu Ende, den er vorhin unterbrochen hat. Und, ob Zufall oder Livs Absicht, scheint die Handlung des alten Schwarz-Weiß-Streifens gewisse Ähnlichkeiten mit den Veränderungen in Louis' Leben im vergangenen Jahr zu haben. Nach vielen Turbulenzen und Seelenschmerzen in der herzerwärmenden Geschichte gewinnt der Protagonist am Ende das Herz der Frau, die er begehrt. Durch Mut, Selbsterkenntnis und seine Fähigkeit, zu lieben. Noch während der Abspann des Films läuft, läutet Louis' Handy.

»Pünktlich wie immer«, murmelt er vor sich hin, als er den Namen seiner Schwester auf dem Display liest und nimmt den Anruf entgegen.

»Liv?«

»Louis, kommst du runter?«, hört er ihre Stimme. »Ich stehe direkt vor dem Haus. Habe keinen Parkplatz gefunden.«

»Ich bin sofort unten.«

Er schlüpft in Schuhe und Jacke, schnappt sich seine Umhängetasche und zieht sich eine Mütze über seinen kurz rasierten Schädel. Dann zieht er die Wohnungstür hinter sich zu. Liv wartet mit laufendem Motor in der Einfahrt vor dem Haus. Als Louis auf dem Beifahrersitz Platz genommen hat, nehmen die beiden Geschwister sich eine Zeitlang in die Arme.

»Das ist so traurig mit Oma«, sagt Liv leise und löst die Umarmung. »Aber es ist auch eine Erlösung, nachdem sich ihr Zustand so verschlechtert hatte, oder wie denkst du darüber?«

»Ja«, sagt Louis, »das ist es. Ich bin auch ein wenig erleichtert, das gebe ich zu. Ich mache mir nur Gedanken wegen Mama.«

»Wir sehen zu«, sagt Liv, »dass wir drei in der nächsten Woche alles gut geregelt bekommen und dass es eine schöne Abschiedsfeier für Oma wird. Anschließend nehme ich Mama für ein oder zwei Wochen mit nach Seelbach. Mach dir also keine Sorgen. Du kannst beruhigt zu Keeva nach Irland reisen und deinen Job machen.«

Sie schaut ihn von der Seite an.

»Hast du eine neue Mütze? Was ist mit deinen Haaren?«

Louis nimmt seine Mütze vom Kopf und schaut seine Schwester erwartungsvoll an. Diese hält vor Schreck einen Moment lang ihre rechte Hand vor den Mund und reißt die Augen weit auf.

»Louis!«, sagt sie dann mit erregter Stimme. »Deine Haare!«

»Ja, genau«, sagt Louis, »meine Haare. Sie sind ab.«

»Das ist krass!«, sagt Liv und schüttelt noch ein paarmal ungläubig ihren Kopf. »Mama wird in Ohnmacht fallen.«

»Ach, komm schon«, sagt Louis, »es sind doch nur Haare. Ist es so schlimm?«

»Ich habe nicht gesagt, dass es mir nicht gefällt«, stellt seine Schwester schnell klar und fährt mit der Hand beschwichtigend über seine Stoppelfrisur. »Fühlt sich toll an. Hast du das spontan gemacht?«

»Eigentlich nicht«, sagt Louis. »Ich habe schon länger darüber nachgedacht und mir extra eine Maschine gekauft. Ein Freund von Erin hat die Haare so kurz rasiert, das hat mir gut gefallen.«

»Weiß Keeva schon davon?«, fragt Liv, während sie den Blinker setzt und losfährt.

»Nein«, antwortet Louis. »Ich bin noch nicht sicher, ob ich es ihr am Telefon sagen oder sie nächste Woche damit überraschen soll.«

»Sie scheint ja so verliebt in dich zu sein«, lacht seine Schwester, »da könntest du auch mit einer Vokuhila bei ihr auftauchen und sie fände dich trotzdem toll.«

Auch Louis muss lachen und zieht sich die Mütze wieder über den Kopf. Sein Handy piept und er schaut auf die Nachricht.

»Das ist Achim«, sagt er. »Er will wissen, ob du gut in Bonn angekommen bist. Ich habe ihm geschrieben, dass wir morgen Abend pünktlich um neunzehn Uhr zum Essen dort sind. Ich find's jedenfalls schön, dass du und ich zusammen ins neue Jahr feiern. Ich habe den Crémant besorgt, den du so gerne trinkst.«

Liv sagt zunächst nichts und Louis schaut sie fragend an.

»Was ist los? Freust du dich nicht auf Achim und Jule?«

»Doch, doch«, sagt Liv, »das ist es nicht.«

»Was ist es dann?«

»Erinnerst du dich an unser Gespräch letzten Sommer auf der Baustelle, als wir es uns mit unseren Kaffeetassen auf den Eimern gemütlich gemacht hatten?«

»Du bist schwanger«, sagt Louis wie aus der Pistole geschossen und sieht von der Seite Livs nervöses Lächeln.

»Ja«, sagt sie, nicht wenig überrascht von Louis' Kombinationsgabe. »Ich bin schwanger. In der zwölften Woche. Deshalb kann ich morgen Abend auch keinen Crémont trinken.«

»Ey, Liffi«, ruft Louis begeistert und streichelt ihr über die Schulter. »Wie schön! Toll! Herzlichen Glückwunsch! Ich wette, Christian hat sich mega gefreut.«

»Ja«, sagt Liv mit strahlendem Gesicht, »und wie. Er ist rich-

tig aus dem Häuschen. Schade, dass er erst übermorgen kommen kann. Ich bin schon ein wenig traurig, dass er nicht bei uns ist.«
»Ich werde Onkel«, sagt Louis euphorisch. »Wow! Was hat Mama gesagt? Oder weiß sie etwa noch nichts davon?«
»Nein«, sagt Liv. »Gestern, direkt nach dem Termin bei meiner Frauenärztin, hat Mama mich angerufen und mir erzählt, dass Oma Jette gestorben ist. Das war eine bizarre Situation. Ich war traurig und glücklich zugleich und hatte Angst, dass Mama sich über meine Neuigkeit gar nicht richtig freuen würde. Ich überlege, ob ich bis nach der Beerdigung damit warte.«
»Ach was«, sagt Louis. »Erzähl es ihr gleich beim Mittagessen. Mama wird zum ersten Mal Oma. Sie wird bestimmt heulen vor Glück.«
»Meinst du wirklich?«, fragt Liv.
»Ja klar«, sagt Louis mit voller Überzeugung. »Ein Leben geht, ein anderes kommt, das ist doch irgendwie tröstlich, oder nicht? Außerdem hast du ja Verstärkung«, fügt er noch hinzu und zeigt mit beiden Daumen auf sich.«
Liv holt einmal tief Luft.
»Na gut«, sagt sie erleichtert. »Ich mach's.«
Jetzt sitzen sie eine Zeit lang schweigend nebeneinander. Louis beantwortet auf seinem Handy eine Nachricht von Achim, während Liv durch die Windschutzscheibe auf den dichten Verkehr starrt. Auf der Provinzialstraße kommen sie fast zum Stehen. Blaulicht ist in einiger Entfernung zu erkennen und minutenlang geht es nur im Schritttempo weiter. Nach zweihundert Metern stehen einige beschädigte Wagen am Straßenrand und ein Motorroller liegt neben der Fahrbahn. Menschen in Warnwesten stehen gestikulierend bei einer Polizeibeamtin und einer ihrer Kollegen fegt am Grünstreifen Kunststoffteile zusammen. Ein weiterer Streifenwagen mit Blaulicht trifft am Unfallort ein und kommt hinter dem Rettungswagen zum Stehen. Die Tür des Rettungswagens ist ge-

schlossen, doch durch die trüben Scheiben sind schemenhaft Bewegungen im Inneren zu erkennen.

»Das geht so schnell«, sagt Liv betroffen. »Irgendjemand liegt jetzt verletzt da drin und kämpft vielleicht um sein Leben. Furchtbar!«

Auch Louis hat aufgeschaut und blickt im Vorbeifahren auf die Unfallstelle.

»Du hast recht«, sagt er, »das geht wirklich so verdammt schnell. Denk nur an Beat Wyss. Wahrscheinlich war der in Gedanken schon fast zu Hause bei Jette oder bei seiner Tochter in Irland und dann kommt dieser Rehbock aus dem Wald. Hätte das Cabrio zwanzig Sekunden vorher die Stelle passiert, würde Beat heute noch leben, und ich hätte Keeva niemals kennengelernt. Darüber habe ich schon häufiger nachgedacht. So tragisch sein Tod war, durch den Unfall hat mein Leben eine unglaubliche Wendung genommen und ich bin tatsächlich verliebt.«

»Du meinst, du bist letztendlich froh, dass es so passiert ist?«, fragt Liv leicht irritiert.

Louis überlegt einen Moment.

»Auf diese Frage mit Ja zu antworten, traue ich mich nicht. Ich erwische mich manchmal dabei, dass ich so denke und hoffe, dass ich für diesen Gedanken nicht bestraft werde, weil unser Unterbewusstsein nur darauf wartet.«

»Dieses Gefühl kenne ich«, sagt Liv. »Vom Unglück anderer zu profitieren ist ein echtes Dilemma. Vielleicht war es auch blöd von mir, diese Frage zu stellen. Du kannst ja betroffen sein von Beats Tod und trotzdem dankbar, dass du das Geld und den Brief gefunden hast, und dass deine Reise dich zu Keeva geführt hat.«

»Das kommt ja noch dazu«, sagt Louis. »Es geht ja nicht nur um mich. Die Sache ist ja, dass für Keeva und Erin das Gleiche gilt. Und sogar für Siobhán. Darf Keeva eigentlich glücklich sein, dass wir nun zusammen sind, obwohl ihre Schwester dafür den Vater ihrer Tochter verlieren musste? Vielleicht sind das auch überflüssige Fragen, trotzdem ist es eine besondere Konstellation.«

»Das ist es ganz sicher«, sagt Liv. »So habe ich das bisher noch gar nicht betrachtet. Vielleicht hilft es ja, nur ein klein wenig die Perspektive zu wechseln.«

»Nämlich?«, fragt Louis neugierig.

»Nicht Beats Tod hat euch zusammengeführt«, führt Liv ihren Gedanken aus, »sondern der Rehbock, der entschieden hat, genau in dem Moment auf die Straße zu laufen, als Beats Wagen die Kurve erreichte. Vielleicht macht es das ein wenig leichter.«

»Dann wäre also der Rehbock für all das verantwortlich, was geschehen ist, und nicht Beats Tod«, resümiert Louis. »Meinst du das?«

»Genau«, sagt Liv. »Andere Ursache, gleiche Wirkung.«

»Hm«, macht Louis nur und Liv merkt, dass er ihrem Gedanken nicht wirklich folgen möchte.

Sie haben die Unfallstelle hinter sich gelassen und fahren zwischen Bäumen und Feldern auf Ückesdorf zu. Liv beobachtet ihren Bruder aus dem Augenwinkel und spürt, dass es noch immer in ihm arbeitet.

»Jetzt sag schon!«, kann sie ihre Neugier nicht zurückhalten.

»Der Unfall damals«, fährt er endlich fort. »Immer und immer wieder sind mir die gleichen Bilder durch den Kopf gegangen. Aber eine Sache, die sich zu Anfang ganz im Hintergrund abspielte, hat sich im Laufe der Zeit immer weiter in den Vordergrund gedrängt.«

»Erzähl«, sagt Liv auffordernd, »was für eine Sache?«

»Ich bin ja an jenem Abend deshalb mit dem Fernglas vorsichtig durch den Wald geschlichen, weil ich den Uhu in der Nähe hatte rufen hören. Als ich beim Laufen für einen Moment in die Baumkronen geblickt habe, bin ich über eine Wurzel gestolpert. Ich habe mir beim Sturz das Knie heftig gestoßen und dabei ziemlich laut geflucht. „Scheiße" oder „Verdammt", irgendsowas. Noch während ich mich aufgerappelt habe, hörte ich am Hang unter mir ein Geräusch. Ich habe mich an den Baumstamm gelehnt und durchs Fernglas geschaut. Es war der Rehbock, der auf die Landstraße hinaustrat. Ich vermute, dass ich ihn durch mein Geschrei aufgeschreckt habe.«

15

Die Räume des Stone Bridge sind feierlich erleuchtet. Kerzen stehen überall verteilt auf den Tischen und ein großes Feuer lodert im Kamin. Fast alle Gäste sind bereits eingetroffen und sitzen um die lange, reich gedeckte Festtafel vor der Theke. Von außen sehen Erin und Keeva durch die Fenster, wie Jill gerade mit strahlender Miene Daniel und Jette den anderen vorstellt. Svetlana steht in ihrer Schürze und mit in die Hüften gestemmten Händen neben der Theke und unterhält sich amüsiert mit Callan. Die beiden O'Leary-Schwestern überqueren die Außenterrasse und gehen die letzten Meter bis zur Eingangstür. Begleitet vom leisen Bimmeln des Türglöckchens betreten sie den gemütlichen, warmen Raum.

»Da sind sie ja endlich«, ruft Jill im selben Moment und alle Blicke richten sich auf die Neuankömmlinge, die nach einem großen Hallo in die Runde winken. Jill macht mit ihren Fingern ein Herz und schaut ihre Freundinnen glücklich an. Sie deutet auf die beiden freigebliebenen Stühle neben sich und macht dazu eine einladende Geste. Erin und Keeva hängen ihre Jacken und die Tasche mit den Tanzschuhen an die Garderobe und folgen Jills Aufforderung. Als alle sitzen, schlägt die Gastgeberin ein paar Mal mit einem Messer gegen ihr Glas, um das Silvestermahl mit einer kleinen Rede zu eröffnen. Unter dem Tisch greift Callan nach Erins Hand und hält diese fest.

Es ist eine stimmungsvolle Feier an diesem letzten Tag des Jahres. Nach dem guten und ausgedehnten Essen und zahlreichen Gläsern, die gehoben wurden, nehmen einige der Freunde ihre Instrumente zur Hand und beginnen ihre Session. Mal stimmt die eine, mal der andere im Raum ein Lied an und die Zuhörerinnen und Zuhörer spenden begeistert Applaus. Am Ende singen Fiona und Liam gemeinsam wie zwei frisch Verliebte eine alte, gälische Weise. Auch Daniel und Jette genießen sichtlich den sehr lebendigen Abend und die Gespräche mit ihren Tischnachbarinnen und Tischnachbarn. Erin beobachtet immer wieder ihre Blicke, um herauszufinden, ob die beiden nun ein Paar sind oder nicht. Flaschen mit irischem Whiskey machen mehrmals die Runde und schließlich ruft Jill zwanzig Minuten vor Mitternacht:

»Wer von euch möchte die O'Learys tanzen sehen?«

Alle jubeln und Keeva hebt beschwichtigend ihre Hände.

»Schon gut, schon gut«, ruft sie lachend, »gebt uns nur zwei Minuten.«

»Tu mir einen Gefallen«, sagt sie beim Aufstehen noch schnell zu Jill. »Mach bitte mit meinem Handy eine Aufnahme. Ich habe Louis versprochen, ihm ein kleines Video zu senden.«

»Mach ich«, sagt Jill. »Der wird Augen machen, wenn er dich tanzen sieht.«

Schnell werden noch ein paar umherstehende Tische und Stühle zur Seite gerückt und dann gehen Erin und Keeva in ihren Tanzschuhen bis in die Mitte des Raumes. Dort bleiben sie stehen, strecken ihre Körper, kreuzen ihre Beine Fuß an Fuß und legen die kerzengerade herabhängenden Arme eng an ihre Körper. Kurz schauen sie sich noch einmal aufmunternd an, dann heben sie ihr Kinn ein wenig und richten den Blick nach vorne. Die Musiker spielen einen Jig und die Schwestern beginnen synchron zu tanzen. Laut schlagen die Metallbeschläge ihrer Schuhe im Takt der Musik auf den Holzboden. Die Beine fliegen in die Höhe und sie fangen an, sich beim Tanzen durch den Raum zu bewegen. Ihre Haare fliegen wild um ihre Köpfe und die Zuschauer klatschen dazu im Rhythmus. Der Jig wird immer schneller, doch scheinbar mühelos steigern auch die Tänzerinnen ihre Bewegungen, bis sie nach einigen Minuten gleichzeitig mit der Musik und mit einem letzten, finalen Sprung ihren Auftritt beenden. Alle im Raum rufen und pfeifen und applaudieren. Jill, die noch immer das Handy auf die Schwestern gerichtet hält, reckt den Daumen in die Höhe. Erin und Keeva schauen außer Atem und mit geröteten Wangen in die begeisterten Gesichter der Gäste. Der Beifall endet erst, als die Musik mit der Zugabe beginnt, und noch einmal schauen alle bewundernd zu, wie die beiden jungen Frauen scheinbar schwerelos durch den Raum des Stone Bridge schweben. Noch während der Schlussapplaus anhält, stellt Svetlana ein Tablett mit gefüllten Sektgläsern in die Mitte des Tisches und Liam ruft mit lauter, tiefer Stimme:

»Noch zwei Minuten!«

Alle stehen nun von der Festtafel auf und reden durcheinander. Mit leuchtenden Augen werden vielsagende Blicke getauscht und jede und jeder greift sich ein volles Glas. Liam, der sein Handy vor sich auf den Tisch gelegt hat, beginnt, die letzten Sekunden des alten Jahres herunterzuzählen, und die Menge zählt lauthals mit.

»Fünf. Vier. Drei. Zwei. Eins. Frohes neues Jahr!«

Die Gläser werden gehoben und natürlich stimmt jemand die ersten Töne an und natürlich stimmen alle anderen im Raum in den Gesang des Liedes mit ein:

Should auld acquaintance be forgot
and never brought to mind?
Should auld acquaintance be forgot
and days of auld lang syne?

For auld lang syne, my dear
for auld lang syne
we'll take a cup of kindness yet
for the sake of auld lang syne.

Strophe um Strophe wird gesungen, bevor sich die kleine Gemeinschaft in wildem Gemenge in der Mitte des Cafés versammelt.

Es wird umarmt und geküsst. Sekt wird verschüttet und Tränen werden vergossen. Es scheint fast so, als fiele von den Menschen in dem gelb gestrichenen Haus am Ufer des Lough Mask eine Anspannung ab. Gerade, als Erin ihren Bruder Connor umarmt, sieht sie, wie Jette Daniel einen freundschaftlichen Kuss auf die Wange gibt.

So sieht kein Kuss unter Verliebten aus, denkt sie bei sich und im selben Moment steht Callan vor ihr, schaut Erin mit leuchtenden Augen an und gibt ihr nun einen langen, zärtlichen Kuss. Erin genießt diesen Augenblick und muss doch gleichzeitig an Siobhán und Beat denken. Diese Mischung aus Glück, Sehnsucht und Traurigkeit ist so stark, dass sie mehrmals heftig schlucken muss. Die Musik aus den Boxen wird lauter und einige der Gäste fangen an, zu tanzen. Erins Handy vibriert und zeigt an, dass sie drei Anrufe in Abwesenheit hat: ihre Mutter, Susan, Seán. Erin blickt zu Keeva hinüber und gibt ihr ein Zeichen, dass sie zum Telefonieren nach draußen geht. Ihre Schwester nickt, dass sie verstanden hat, und folgt ihr. In ihre warmen Jacken gehüllt, verlassen sie gemeinsam den Raum.

»Ich gehe kurz runter zum See und rufe Louis an«, sagt Keeva, während sie die Gästeterrasse überquert. »Wenn du Mom und Dad sprichst, grüß sie ganz lieb von mir.«

»Mach ich«, sagt Erin und wählt die Nummer ihrer Mutter.

Keeva folgt dem schmalen Pfad hinunter zum Ufer des Sees. In der kaum besiedelten Landschaft um sie herum herrscht Finsternis. Nur die unzähligen Sterne am Firmament und die Sichel des abnehmenden Mondes erleuchten den Himmel ein wenig. Sie wählt Louis' Nummer. Es dauert eine ganze Weile, dann hört sie seine Stimme.

»Hey Keeva.«
»Hey Louis, frohes neues Jahr!«

»Das wünsche ich dir auch! Wie geht es dir? Wie ist eure Feier?«
»Es ist wirklich schön. Aber du fehlst mir sehr.«
»Du fehlst mir auch, Keeva. Hör zu, leider kann ich nicht lange sprechen. Liv geht es den ganzen Abend schon nicht gut und vor ein paar Minuten hat sie sich übergeben. Wahrscheinlich die Schwangerschaft. Ich bringe sie gerade zum Auto und fahre mit ihr in meine Wohnung. Hier schneit es auch noch, das wird also eine Weile dauern, bis wir von Köln zurück in Bonn sind. Tut mir leid, Keeva.«
»Alles gut, Louis. Lass uns morgen Mittag sprechen, in Ordnung? Ach ja, ich schicke dir gleich ein Video von unserem Tanz. Ich hoffe, es gefällt dir. Und gute Besserung für deine Schwester.«
»Danke, Keeva. Ich kann es kaum abwarten, euch tanzen zu sehen. Morgen früh habe ich jede Menge Zeit, zu telefonieren. Liv sagt, ich soll dich schön grüßen. Und von mir auch liebe Grüße an alle.«
»Grüße zurück und bis morgen.«
»Bis morgen, Keeva.«

Obwohl sie verstehen kann, dass Louis sich in dieser Silvesternacht um seine schwangere Schwester kümmert, ist Keeva enttäuscht, dass sie nicht mehr Zeit hatte, mit ihm zu sprechen und ihm zu sagen, wie viel er ihr bedeutet. Stattdessen tut es in diesem Moment ein bisschen weh.

Es geht jetzt wirklich nicht um Louis und mich, denkt sie. Liv geht es schlecht.

Doch das traurige Gefühl in ihrer Brust lässt sich nicht so einfach verscheuchen. Eine ganze Weile starrt sie vor sich auf die riesige dunkle Wasserfläche, bevor sie schließlich den Kopf hebt und ihre Hände um den Mund legt.

»Ich liebe dich, Louis«, schreit sie laut auf den See hinaus, dreht sich um und geht zurück zu den anderen.

Drinnen wird immer noch getanzt und die Stimmung ist prächtig. Jill kommt tänzelnd und mit den Armen wedelnd auf Keeva zu. Zwei Meter vor ihr stoppt sie abrupt ihre Bewegungen und schaut sie verwundert an.

»Was sehe ich? Ein ernstes Gesicht?«, ruft sie laut, und es klingt so entrüstet, als hätte Keeva etwas Verbotenes getan.

Keeva geht zu Jill und hält den Mund an ihr Ohr, um nicht schreien zu müssen.

»Es ist alles gut«, sagt sie. »Ganz liebe Grüße von Louis.«

»Danke!«, ruft Jill erfreut. Mit einer leichten Verbeugung nimmt sie Keevas Hand, um sie mit auf die Tanzfläche zu ziehen.

Von diesem Moment an ist die Traurigkeit verflogen und es wird ausgelassen getanzt. Nachdem Keeva sich gegen halb zwei von Erin verabschiedet hat, um Liam und Fiona nach Clonbur zu fahren, lässt Erin sich erschöpft neben Jette auf einen Stuhl am Kamin fallen. Sie wischt sich die Stirn und trinkt hastig ihre eiskalte Coke.

»Hi Erin«, sagt Jette, die einen dampfenden Tee in der Hand hält. »Eine tolle Party ist das. Ich habe mich vorhin kurz mit Callan unterhalten. Er ist wirklich ein netter Kerl.«

»Ja, das ist er«, sagt Erin freudig. »Wir sind erst seit ein paar Tagen zusammen. Mal sehen, wie sich das mit uns entwickelt.«

»Dann ist er also gar nicht Siobháns Vater?«

»Nein«, gibt Erin beinahe amüsiert zurück. »Aber er mag die Kleine sehr und das ist natürlich ein großes Glück. Was ist eigentlich mit dir und Daniel? Seid ihr ein Paar?«

»Daniel und ich?«, lacht Jette auf. »Ein Paar? Wir sind wirklich gute Freunde und so wird es hoffentlich bleiben. Daniel war bis vor kurzem sogar noch verlobt. Mit Rebecca. Sie haben sich vor zwei Monaten getrennt und Rebecca ist in Kanada geblieben. Aber Daniel und ich? Daraus wird nichts.«

»Verstehe«, sagt Erin ein wenig überrascht. »Du bist also nur wegen des Hotels hier.«

»Genau. Natürlich haben Daniel und ich uns durch die Zeit immer wieder freundschaftlich getroffen, doch im Moment geht es um unser Projekt, unsere Investition in die Zukunft. Für mich ist das ja alles neu. Es ist mir fast unangenehm, das zu sagen, und ich hoffe, du bekommst kein falsches Bild von mir, aber ich habe sehr, sehr viel Geld. Ich möchte etwas Sinnvolles damit anfangen. An einem guten Ort mit dem besten Geschäftspartner.«

»Warum sollte ich ein falsches Bild von dir bekommen?«, fragt Erin überrascht. »Dass du Geld hast, ist ja nichts Schlechtes und ich finde, du hast eine gute Entscheidung getroffen. Einen besseren Ort als bei uns zwischen dem Lough Corrib und dem Lough Mask hättet ihr für euer Anglerhotel nicht auswählen können. Hast du denn mittlerweile etwas von der Gegend hier gesehen?«

»Nein«, antwortet Jette, »bisher noch nicht. Daniel wollte mir so einiges zeigen, doch leider ist seine Zeit noch knapper als vorher angenommen. Seine Eltern, die wirklich nett sind, nehmen ihn auch wieder mehr in Beschlag, seit er zurück in der Heimat ist. Eltern halt.«

»Soll ich dir ein wenig die Gegend zeigen?«, fragt Erin und die Freude über diesen Gedanken kann sie nicht verbergen. »Ich habe das schon häufiger gemacht. Keiner kennt die verwunschenen und malerischen Orte in der Umgebung besser als ich, das kannst du mir glauben. Mein Großvater hat sie mir alle gezeigt. Die ersten Tage im neuen Jahr habe ich noch frei, da könnten wir uns verabreden.«

Jette strahlt Erin an und macht ein Zeichen, dass diese kurz warten soll. Sie nimmt ihr Handy und schaut auf ihre Termine in der nächsten Woche.

»Morgen werden wir nichts unternehmen«, stellt sie fest »da wollen wir bei Daniels Eltern entspannen. Aber übermorgen hätte ich Zeit. Was meinst du?«

»Das klingt phantastisch«, sagt Erin.

Jette muss über die Euphorie der jungen Irin schmunzeln.

»Gut«, sagt sie, »dann also übermorgen. Nimmst du deine Tochter mit? Ich bin ganz neugierig darauf, sie kennenzulernen.«

»Na klar«, antwortet Erin, »Siobhán ist auf jeden Fall dabei. Ich packe alles für unseren Trip ein, so dass du dich um nichts zu kümmern brauchst. Sicher finden wir unterwegs auch einen gemütlichen Pub, in den wir zum Mittag einkehren können.«

»So machen wir es«, sagt Jette entschlossen und schaut im selben Moment zu dem großen, bärtigen Mann auf, der mit einem Glas Wein in der Hand an ihren Tisch kommt.

»Tee?«, fragt Daniel mit entrüstetem Unterton beim Blick auf Jettes leere Tasse und zwinkert Erin von der Seite kurz zu. »Dass ihr Deutschen immer so vernünftig sein müsst. Aber wir machen schon noch eine echte Irin aus dir!«

Jette kreischt im selben Moment auf, weil Daniel sie bei den Händen packt und aus ihrem Sessel zieht.

»Sagen wir gegen zehn hier im Café?«, ruft sie noch schnell, bevor sie mit ihrem hühnenhaften Partner einen Walzer aufs Parkett legt.

»Ja«, schreit Erin ihr nach, »übermorgen gegen zehn im Stone Bridge.«

16

Der erste Tag des neuen Jahres meint es gut mit den Menschen in dem kleinen Haus am Corrib. Erin und Callan liegen noch immer eng aneinandergeschmiegt im Bett, während Jill unten in der Küche laut singend das Frühstück vorbereitet. Keeva telefoniert in ihrem Zimmer nebenan schon seit gefühlt einer Stunde mit Louis. Ihr Lachen dringt immer wieder durch die geschlossene Zimmertür.

»Sie ist so unbeschreiblich glücklich«, sagt Erin und streichelt Callans Arm, in dem sie gerade liegt. »So habe ich sie noch nie erlebt.«

»Da geht es ihr wie mir«, sagt Callan und küsst Erin auf die Stirn, weil er ihren weichen Mund in dieser Stellung nicht erreichen kann. »Wie es mit Keeva und Louis wohl weitergeht, wenn sein Job hier gemacht ist? Ob sie sich schon über die Zeit danach unterhalten haben?«

»Aber ganz sicher«, sagt Erin mit überzeugtem Ton. »Ich kenne doch meine Schwester. Beide würden für ihre Beziehung einen großen Schritt wagen, denke ich. Das Einzige, was Keeva niemals aufgeben wird, ist ihren Kinderwunsch. Sicher hat sie Louis auf ihrer gemeinsamen Reise bereits davon erzählt. Sie ist die einzige von uns drei Schwestern, die immer schon wusste, dass sie eine Familie und Kinder haben will.«

Callan lacht einmal kurz auf und wuschelt mit seiner freien Hand durch Erins Haar.

»Ach wirklich? Wie gut, dass Fiona und du andere Pläne hattet.«

»Du...«, ruft Erin drohend und kneift Callan leicht. »Ich habe aus meinen Fehlern gelernt, wie du heute Nacht wohl mitbekommen hast.«

»Aber irgendwann«, beginnt Callan vorsichtig, «könntest du dir schon vorstellen, eine größere Familie zu haben?«

»Darüber habe ich mir bisher noch keine Gedanken gemacht. Dazu müsste ich erst einmal den richtigen Mann finden«, überlegt Erin mit gespielt ernster Miene. »Das ist eine schwierige Sache. Ich habe da an einen Landschaftsarchitekten gedacht. So einen mit starken Armen und kurz rasierten Haaren. Aber wo soll ich den nur herbekommen? Ich werde gleich mal anfangen, mich nach so einem umzusehen.«

Erin hebt die Bettdecke an und schaut neugierig darunter.

»Das sieht doch ganz hervorragend aus«, sagt sie. »Ich denke, ich habe gefunden, wonach ich suche.«

Gerade, als sie mit kleinen Küssen auf Callans Brust und Bauch unter der Bettdecke verschwinden will, klopft es laut an ihre Zimmertür. Erin fällt zurück auf ihr Kissen und lässt die Bettdecke wieder sinken.

»Was?«, ruft sie genervt und muss gleichzeitig lachen.

»Raus aus den Federn, ihr Turteltauben. Frühstück in fünf Minuten«, ertönt Jills Stimme.

»Wir kommen sofort«, ruft Callan prompt und erntet dafür einen bösen Blick von Erin.

»Du bist einfach zu gut für diese Welt, Callan Quigley.«

»Irre ich mich oder wird dieses Haus immer voller?«, fragt Jill wenige Minuten später am Frühstückstisch mit einem vielsagenden Blick in die Runde. »Willkommen in der Familie, Callan. Wenn Louis Ende der Woche wieder da ist, sind wir ausgebucht.«

»Fast ausgebucht«, bemerkt Keeva, während sie sich Rührei aus der Pfanne auf ihr Brot schiebt. »Eine Matratze im ersten Stock ist ja noch frei.«

»Neben dieser alten, hässlichen Jungfer meinst du?«, fragt Erin traurig.

»Genau neben der«, antwortet Keeva. »Hast du es ihr noch nicht gesagt?«

»Was noch nicht gesagt?«, fragt Jill und wird augenblicklich neugierig.

»Also«, beginnt Erin, »ich habe mich gestern Nacht auf der Feier mit Jette unterhalten. Mister Superheiß und sie sind gar nicht zusammen. Das waren sie nie und werden es auch in Zukunft nicht sein.«

»Werden sie nicht?«, fragt Jill wie vom Donner gerührt.

»Nein«, sagt Erin. »Sie sind und bleiben gute Freunde, das waren Jettes Worte. Daniel war in Kanada verlobt, die Geschichte ist aber vorbei. Die alte Jungfer, die bei uns wohnt, kann sich also berechtigte Hoffnungen machen. Wobei die so hässlich ist, also, ich weiß nicht.«

»Ja«, ergänzt Keeva. »Alt und vertrocknet sieht die aus, einfach scheußlich.«

»Hey«, mischt Callan sich nun ein, »seid nicht so gemein zu der armen Jill.«

»Papperlapapp«, sagt Jill mit einem Strahlen im Gesicht, ohne weiter auf Callans wohlwollende Bemerkung einzugehen. »Ich werde ihn heute noch anrufen. Da war von Anfang an etwas zwischen uns. Gestern Nacht haben wir eng miteinander getanzt und ich hatte Jette gegenüber schon ein schlechtes Gewissen. Dabei hat die mich die ganze Zeit mit strahlendem Gesicht angeschaut. Ich habe mich von Anfang an von Jettes Schönheit blenden lassen. Verdammt, die ist aber auch hübsch.«

»Das ist allerdings wahr«, sagt Erin.

»Ja, allerdings«, schiebt Callan noch hinterher.

»Vielleicht rufe ich lieber Jette an«, sagt Jill nachdenklich.

Die drei anderen am Tisch schauen amüsiert und auch Jill muss grinsen.

»Was willst du Daniel denn sagen?«, fragt Erin neugierig.

»Junge Frau«, gibt sie streng zurück, »da wird mir schon etwas einfallen. Wir könnten zum Beispiel über die zukünftigen Anlegestellen für die Besucher des Anglerhotels sprechen. Am Corrib gibt es wohl schon die Möglichkeit einer Pacht. Am Lough Mask könnten die Anglerboote unsere wunderschöne Anlegestelle nutzen. Das würde unserem Laden jede Menge neue Besucher bescheren.«

»Das klingt tatsächlich so, als müsstet ihr zwei da ganz dringend mal drüber sprechen«, sagt Keeva. »Und wenn er sich dann nicht in dich verliebt, dann weiß ich es auch nicht. Ich würde es jedenfalls.«

»Danke!«, sagt Jill erfreut. »Na, wir werden sehen. Ich nehme ersteinmal eine Aspirin, damit das Brummen in meinem Schädel aufhört. Noch jemand Tee?«

Sie nimmt die leere Kanne und steht auf, um neues Wasser aufzusetzen.

»Wann wirst du Siobhán abholen?«, wendet sich Keeva nun an ihre Schwester.

»Sobald wir mit dem Stone Bridge fertig sind«, antwortet Erin. »Das wird so gegen drei sein, schätze ich. Callan hilft beim Aufräumen und wird mich dann zu Mom und Dad begleiten. Er bleibt bis morgen früh noch hier bei uns.«

»Da werden Mom und Dad aber große Augen machen, wenn ihr zusammen dort aufkreuzt« bemerkt Keeva. »Die checken sofort, was los ist.«

»Kein Problem«, sagt Erin und sie und Callan schauen sich verliebt an. »Übrigens bin ich morgen Vormittag mit Jette im Stone Bridge verabredet. Ich werde ihr ein bisschen was von der Gegend hier zeigen.«

»Nimmst du die Kleine mit?«, möchte Keeva wissen. »Oder soll ich morgen auf sie aufpassen?«

»Ich werde sie mitnehmen«, sagt Erin, »Jette möchte sie unbedingt kennenlernen. Sie scheint ganz verrückt nach Kindern zu sein.«

»Ich hoffe, du bist auch verrückt nach Kindern«, wendet sich

Keeva mit einem vielsagenden Augenaufschlag an Callan.

»Aber unbedingt«, antwortet er entschieden. »Als ich Siobhán das erste Mal gesehen habe, wollte ich sie sofort adoptieren. Natürlich war mir in dem Moment klar, dass ich dann auch ihre seltsame Mutter...«

Weiter kommt er nicht, weil Erin ihn schimpfend in den Schwitzkasten nimmt.

»Wer hat dich bloß hier reingelassen?«, fragt sie energisch. Dann nimmt sie seinen Kopf zwischen ihre Hände und gibt ihm einen langen Kuss, bevor sie wieder von ihm ablässt.

»Zur Strafe musst du die nächsten zwei Stunden in meinem Bett verbringen«, befiehlt sie mit ernster Stimme. »Und glaube mir, das wird kein Vergnügen.«

Jette sitzt an der Theke des Stone Bridge und blickt durch die Fensterscheiben nach draußen auf den See, der unter einer grauen Wolkendecke liegt. In der morgendlichen Wettervorhersage im Autoradio hatten sie für den heutigen Tag sogar Schneeschauer vorhergesagt. Während Jette sich Gedanken über den bevorstehenden Ausflug macht, kommt Erin mit ihrer Tochter auf dem Arm von draußen herein und lächelt ihrer Verabredung schon vom Eingang her zu. In ihre dicke Winterjacke gehüllt geht sie durch den Raum und hockt sich mit Siobhán auf dem Schoß neben Jette auf einen der Barhocker.

»Hi«, sagt sie und öffnet dabei ein wenig den Reißverschluss von Siobháns pinkfarbenem Schneeanzug.

»Hi«, sagt auch Jette erfreut. »Wie schön, dass du dir die Zeit nimmst.«

Sie strahlt Erins Tochter an, beugt sich vor und streichelt Siobhán mit einem Finger über deren kleinen, runden Handrücken.

»Na, du süße Maus«, sagt sie in deutscher Sprache. »Da lern' ich dich endlich einmal kennen.«

Die Kleine schaut Jette zuerst ein wenig verdutzt an, dann verzieht sie den Mund zu einem Lächeln.

»Yaaa«, quietscht sie fröhlich. »Daaa.«

»Wie geht's Daniel?«, fragt Erin.

»Momentan nicht so gut«, antwortet Jette. »Er besitzt ein Haus in Kanada und nur einen Block davon entfernt ist ein Supermarkt in Flammen aufgegangen. In Vancouver ist es jetzt vier Uhr morgens und er telefoniert pausenlos mit Rebecca und den Mietern dort. Die Feuerwehr ist im Einsatz, doch es besteht immer noch die Gefahr, dass die Flammen auf die Nachbargebäude übergreifen.«

»Wie furchtbar!«, sagt Erin bestürzt. »Hoffentlich geht alles gut.«

»Ja, hoffentlich!«, sagt Jette. »Er hält mich auf dem Laufenden.«

Sie greift nach der hellen Daunenjacke, die sie über ihre Beine gelegt hat und blickt Erin freudig entschlossen an.

»Wenn du magst, können wir los. Ich bin so gespannt auf unseren Tag«.

»Dann sollten wir nicht länger warten«, sagt Erin und stupst Siobhán mit dem Zeigefinger auf die kleine Nase. »Die O'Learys sind startklar.«

Langsam folgt der hellbeige Wagen der schmalen, gewundenen Straße hinein in das zu allen Seiten von Bergen umgebene Tal des Lough Nafooey. Während der Fahrt kann Jette sich kaum sattsehen an den Reizen der Landschaft, die sich ihr überall offenbaren. Der einsame Landstrich mit seinen kargen Bergrücken und die Wildheit entlang des sich durch die Landschaft schlängelnden Flusses versetzen sie immer wieder in Erstaunen. Am Ende des malerischen Tals unterhalb des Currarevagh Mountain parkt Erin ihren Wagen an der Westseite des Sees neben einem großen Ginsterstrauch. Sie verlassen die Wärme des Autos und steigen hinaus in den rauen Wind, der über Connemara hinwegfegt. Als Siobhán fest an ihre

Mutter geschmiegt in ihrem Tragegurt sitzt, gehen sie zu dritt den rund zweihundert Meter langen Sandstrand entlang, um an dessen Ende einem Trampelpfad den Berg hinauf zu folgen. Nach zwanzig Minuten des Aufstiegs finden sie Schutz hinter einem großen Felsvorsprung. Sie hocken sich hin und blicken auf den See zu ihren Füßen. Erin holt Kekse, eine Tafel Schokolade und die Thermoskanne mit heißem Tee aus ihrem kleinen Rucksack, während Siobhán neugierig ihr Köpfchen aus der Trage steckt. Und obwohl der Tee die beiden Frauen in diesem Moment wärmt, sind sie doch froh, als sie eine halbe Stunde später wieder in ihren Wagen steigen.

»Mein Vorschlag wäre, dass wir über Rinavore nach Leenane und von dort aus in Richtung Kylemore fahren«, sagt Erin, als sie wieder hinter dem Steuer sitzt und sich ihre Haare erneut hochsteckt. »Am Kylemore Pass können wir einkehren und etwas Warmes essen. Was hältst du davon?«

»Das klingt toll!«, sagt Jette und reibt demonstrativ ihre kalten Hände aneinander.

Der Vauxhall setzt sich in Bewegung und fährt langsam die vielen Kehren des Weges hoch bis zum höchsten Punkt der Passstraße. Am Lough Nafooey Waterfall hält Erin noch einmal am Straßenrand an und die beiden Frauen drehen ihre Köpfe, um den weiten Blick zurück ins tief unten gelegene Tal ein letztes mal zu genießen.

»So viel Schönheit!«, murmelt Jette ergriffen. »Ich fange an, mich in dieses Land zu verlieben.«

Nach vielen angenehmen Gesprächen und einigen Stopps an den ausgewiesenen Viewpoints sitzen sie zwei Stunden später in der Bar des Kylemore Pass Hotels und warten bei einem Cappuccino auf ihr Essen. Siobhán, die bereits satt und zufrieden in Jettes Armen liegt, fallen langsam die Augen zu. Jette hatte schon im Auto gefragt, ob sie die Kleine füttern dürfe, und Erin hatte ihr selbstverständlich den Wunsch erfüllt. Nun schaut Erin die glücklich dreinblickende Jette mit vielsagendem Blick an.

»Du machst das wirklich sehr gut mit Siobhán«, sagt sie. »Wie schnell sie Zutrauen zu dir gefasst hat. Du solltest unbedingt auch Kinder haben. Ich meine, irgendwann mal.«

»Ja, das hoffe ich sehr«, sagt Jette mit wehmütigem Klang in der Stimme. »Ich war schon einmal schwanger, habe aber Ende zweitausendsiebzehn mein Kind verloren. Es wurde tot geboren.«

»Oh. Das tut mir unendlich Leid, Jette«, sagt Erin tief betroffen. »Wie furchtbar!«

»Das war eine wirklich schlimme Zeit«, fährt Jette fort. »Es war ein Mädchen und ich war bereits im siebten Monat. Ich habe lange gebraucht, um über diesen Verlust hinwegzukommen. Trotzdem möchte ich unbedingt Kinder haben, das ist mein großer Wunsch.«

»Natürlich wirst du das,«, sagt Erin. »du bist noch so jung.«

»Ich werde sechsundzwanzig. Mein Frauenarzt meint, es gebe keinen Grund, warum ich keine Kinder bekommen sollte.«

»Und dein Mann? Möchte er es auch weiter versuchen?«, fragt Erin vorsichtig.

»Anfangs wollte er Kinder. Doch nach dem Verlust unserer Tochter ging unsere Beziehung kaputt und wir wollten uns scheiden lassen. Bevor es aber dazu kam, ist er bei einem Autounfall ums Leben gekommen. Das ist gerade einmal fünf Monate her und passierte genau in dem Moment, als Beat und Daniel mit den letzten Vorbereitungen für das Hotelprojekt beschäftigt waren. Daniel hat mich einige Zeit nach dem tragischen Unfall meines Mannes in Hamburg besucht und mir vorgeschlagen, an Beats Stelle in das laufende Projekt einzusteigen. Und da habe ich nicht lange überlegen müssen.«

»Dein Mann hieß Beat?«

»Ja, so hieß er. Seine Familie kommt aus der Schweiz. Dort ist Beat ein gängiger Vorname.«

»Beat«, wiederholt Erin, während ihr die Stimme bricht.

»Ein seltsamer Name, ich weiß«, sagt Jette ein wenig irritiert und sie bemerkt Erins fahlen Gesichtsausdruck. »Wird genauso geschrieben wie euer englisches Beat.«

»Wie unser... ja, genau«, stammelt Erin und räuspert sich.

Es ist einfach zu viel. Sie schaut mit großen Augen auf Jette, wie sie dort sitzt, mit der schlafenden Siobhán auf dem Arm. Ihr Magen verkrampft sich und Speichel läuft in ihrem Mund zusammen. William. Beat. Die Sägemühle. Siobhán. Der Unfall. Louis. Das Geld. Daniel. Jette.

All diese Gedankenfragmente wirbeln gleichzeitig durch ihren Kopf. Zwar bemerkt Jette, dass mit Erin etwas nicht in Ordnung ist, doch kann sie nicht ahnen, was gerade vor sich geht. Jette ahnt nicht, dass das Kind, welches sie in ihrem Arm hält, Beats Kind ist. Fragend blickt sie Erin an. *Take on me* klingt es aus den Lautsprechern an der Wand, während die Regentropfen an die Fensterscheiben der Bar prasseln. In Erins Bauch beginnt es heftig zu rumoren. Zum Glück kommt in diesem Moment die Bedienung an ihren Tisch, um das Essen zu bringen.

»Bitte entschuldige. Bin gleich wieder da«, murmelt Erin undeutlich und ergreift die Gelegenheit, um aufzustehen und mit schnellen Schritten zu den Toiletten zu eilen. Dort hastet sie in eine der Kabinen, schließt ab und lehnt sich mit dem Rücken an die dünne Trennwand. Nebenan hört sie eine Frau geräuschvoll pinkeln und erstarrt, als liefe sie Gefahr, entdeckt zu werden. Sie versucht, ruhig und gleichmäßig zu atmen, dabei rumort es hörbar in ihrem Bauch. Nachdem die andere Frau sich die Hände gewaschen und die Toilettenräume verlassen hat, rutscht Erin mit zitternden Knien an der Kabinenwand nach unten und bleibt dort hocken.

»Das kann doch alles nicht wahr sein!«, murmelt sie verzweifelt und hält sich beide Hände vor das Gesicht.

Was sie vor einigen Minuten von Jette erfahren hat, übersteigt ihre Vorstellungskraft. Sie merkt, wie die Krämpfe in ihrem Bauch immer stärker werden. War das mit Jettes Mann vielleicht doch alles nur ein Missverständnis? Der gleiche Vorname, ein anderer Unfall? Doch weiß Erin längst, dass es kein Missverständnis ist. Schweiß bricht auf ihrer Stirn aus. Sie drückt sich fast in Panik aus der Hocke wieder hoch, öffnet in Windeseile und mit zitternden Händen ihren Gürtel und zieht hektisch ihre Hosen hinunter bis zu den Knien. Mit einem schmerzerfüllten Laut schafft sie es gerade noch rechtzeitig, sich auf die Klobrille zu setzen, bevor sie sich erleichtert.

Jette schaut unsicher, als Erin nach einer gefühlten Ewigkeit an den Tisch zurückkehrt. Siobhán schläft noch immer tief und fest auf ihrem Schoß.

»Bist du in Ordnung?«, fragt sie besorgt.

»Der Cappuccino«, sagt Erin entschuldigend. »Ich vertrage Kaffee nicht besonders gut und es kommt immer wieder vor, dass ich Bauchkrämpfe davon bekomme.«

Jette scheint ihr die Erklärung sofort abzunehmen und atmet entspannt durch.

»Gott sei Dank!«, sagt sie, »ich habe mir schon ernsthaft Sorgen gemacht. Was ist mit deinem Essen? Ich habe mit meinem in der Zwischenzeit einfach schon angefangen. Sorry.«

»Kein Problem« erwidert Erin und schiebt ihren Teller von sich fort. »Ich kann jetzt nichts essen. Soll ich dir die Kleine abnehmen?«

»Nein, alles gut«, antwortet Jette mit einem sanften Blick auf das Kind und streichelt mit dem linken Daumen Siobháns Ärmchen.

Etwas zögerlich setzt sie mit der freien Hand ihr Essen fort, während Erin ihr gegenübersitzt und vor sich hinstarrt. Am liebsten würde sie ihre Tochter sofort aus Jettes Schoß nehmen, weil sie den Anblick kaum erträgt. Doch die Kleine schläft friedlich und so schiebt Erin beide Hände zwischen ihre zusammengepressten

Oberschenkel, um sich ruhig zu stellen.

»Was ist mit dir?«, fragt Jette nun eindringlich. »Irgendetwas stimmt doch nicht.«

Genau jetzt ist der Moment, das spürt Erin ganz deutlich. Sie weiß sonst einfach nicht wohin mit dem Druck, dem sie nicht mehr standhalten kann.

»Jette...«, beginnt sie und hält noch einmal inne, während ihr fast die Stimme versagt.

»Bitte, Erin, sprich mit mir? Was ist los?«

»Vor knapp zwei Jahren habe ich einen Mann kennengelernt, der auf der Durchreise war und bei uns im Stone Bridge eine Pause eingelegt hatte. Ich kam mit ihm ins Gespräch und er sagte, dass er sich für die alte Sägemühle interessiere. Sein Navi hatte ihn mehrmals fehlgeleitet und ich bot ihm an, ihm den Weg dorthin zu zeigen. Nachdem ich mit ihm dort war, hatten wir uns für den darauffolgenden Tag zu einer Bootstour auf dem Lough Corrib verabredet.«

Jette blickt verwirrt. Sie spürt eine drohende Gefahr, ohne zu erkennen, aus welcher Richtung diese kommen wird.

»Und weiter?«, fragt sie.

»Er hatte sich mir als William vorgestellt. Später habe ich über Molly Burke in Cong herausgefunden, dass er außerdem Beat mit Vornamen hieß. Sein vollständiger Name war Beat William Wyss.«

»Du kanntest Beat?«, fragt Jette völlig konsterniert.

»Ja, ich kannte ihn.«

»Ich verstehe«, versucht Jette bedachtsam ihre Gedanken zu ordnen. »Du bist sicher geschockt. Schließlich konntest du nicht wissen, dass er bei einem Unfall ums Leben gekommen ist.«

»Das ist es nicht«, sagt Erin leise. »Ich wusste bereits, dass er nicht mehr lebt.«

»Du wusstest...?«

Erin nickt stumm.

»Was ist es dann?«, fragt Jette und verliert nun doch langsam die

Kontrolle. »Hat er dir damals irgendetwas angetan?«

»Nein. So würde ich es nicht sagen.«

Erin senkt den Kopf und ihr Körper bebt leicht, während sie nun zu weinen beginnt. Nach einigen tiefen Atemzügen ringt sie nach den richtigen Worten.

»Ich wusste ja nicht, dass er verheiratet war. Er hatte mir nichts davon gesagt. Es tut mir so furchtbar leid.«

Jette starrt ungläubig auf die junge Frau, deren schlafendes Kind sie im Arm hält.

»Beat und du? Ihr habt...?«

Mehr bringt sie nicht heraus. Erin hebt den Kopf und schaut Jette direkt in die Augen.

»Ja. Wir haben miteinander geschlafen.«

»Und Siobhán?« fragt Jette mit seltsam tonloser Stimme und schaut hinunter auf die Kleine.

»Sie ist Beats Tochter.«

Während sie mit dem linken Daumen weiter Siobháns Ärmchen streichelt, dreht Jette mit ausdruckslosem Gesicht ihren Kopf und schaut an Erin vorbei. Ihr Blick schweift ziellos hinaus auf den großen Parkplatz vor dem Hotel. Dort rennt eine Familie durch den starken Regen zwischen den Autos hindurch. Einige Schneeflocken mischen sich bereits unter die dicken Tropfen. Die Eltern springen mit ihrer Tochter nebeneinanderher über Pfützen zu ihrem Landrover. Um ihr Kind vor dem Regen zu schützen, halten Mutter und Vater mit lachenden Gesichtern ihre Jacken wie ein großes Schutzschild über die Kleine und alle Drei kreischen dabei, als wäre es ein großartiges Spiel. Ganz leise dringen ihre glücklichen Schreie durch die geschlossenen Fenster an Jettes Ohr und bohren sich wie kleine Pfeile in ihr Herz. Am Himmel fliegen die Wolken vom Atlantik kommend über die Berge und Täler hinweg und nehmen Jettes Gedanken mit.

Familie. Dieses kleine Wort. Ihre große Sehnsucht. Ob die Eltern da draußen sich genau so nach einem Kind gesehnt hatten wie sie? Ob sie sich geliebt haben, als sie miteinander schliefen? Ob sie sich vielleicht immer noch lieben und für den Rest ihres Lebens zusammenbleiben werden? Doch was spielt das schon für eine Rolle? Was auch immer in der Zukunft passiert, sie werden immer die Eltern dieses Kindes bleiben. Und sie werden es immer lieben. Selbst dann, wenn das Mädchen im Laufe der Zeit beginnen sollte, ihre Eltern zu hassen. Jette wäre auch gerne mit ihrer Tochter durch Pfützen gesprungen. Hätte sie mit ihrer Jacke vor dem Regen geschützt. Kleine Josefine. Das arme Ding. Lag reglos in Jettes Armen. Weiß wie Schnee war ihre Haut. Hielt ihre Augen einfach geschlossen. Welche Augenfarbe sie später wohl bekommen hätte? Welche Haarfarbe? Ob Beat sich nach Josefines Tod auch diese Fragen gestellt hat? War es ihm damals überhaupt wichtig, ein Kind mit Jette zu bekommen, oder hatte er dies immer wieder nur ihr zuliebe gesagt? War das möglich? War er so ein Mann? Obwohl Jette stets wusste, dass es nur ein Mythos war, hatte sie sich immer ein Kissen unter den Hintern geschoben, nachdem Beat in ihr gekommen war, in der Hoffnung auf diese Art sicher schwanger zu werden. Hatte er sich insgeheim darüber lustig gemacht und vielleicht sogar gehofft, sie würde nicht schwanger werden? Wusste er zu diesem Zeitpunkt schon, dass er mit seiner schwangeren Frau nicht mehr schlafen würde? Dass dieses Schwein seine schwangere Frau nicht mehr ficken würde? Er war geradezu versessen darauf gewesen, dass sie es zu ihm sagte, kurz bevor er kam: „Fick mich!" Eigentlich entsprach es nicht Jettes Wesen, so zu reden, wenn sie mit jemandem schlief. Doch tat sie ihm den Gefallen, auch weil es ihr ein Gefühl von Macht über den Mann gab, der so viel Macht über sie hatte. Irgendwann hatte sie irritiert festgestellt, dass auch sie diese Worte erregten, dass sie aber überhaupt nicht klangen wie die Sehnsucht nach einem Kind. War für Beat möglicherweise alles nur ein Art Spiel gewesen? Eines, in dessen aufregendem Drehbuch das Wort Liebe nur vorkam, um die einzige Zuschauerin in romantischer Sicherheit zu wiegen? Spielten die Eltern da draußen auch nur dieses Spiel? Aber Jette hatte genau gesehen, wie der Mann und die Frau sich vorhin im strömenden Regen anlachten, während das Mädchen unter ihren Jacken von Pfütze zu Pfütze sprang. Vielleicht liebten diese beiden Menschen sich ja wirklich. Von ganzem Herzen. Dieser Gedanke tut so weh. Vielleicht hat die Frau da draußen nie „fick mich" zu ihrem Mann gesagt, wenn sie mit ihm schlief. Vielleicht hatte sie stattdessen gesagt: „Ich liebe dich."

»Kleine Josefine«, flüstert Jette kaum hörbar, senkt ihren Blick und schaut zärtlich hinunter auf Siobhán. Dabei streichelt sie sanft das kleine Bäuchlein der Schlafenden. Der Landrover ist nicht mehr zu sehen und Schneeflocken tanzen über den Parkplatz.

17

Es ist ungewöhnlich windstill an diesem Sonntag im Mai. Noch einige Meter, dann haben die beiden Wanderer den Gipfel des Mount Gabel erreicht. Ihr Atem geht schnell, doch beim Blick über die beiden im strahlenden Sonnenschein liegenden großen Seen, die sich von Galway bis weit ins County Mayo erstrecken, sind die Anstrengungen des Aufstiegs mit einem Mal vergessen. Die Schönheit der Natur ergreift sie und lässt sie unmissverständlich spüren, dass sie selbst nur ein unbedeutender Teil von alledem sind. Jette und Louis steigen in die aus Steinen gelegte, hüfthohe Ringmauer und breiten darin eine Decke aus. Aus ihren kleinen Rucksäcken holen sie all die Dinge, die sie bis hier hinaufgetragen haben: Kaffee, Sandwiches, Shortbread, Wasser, eine Portion von Svetlanas selbstgemachtem Stew und zwei hartgekochte Eier. Als sie sich gegenübersitzen, öffnet Jette die Thermoskanne und gießt dampfenden Kaffee in die Becher. Sie legt ihre Hände um ihre wärmende Tasse und nimmt vorsichtig einen kleinen Schluck. Während sie ihr Gesicht in die Sonne hält, lehnt sie ihren Kopf behutsam nach hinten gegen die Steine und schließt die Augen. Louis packt eines der Sandwiches aus, die Keeva ihnen noch schnell für die Wanderung zubereitet hat, und beißt hungrig hinein. Während er kaut, betrachtet er Jette und versucht in ihrem Gesicht zu lesen, was in ihr vorgeht. Und obwohl ihre Züge weich wirken, liegt darin auch etwas von dem Schmerz, den sie im letzten Jahr im Übermaß hatte ertragen müssen.

»Hör mal, Jette«, beginnt Louis zurückhaltend, »ich würde dir endlich gerne erklären, warum ich damals mit dem Brief und dem Geld nicht zu dir gekommen bin. Bist du deswegen eigentlich noch wütend auf mich?«

Jette liegt bewegungslos da und nicht die kleinste Regung zeigt sich in ihrem Gesicht.

»Komm schon«, drängt Louis, »antworte mir!«

Jetzt lächelt sie und schaut ihn freundlich an.

»Ganz im Gegenteil, Louis. Ich bin wirklich glücklich darüber, dass du in der Situation damals diese Entscheidung getroffen hast. Ich weiß nicht, wie ich zu der Zeit in meinem Zustand auf eine solche Nachricht reagiert hätte. Jetzt aber kann ich sagen, dass es nicht besser hätte laufen können. Sieh uns beide doch an. Wir sitzen hier oben auf dem Gipfel des Mount Gabel und das Leben scheint es endlich gut mit uns zu meinen.«

»Ja, es scheint tatsächlich so«, sagt Louis, dankbar für ihre Worte. »Und es tut wirklich gut, dich wiederzusehen. Ich hatte gehofft, dass du bald zurückkommst«.

»Schön, dass du das sagst«, reagiert Jette erfreut. »Ich wollte und konnte einfach nicht anders.«

»Wie meinst du das?«, fragt Louis neugierig.

»Dafür gibt es mehrere Gründe«, antwortet sie. »Natürlich bin ich auch wegen unseres voranschreitenden Projekts hier und ich möchte sehen, wie es sich entwickelt. Es hat sich schließlich nichts daran geändert, dass Daniel und ich sehr gute Freunde und Geschäftspartner sind. Doch es gibt auch andere Gründe. Die wunderbare Natur, diese verflucht entspannte Lebensart der Iren, unsere neuen Freunde. Vielleicht ist es aber auch nur wohltuend, so weit weg zu sein von meinem alten Leben mit Beat. So ganz genau kann ich es auch nicht begründen, warum ich so bald wieder hierher zurück wollte.«

»Hm«, nickt Louis nachdenklich.

»Obwohl« fährt sie unvermutet fort, »wenn ich ehrlich bin gibt es schon einen besonderen Grund für meine schnelle Rückkehr.«

»Ich bin gespannt«, sagt Louis mit erwartungsvoller Miene.

Jette weicht Louis' Blick für einen kleinen Moment aus.

»Es ist Siobhán«, eröffnet sie ihm schließlich. »Und auch Erin.«

»Erin und Siobhán?«

»Ja.«

»Ich verstehe«, sagt Louis.

»Echt?«, fragt Jette überrascht.

»Nein«, lacht Louis auf, »nicht wirklich. Erklär es mir.«

»Von außen betrachtet klingt es wahrscheinlich seltsam«, beginnt sie. »Obwohl Siobhán das Kind von der Frau ist, mit der Beat mich betrogen hat, spüre ich eine große Zuneigung zu der Kleinen. Und das ist fast noch untertrieben. Ich habe Siobhán in mein Herz geschlossen und außerdem das Gefühl, für sie verantwortlich zu sein.«

»Wow«, sagt Louis ehrlich überrascht. »Das klingt im ersten Moment tatsächlich etwas schräg, aber auch sehr berührend. Ich beginne langsam wieder, an das Gute zu glauben.«

»Es ist schön, dass du das so siehst«, sagt Jette, »aber lass es mich noch etwas genauer erklären.«

»Schieß los!«, sagt er, gießt heißen Kaffee nach und nimmt sich ein weiteres Sandwich.

»Ich habe es von Anfang an nicht so empfunden, als hätte Erin mir Beat damals weggenommen. Sie wusste ja nichts von mir und sie war verliebt, was könnte ich ihr da vorwerfen? Beat hatte ihr nichts von mir und unserer Ehe erzählt, selbst, nachdem sie ihn danach gefragt hat. Ganz ehrlich, ich finde, sie ist genauso Opfer seiner Lügen und seiner Selbstbezogenheit wie ich. Erin hat mir im Vertrauen erzählt, dass sie nicht verhütet haben, als sie miteinander schliefen. Er hatte ihr versichert, dass nichts passieren könne.«

»Nicht im Ernst«, sagt Louis und spürt, wie die Wut in ihm hochkocht.

»Ich habe viel darüber nachgedacht«, fährt Jette fort. »Ich würde nicht sagen, dass Beat von Grund auf ein schlechter Mensch war. Er hatte ein übersteigertes Selbstbewusstsein und Geltungsbedürfnis, das steht außer Frage. Ich denke, er war unfähig, Verantwortung für die Menschen zu übernehmen, die ihm Vertrauen geschenkt haben. Dass er ihnen damit so großen Schmerz zugefügt hat, ist natürlich unverzeihlich.«

»Allerdings«, sagt Louis nun aufbrausend. »Bei allem Verständnis, Jette, das macht mich so wütend. Es kommt immer der Moment, da muss ich mich entscheiden. Wenn ich dann die Menschen ignoriere und verletze, die mich lieben, dann ist das einfach Scheiße. Punkt. Dieses Arschloch.«

Jette muss über Louis' heftige Reaktion schmunzeln.

»Du hast ja Recht«, sagt sie mit einem beschwichtigenden Lächeln. »Ich habe Beat lange gehasst und ihn für das, was er mir angetan hat, verflucht. Nur kann ich nicht ewig wütend sein, Louis. Die Erkenntnis, dass ich mir damit nur selber schade, ist nun wirklich keine psychotherapeutische Raketenwissenschaft.«

»Klar«, sagt Louis und versucht, sich wieder zu beruhigen. »Es stimmt natürlich, was du sagst. Wolltest du nicht eigentlich erklären, warum du dich für Siobhán verantwortlich fühlst?«

»Ja, stimmt, Siobhán«, nimmt Jette den Gedanken vom Anfang wieder auf. »Der Augenblick, als Erin und mir klar wurde, wer die jeweils andere ist, war wie ein Wendepunkt in dieser Geschichte für mich. Nachdem sie mir alles erzählt hatte, kam endlich Licht ins Dunkel. Das Fremdgehen, die dreißigtausend in bar, der Brief. Siobhán lag in diesem Moment ja in meinen Armen, wie Erin dir sicher erzählt hat. Das war so irre, sag ich dir. So verrückt. Ich hab die Kleine dann irgendwann angeschaut und mir wurde klar, dass sie nicht das nächste Opfer in dieser Geschichte sein darf.«

»Du überraschst mich immer wieder«, sagt Louis und beugt sich nach vorne, um kurz Jettes Hand fest zu drücken.

»Jedenfalls«, schließt Jette den Gedanken ab, »habe ich beschlossen, Erin und Siobhán mit dem Geld, das ihnen von Beats Seite sowieso zugestanden hätte, zu unterstützen. Und zwar so lange, bis die Kleine erwachsen ist. Das klingt jetzt romantisch, oder vielleicht sogar kitschig, sollte unter diesen Umständen aber selbstverständlich sein.«

»Wie großzügig von dir«, sagt Louis. »Das ist eine starke Geste und du weißt genau, dass die nicht selbstverständlich ist.«

»Ich versuche, genau wie du, mir den Glauben an das Gute zu bewahren«, sagt Jette. »Alles andere wäre sinnlos. Auch darum bin ich zurückgekommen zu dir und Keeva, zu Erin, Siobhán und Daniel. Weil es mir guttut, in eurer Nähe zu sein. Schon seit einigen Tagen überlege ich, für mich einen zweiten Lebensmittelpunkt hier zu errichten.«

»Was genau meinst du damit?«, reagiert Louis völlig überrascht.

»Ich möchte auf unbestimmte Zeit in unserem Anglerhotel eine leitende Position übernehmen, sobald der Betrieb dort aufgenommen wird. Für die Zeit bis dahin würde ich gerne eine der beiden Wohnungen mieten, die in eurem alten Cottage am Stone Bridge entstehen. Jill hat sie mir vorgestern gezeigt und ich finde, die Appartments sind wirklich traumhaft schön geworden. Wie denkst du über meine Pläne?«

»Das wäre natürlich großartig«, reagiert Louis erfreut. »Dann wären wir ja schon zwei, die es hierher in diese Gegend verschlägt.«

»Du hast dich also auch bereits entschieden?«, fragt Jette neugierig.

»Ja, das habe ich. Schon vor einer ganzen Weile. Keeva und ich werden hier am Corrib bleiben. Der Umbau des Stone Bridge ist Ende Juli abgeschlossen und dann suche ich mir hier in der Gegend einen Job. Callan und Owen haben Beziehungen und auch schon Kontakte für mich geknüpft. Es wäre sogar möglich, dass ich gemeinsam mit Callan etwas ganz Neues aufziehe. Das ist aber noch Zukunftsmusik.«

»Was sagt deine Familie zu Hause in Deutschland zu deinen Plänen?«, fragt Jette. »Deine Mutter? Deine Schwester?«

»Liv ist natürlich traurig, dass ich in Irland bleibe und sie und Christian werden mir selbstverständlich fehlen. Und nicht zu vergessen, ich werde im September zum ersten Mal Onkel. Aber von Seelbach nach Clonbur ist schließlich keine Weltreise. Auch meine Mutter wird hoffentlich häufig zu Besuch kommen. Keevas Tante Saoirse* verkauft in diesem Sommer ihr Haus unten am Corrib und zieht ins Dorf. Keeva und ich denken darüber nach, das Haus zu kaufen. Wir hätten darin genug Platz, um meiner Mutter ein eigenes Zimmer einzurichten. Sie könnte dann regelmäßig Zeit mit uns hier verbringen.«

»Ich kann es noch gar nicht richtig fassen, Louis. Das sind wirklich große Neuigkeiten«, sagt Jette anerkennend. »Ein Haus für dich und Keeva am Lough Corrib. Du bist wirklich mutig.«

»Für Außenstehende mag das so aussehen«, erwidert Louis, »doch mir fällt diese Entscheidung relativ leicht. Ich bin zum ersten Mal an einem Ort, an dem ich bleiben möchte, und zum ersten Mal kann ich mir vorstellen, längere Zeit mit einem anderen Menschen zusammenzuleben. Das macht vieles einfach.«

»Du liebst Keeva also wirklich?«

Als Louis spürt, dass er mit der Antwort zögern will, tut er genau das nicht.

»Ja«, antwortet er entschlossen, »ich liebe sie! Du kennst meine Geschichte nun auch schon ein wenig und weißt, wie schwer es mir fällt, das auszusprechen. Ich habe großen Respekt vor dem, was kommt, gleichzeitig aber auch riesige Lust, gemeinsam mit Keeva das Haus am Corrib zu renovieren. Sie hat mir vor kurzem gesagt, dass sie sich eine Familie wünscht. Gemeinsame Kinder mit mir. Dass ich in diesem Moment weder wegrennen, noch mit ihr darüber diskutieren wollte, macht mir Hoffnung. Ich könnte mir tatsächlich eine Familie mit ihr vorstellen.«

Jette sagt nichts, sondern schüttelt nur lächelnd den Kopf.

»Wie sieht es bei dir aus?«, fragt Louis nach einer kurzen Pause. »Was macht die Liebe?«

»Nichts im Moment«, antwortet Jette mit einer kleinen, abweh-

---

* weiblicher irischer Vorname [sɜːrʃə]

renden Geste, »und das ist in Ordnung. In mir ist so vieles beschädigt worden in den letzten zwei Jahren, ich denke, das braucht Zeit. Ich bin auf einem guten Weg, hoffe ich. Auf eine gewisse Art sind wir uns sogar ein bisschen ähnlich, Louis.«

»Ach ja?«, fragt er nicht wenig erstaunt.

»Ja. Auch ich suche mir im Moment gute Orte und gute Menschen, genau wie du. Das ist sehr heilsam.«

»Genau das ist es«, bestätigt Louis kopfnickend. »Sehr heilsam.« Er öffnet das Stew, nimmt eine Gabel und reicht Jette beides hinüber.

»Probier doch mal, es ist einfach himmlisch«, sagt er auffordend und greift ein weiteres Mal in seinen Rucksack. »Die hier habe ich auch noch mitgeschleppt.«

Während Jette das Stew probiert, zieht Louis zwei kleine Flaschen Orangensaft aus seinem Rucksack und öffnet sie. Er steht auf, geht die wenigen Schritte zu Jette hinüber, setzt sich Schulter an Schulter neben sie und reicht ihr eines der Fläschchen. Er hält seines in die Höhe und schaut Jette auffordernd an.

»Auf das Vertrauen!«, sagt er feierlich und auch Jette hebt jetzt ihre Flasche, um mit ihm anzustoßen. »Darauf, dass die Schöpfung uns in ihrer Weisheit immer genau die richtigen Lebensaufgaben stellt, um an ihnen zu wachsen«, fährt er fort.

»Alter Schwede«, sagt Jette sichtlich beeindruckt. »Ist das ein irischer Segensspruch?«

»Nein«, sagt Louis schmunzelnd. »Das hat mir ein todkranker alter Mann mit auf den Weg gegeben, den ich auf der Fähre von Calais nach Dover kennenlernen durfte.«

»Ein weiser Mann«, sagt Jette anerkennend. »Also, dann!«

Nach einem frischen, kühlen Schluck lehnen sie sich zurück an die kleine Steinmauer und genießen die Sonnenstrahlen auf der Haut. Die Hände über die Augen haltend schaut Louis in die Ferne, über Täler, Berge und Seen hinweg, während nur einige kleine, weiße Wolken fast regungslos am Himmel stehen.

»Manchmal«, sagt er irgendwann, »bohren sich Zweifel in meine Gedanken, als wenn mein neues, gutes Leben hier nicht die Realität sein könnte. Das Verrückte aber ist, dass es genauso eine Realität ist wie jede andere auch.«

Jette antwortet nicht. Sie sitzt einfach still da, die Hände in ihrem Schoß und die Augenlider geschlossen. Sie lauscht dem leisen Geräusch des Windes, der nur ab und zu ganz sanft über den Gipfel des Mount Gabel und über ihr Gesicht streicht. Louis schaut sie an und ihm wird klar, dass er vergeblich auf eine Reaktion von ihr wartet. Darum schließt auch er die Augen.

Erst viel später, als dichte Wolken vom Atlantik her aufziehen und ein kühler Wind aufkommt, stehen sie auf und verstauen ihr Zeug wieder in den Rucksäcken.

»Ich finde es toll, dass Daniel und du am Wochenende zu uns kommt, um Jills Geburtstag zu feiern«, sagt Louis, während sie über die kleine Mauer aus dem Steinkreis hinaustreten.

»Und wir erst«, entgegnet Jette. »Ich bin schon ganz gespannt. Dann sehe ich endlich mal, wie eure wilde Bande dort unten zusammen haust. Daniel hat mir ja schon so einiges erzählt.«

Louis lächelt ihr zu, zieht den Reißverschluss seiner Jacke hoch und läuft voraus über das kleine, felsige Plateau. Kurz bevor sie den steilen Hang erreichen, über den ihr Weg hinab nach Clonbur führt, bleiben sie stehen und lassen ihren Blick ein letztes Mal über den Lough Corrib schweifen.

»Und?«, fragt Louis schließlich. »Bereit?«
»Bereit!«, sagt Jette.

Danksagung

Mein Dank gilt Rebecca Kaysers, Laura Kaysers und Thomas Gerth für das Korrekturlesen; Patricia Gottbehüt, Achim Hirdes und Ulf Dietrich für die vielen hilfreichen Gespräche und Anregungen während der Entstehung dieses Romans; Klaus Gottbehüt für seine tatkräftige Hilfe im Bereich Neue Medien; meinen Eltern Maria und Bernd für ihre immerwährende Liebe und Unterstützung; Riona Canney, Mary Canney und allen anderen wunderbaren Menschen in meiner zweiten Heimat Clonbur.

Mein ganz besonderer Dank gilt Elisa Rogmann für ihre liebevolle Unterstützung und ihre unendliche Geduld, mich zweieinhalb Jahre lang mit meinen Fragen und Zweifeln bezüglich dieses Buches auszuhalten.

Quellenangaben / Zitatnachweis

Seite 5   Zitat: Mary Oliver (1935-2019) aus „Wild Geese"
Seite 95 „Hey Jude", *The Beatles* (Paul McCartney, 1968)
Seite 110 „Wild Mountain Thyme" (Trad. irisch-/schottisches Volkslied, 18. Jhd.)
Seite 252 „Das Apartment" (Filmdrama von Billy Wilder, 1960)
Seite 276 „Take On Me", *a-ha* (P. Waaktaar/M. Furuholmen/M. Harket, 1984)